酔いどれ探偵／二日酔い広場

都筑道夫

JN090270

おれか？　おれはなにもかも失って、おちぶれはてた私立探偵だ。失うことの出来るものは、もうただひとつしか、残っていない。もうただひとつ、命しか――エド・マクベインの創造した街の探偵カート・キャノン。自らが翻訳を手がけたこの人気シリーズの贋作として出発した渾身の連作『酔いどれ探偵』と、元刑事の私立探偵・久米五郎を主人公に据え、東京の下町で起こる事件を描く『二日酔い広場』。ニューヨークと東京、東西の大都市を舞台にした、都筑道夫を代表するハードボイルド二作を合本で贈る。巻末エッセイ＝香納諒一／解説＝日下三蔵

日本ハードボイルド全集6

酔いどれ探偵／二日酔い広場

都 筑 道 夫

創元推理文庫

COLLECTION OF JAPANESE HARDBOILED STORIES

Vol.6

by

Michio Tsuzuki

目次

日本ハードボイルド全集6

酔いどれ探偵／二日酔い広場

酔いどれ探偵

おれか？　おれはなにもかも失って、おちぶれはてた私立探偵だ。失うことの出来るものは、もうただひとつしか、残っていない。もうただひとつ、命しか。

クォート・ギャロンというのが、名前だ。昔をいえば、ニューヨークでも指折りの、恐《こわ》もてのする探偵だった。ところがおれは、女房が尻軽で、親友が恥知らずだってことに、気づいたんだ。ふたりが一緒にいるのを見つけたとき、おれはふたりを、ハジキで殴りころそうとした。けれど、だれかが巡査を呼んだ。おれは持兇器《じきょうき》暴行現行犯でひっぱられ、私立探偵の認可証をとりあげられた。

いまはニューヨークの裏町バウアリで、ルンペンたちと暮している。だが、この裏町でさえ、ひとは悩みを持っている。この裏町でさえ、ひとはおれのところへやってくる。認可証はとりあげられても、おれはまだ、私立探偵だというんだろうか。ニューヨークでも指折りの、恐もてのする探偵だと。

第一章　背中の女

おれは目をさました。一日二十四時間のうち、二十六時間ものんだくれるおれのような人間でも、朝がくれば目をさます。だから、目をさましたことに、不思議はない。けれど、さましかたが、不思議だった。背中がいやに暖かい。やわらかいのだ。おれの背中は、なにかやわらかいものに、さわっている。木賃《もくちん》ホテルのベッドが、こんなにやわらかいはずはない。ましてや、どこかの家の玄関でもない。公園のベンチでもない。

おれはうすく、目をひらいた。目の前に、二本の柱が立っている。象牙《ぞうげ》いろの二本の柱だ。柱の根もとは、二本いっしょに、黒い透きとおった布で、結んである。その下に赤い皮がまつわりついて――いや、それは赤いパンプスのハイヒール。冗談じゃない。二本の柱は女の足なんだ。足は膝《ひざ》から奥へ曲りこんで、椅子にふかくかけている。なめらかな膝のあいだのそのおくに、女である明確な証拠物件を見たとたん、足首をしばっているのが、レースのパンティだとわかって、同時におれは、はねおきた。頭がぐらぐらっとした。国連ビルが、おれの頭上に、崩れかかってきたみたいだった。おれはあやうく、椅子にしばられた女の上につんのめるところだった。そう、背のまっすぐな木の椅子に、女はしばりつけられていた。そして、おれはその前の、ふっくりクッションの盛りあがった長椅子の上に、寝ていたのだ――裸で。

女も裸だ。おれはパンツをはいている。が、女はなにも身につけていない。いちばん下に着ていたものは、椅子にしばりつける材料につかわれていた。足くびにはパンティ。赤い脣《くちびる》のあいだに嚙《か》ませて、猿ぐつわに使ってあるのは、黒いブラジァだ。椅子のうしろで、両手をむすんでいるのは、ナイロンのストッキングに違いない。だが、ありがたい。こんな絵の紙表紙をつけた推理小説によくあるように、盛りあがった乳房のあいだに、赤い小さな穴があいて、そこから血があふれだし、三角形にしげった金髪を濡らしては——いなかった。かたくしまった下腹のふくらみといっしょに、乳房もかすかに、上下している。

部屋には暖房がきいて、薄いカーテン越しに、四月の朝の太陽までさしこんでいるというのに、おれは身ぶるいした。窓に近よって、外をのぞく。花壇があって、そのむこうに白い柵《さく》が見える。柵のむこうに、平家が一軒。マンハッタンでは見られない風景だ。ブロンクス区か、クイーンズ区か。そのとき、頭上をジェット旅客機が、静寂をかきみだして、低く飛びすぎた。バ空港が近いらしい。それがラガーディア飛行場だとすれば、ここはクイーンズ区のはずれ。バウアリで飲みつぶれたルンペンが、なんでこんなところで、目をさましたのだろう。しかも、縛られた裸の女をそばにおいて——耳をすました。家の中にはなんの物音もしない。おれは女のそばへ、すっとんで戻った。なるほど、裸にしたくなるような美人だった。だが、知らない女だ。おれはブラジァの猿ぐつわを外してやった。女の肩をゆすぶった。女はかすかに唸《うな》って、目をあいた。その目が恐怖で、まるくなる。

「おい、いったいこれはどうしたことなんだ」

「ああ、もうかんにんして」

ふるえる声で、女はいった。

「聞いたことに返事をしろ。おれはなんにもしやしない」

「あたしを殺さないで、お願いだから」

葡萄をのせたプディングみたいに、乳房がふるえている。

「助けてくれたら、黙っているわ」

「なにをだ」

「あんたが、レフティを殺したこと」

「なんだって！」

おれは部屋を見まわした。ドアがひとつ、かすかにあいている。おれはそれにとびついた。隣りの部屋には、男がいた。絨緞《じゅうたん》の上に倒れていた。裸ではない。だが、頭がめちゃめちゃになっている。踏みつぶしたミート・パイみたいに、めちゃめちゃに。そばに血まみれの四五口径が、ころがっている。おれはまた、寒くもないのに、身ぶるいした。絨緞にキッスしている男の顔をのぞきこんだ。女とちがって、こっちのほうは、横顔だけで、だれだかわかった。レフティ・シュート。おれが証言して、州刑務所に送りとどけた男だ。額のつめたい汗をひっこすって、女のそばへ走りもどる。女は叫び声をあげた。おれの顔が、よっぽど凄《すご》かったんだろう。二日酔いで脳みそのひだが、ひとすじひとすじ、ピアノ線みたいに唸ってるところへ持ってきて、自分の身のおきどころが、こんなとんでもないことになってれば、だれだって、狼《おおかみ》男《おとこ》そこのけの顔をするはずだ。

「あれをおれがやったってのか？」

女はうなずいた。

「おれが誰だか、知っているのか？」

女はまた、うなずいた。

「クォート・ギャロン、私立探偵の」

「探偵じゃない。ルンペンだ。野郎をひとり、ハジキで殴りころしかけて、ルンペンになった男だ。罠《わな》にかけるには、持ってこいの男さ。だれに頼まれたんだ」

おれは女の金髪をひっつかんで、ゆすぶった。女は金切り声をあげた。

「けだもの。あんたが殺して、あとであたしをこんなにして、好き勝手なことしたんじゃないか。あんたがやったんだ」

冗談じゃない。

「見てたってのか？」

女がうなずく。おれは金髪をつかんだ手を、ひねりまわした。

「それから、おとなしくおれのおもちゃになったってのか？」

顔にも、金のかかった部屋にも、ふさわしくない調子で、女は叫んだ。

「おとなしくなんかしたもんか！」

なるほど、女の腕にも、太腿《ふともも》にも、ひっかき傷が、やたらある。

「でたらめでない証拠に、お前だって裸だろ」

そんなことが証拠になんぞ、なるものか。けれど、パンツ一枚なのは、事実だ。おれは家じゅう走りまわった。しかし、着ていたものは、見つからない。もしも、いまお巡りに踏みこまれたら……

いや、もしもじゃない。サイレンが遠く聞える。警察自動車。罠をかけたやつが、最後の仕上げをしないはずはない。おれはレフティが死んでる部屋へ駈けこんだ。さいわい、上衣《うわぎ》もズボンも、血に汚れてはいない。そいつをぬがせて、裸の上へじかにきて、もう時間はぎりぎりだ。女にはまだ、聞きたいことがあるんだが。

おそらくは、おれの指紋がついてるに相違ない四五口径。そいつを床からすくいあげると、裏口めざして走るとちゅう、女の横っ面へ力いっぱい平手打ち。こいつは、しばらく気絶していてもらうためだ。おれは庭から、白い柵を蹴《け》りあけて、逃げだした。

おれはまっすぐ、バウアリへもどった。だが、大手をふっては、歩けない。いまごろは、あの裸の女、お巡りたちを悩殺しながら、クォート・ギャロンの悪虐無道をものがたり、パト・カアのラジオは唸って、おれの逮捕をせきたてていることだろう。

レフティ・シュートは評決くだって、法廷からひきだされながらも、おれを毒づいた男だ。そいつが四五口径の台尻で、殴りころされている。クォート・ギャロンという馬鹿が、女房といっしょに寝ていた部下を、四五口径の台尻で、冥途《めいど》へ送りかけたのは、おれにとっては紀元前、世間にとっては五年前のことだけれど、お巡りというやつ、つまらない話は、よくおぼえているものだ。あいつは前にも、やったことがある。殺されたのは、刑務所を出たばかりの男。待てよ、レフティ・シュートといえば、ギャロンを怨んでたやつじゃなかったか？　そうだ、思い出した。そのくせ、おれがレフティをひっぱっていったとき、警視が礼をいったことは、思い出さない。こいつ、返り討ちにあったんだな。これで決った。お巡りの頭のなかには、殺人犯人クォート・ギャロンが出来あがる。おかげでおれは、狭い通りを横切るにも、前後左右をうかがいながら、探してあるかなければならないのだ、ほんとうの犯人を。

順序として、まずシド・ヴィップを、さがすことにした。ゆうべおれがクーパー・スクエアのベンチで、寝ようとしてるところへやってきて、酒をすすめたのが、シドなのだ。おれたちは、バーボンの大壜《おおびん》を一本、からにした。すると、シドはどこからか、二本めを手に入れてきた。のんべというやつは、始末がわるい。酒壜を見ると、とたんに頭がはたらかなくなる。そのときは、ただご機嫌で、お手柄、お手柄、よくぞ手に入れたかなんかいいながら、さっそく二本めを退治にかかった。それから先は、もうもうろうろう。けさの醜態にカット・インするのだが、いま考えれば、どうもおかしい。あの二本の大壜を、どっから持ってきたのだろう。シドはかんたんに見つかった。バウアリの入りくんだ露地のひとつに、やつは寝ていた。もっとも、おれは寝顔を見たわけじゃない。人だかりのなかに、お巡りのすがたが見えたから、敬遠したんだ。だが、ぴんときた。人だかりから離れて出てきたフレッドを呼びとめて、ひとつ先の露地にひっぱりこんだ。

「なんだ。喧嘩《けんか》か？」

「そうじゃなさそうだ。ピストルで射《う》たれてるんだから」

フレッドは、おれのばりっとした洋服に、目を見はった。その下に、おれが胸毛のシャツしか、着ていないのに気づくと、ますます目をまるくした。だが、なにも聞きはしない。それが、おれたちの習慣なのだ。

「シドじゃないか？」

「よくわかったな」

「まぐれあたりさ。一発か」

「一発だ。耳のうしろに、穴があいている。四五口径らしい」

「検屍医《けんしい》がきているのか？」

「お巡りがくる前に、大先生が見て、そういったんだ」

大先生というのは、麻薬中毒のルンペン医者だ。おれはいつか、この先生のおかげで、この世にひきもどされたことがある。肩にめりこんだ弾丸を、ナイフでほじくりだしてくれたんだ。

「ルンペン相手に、弾丸《たま》を無駄づかいするなんて、いやなやつだ」

フレッドがひとりごとみたいにいった。

「うん、いやなやつだな」

だが、そいつは、ぜんぜん弾丸を無駄につかったわけじゃない。シドの口をふさぐ必要が、はっきりあったに違いないのだ。死んだやつに、なにを聞いてもしょうがない。おれはフレッドに手をふって、歩きだした。

「クォート」

フレッドが、おれの背に声をかけた。

「気をつけろよ」

「なにを?」

「お巡りが探していたぜ」

「ありがとう。気をつけるよ」

いちばんのびのび暮らせたバウアリが、いちばん危険な場所になってしまった。おれはお巡りのすがたを気にしながら、三番アヴィニューを北へ歩いた。上衣のポケットをさぐる。三十ドルばかり金が出てきた。それでシャツを買った。代金をはらおうとして、十ドル紙幣をひろげると、その裏に走り書の数字が目についた。おれはあわてて、べつの紙幣で代金をはらった。

東三十一番ストリートのホテルに部屋をとって、シャツを着こみ、髭《ひげ》をそると、いくらか昔のクォート・ギャロンに近くなった。気に入らないことだが、しかたがない。ルンペンを探している警察の目を、しばらくは、くらませるだろう。おれは帳場へおりて、電話ボックスに入った。さっきの十ドル紙幣の裏に書いてあった数字を、もう一度、見つめた。二列にならんだ数字。ふたつの電話番号。上のはクイーンズ区の局番だ。おれはまず、そいつをまわした。紙幣は新しかったから、レフティが書いた数字に違いなかった。ベルが三回鳴って、受話器が外された。

「もしもし」

ぶっきらぼうな男の声だ。

「もしもし、ミスタ・アイゼンハワーはいるかね？」

と、おれはいった。

「なんだって？」

「ミスタ・アイゼンハワーだよ。おかしいな。番号が違ったかな」

おれはさっきまわした番号を読みあげた。

「ミスタ・アイゼンハワーの家じゃないのか？」

「こちらはミス・パトリシア・クェールの家だ」

といってしまってから、男は気づいたらしい。

「もしもし、きみは誰だね。名前をいいたまえ」

警官口調まるだしだった。おれは満足して、受話器をかけた。これで数字が、レフティの書いたものだとわかったし、裸おんなの名前もわかった。おれは次の番号をまわした。マンハッタンの局番だ。ベルが鳴っても、なかなか出ない。おれはベルの音を、辛抱づよく聞いていた。十一回めのベルが鳴りかけたところで、受話器があがった。

「もしもし、《リツル・ガールズ》です」

不機嫌な婆さんの声だ。

「でも、店は五時半からですよ」

しめた。

「バアの《リツル・ガールズ》だね?」

と、おれはいった。異議申立てのないところをみると、あたったらしい。

「場所を教えてくれないか。今夜、そこへいく約束をしたんだが、夜おそく一度いったきりなんで、わすれちまったんだ」

「ブロードウエイの四十七番ストリートですよ」

婆さんはそれだけいうと、受話器をやけにたたきつけた。きっと、掃除婦かなんかだろう。


その晩、十時ごろに《リツル・ガールズ》のドアを押した。名前のとおり、小さなバアだ。店のなかは、薄暗い。だが、奥にピアノがおいてある。白い歯だけが目立つ透明人間みたいな黒人が、陽気なリズムを叩きだしていた。おれはカウンターに近づいた。背中にはお臍《へそ》がついてないことを、証明してるような女のとなりに、止り木がひとつ、あいている。女はリツル・ガールではなかったが、客なんだから、店の責任ではないだろう。斜めに腰かけて、あいてる止り木の上のカウンターに、肘《ひじ》をついている。

「ごめんよ」

おれはその肘を持ちあげた。ぐにゃぐにゃのからだをまっすぐにしてやって、止り木に腰をおろした。女は毬《まり》をとりあげられた猫みたいに、目をつりあげたが、おれは知らん顔をして、バーテンに声をかけた。

「レフティ・シュートを知ってるか？」

それほど大きな声をだしたわけじゃない。だが、そういったとたんに、おれは新発明の歩く時限爆弾《タイム・ボム》に化けたらしいんだ。バーテンも、背中にお臍のない女も、そのほかカウンターに並んでいる客の二、三も、大きな目をして、おれを見つめた。

「レフティを知ってるのか、知らないのか？」

おれはまた、くりかえした。効果がわかったから、こんどは声を大きくした。ピアノの音が、急に低くなった。バーテンは下をむいて、グラスをみがきはじめた。

「さあ、知りませんね、そんなひと」

「顔をあげてみな」

「知らない、といってるじゃありませんか」

「客の注文をうけるときは、顔をあげるもんだぜ」

バーテンは顔をあげた。ほっとした表情だ。そんなはずじゃなかった。だが、理由はすぐわかった。おれの肩に手がかかったのだ。ピアノのリズムも活気づいた。おれは止り木をまわした。

「ここは警察の失踪人《しっそうにん》課じゃないぜ。金をはらって、帰ったらどうだ」

栄養のいいフランケンシュタインみたいな男が、おれの肩に手袋屋の看板をのっけているんだ。出来のいい看板じゃなかったから、そんなものを担いであるく気には、おれはなれなかった。

「無理なことをいうね。この店じゃ、なにも飲まないのに、金をとるのか」

看板を肩からふりおとして、おれはバーテンにむきかけた。

「バーボンをダブルで、オン・ザ・ロックスだ。おれはけちで、チビチビ飲むからな。時間がかかるぜ」

いいおわらないうちに、おれのからだは、ぐるっとまわされた。手袋屋の看板も、握りしめると、かなり見栄えがした。だが、おれはそいつが、胃袋へ飛んでくるのを、待ってはいなかった。膝を折って、止り木の下にすべり落ちると、同時にフランケンシュタインの向うずねをかかえて、立ちあがった。フランケンシュタインは、拳固をカウンターにぶつけ、顎《あご》を止り木にぶつけて、床にはらばいになった。カウンターの客が、いっせいに立ちあがった。なかでも、背中にお臍のない女の立ちあがりかたは、見事だった。ひどく酔っていると思ったのに、ぱっと飛びあがって、ハイヒールのかかとも折らずに、着陸した。リングがひろくなったので、おれはフランケンシュタインのお尻を蹴っとばして、飛びすさった。

黒人がピアノをやけに叩きだした。ロック・アラウンド・ザ・クロックだ。手拍子までとってるやつがいる。横目で見ると、背中の女だ。フランケンシュタインが、猛然と立ちあがった。のされても、おれは逃げだすわけにはいかない。化けものは腰をかがめて、飛んできた。頭突きと見せて、急に頭をあげ、左の拳固をつきだした。おれは右に体をひらいた。だが、少しタイムが狂った。拳固はおれの左わきへめりこんだ。ひどくこたえた。肋骨《ろっこつ》がピアノにあわせて、はねあがった。おれはからだをふたつに折りながら、左手でフランケンシュタインの拳固をはらいのけ、目の前にある太い首すじに、唐手チョップをくわせた。化けものは、げっといって、血を吐いた。フランケンシュタインでも、血は赤い。赤い血を口のはしからたらしながら、やけにスタミナのあるやつで、ふらふらと立ちあがった。おれは痛むわき腹を押えながら、おあつらえに突きだされた顎を、思いきり蹴とばした。フランケンシュタインは、派手な音を立てて、床に倒れた。おれもバランスを失って、尻もちをついた。細い手が、目の前にのびた。おれはそれにすがって、立ちあがった。その手がいった。

「さあ、もうおしまいですよ。みんなテーブルへもどっても、大丈夫」

背中にお臍のない女だった。ま正面から見ると、背中ほどではないが、いい女だった。おれはバアを見まわした。ドアのところにかたまっていた客が、テーブルやカウンターにもどりはじめた。どうして逃げていかなかったのか。そのわけは、すぐわかった。ドアのところに、小柄な男がタバコをくわえて、外を見ている。背中だけで、騒ぐお客を制していたのだから、大した野郎だ。この店には、ミスタ・背中《バック》とミス・背中《バック》が揃《そろ》っているらしい。警官がくる心配もないわけだ。おれはカウンターにもどった。止り木に尻をのっけると、目の前にバーボンのオン・ザ・ロックスがあった。おれはバーテンを見て、ニヤリと笑った。わき腹が痛んだ。

「あんた、レフティにたのまれてきたの？」

となりから、声をかけたのは、ミス・背中だ。

おれはバーテンのうしろの鏡で、ミスタのほうが、ピアノ叩きの黒人に手つだわせて、フランケンシュタインを実験室へはこんでいるのを、見つめながら、あいまいにうなずいた。

「ボスは会う気になったと思うわ。しばらくしたら、あたしが案内するわよ」

「ありがとう。きみは背中いがいにも、いろいろすてきなところがあるんだな」

おれはオン・ザ・ロックスを、いっきにあおった。


奥の部屋も小さかった。小さなデスクと、小さな椅子がおいてある。壁に複製の絵の額がかけてあったが、それまで小さい。椅子のひとつにかけているミスタ・背中が、小柄なことは前にいった通りだ。それから見ると、ミス・背中のほうはボス直属の存在ではないのだろう。大きすぎる。なんでこんなに、小さいずくめにしているかというと、ボスを栄《は》えさせるためなのだ。小さなデスクのむこうに、ふんぞりかえっているボスは、カーニバルの人形バルーンみたいに大きい。おれがドアをあけたとたんに、ボンベの栓がゆるんで、急にふくれあがったんじゃないかって、気がしたくらいだ。

「レフティの使いというのは、お前か？」

からだに似あわず、かすれた低い声だった。おれはうなずいた。

「おれがハッピイ・コワルツだが、なにをことづかってきた。いってみろ」

こいつがハッピイ・コワルツか。おれも名前だけは知っている。二、三年前に、最後のギャングスターといわれたストーンフェイス・サムを闇討ちにして、急にのしあがった男なのだ。

「べつにことづてはない」

おれは首をふった。

「レフティは殺されたよ」

コワルツは、夕刊を読んでいないらしい。顔の面積に似ず、鼠みたいに小さな目が、きらっと光った。

「それなら、なにしにきたんだ」

「やつから、いろいろ聞いてるんでね。このままじゃあ、死にきれまい、と思ったからさ」

「レフティは、パットにあったのか?」

おれは返事をしなかった。なんとなく、脣をゆがめて見せた。こういうときには、相手に勝手に解釈させるにかぎる。

「レフティは誤解してるんだ。パットがなにを喋《しゃべ》ったか知らないが……あの女をとったのは、おれじゃない」

「じゃあ、だれだ」

と、声にドスをきかして、ふつうならぐっとつめよるところだが、おれはドアを背にしたまま、動かなかった。ミスタ・背中が気になったからだ。耳がないみたいに平然と椅子にかけて、やけに刃の長いナイフで、爪をけずっている。やたらにハジキなんぞひねくりまわすのは、ただの手間とりで、殺し屋のうちに入らない。そこへいくと、おれは芸術家だから、とでもいうところなんだろう。自信のあるやつは、敬遠するに越したことはない。ハッピイ・コワルツは鼠の目で、ミスタ・背中をちらっと見た。それから、その目をおれにむけて、

「ジョオ・フランシスコだ」

と、言った。これも名前はよくきく親分衆のひとりだ。どうやら、筋書は読めてきた。パット・クェールはレフティの情婦《おんな》であること、間違いない。遠い昔の怨みより、まず恋しさが先に立つ。レフティはおれを探すより、まず情婦を探しだしたのだろう。ところが、パットはほかの男のものになっていた。もしかすると、男といっしょにいるところへ、踏みこんだのかも知れない。クォート・ギャロンが、数週間の旅行をおえて、なんにも知らずに、ひとり淋しく自分を待ちわびているものと思って、トニの寝室へ入ったように……

けれど、トニは男の腕の中にいた、蜜《みつ》のような金髪を裸の背にたらし、パーカーのたくましい胸に顔をうずめて。あのときの怒り。あのときの悲しみ。それが、おれの胸にこみあげる。レフティは、あわれなやつだ。ギャロンの場合は、警官が駆けこんで、苦しい月日がはじまったが、やつの場合は四五口径で頭をわられて、苦しい月日が意識の外に閉めだされただけ、しあわせかも知れないが……

パットの新しい男は、レフティを殺してしまってから、あと始末の方法を考えたのだ。殺した方法が、あと始末の方法を、想起させたに違いない。クォート・ギャロンという馬鹿がいたっけ。どうせ、おれは馬鹿なんだ。おれを殺すと宣言して、刑務所から出てきたやつの、怨みをはらしてやろうという気に、ふいとなってしまうんだから、馬鹿といわれてもしかたがない。

「ジョオ・フランシスコには、どこへいったらあえる?」

「さあ」

コワルツはたるんだ顎を、マニキュアした爪のさきでかいた。

「フレッド、お前、知らないか?」

「東三十六番ストリートのホテル・メルディス。四二号だったかな」

ミスタ・背中が小さな声でいった。爪をけずっているナイフの刃から、視線はあげない。

「ジョオにあえなかったら、またくるぜ」

おれはコワルツの顔を見つめたまま、うしろ手にドアをあけた。


おれは東三十六番ストリートへむかって、歩きだした。ポケットの中には、まだレフティの金があったから、タクシーに乗ってもよかったのだ。警察に追われている身には、そのほうが安全だったろう。だが、おれは気がすすまなかった。東三十六番ストリートには、あまり早くつきたくなかったのだ。なぜならば、春の夜風もいまのようには身にしみない昔、トニ・マカリスターとよぶ美しい娘が、トニ・ギャロンと姓を変えて、おれと同姓同名だが、まっすぐに背骨を立てた頼りがいのある男と、世帯を持ったのが、そこだったから。おれは暗い道をえらんで、うなだれて歩いた。うしろから、足音が近づいてくる。目的ありげな大股《おおまた》の靴の音。おれはふりかえった。

「待て、クォート・ギャロン!」

靴音が駈け足に変る。制服の巡査だ。おれは手近かな露地にとびこんだ。おれがそのときほど、従順だったことはないだろう。つづいて飛びこんできた巡査は、おれと鉢合せして、妙な声をあげた。おれがいわれたとおり、待ってるなんて、そりゃあ、夢にも思わなかったろうから、無理もない。

「おれがギャロンだってことが、どうしてわかった?」

おれは、巡査の首をしめあげた。

「すれちがったんならとにかく、うしろから見ただけで、わかるはずはないんだ。だれかに、教えられたんだろう?」

巡査は煉瓦のかべに押しつけられ、しめあげられながら、首をふった。

「うそをつけ、おれにはちゃんとわかってる。《リツル・ガールズ》のやつに、教えられたんだろう。バーテンか、バックレスのドレスをきた女か、小男の用心棒か?」

巡査は最後にうなずいた。お巡りの質もさがったもんだ。

「よし、わかった。気の毒だが、しばらくおねんねしてもらうぜ。目がさめたあとまで、おぼえていてもらいたいことがある。よく聞いてくれ。おれは無罪だ。だが、そういっただけじゃ、きみたちは信用してくれない。だから、自分でレフティを殺したやつを探しだす。それまでの時間をかしてくれ。犯人を届けたときに、きみには一回ぐらい殴られてやってもいいよ」

おれは巡査の腹に一発くわした。感傷なんぞに、もうふけってはいられない。おれはタクシーで、ホテル・メルディスに急いだ。おれが入っていっても、うさんくさげな顔をするやつはいなかった。いつもと違う。いちおう人間なみの服をきていたおかげなのだ。おれはエレベーターを使わずに、四階まであがった。四二号室の前に立って、廊下を見まわした。おりよく、だれもいない。おれはズボンのベルトから、レフティの血が握りにしみた四五口径をぬいて、

その銃口でベルを押した。ドアが静かにあいた。おれは飛びこんで、ドアをかかとで蹴ってしめると、

「動くな」

と、叫んだ。ドアをあけた大男が、両手をあげて、じりじりとあとへさがった。

「これは大変なお客さまだな。ここでそいつを、ぶっぱなすつもりかね」

と、窓ぎわに立った男が、静かな声で言った。麦わらみたいに薄い金髪の、背の高い男だ。大きな猫をだいている。ドアをあけた大男と、背の高い男のほかに、部屋にはだれもいなかった。もっとも人間はいないが、猫ならいた。男が抱いてるののほかに、大きいのや、小さいのや、三、四匹が椅子や床の上で、おれの様子をうかがっている。

「ジョオ・フランシスコだな」

と、おれはいった。男は猫をだいたまま、ゆっくり窓ぎわから離れた。かすかに片足をひきずっている。

「きみはクォートト・ギャロンだな?」

「どうして知っている」

「夕刊に写真が出ていたよ。そのピストルをしまわないかね。猫がおびえるし、わたしもあまり見たくない」

「レフティ・シュートを知ってるな。殺されたことは、もちろん知ってるはずだが」

「知っている。一時は仲がよかった。わたしのほうが、金まわりがよくなってからは、力にな

ってやったこともある」

「やつが刑務所に入ってからは、パットの力になってやったんだろう」

「パット？　ああ、レフティの女か」

「いまでは、きさまの女のはずだ」

フランシスコは、ぜんぜん表情を動かさなかった。長椅子にすわって、猫の頭をなでながら、おもしろそうにおれを見あげた。

「だれに聞いたんだね。パットがそういったのか？」

「そうじゃない」

「女というのは、ほかに取りえはないが、嘘をつくことだけはうまい。ところで、新聞記事というのも、わたしはあまり信用しないたちだが、きみがレフティを殺したのは、ほんとうかね」

「百人のうち、九十九人まで、そう思いこめば、ほんとうということになるらしいな」

「そう思っていないのは、きみだけじゃあるまい。もしきみのいうことが、多数決の嘘ならば」

「おれを罠にかけたやつは、そう思っちゃいないさ。だが、そんなことはどうでもいい。きみはパットをレフティから、とったのか、とらないのか？」

「返事をしないと、それを射つのかね。さっき、しまってくれ、といったはずだが」

フランシスコは、おれの手の四五口径を目でさした。

「射つかも知れない」

「じゃあ、返事をしてもいいが、その代り、こっちにもひとつ、返事をしてくれないか、きみをここによこしたのは、だれだか」

「きさまの返事を、さきに聞こう」

「パットという女には、あったことがない。きみも気づいたと思うが、わたしは足が悪い。第二次大戦のおみやげでね。わたしは外観だけしか、男でないのだ」

「ハッピイ・コワルツのところへ戻って、それがほんとかどうか、聞いてみるよ」

おれは四五口径をかまえたまま、ドアの外へすべり出た。ホテルをすこし離れたところで、おれはタクシーを待った。車内灯を消したタクシーが、おれの前へとまった。おれがドアをあける。同時に車内から、手が四本ぐらいのびた。おれの頭はブラックジャックの一撃で、じいんとしびれた。あっという間に、おれは車内へひきずりこまれ、タクシーは走りだした。おれがおぼえているのは、だれかが、

「コワルツのところへは、戻らないほうがいいな」

といったことだけ……

おれの頭に、固いものが落ちてくる。四五口径の台尻に違いない。おれはふらふらしながら、視線をあげる。まるでライフルほどもあるピストルを、片手に持って、立っているのは、パーカーだ。パーカーは笑いながら、四五口径をふりおろし、またふりおろす。パーカーの口から出るのは、トニの声だ。トニの明るい笑い声だ。おれを見て、笑っている。トニがおれを見て、笑っている。パーカーの肩ごしに、猫の顔したトニがのぞく。顔は猫だが、からだは女だ。裸

の女だ。両手で乳房をだいて、笑っている。おれはうなった。おれの額に、四五口径の台尻がつめたい。ぐにゃっとした妙な台尻だ。おれはうなって、その台尻を額からはらいおとそうとした。

「だめよ。せっかくしぼってきたばかりなのに」

と、女の声がはっきり聞えた。おれは目をひらいた。すぐ上に女の顔。誰だろう。おれはちょっと考えた。ああ、ミス・背中だ。おれが濡れたタオルをつかんだ手を、女はやさしく押えている。

「気がついたようね。よかった。たいしたことはなかったようだけど、心配したわ」

「おれはどうしたんだ?」

「タクシーの中から、往来へほうりだされたのよ」

「それを、きみが助けてくれたってわけか」

おれはミス・背中の顔を見つめた。その顔が二重露出みたいに、ふたつになる。ひとつにしようと、目をこらすと、頭がぶっこわれそうに痛んだ。

「ちょうど、通りかかって、よかったわ」

「そうかな」

おれは彼女を睨《にら》みつけた。こんどは頭の痛みを、我慢できた。痛むのは、ありがたいことに、頭だけだった。

「そんな怖い顔しないでよ」

ミス・背中がいった。もっとも、いまはラベンダ・ブルーのセーターを着ていて、背中はむきだしにしていない。

「わかったわよ。あたし、あなたのあとをつけていたの。ホテル・メルディスの前で待ってたのよ」

「ここはどこなんだ?」

長椅子の上に、おれは起きなおった。ミス・背中は、おれのとなりに腰をおろした。

「あたしのアパート。セントラル・パークの西がわよ。窓からパークがよく見えるわ」

「なんでおれをつけた?」

おれは濡れたタオルで、額をもんだ。頭がいやに熱い。つめたいタオルが、気持ちよかった。

「心配だったからよ。ジョオ・フランシスコは、コワルッと仲が悪いの。フランシスコのほうは、あまり相手にしてないようだけど」

「なるほどね」

「コワルツにあんなことといわせて、フレッドの気がしれなかったの」

「フレッド?　ああ、ミスタ・背中か」

「なによ、それ」

「馬鹿に背中でにらみをきかしてたからさ。きみはミス・背中だ」

「ああ、バックレスをきていたからね」

「いまきみの背中が見られないのは、残念だよ」

「見せてあげても、いいわよ」

「まあ、もうちょっとあとにしよう。コワルツがあんなことといったのは、ミスタ・背中の入れ知恵なのか？」

「ええ、パットはコワルツの世話になってるの」

おれは立ちあがった。

「おれの上衣《うわぎ》はどこにある？」

「あすこよ」

ミス・背中はテーブルの上を指さした。おれの上衣——いや、レフティの上衣が、のっかっている。おれは近よって、上衣をとった。その下に四五口径が——これは、だれのものとも知れない四五口径が、ちゃんとおいてあった。ありがたい。これがなかったら、ちょっとめんどうになるところだった。

「きみはいい子だな」

上衣の袖に手を通しながら、おれはいった。

「そんなことといわれると、てれちゃうわ。上衣を着て、どうする気？　まさかその顔で、出ていくんじゃないでしょうね」

「洗面所は？」

「あっち」

おれは洗面所へ入った。鏡のなかの顔は、かなりすごかった。だがもっとすごい顔で、街をうろついたこともある。恐怖映画の怪物のゴムのお面をかぶってあるくよりは、公衆秩序に害はないだろう。おれはつめたい水で、顔をあらった。だいぶ気分がよくなった。もとの部屋へもどると、ミス・背中のすがたが見えない。

「どこにいるんだ?」

「ここよ」

ドアのむこうで声がした。おれは半ばひらいたドアに、首をつっこんだ。その部屋は、ベッド・ルームだった。ベッドの上に、ミス・背中が、ミス・背中になって、うつぶせになっていた。ベッドのそばの小さなテーブルに、真珠いろの電話機がある。

「やくそく通り、背中を見せてあげるわ」

「ありがとう」

おれはベッドに腰をおろして、ブラジァのバンドに手をかけた。

「まだこいつが邪魔だな」

おれの手がスナップを外した。ミス・背中はパンティひとつの腰をまわして、あおむけになると、おれの首に手をのばした。

「あなたのようなひとを待っていたのよ、ギャロン」

「おれの名を、知っているのか?」

「フレッドに聞いたの」

おれは乳房に口を押しつけた。女は低くうめいた。おれはそのまま、手をのばして、受話器を持ちあげた。

「電話をかけろよ。きみがおれを助けたと知ったら、コワルツは怒るだろう。怒られないように、ひとつ手柄を立てといたほうがいい。ジョオ・フランシスコが殴りこみをかけるから、逃げたほうがいいんじゃないか、とコワルツに教えてやれ」

ミス・背中は、息をのんだ。

「もっとも、おれをタクシーにひっぱりこんだのが、コワルツの子分なら、その必要はないかも知れないが……」

「そうじゃなかったわ」

ミス・背中は受話器をうけとって、ダイヤルをまわしはじめた。おれはベッド・ルームを出て、テーブルの上の四五口径をとりあげた。弾倉をあらためると、弾丸《たま》は一発だけ、射ってあった。

「思った通りだ」

おれがベッド・ルームにもどると、ミス・背中は受話器を持ったまま、呆然とした顔つきだった。

「遅かったわ。コワルツはどこかへ、つれていかれたらしいの」

「フレッドは?」

「逃げたらしいわ」

「こいつも思った通りだ」

ドアにむかって、おれは歩きだした。

「クォート……」

「色事より先に、おれにはしなけりゃならないことがある。いつお巡りが、踏みこんでくるかわからないんじゃあ、おちおち、きみの背中を観賞しても、いられないからな」

「帰ってきてくれる？」

「もしかしたらね」

おれは四五口径を、ズボンのベルトにさしこんだ。


夜あかしの簡易食堂で、電話を一本かけると、タクシーでクイーンズ区へむかった。ラガーディア飛行場を飛びたった飛行機が、青や赤のライトをつけて、空のむこうに小さくなっていった。おれは見おぼえのある家の玄関に立って、ベルを押した。しばらくして、玄関のあかりがついた。

「警察のものです」

おれは四五口径をかまえて、大声をあげた、頭にひびいた。鍵《かぎ》のあく音がした。おれはドアを蹴りあけた。パトリシア・クェールは、ネグリジェの胸を両手でかかえて、立っていた。おれの顔が、すぐにはわからなかったらしい。そんなに、ふくれあがっているはずはないんだが。

「きみのいいひとに、会いにきたんだよ、パット」

「フレッドがきてるはずだ。やっこさんのおもわく通り、万事うまく運んだよ。コワルツはフランシスコの子分にひっぱっていかれた。目算が狂ったのは、おれに関することだけさ」

　おれは四五口径をかまえて、なつかしい今朝の部屋へ入った。

「きさま、生きていたのか」

　フレッドがナイフをかまえていた。

「フランシスコは、きみが考えていたより、ずっと大物だったよ。小細工がすぎたようだな。コワルツの目を盗んで、きみはパットと仲よくしていた。そんな浮気女のところへ、いそいそ帰ってきたレフティは、あわれな男さ。きみはレフティに踏みこまれ、やつのハジキをうばって、殴りころしてから、うまい保身の方法を思いついたんだ。コワルツには、パットがレフティを殺したことにした。コワルツに警察の手がのびないようにしなければ、という口実で、軍師きどりのポーズをつくったんだ」

「よく察したな。シドを使って、お前をつれこんだんだ」

「シドをこいつで」

　と、おれは四五口径をひけらかして、

「殺したのは、まずかったよ。弾丸の条痕《じようこん》検査をすりゃあ、動かぬ証拠になるぜ。きさまはハジキなんか軽蔑《けいべつ》して、使わないのをみんなが知っているから、疑いはかかるまい、と思ったんだろうが」

「畜生！」

「きみのナイフの腕前を、拝見できないのは残念だが、強そうだから、負けるといけない。なにしろ、頭がわれそうなんだ。お巡りさんに出てきてもらうよ」

パットが悲鳴をあげた。きっかけを待っていた巡査が、ドアから、飛びこんできたからだ。おれに殴られた巡査だ。さっき電話をかけて、呼んでおいたのだ。

「これが証拠だ」

おれは四五口径を、巡査にさしだした。

「これでさっき、首をしめたのと、殴ったのを、帳消しにしてくれるな」

巡査はフレッドに手錠をはめながら、にやりと笑った。おれも、にやりと笑った。もう朝が近い。おれはポケットに手を入れた。まだ金がある。バウアリへ帰って、レフティとシドのお通夜をしてやろう。もう起きている酒屋があるかな。

第二章　おれの葬式

美しき五月となれば、ニューヨークにも、若葉がかおる。ここバウアリは、クーパー・スクエアにも――いや、いっこうにこればっかりは、変りばえなく、ベンチに髭《ひげ》づらをさらしているのが、もちろん、おれだ。髭の長さは、未練の長さ。未練の長さをつめるのは、とうてい出来ない相談だが、この世のなかにはありがたい、お酒という流動物があって、すべてをしばらく、わすれさせてくれる。髭は夜中にのびるというが、とすれば、未練も夜中にのびるのだろう。せめて少しはその未練を、切りすてたいと思ったら、日の暮れがたから、夜あけまで、酒にひたっていればいい。なおその上に欲をいえば、朝になっても飲みつづけ、昼がすぎても飲みつづけ、夜になったら、また勇み立って、酒壜《さかびん》の栓をぬけば、もう髭の長さがどうのびようと、知ったことではないのだが、そうは問屋がおろしてくれない。あいにくと、まだ日が高い。屹立《きつりつ》するコンクリートの墓石を、五月の西日が薄化粧して、墓の下から生きた死骸が、ぞろぞろ出てくるときがきたら、ちっとは貰いがあるだろう。ただそれだけを楽しみに、おれは舌なめずりをしながら、夜がくるのを、待っていた。

「お前さん、クォート・ギャロンといやあしねえか?」

声がした。おれは重たい目蓋《まぶた》をあげた。いつの間にか、となりに男が腰かけている。こちらを見ているわけではない。足もとを見ながら、ぼそっといったことばだが、あたりにひとがいないからには、おれにむかって聞いたのだろう。

「クォート・ギャロン？　知らないね」

と、おれはいった。

「私立探偵をしていた男だ。ここへくれば、あえると聞いてきたんだが、弱ったな」

男の言葉には、西部なまりがあった。

「ここにはルンペンしか、こないぜ。そのギャロンとかいうやつに、お前さん、いったい、なんの用があるんだ？」

「あれだよ」

と、男が指さしたほうに、一台の自動車が、とまっている。国産車ではない。フィアット・アルバルド。年代は古いようだが、南国の風と光が凝りかたまったような、イタリアの車だ。

「なかなかいかす車じゃないか。私立探偵を探しているところを見ると、あの中にマリリン・モンローの死体でも、入っているのかね」

と、おれはいった。

「いや、死体なら九つ、たまっていたのを、けさ罐詰《かんづめ》にして、ヨーロッパへ送りだしたところだ」

西部なまりにしては、なかなか味なことをいって、男はにやりとした。

「なあにね、クォート・ギャロンってやつが、あの車を買ってくれるんだそうだ」

おれは、あきれた。すんでに、笑いだすところだった。おれが、あの車を買うんだって？　チャップリンだって、こんなギャグは、思いつかないだろう。この世のなかから棄てられた男が、なにもかも失ったこのおれが、安酒を呷《あお》る金もなくて、ベンチで昼寝をしてるルンペンが、輸入ものの車を買って、どうする気なんだ？　この田吾作、誰かの冗談をまにうけて、バウアリまでやってきたに違いない。けれど、そんな楽屋落ちの、まともには通用しないお笑いを、考えたやつは、だれなんだろう。

「へえ、クォート・ギャロンが、あの車を買うってのか？　お前さん、その私立探偵野郎に、手金でも貰ったのかね？」

と、笑いを嚙《か》みころしながら、おれは聞いた。

「そうじゃねえよ。あってりゃ、お前さんに、クォート・ギャロンかなんて、聞くもんかね」

「もっともだ。じゃあ、どういうわけだい？」

「頼まれたのさ、女に」

「女？」

いよいよ、わからない。いったい、どういうことだろう。近ごろは汚なづくりが持てるのか、おれに妙なそぶりを見せる女も、いないではないが、おれが車を、それもスマートなイタリア渡りを買うほどの、お宝を持っているなんて、思う女は、ロシアへ行って探したっていないだろう。

「どんな女だ？」

と、おれは聞かずにいられない。

「すてきな女さ。背はそんなに高くないが、すらっとしていて、金髪でよ。写真をあずかってきているんだ。ギャロンがおれの話を信用しなかったら、そいつを見せろってね」

「見せろ」

おれは田吾作の手首をつかんだ。

「痛えじゃないか。なにをしやがる」

相手は手をふりはなそうとした。なかなか力があったが、おれの握りかたのほうが、いくらかうまかった。

「痛いように、つかんだんだ。写真を見せろ。おれが取ってやる。どのポケットに入ってる？」

「ちえっ、左の内ポケットだよ」

「よし。大丈夫だ、金なんぞ、奪《と》りやしないから」

おれは、田吾作の革ジャンパーの、内ポケットに手を入れて、小さな写真をひきぬいた。しろうとが撮ったスナップだ。だが、ボリス・カーロフだって、その一枚の写真の顔ほど、おれをぎょっとさせることは、出来ないだろう。おれは男の手を離し、馬鹿が拘束衣を着せられたみたいに、写真を見つめた。

「どうだ、いい女だろう。トニ・マカリスターというんだ」

手首をさすりながら、田吾作がいった。おれの耳には聞えない。聞えなくても、わかっていた。写真の女はトニなのだ。かたちのいい顎《あご》も、トニなのだ。みずみずしい脣《くちびる》も、トニなのだ。ちょっとしゃくれた鼻も、トニなのだ。笑みをふくんだ目も、トニなのだ。昔と変らぬ長い金髪も、トニなのだ。長く垂れ、首のまわりで波立っているブロンドの髪。とつぜん、おれのすわったベンチの周囲の、酸素が希薄になったようだった。この金髪は、男をおぼれさす蜜《みつ》の流れみたいに、パーカーの腕にからんでいたものだった。

そして、この前、あったときには、いきに短かくカットされて、メキシコの太陽にほどよく染められた顔を、黄金の額縁みたいにふちどっていたものだった。そうだ。この前、あったとき……

こんなことって、あるもんか！

「おい、いまなんていった。この女の名前、もういちどいってみろ」

「お前さん、補聴器を質入れしたのか。トニ・マカリスターだよ。本物は写真の千倍ぐらい、すばらしいぜ」

「そんなことは、どうでもいい。この女にあったのか？」

「あったさ。あわずに、頼まれるはずはないじゃねえか。あの車だって、実をいうと、その女のものなんだ」

「いつ、あった？」

「けさだよ」

「そんな馬鹿な！」

と、おれは叫んだ。トニはいまごろ、どこかの女囚刑務所にいるはずだ。おれと離婚するために、パーカーと手をとりあってメキシコへ。それから、またニューヨークへ舞いもどり、その真相は知るよしもないが、パーカーにあきがきたのだろう。おれの手を嚙んだ飼犬を、四五口径で沈黙させて、その罪をおれに着せようとした。だが、そいつがばれて、警察のご厄介になり、あるいはもう、この世にはいないかも知れない。いるとしても、こんな輸入車を、乗りまわすことは、出来ないはずだ。幽霊か。いや、トニの幽霊ならば、このおれがいつでも背負って歩いている。メキシコ料理みたいに胸を焼く、つらい悲しい思い出いがいに、この世のなかに幽霊なんてあるもんか。

「どこで、あったんだ?」

おれはまた、男の手首を、つかもうとした。けれど、こんどは相手が油断をしなかった。おれの手をはらって、突っ立ちあがると、目を三角にして、

「どこであおうと、よけいなお世話だ。お前の知ったことじゃねえだろう」

「ところが、知ったことなんだ。クォート・ギャロンというのは、おれさ。とうの昔に、私立探偵じゃなくなってるが」

フィアット・アルバルドは、気まぐれな五月の風のように、バウアリをぬけだして、北へ走った。

「どこに住んでるんだ? そのマカリスターという女は」

ハンドルを握っている田吾作に、おれは聞いた。

「東三十六番ストリートだよ」

やっぱりそうか。おれは目をつむった。車はレキシントン・アヴィニューの午後を走りぬけ、東三十六番ストリートに近づいていた。

「さあ、ついたぜ」

田吾作がドアをあけた。おれは、足がふるえるような気がした。どれほどおれが注意ぶかく、ここへ近づかない算段を、してきたことか。五年前とおなじ人びとが、まだこのあたりに住んでいるだろう。おれは顔をふせて、玄関へ入った。階段をのぼる。二階、三階、顔をあげなくても、わかっている。おれは足音を忍ばせて、二度と見たくないと思っていたドアに、近よった。あの晩とちょうどおなじだ。

あのときおれは、ある事件の調査のために、二週間ほどニューヨークを離れていた。調査がすんで市へ戻ったのは、夜だった。おれはまっすぐアパートへ行った。事務所には寄らず、トニに電話もかけなかった。信ずるという美徳を持った愚か者は、とつぜん帰っておどろかす、という古くさい思いつきに、胸をわくわくさせていたのだ。おれはそっとドアをあけた。あの晩のように。

二階つづきのフラットは、五年前と変っていない。あの晩は、階上だけに灯がついていた。おれは馬鹿笑いに顔を崩しながら、寝室へ階段をのぼったものだ。いまも静かに階段をのぼる。

「お前さん、よく知ってるじゃねえか、この家のこと――」

田吾作がいったが、おれは返事をしない。あの晩の馬鹿笑いは、寝室のドアをあけたとたん、微塵《みじん》にくだけとんだのだ。ベッドの上に、裸同様のトニを抱いて、抱きしめていたのは、ギャロン探偵事務所の、おれの部下の、デイヴ・パーカーだったのだ。いまも、ベッドの上には、トニがいた。薄く透きとおったネグリジェを、照しているのは、だが、電灯の光ではない。窓からさしこむ五月の日。ネグリジェの下に、彼女はなにも着ていなかった。息づく乳房、うねる腰、そして長い金髪が、背に流れて。

おれの顔を見たとたん、彼女の目が大きくなった。

「トニ!」

おれは思わず、口走った。そのときだ。おれは後頭部を、ぶんなぐられた。ブラックジャックだ。どうしてトニがここにいるか、考えている余裕はなかった。おれは倒れながら、からだをねじった。おかげで、二度めのブラックジャックは、頭で受けとめないですんだが、肩にめりこんで、首が斜めになってしまった。ブラックジャックを、ふっているのは田吾作だった。おれは足をあげて、やつの股倉《またぐら》を蹴《け》りあげてやろうと思った。だが、思っただけでは、どうにもならない。おれがまだ足をあげないうちに、大きなコードバンの靴が、おれの頭をフットボールと間違えやがったのだ。おれは床の上を、二回転した。あおむいた瞬間、顔の上に靴がふってきた。靴の底というのは、じつにまずいものだ。どんなに腹がへってたって、とうてい食えたものではない。おれは両手で靴を押しのけて、血のつばを吐きながら、起きあがろうとした。膝《ひざ》がふるえて、どうしても立てない。とたんに尻を蹴とばされて、おれはまた匍《は》いつくばった。と思うと、脳天にブラックジャック。

敵は田吾作ひとりではないのだ。コードバンの靴のやつが、もうひとりいるのだ。けれど、おれの目はもう見えなかった。頭は半分、アラスカかどこかへ飛んでいって、かすかに脳波を送ってきていた。クォート・ギャロンも、こうなっちゃあ、だらしがない。

おれの顔へ、水がぶっかけられた。おれは目をひらいた。だが、まだなにも見えない。

「気がついたらしいな」

と、声がした。田吾作の西部なまりではない。おれは目を大きくひらいて、ぶわぶわと白い視界を、ひとつに絞ろうとした。霧みたいに白いものが、かたまる。白髪の頭だ。その下に、どこかで見たような顔が、あった。

「ギャロン。おれをおぼえているか?」

と、白髪あたまがいった。とたんに、おれは思い出した。

「チャールズ・シムラーか」

おれはいった。妙にかすれた声だ。これが、おれの声なのだろうか。

「その通りだよ。しばらくだったな」

シムラーは、だいぶかわっていた。ごま塩だった髪が、すっかりまっ白になったし、額から左の頰骨へかけて、大きな傷が出来ていた。以前より三割がた悪党づらになって、親分というより、うだつのあがらない殺し屋のように見える。

「いつ刑務所を出たんだ? 死刑の評決をされたんじゃ、なかったのか」

妙なおれの声がいった。シムラーは相変らず、葉巻を唇のあいだでころがしながら、鼻のさきで笑った。

「金があると、いい弁護士がやとえるんでね。こうして、きみに礼をいうことも、出来るというわけだ」

「その傷はどうした？　弁護士に金をはらわないんで、斬りつけられたんじゃないのか？」

と、おれはいった。口をきくと、あっちこっちが、ひどく痛んだ。

「うるさい」

シムラーはどなった。

「バック・グラフトンの騒ぎのときには、よくもひどい目にあわしてくれたな。きょうはしみじみ、礼をいわせてもらうぜ」

「なあに、大したことはしなかったさ」

いくらか頭が、はっきりしてきた。けれど、肩の上に、大きな火の玉を乗っけているような気がする。おれは、あたりを見まわした。いつの間にか、階下へおろされていた。むかし、おれたちが居間に使っていた部屋だ。おれは台所から持ってきたらしい椅子に、しばりつけられている。そばにブラックジャックをぶらさげて、例の田吾作が立っている。正面の安楽椅子にはシムラー、横手の安楽椅子にトニがいた。トニはまだネグリジェ一枚だった。すわりかたがどうもおかしい。よく見ると、靴をはいていない両足が、足首のところで、縛られている。両手はうしろへ廻しているが、これもどうやら、縛られているらしい。血のけのない顔をして、おれとシムラーを、七三に見つめている。どうも、筋書がのみこめない。

「いったい、なにをおっぱじめるつもりなんだ？」

と、おれは聞いた。

「クォート・ギャロンの葬式さ」

葉巻のけむりを吐きだして、シムラーは立ちあがった。

「おれは仕度をしに行くからな。あとを頼むぜ。油断するなよ」

と、これは子分にいったもの。それから、おれを見て、

「葬儀委員長は忙しいぜ」

にやっと笑うと、シムラーは部屋を出ていった。あいた安楽椅子へ、おれの背後から、痩《や》せた男が大股《おおまた》に、歩いていって腰をおろした。組んだ足に、コードバンの靴をはいている。おれに底革をしゃぶらしたのは、こいつなのだ。顔を見ると、まだ子どもだった。色の白い頬に、生毛が金いろに光って、クレオンを塗ったみたいに、純な青い目をしている。この顔が、ひとこともいわずに、おれの顔を重い靴で踏みにじったのかと思うと、妙な気がした。おれが睨《にら》みつけても、目をそらさない。微笑しているような脣に、タバコを挟《はさ》んで、火をつけた。学生が隠れて吸いはじめた、といった手つきだ。おれは脣を歪《ゆが》めて、笑ってやった。けれど、若僧の表情は、変らなかった。おれはまだブラックジャックを、ぶらぶらさせている田吾作に、顔をむけた。

「おい。シムラーは、おれをどうする気なんだ？」

「さっき、教えたじゃないか。お前さんのお葬式を出してやろうてのさ、うんと派手にな」

と、西部なまりがいった。

「その女の役割は、なんなんだい？」

おれはトニのほうへ、顎をしゃくった。いや、トニではない。トニであろうはずはない。よく似ているが、トニよりいくらか若いようだ。落着いてつくづく見ると、ネグリジェの下の胸も腰も、豊かではあるが、トニのそれの、熟した果実のような柔みとは違い、おなじ甘さでも、セロファンにつつまれたハード・キャンディといったところだった。トニに妹がいたかな、とおれは思い出そうとした。

「あの女は犯人さ」

と、田吾作がいった。

「犯人？」

「お前を殺す犯人だよ。ほんとだぜ。お前を殺す気で、はるばるニューヨークへ、やってきたんだからな。だがな、やりそこなうといけないから、おれたちが手伝ってやろうってんだ」

「なるほどな」

おれはいった。だんだん筋道が立ってきた。

「シムラーらしいやり口だよ。おれを殺しておいて、その女を犯人にしたてるわけか、警察へひきわたして」

「そんな危ないまねは、グラフトンのときでこりたとさ。罪の恐しさに、遺書を残して自殺するんだ。うぶな思いつめた娘のやりそうなことだろう」

田吾作は口が軽すぎた。若僧が咎《とが》めるような目つきをした。だが、間にあわない。トニに似た女は、悲鳴をあげた。若僧は立ちあがると、女の前に立った。右手が動いた。女の頬が、音高く鳴った。手のあとが、青ざめた皮膚に、赤く残った。女はびくっとして、静かになった。

「ダグ、少し喋《しゃべ》りすぎるぞ」

こちらを振りかえって、若僧がいった。田吾作の名はダグラスとか、ダグウッドとかいうらしい。ダグ氏、若僧に大きな顔をされて、おもしろくなさそうだ。おれにとっては、チームワークに心理的歪《ひず》みが出来るのは、大いにありがたい。さっきから、椅子のうしろで、おれはなんとか、手首の縄をとこうとしていた。だが、おれを縛ったやつは、ふたりのうちのどっちかわからないが、馴れていた。

「わかっちまっちゃ、しょうがない。いまのうちに、書置きをかいといてもらおうか」

若僧が女にいった。部屋のすみから、小さなテーブルを持ってくると、女の前にすえた。レター・ペーパーが乗っている。若僧はそのそばへ、万年筆をおいて、女の手の縄をほどいた。

「おれのいうとおり、書くんだ」

女はふるえていた。声も出ない。

「万年筆をとれよ」

女はわずかに首をふった。

「いやか?」

女はうなずいた。

「いやでも書くんだ」

女は手を出さない。若僧はゆっくりタバコをふかした。

「タバコの火ってやつは、やけに熱いもんだぜ」

若僧はタバコを右手でつまんだ。

「服を着たとき、見えるところにやっちゃ、気の毒だな」

おれの椅子からは、テーブルの下が、よく見えた。若僧の手が、ネグリジェをまくりあげた。タバコの火を、たなごころに隠した手の甲が、場所を選んで、白い腿《もも》を撫《な》であげた。女は膝をかたくあわした。

「足をひらかないと、見えるところに傷がつくぜ」

手の甲が、腿のあいだに割りこんだ。ダグがおれのそばで、唾をのみこんだ。女が悲鳴をあげた。連鎖反応みたいに、若僧の左手が、女の頬に飛んだ。悲鳴はぴたりとおさまった。同時に、若僧の右手が動いた。肉の焦げるにおいがした。うっと呻《うめ》くと、足をひらいて、下腹をつきだして、女はのけぞった。気を失いかけたところへ、また平手打ちが鳴った。

「万年筆をにぎれ」

女はいわれた通りにした。ペン先がテーブルの上で、かたかた鳴った。

「そんなにふるえてちゃあ、書けないぜ」

タバコの火が、腿のつけ根に近づいた。脂の焼けるような匂いがした。ペン先のふるえは、ぴたっととまった。

おれはどこへ運ばれるのか、見当もつかなかった。電気器具かなんかの大きなボール箱へ、椅子ごと入れられて、外へ運びだされたのだ。小型トラックかなにかで、どこかへつれていかれるらしい。足もとがさかんに揺れている。揺れるのがとまったら、そこがおれの死場所なのだ。おれはトニのことを思った。トニに似た女のことを思った。死ぬことは、なんでもなかった。どうせ五年前に、死んだも同然のおれなのだ。こののち何年、生きつづけたところで、なんということもない。おれが悲しまないくらいだから、ほかに悲しんでくれるひとも、いないだろう。バウアリの裏町から、また酒をのむ亡霊が、ひとりいなくなった、というだけのことだ。

だが、どうせ死ぬなら、ひとりで死にたい。よけいな道づれは、ごめんだった。ことに相手が、おれを殺すつもりで、ニューヨークへきたとあっては、なおさらごめんだ。地獄へ急ぐ道すがら、おんな特有のしつこさで、怨みつらみを聞かされたのでは、たまらない。ボール箱に入れられたのは、ある意味で幸いだった。大っぴらに、両手でもがくことが出来る。手首の縄は、いくらかゆるくなってきた。もう少しゆるんで、両方の親指さえ外れれば、あとは簡単だ。だが、おれの両手は肩から先、木製になってしまったようだった。縄の摩擦で、手首から、マッチみたいに燃えだしそうだ。がくんといって、足もとが動かなくなった。ボール箱ごと、おれは下へおろされた。蓋があいて、おれは椅子ごと、かかえだされた。灰いろの部屋だった。

天井も灰いろ、壁も灰いろ、床も灰いろ、ぜんぶコンクリートの、愛想のない部屋。いや、これはギャレージに違いない。

「ここがお前の終焉《しゅうえん》の地だぜ、ギャロン。よく見ておけよ」

と、シムラーがいった。

「ギャレージだな。ここはどのへんだね？」

「さっきのアパートと、それほど離れてはいないよ。幽霊になってさまよい出てみれば、わかるだろう」

といってから、シムラーは子分たちのほうへ、顔をむけた。ギャレージのなかには、ダグと若僧と、もうひとり大柄な男と、三人の子分がいた。三人めは運転手に違いない。

「ビル、用意はいいか？」

シムラーが、若僧にいった。ビルはうなずいた。シムラーはおれのほうを、じろりと見て、

「念のために、縄をあらためとけ」

ビルはまたうなずいて、近づいてきた。おれはあわてて、ゆるんだ結び目を誤魔化そうとした。だが、そんな器用な真似が、出来るはずはない。

「こいつ。フーディーニー気取りで、妙なことをやっていやがる」

ビルは女みたいな笑い声を立てた。おれの手首は、縛りなおされた。

「こんどは大丈夫ですよ、ボス」

「それじゃあ、ダグ、頼んだぞ」

シムラーは床から、ボストン・バッグをとりあげると、なかから大型の魔法瓶《まほうびん》みたいなものを取りだして、ダグにわたした。

「へい。わかってますよ」

ダグがいった。シムラーはふたりの子分をうながして、ギャレージの奥の小さなドアをあけながら、おれに片目をつぶった。

「葬式がうまく行くようにな、ギャロン」

「道具立てをつくってくれて、ありがとうよ」

と、おれはいった。シムラーはドアをしめながら、

「どういたしまして。いまその男に渡したのは、時限爆弾だ」

ダグとおれだけが残った。ダグはシムラーたちが出ていったドアに、内側から大きな鍵《かぎ》をかけた。おれがじっと見つめていると、やっこさん、なんとなく落着かない。時限爆弾を床において、しきりに腕時計を見ている。

「どうした。怖いのか?」

と、おれはいった。

「セットしたとたんに、爆発しちまやしないかと思って、心配してるんじゃないのか?」

ダグはおれのほうを、じろりと見た。

「もしかすると、そいつは時限爆弾じゃないかも知れないぜ。お前、よそものだろう」

と、おれはいった。

「シムラーのほんとの身内じゃあるまい。流れ者の殺し屋だ。気はゆるせない。おれといっしょに、殺しちまおうって腹じゃないかな。シムラーはそういうことを考えるやつだ」

「うるせえ」

ダグは嚙みつくようにいった。

「何時に爆発させることになってるんだ?」

ダグは返事をしない。

「おれも覚悟をしなけりゃならないからな。教えてくれたっていいだろう」

「十一時半だ」

もちろん、夜の十一時半に違いない。

「いまは何時だ?」

と、おれは聞いた。

「十時四十分になるとこだよ」

腕時計を見ながら、ダグはいった。

「お前は何時にここを出ていく?」

ダグは白い目をむけた。これを聞いたのは、まずかった。おれは時間がほしかった。それで、あせってしまったのだ。

「そいつが時限爆弾かどうか、調べてみたらどうだい?」

ダグは聞えないふりをして、ギャレージのなかを、歩きまわっている。なんども腕時計を見た。床の上の時限爆弾も、なんどか見た。おれはもう、黙っていることにした。ダグの心が動揺していることは、確かだった。あとは一刻も早く、やつが出ていってくれることを、願うばかりだ。爆発までひとりきりになれる時間が、長ければ長いほど、助かる率は多くなる。ダグは床にかがみこんだ。口のなかで、なにかつぶやきながら、時限爆弾をいじっている。時計が秒を刻む音が、聞えはじめた。ダグは時限爆弾を、おそるおそるささげて、近づいてきた。

「ひとりで死ぬのは、淋しいだろうが、おれは行くぜ。悪く思うなよ」

ダグはおれの前に、爆弾をおいた。

「なんとも思わないよ」

と、おれはいった。正面の大戸にあいてる小さなくぐり戸から、ダグは出ていった。出ながら、壁のスイッチをきった。くぐりの外が、明るく見えたが、すぐそれも閉じられて、おれのまわりはまっ暗になった。闇のなかに、おれの命の残りを刻む、秒の音だけが響いている。おれの命は、あと何分、残っているのだろう?

さっきダグが教えてくれたのが、十時四十分。やつはそれから、ずいぶんまごまごしていたようだが、二十分と踏めば、ちょうどあますところは三十分。三十分のうちに、縄ぬけして、ここから逃げださなければならないのだ。さっきビルが、おれの手首を縛りなおしたが、かえって幸いだった。うまい縛りかた、というのがあるように、うまい縛られかた、というのもある。こんどはおれも正気だから、へたな縛られかたはしなかったのだ。だが、こうやって、椅子にすわったままでは、どうしようもない。足もとの死を刻む音から、出来るだけ離れるように、おれは椅子ごとひっくりかえった。頭はうたないように注意したのだが、それでも倒れたとたん、気が遠くなって、しばらくは動けなかった。動けるようになると、おれは猛烈にあばれた。

死の近づくセコンドが、おれの頭の中で、がんがん響きわたった。ビルの縛りかたは、やけにうまかった。床にこすりつけている肩と、頬っぺたが、ひどく痛んだ。顔が血だらけになったころ、ようやく手首の縄がとけた。手が自由になれば、すぐ足も自由になる。おれは立ちあがった。足もとがふらふらしたが、そんなことは、いっていられない。まっ暗ななかを、手さぐりで、大戸に近づいた。縛《いまし》めをとくのに、十五分くらいかかっている。十分くらいかも知れないが、多く見ておいたほうがいい。あと十五分以内に、くぐり戸をあけて、外に飛びだすのだ。時限爆弾をとめられれば、いちばんいいのだが、とめかたがわからない。おれは壁を手さぐりして、スイッチを入れた。電灯のまぶしさに、目を細めながら、おれはくぐり戸を押してみた。からだをぶっつけたくらいで、あく戸ではなさそうだ。おれはギャレージの奥へ走った。使っていないギャレージらしく、修理道具ひとつおいてないが、奥に針金がひと束おいてあるのを、見ておいたのだ。

おれは針金をかかえて、大戸に戻った。針金の先を曲げて、くぐり戸の鍵穴《かぎあな》へつっこみ、がちがちやった。よほど頑丈な鍵だとみえて、なかなかあかない。それに手がふるえて、思うように針金があやつれない。ようやくあいた。おれはくぐり戸に、からだをぶつけた。新鮮な空気が、おれの肺にどっと流れこんだ。おれの頭上には、星空があった。助かった、と思ったとたん、すごい物音がした。大きな鉄扉が、おれの上に倒れかかった。おれの計算には、五分ほど狂いがあったらしい。時限爆弾が爆発したのだ。

おれの両足は、鉄で出来ているみたいだった。匍うようにして、おれは東三十六番ストリートへ戻ってきた。とちゅうで倒れてしまいたかったが、おれにはもうひとつ、することが残っている。トニに似た女は、まだ殺されていないはずだ。おれの死ぬのが十一時半だとすれば、罪の意識にさいなまれて、自殺を決意するまでに、すくなくとも二、三時間はおかなければ、不自然だ。おれは、一階の女主人の部屋のドアをたたいた。五年前とおなじ肥った女が、顔をだした。おれの顔をひと目みると、

「あっ」

といって、ドアをしめようとした。おれはドアのあいだに、片足を入れて、

「三階の女は、どこかへ出かけたか?」

女主人がおどろいたのは、おれをギャロンと見わけたからではない。おれの顔が、ものすごかったからだ。ちぎれたシャツや、黒くいぶった腕で、鏡を見なくても、断言できる。

「い、いいえ」

ふるえながら、女主人はいった。

「出かけてましたけど、一時間くらい前に帰ってきましたわ」

「ええ、だれかドアをたたいたようなので、出てみると、あのひとがあがってくところでした。いやにしょんぼりした恰好で」

「間違いないな？」

「わかった。おれに聞かれたことは、わすれろよ」

おれは玄関から出ていった。裏手へまわって、非常梯子《ばしご》を三階までのぼった。換気のためか、窓が細目にあいている。おれは非常梯子に匍いつくばって、室内をのぞいた。まず目に入ったのは、床に四つんばいになっている女のすがただった。いや、よく見ると、女の服を着て、金髪を背にたらしているが、顔はビルだ。ビルを知らなければ、いちおう女に見える。女主人が見たのは、こいつだったのだ。ビルはギャレージからここまで、女に化けて帰ってきたのだ。むろん、目撃者をつくるためだ。トニに似た女は、ビルのからだの下にいた。男物のワイシャツ、ビルのものに違いないが、それを羽織っただけの裸で、自分の服を着た男を、必死に押しのけようとしている。ビルは目をぎらつかして、女の口を片手でふさごうとしていた。やっぱり、こいつ変態だったのだ。おれはいっきに、窓を押しあげて、非常梯子を蹴った。颯爽《さっそう》と飛びこんだつもりだったが、そうはいかない。おれのからだは、ビルの上にぶざまに落ちた。

「き、きさま、どうやって逃げだした」

おれを突きのけながら、ビルは叫んだ。

「あんなことで、死にきれるか。せっかく女のなりをして、見せびらかして歩いたのも、無駄になったたな」

ビルは目を光らして、飛びかかってきた。おれはやつのかつらをつかんで、ひきずりおろした。ビルは目が見えなくなって、なにか叫んだ。おれはその腹を蹴っとばした。ビルは女の服が勝手ちがいで、自由に動きまわれないのだ。おれはやつの顎の下に片手をかけて、頭を壁に叩きつけてやった。やつは口から血を垂らして、うめいた。

「シムラーにいうんだ。二度とおれに手を出すなってな。わかったか?」

「わかった」

苦しそうな声だ。おれが横っつらをひっぱたくと、げっといって、ビルは気を失った。おれは女のほうをふりかえった。

「きみはトニのなんだ?」

「いもうと」

女はワイシャツの前をあわせながら、ぽつりといった。

「思い出したよ。西海岸のほうに妹がいるとか、トニがいった。いまごろ出てきて、渡りものの殺し屋なんんか、やとうから利用されるんだ」

おれは目をそらしていった。

「服を着たまえ。駅まで送ってやる」

おれは彼女の服を、ビルが着ていることに気づいた。おれはビルの服をぬがせにかかった。なんとなく滑稽だった。滑稽で、やりきれない眺めだった。おれは女の服の下から、男のからだが出てくるのを、見おろしながら、乾いた笑い声を立てた。笑うと、からだじゅうが痛い。

第三章　気のきかないキューピッド

壜《びん》の底から、天井見れば、黒い紋章おごそかに——いや、軽くなった酒壜をおっ立てて、内側をつたいおちる最後のひとしずくを、怨めしく睨《にら》んでいるのが、クォート・ギャロンであるならば、この天井は宮廷の謁見室であろうはずもない。黒い紋章は三匹の油虫。額をあつめて、三角関係の清算でもしようというのだろう。全身の力を舌にこめて、最後のバーボンを吸いとると、おれは空壜を、はっしと投げあげた。腕はそれほど、鈍っていない。ガラスのくだける音といっしょに、油虫は床へおちた。だが、一匹だけ。あとの二匹は、どこへ走りさったか、風をくらって、もう見えない。床に死んだ不しあわせな一匹は、きっとその名を、クォート・ギャロンというのだろう。逃げた二匹は、雄がパーカー、雌がトニ、手をとりあって、メキシコへでも飛んだのに違いない。

おれは油虫の死骸を見つめた。死んだやつは、不しあわせだろうか。幸福のうちに死んだのなら、不幸であるかも知れないが、不幸のうちに死んだのなら、心が死んで、からだだけは生きているより、どれだけましかわからない。死んだ心にアルコールを通わせて、場末の町に生きているおれには、そのつらさがよくわかる。安酒の二日酔いは、ほうっておいても、やがてさめるが、苦い思い出の二日酔いは、いつまでもさめることがないのだ。

ドアにノックの音がする。たまさか、ふところに余裕があって、安宿のひとり部屋へとまると、ろくなことはない。天井に酒壜ぶつけた物音に、まうえの住人がおどろいて、文句をいいにきたのだろう。しかたがない。あやまればいいんだろう。おれは立ちあがった。ドアをあける。廊下には、女がひとり、籐《とう》で編んだバッグをさげて、立っていた。若い女だ。膝《ひざ》の上までのスカートも黒、ぴったり身についたセーターも黒、髪の毛までも、黒だった。夜のように黒い髪だ。顔だけが、いやに白い。無表情な顔。白墨《チョーク》を塗ったような白さだ。

「なにかご用ですか?」

と、おれはいった。

「クォート」

しぼりだすように、女がいう。大きな、これも夜のように黒い目が、おれを見つめた。その目は、前と変っていない。

「キット……キット・オドネルじゃないか!」

「クォート」

女はおれにしがみついた。黒い目からは、栓がけしとんだみたいに、涙があふれだした。涙はおれの胸毛を濡らして、腹にしたたりおちた。六月の夏の走りの太陽が、窓ごしに照りつけて、部屋はあつい。おれはズボンひとつの裸だったのだ。こんな恰好で、若い娘にすがりつかれているのは、おだやかな図ではない。キットにとっては、なおさらだろうに、あけっぱなしのドアも気にかけないのは、よほどのことに違いない。白墨じみた顔のいろも、激情がいっさいの常識を、塗りこめてしまった証拠だろう。おれはドアに片手をのばしながら、片手でキットの肩をさすった。

「泣いてちゃあ、わからない。どうしたんだ」

おれが生れて育った百二十番ストリート、そこで食料品屋をやっているこの娘の父親が、死んだのか、とまず思った。この前、キットとあったときには、親父さん、しごく元気だったようだが、あれからだいぶたっている。

「キット、まさかきみのパパに……」

と、おれがいいかけると、女は大きく首をふった。

「パパはあたしが、あんたにあいにきたこと、知らないわ」

とすると、この娘自身のことだ。それも、親には相談しにくいこと。ルンペンのいどころを探すのは、容易な仕事じゃない。その上に、百二十番ストリートから、バウアリくんだりまで、はるばるやってきたのだから、なまやさしいことでは、ないのだろう。おれは部屋を見まわした。腰かけさせる椅子はない。おれはキットの両肩に手をかけて、やさしくベッドにすわらせた。

「なんの用だい?」

娘の肩の手ざわりが、おれには気になってしかたがない。じかにセーターを着ているらしい胸のふくらみも、この前あったときのキットとは違う。おれの凝視に気がついて、彼女は腰を斜めにひいた。膝をそろえて、スカートのすそを、両手でひっぱった。この娘は男を知ったのだ。

「クォート、お願いがあるの」

といいかけた声にも、恥じらいがある。小さな顔をまっ黒けにして、はだしで往来を走りながら、おれに呼びかけたころの声でも、近所のひとたちのために、おれの手をかせ、と口説いたときの声でも、ないのだ。

「ひとを探してもらいたいのよ」

やはり、頼みは彼女自身に、つながったことだった。だが、どんなことでも、おれは力をかしてやる気だ。

「男か、女か」

「男よ」

これも予期した答えだった。

「名前は?」

「マイク・マクヒュウ」

「年齢、職業、それから、最後に住んでいた場所は?」

おれは出来るだけ、そっけなく聞いた。深く聞くことは、キットの心の傷口を、えぐると同じだと、たいがい察していたからだ。

「年は二十三」

彼女より二つ上か。

「ホット・ドッグ・スタンドのカウンターマンをしながら、音楽を勉強していたわ。三番アヴィニューの小さなアパートに住んでいたんだけど……」

キットは隣りにすわったおれに、またすがりついて泣きだした。

「もう……もう五日も、帰っていないのよ、そこには」

「よく外に泊るたちの男じゃないのか？」

「ううん」

彼女は首をふった。胸のふくらみが、かすかに揺れた。裸の乳房を見るようだった。

「あたし……マイクと結婚するつもりだったの。あたし、す……棄てられたのかしら、クォート」

また泣きじゃくるひまを、おれはあたえずに、

「その男のこと、パパに話したのかい？」

と、およそ返事の知れていることを聞いた。

「パパはジャズなんかに夢中になっている男は、みんな出来そくないだって、いつもいってるんですもの」

「マイクの特徴を教えてくれ」

「髪の毛は白っぽい金髪で、クルー・カットにしているわ。口が大きくて、鼻のわきにほくろがあるの。ほくろは多くって、右のわき腹には、三つも三角に並んでいるのよ」

といってから、キットはまっ赤になった。おれは彼女の顔から、視線をそらして、立ちあが

った。

「よし、探してやろう」

「お願い」

「探しだしたら、どうすればいい？」

「あたしにあわして」

「あってどうするんだ」

これは聞くべきではなかった。彼女はうつむいてしまった。両手で顔をおおった下から、うめくような声が聞えた。

「どういうつもりなのか、聞きたいの」

おれはキットの肩をたたいた。

「おれにまかせておけ。さあ、行こう。家まで送ってやるよ」

地下鉄のなかで、おれはわざとキットから離れていた。おやじさんの食料品店へ曲る角のところで、もう少し知っておくべきことを聞いた。マイクがつとめている店のありかや、友だちの名だ。キットはあまり、多くのことを知らなかった。わかれぎわ、彼女はおれの手に何枚か、紙幣を押しこんだ。

「いまはこれだけしかないの。でも、なくなったら、いってね。なんとかするから」

苦労してためた小づかいだろう。結婚費用のつもりで、ためていたのかも知れない。うけとりたくはなかったが、おれのいまのふところでは、あまり自由に動きまわれない。とにかく、あずかることにした。

「それじゃあ……」

おれは手をあげた。

「なにかわかったら、電話してね。あたし、どこへでも出ていくから」

「わかった。あまり、くよくよしないほうがいいよ」

おれはふりむかずに、歩きだした。まずマイクがつとめていたホット・ドッグ・スタンドへ、いってみるつもりだった。陽がかげって、歩くのは苦にならない。おれたちがバウアリから、地下鉄でやってくるあいだに、雲がひろがっていたのだ。ホット・ドッグ・スタンドはキャンディ・ストアや、アイスクリーム・パーラーのならんだ一郭にあって、小さなだんだら模様の日除けを、往来にさしのべていた。まわりの店とおなじように、薄汚なかった。間口はいちばん狭いだろう。赤いソーセージが、白いコック帽をかぶった猥褻《わいせつ》な立看板が出ている。近づいていくと、逃げた女をわすれられない馬鹿な男の歌が、そうぞうしく聞えた。だがそれは隣りのアイスクリーム・パーラーから、聞えるものだった。おれはガラス戸を押して、中をのぞいた。細長い店で、奥行きは思ったよりある。カウンターが歩道と直角に、奥へのびていて、止り木が並んでいた。ほとんどが、人間をのせていない。いちばん奥のが、ふさがっているだけだ。カウンターの内側にも、ひとりしかいない。馬面のまるで子どもで、大きすぎるコック帽を横っちょに、両手でにきびをつぶしている。

「いらっしゃい」

おれの顔を見ると、馬面は気のぬけた声をあげた。だが、両手は顔へいったままだ。なかほどの止り木に、おれはのぼった。

「ホット・ドッグをあげますか?」

馬面は片手だけ、おろした。

「ここはホット・ドッグ・スタンドだろう」

「ほかにハンバーガーが出来るんです」

「ホット・ドッグでいいよ」

おれは朝めしをくったきりで、いくらか腹がへっていた。キットの金に手をつけなくても、ここの払いぐらいは出来る。

「からしをたっぷり塗ってくれ。にきびの芯《しん》は入れなくてもいいぜ」

「へっ?」

馬面はけげんな顔をしたが、気がついて、苦笑いをした。

「コーヒーはどうします」

「いっしょに頼む」

馬面は鉄板に油をひいて、ソーセージをのせた。おっかなびっくり、やっているようだった。油のはねる音を聞きながら、おれはさりげなく、奥の客をうかがった。こいつも若い。二十か二十一か、いやに青白い顔をして、汚れた皿を前に、新聞を読んでいる。おれのほうは、見むきもしない。おれはカウンターに両肘《りょうひじ》のせて、馬面の手もとへ視線をもどした。

「お前、まだしろうとだな」

「わかりますか?」

馬面は照れくさそうに、いちばん大きなにきびの頭を押えた。

「わかるさ、その調子じゃあ、ホット・ドッグとコーヒーが、いっしょにカウンターへ並びそうもないぜ」

「すいません。まだ入って、三日めなんです」

「あやまらなくたっていいやな。おやじさんはどうした。ひとりじゃ、まだ大変だろうに」

「いまごろは、ひまですから、まあ、なんとか……おやじさんは、あと一時間ぐらいすると、店に出てきます」

「ソーセージがこげてるぜ。前にきたとき、若いのがいたな。そうよ……マイクとかいったっけ。あれはやめたのか?」

「やめたわけでもないらしいんですが……おれは」

馬面は奥の客のほうへ、ちらっと目を走らした。

「おれ、よく知らないんですよ。すいません」

「たしか音楽を勉強してるとかいっていたな、あの若いの。ジャズだった。なんの楽器をいじっていたんだ?」

「おれ、ほんとうに、知らないんですよ」

馬面は当惑したように、目を伏せたまま、おれの前に皿をおいた。

「お待ちどおさま、コーヒーもすぐ入れますから」

おれはホット・ドッグに手を出しながら、奥の止り木のほうに、顔をむけた。若い男は、新聞で顔をかくしている。

「きみはマイクを、知っているんじゃないか?」

と、おれは声をかけた。返事はない。

「おい、新聞をどけろよ」

「マイクなんてやつは、知らないね」

新聞のかげから、声がした。

「耳が遠いわけじゃあ、なかったんだな。あとからいったことも、聞えたはずだぜ」

新聞がのろのろと、カウンターにおりた。だが、男はおれから目をそらしている。

「返事はしただろ」

「聞えたよ。知らなけりゃあ、知らないで、いいんだ」

「前にここにいた男に、なんの用があるんだい?」

「マイクを知らないなら、おれの用を聞いても、しょうがないだろう」

「そりゃあ、そうだけどよ」

若僧はまた、新聞をあげようとした。

「だがな。聞きたきゃあ、聞かせてやるぜ。おれはマイクに、借金があるのさ。きょうはそいつを、返しにきたんだ」

「お待ちどおさま」

馬面がおれの前に、湯気の立つコーヒーをおいた。

「なんなら、うちであずかっておきましょうか」

「なにをよ」

と、おれはいった。

「お金ですよ。その、マイクに返すという。おやじさんの話じゃあ、まだ給料の支払いぶんがあるんだそうで、いつかそれを取りにくると思いますから」

「そうさな」

おれはちょっと、考えるふりをした。

「まあ、よしとこう。おれから直接、渡さないと気がすまない」

「じゃあ、来たときに、住所を聞いといてあげますよ」

「ああ、そうしてくれ」

おれはコーヒーをすすり、ホット・ドッグをたいらげた。コーヒーをもう一杯たのんで、ゆっくりのんでいると、店のなかが暗くなってきた。まだ日の暮れる時間ではない。

「ひと雨くるかな」

おれはガラス戸をすかして、往来をながめた。

「そうですね」

馬面は戸口によって、ドアのわきの窓から、空を見あげた。遠くで不気味な音がした。

「雷が鳴ってますぜ」

「ふってこないうちに、帰るとするか」

おれは勘定をはらって、立ちあがった。

「マイクがきたら、住んでいるところを、聞いといてくれよ。またのぞいてみるからな」

「へえ、承知しました。またどうぞ」

戸外へ出ると、風が吹いていた。雨気をふくんだ風は、顔にあたると気持ちがいい。西の空が、稲妻で光った。じき、ふってくるらしい。おれは三番アヴィニューのほうへ、歩いていった。ふりかえらなくても、さっき奥の止り木にいた青白い小僧が、あとをつけてくるのは、わかっていた。ポプコーンの屋台をひいた男が、大あわてで駈けていく。屋台の車も、雷みたいな音を立てていた。雨はふいに、ふりだした。スカートを腿《もも》の上のほうまでまくりあげて、勇ましい娘がふたりづれ、きゃあきゃあ笑いながら、おれを追いこしていった。おれは歩きかたを、変えなかった。雨はますますひどくなる。稲妻が光ると、雨あしが鉛いろにかがやいて、歩道に白い矢じりを叩きつけた。ずぶぬれになって歩くのは、いい気持ちだ。頭をさげもしないで、おれは進んだ。軒さきに、雨やどりのひとが多くなり、さびれたアイスクリーム・パーラーのドアも、やたらに客をのみこんで、にわか雨も店の連中には、悪くなかった。雨の音にまじって聞えるのは、おれの靴音と、あとをつけてくる小僧の靴音だけだった。おれはいきなり、ふりかえった。

「おい、どこまでつけてくるんだ」

雨に濡れた青白い顔が、ふあっと口をあけたところは、まるで魚だ。

「いや、つけてなんか、いやしないよ」

「うそをつけ。おれをつけているんじゃなかったら、こんな雨のなかを、なんで歩いてるんだ」

「おれ、雨が好きなんだ」

「そうは見えないぜ。がたがたふるえて、いまにも、くしゃみをしそうじゃないか」

「くしゃみなんかしねえや」

「お前、マイクのいどころを知ってるな」

「知らねえよ」

「知ってる。おれはどうしても、マイクにあいたいんだ。おれはマイクの兄貴なんだよ。いどころを教えてくれ」

「うそつけ。マイクに兄貴なんか、いるかい」

「馬鹿野郎、すぐぼろを出しやあがる。マイクを知っているじゃないか。お前、マイクに頼まれて、あのホット・ドッグ・スタンドで張ってたんだろう」

おれは小僧の濡れてべとべとした髪の毛を、ぐいっとつかんだ。

「あう！　ちくしょう。離せったら」

「離さない」

おれは、髪の毛をつかんだ手を、ぐるぐるまわした。小僧はまた、悲鳴をあげた。

「マイクはどこへ、隠れているんだ。いえよ。いわないと、もっと痛い目を見せるぜ」

小僧はまったく、他愛がなかった。

「いうよ。いうから、離してくれ。髪の毛がぬけそうだ」

「マイクはどこにいる。手を離すのは、そいつを聞いてからだ」

「おれのところにいるよ」

「案内しろ」

おれは手を離した。小僧はピンポン玉みたいに、はねると、もときたほうへ走りだした。おれは飛びかかって、両手で腰を突きとばした。小僧は水しぶきをあげて、雨の歩道につんのめった。同時におれは、やつの上にかがみこんで、襟《えり》をつかんだ。持ちあがると、泥まみれの顔が、泡《あわ》を吹いた。おれはその顔を上へむけて、滝のような雨で洗ってやった。

「ゆるしてくれ」

かすれた声で、小僧がいった。

「きさまの巣へ、案内するんだ」

「案内するよ」

「こんど逃げたら、腰の骨をたたき折るぜ」

「わかった。ほんとにわかった」

小僧はうなだれて、歩きだした。向うがわの歩道で、雨やどりの連中がおもしろそうに、こっちを見ていた。立ちまわりが、あっけなくおわって、みんながっかりしたらしい。雨も小やみになってきた。気の早いやつは、軒下から走りだしている。小僧は三番アヴィニューにむかって、足をひきずりながら、歩いた。つんのめったときに、膝でもうったのだろう。ブロックの角を曲って、百十九番ストリートのほうへ少し行ったところで、狭い露地へ入った。露地の奥に、地下室へおりる階段があった。

「ここだよ」

と、小僧はいった。雨はやんだが、あたりは暗い。雨雲の通りすぎたあとに、夕闇がやってきたのだ。階段の底は、まっ暗だった。

「おりろよ」

おれは小僧の背中をつついた。小僧は首をふった。

「おれ、どこかで暇をつぶしてくるよ。おれがあんたをつれてきたのがわかったら、マイクに大目玉だもの」

「そんな口実で、おれにでたらめの場所を教えようったって、だめだ。逃がしゃしないよ」

「でたらめなもんか。マイクはここにいるんだ」

低い声で、小僧はいった。

「先へおりな。大丈夫だよ。マイクがなんで隠れているのか、知らないが、やつの怖がっているのは、おれじゃない。おれはまだマイクの顔も、見たことのない人間だ。いままでは、縁もゆかりもなかった男さ」

おれは小僧の背を押した。濡れたシャツが、おれの手のかたちに、背中に貼《は》りついた。小僧はふるえながら、階段をおりると、ドアをたたいた。返事はない。

「マイク、おれだよ。あけてくれ。ビルだ」

と、小僧がささやく。まだ返事はない。おれは小僧の肩ごしに、手をのばして、ドアを押した。ドアは軋《きし》んで、内側にあいた。なかはまっくらだ。

「マイク。いないのか?」

と、小僧が声をかける。おれはその肩をつかんだ。

「入って、あかりをつけてみろ」

小僧はうなずいて、部屋へ入った。両手を前につきだして、宙をさぐった。とつぜん、小僧は低く叫んだ。床になにかが倒れる音。

「どうした? つまずいたのか」

「こ、ここにひとが――誰か倒れてる」

小僧は歯の根があわなかった。

「早くあかりをつけるんだ」

おれも部屋へ入った。あかりがついた。天井からすすけたコードで、ぶらさがってる裸電球だ。粗末な椅子が倒れていた。そのそばに、若い男があおむけになっている。上半身は裸だ。汚れたベッドの上に、シャツが丸めてあった。そのほかには、なにもない部屋だ。おれは倒れている男のそばに、かがみこんだ。白っぽい金髪を、クルー・カットにして、鼻のわきにほくろが大きい。わき腹には、やはりほくろが、三つ三角形に並んでいる。その三角を崩すように、血が流れていた。心臓にナイフが、突きささっていたのだ。

「ビルとかいったな」

おれは小僧に声をかけた。ビルはぽかんと目をあいて、立ちすくんでいた。

「しっかりしろ。おれのいうことを、よく聞くんだ」

おれはビルの足をたたいた。

「マイクをかくまったのは、いつからだ」

「五日になる、もう」

「マイクはなんで、隠れていたんだ?」

「知らない」

「ほんとに知らないのか。うそをついたって、なんにもならないぞ。お前の部屋で殺された以上、警察に知らせないわけには、いかないんだ。お前、あのホット・ドッグ・スタンドには、どのくらいいた?　あすこにいったのは、どのくらい前だ」

「おひるちょっとすぎから、ずっとねばっていたんだ。マイクに頼まれたもんで」

「毎日、行っていたのか?」

「マイクがここへきた次の日からだよ」

「そいつは運がいい。さっきのにきびが、証言してくれるだろう。マイクは殺されてから、一時間ぐらいしか、たっていない。おれはいまでこそルンペンだが、昔は私立探偵をしていたから、見りゃあわかるんだ。お前はアリバイが成立するよ」

「どうしても、警察には……」

「知らせなけりゃ、だめだ。おれのいうとおりにすれば、大丈夫だ。正直に警察に話すんだぜ。ホット・ドッグ・スタンドへ行ったことも、おれのあとをつけたことも。大雨のなかの立ちまわりを、見物してたやつが、おぼえてるだろうからな。ただし、おれとは途中でわかれたことにするんだ」

「どうして?」

「ひとりで死体を、見つけたことにするんだよ。警察はお前を疑うかも知れない。だが、正直に喋《しゃべ》りとおすんだ、おれがここにきたこと以外は――いいか、そうして頑張ってりゃあ、かならずおれが犯人を見つけだす。マイクはなんで、お前のところへきたんだ?」

「前にいっしょの勤めをしてたんだよ。簡易食堂のコック見習いでよ。おれはいまでもそこへ行ってるけど、夜だけの勤めなもんで、マイクはやめたんだ。昼間の勤めにかわって、夜、ジャズを勉強したいっていって」

「マイクはなにを怖がっていたんだ」

「知らない。ほんとに知らないっていったら」

「なんていわれて、ホット・ドッグ・スタンドへ張りにいっていた?」

「マイクがよ。あすこへおれのことを探りにくるやつがいたら、どんな目的か、さぐってみてくれっていったもんで、おれ……」

「マイクの友だちを、知っているか?」

「あまり知らない。そう仲のいいのは、いなかったんじゃないかな、おれのほかには」

「ジャズの仲間は？」

「そっちのほうは知らないけど、よくエディって男のことを、話してた。マイクといっしょに、しろうとのバンドをつくっているやつだ」

「そのバンドは、どこで練習しているか、知らないか？」

「西百二十三番ストリートのドラグストアの地下室を、借りているとかいう話だった」

「女友だちはいないのか？」

「おれかい？」

「マイクのことだよ」

「いたかも知れないけど、聞いてないな」

「よし、わかった。いまの話は警察からも聞かれるだろうが、バンドの練習場のことだけは、知らないといえ。あとは正直にいってかまわない。いいな？」

「うん、でも……」

「大丈夫だよ。犯人はかならず、おれがつきとめる。なまじっか、おれがここにきたことを喋ると、とんでもないことになるぜ。おれは特徴のないルンペンだ。警察は探しだせない。お前はおれの名前も知らないし、マイクにあいにきた目的も知らない。お巡りはお前が苦しまぎれに、うそをついてるんだ、と思うぜ。心証を悪くするばかりだ。わかったな」

「わかった」

「おれが出ていって、五分たったら、お前も出ろ。近所の電話で、警察へ知らせるんだ」

「わかったよ」

「よし」

おれは部屋を、もう一度、見まわした。ベッドの下に、黒いものがある。楽器のケースだ。ひっぱりだして、蓋をあけると、いくらかいたんだテナー・サックスが、光ったすがたを、のぞかした。

「これはマイクのか?」

「うん」

ビルは青ざめた顔で、うなずいた。おれはケースをもとどおり、ベッドの下に押しこむと、

「いいか、おれの言ったこと、わかってるな」

と、念を押した。ビルがまたうなずく。おれは階段を前かがみにのぼった。露地には、だれもいない。おれは大股《おおまた》に歩いて、大通りに出た。


しろうとバンドの稽古場は、ドラグストアの地下室ではなかった。隣りの洋裁店の地下室だった。ドラグストアの親父が、年甲斐《としがい》もなくジャズ・ファンで、隣りの地下室から、モダン・ジャズの新時代が、ひらかれるかも知れないのに、関心を持っていたことは、おれにとって幸いだった。おれは、洋裁店に入っていった。品のいい中婆さんが、ガラス棚のむこうから、ていねいに化粧した顔をあげた。まるで動物園の小豚のおりに、犀《さい》が入っているのを、見たような表情だった。

「ジャズ・バンドの稽古場は？」

と、おれは出来るだけ、明るい声を出したつもりだ。

「ああ」

と、女主人は納得したらしい声になって、

「それなら、店のわきの露地を入って、すぐのドアからおりてください。でも、まだどなたも見えてませんよ」

「弱ったな。エディに用があって、きたんだけど」

おれは頭をかいて見せた。

「いつもなら、もうみなさん、集っているころですけどね。ご用は……」

「マイクの紹介でね。ぼく、作曲をやっているんです」

女主人がおれの手ぶらを、怪しむといけないので、あわててつけくわえた。

「即興で作曲して、エディをあっといわせようってわけなんですよ」

「それなら、地下室でお待ちになったら。鍵《かぎ》はあけてありますよ」

「ありがとう。そうしましょう」

おれはいかにも、天才肌の作曲家らしい足どりで——といっても、どんな足どりだか、本物の見当もつかないが、洋裁店を出ていった。地下室には、やたらに椅子があった。譜面台というんだろう。そんなのが三つばかり。椅子はお粗末なのが、十ぐらい。あとはなんにもない部屋だ。椅子の上に、楽器のケースがひとつ、のせてある。管楽器だ。あまり大きくはない。トランペットだろう。おれは椅子のなかから、いちばんましなのを選んで、腰をおろした。こうして、のんびり待っているどころじゃないんだが、しかたがない。ほかに、たぐる糸がないのだ。警察も、もう動きはじめたろう。あれだけおどしておいたのだから、大丈夫かも知れないが、おれはビルの口を信用してはいない。おれに髪の毛をつかんで、ふりまわされたくらいで、マイクのいどころを、喋ってしまうようなやつだ。警察がしめあげたら、おれのことも、吐いてしまうに違いない。おれは当然、疑われる。

おれが死体発見者の、ひとりであることもわすれて、警察は最大容疑者にしてしまうだろう。謎《なぞ》のルンペンが、じつは悪名高きクォート・ギャロンとわかるまでに、おれのほうは事件の筋書を、読みとおしてしまわなければならないのだ。キットから頼まれたことは、もうすんだといえる。だが、マイクは口がきけなくなっていた。それも、よかったのかも知れない。キットを棄てるために、行方をくらましたのでないことは、はっきりしたのだから、おれとしても、ここで調査を打ちきりたいところだ。愛するものを、とつぜん失った悲しみは、この世にくらべられるものがない。キットはいま、愛するものを、失ったのだ。おれがトニを失ったように。地下室の階段の上に、六月の夜風はふいても、その風に蜂蜜《はちみつ》いろの髪をなびかせて、おれに寄りそうトニはいない。

そういえば、いつかいまごろ、やはり地下室のナイトクラブへ、トニといっしょにきたことがある。やはり、夕立ちのふった晩だった。狭いフロアでトニと踊ったとき、濡れた金髪が冷たい蛇の肌のように、おれの頬にふれた。髪は冷たかったが、彼女の頬はあつかった。裸の肩もあつかった。おれは、踊りながら、燃えている肩に、唇《くちびる》を押しつけた。白い喉《のど》をそらして、トニは笑った。だが、いまはもう、その笑い声も聞くことは出来ない。トニは遠くへ行ってしまった。思い出だけがあとに残って、カリエスみたいに、おれの背骨をむしばんでいる。キットの場合は、思い出に毒がないだけ、しあわせだ。このまま、そっとしておいて、初恋の記憶を美しく、磨きたてるに越したことはない。真実を知ろうとすることは、鋭利な白刃を、素手でにぎろうとするようなものだ。マイクがなにを怖《おそ》れていたか、どんな男だったのか。わかったときにも、キットには、なにも知らせないことにしよう。階段に靴音が聞えた。その靴音が、陽気にドアをけっとばす。やけに背の高い、赤毛の青年が、顔から先に泳ぐように入ってきた。おれも顔に、笑いを浮かべた。

「やあ」

と、赤毛は片手をひろげて、肩のところで、スパニッシュ・ダンスみたいに、ひらひら動かした。

「きみかい、作曲家てのは？　上のおばさんに聞いたんだ」

「そうだよ。きみがエディか」

「違う。ぼくはスタン、よろしく」

「よろしく。クォートと呼んでくれ。エディは、まだ来ないかな」

「今夜は来ないよ」

「どうして？」

「練習はとりやめだ」

おれはよっぽど、がっかりした顔をしたらしい。赤毛は片目をつぶった。

「なんだって？」

「でも、ぼくといっしょにくれば、エディにあえるぜ。ほかの仲間にも」

「どこにいるんだ、エディは？」

「この近くのパットって男の家で、パーティをやってる。そこへみんな集っているよ。ぼくはトランペットをとりに来たんだ。来てよかったな、さもなきゃ、きみは——」

「ひと晩じゅう、ここでぽかんとしているところだったよ」

おれは立ちあがった。赤毛のスタンは、楽器ケースを椅子からさらいあげると、

「さあ行こう」

もう階段をかけあがっていた。おれもあとから、二段ずつ駈けあがった。往来には、電灯がまばゆくついて、風がすずしかった。スタンはリズムに乗った大股で、からだをゆすりながら、ひとのあいだをすりぬけていった。すこし遅れてついてくるおれに、あたりかまわぬ大声で、話しかけた。

「こんど出たブルーベックのレコードを、どう思う？」

つとめの帰りらしい娘が、あきれたように、彼を見あげる。ひとりごとをいっているとでも、思ったのだろう。

「あんなのは駄目だな。もうブルーベックの時代じゃない」

おれも負けずに、無責任なことをいった。

「きみは勇ましいな。エディに聞かせたら、よろこぶぞ」

ブリキ板をたたくような笑い声を、スタンはあげた。おれたちはしばらくして、あかりの暗い横丁へ折れた。古びた石造りのビルの前で、スタンが足をとめる。玄関へのぼる階段の下に、地下室のあかりが見えた。

「ここだよ」

「きみたちは、みんな地下室に住んでるのか」

と、おれが聞いた。

「地下室なら、しめきって練習すれば、夜っぴてやっていても、あんまり苦情が来ないからね」

スタンは赤毛をふって、地下室への暗い階段をおりていった。おりながら、ケースをひらいて、トランペットをとりだした。体あたりすると、ドアがあいた。とたんに、こもっていたジャズが、熱風のように、おれの顔に吹きつけた。スタンはトランペットをかざして、部屋のなかへ飛びこんでいったが、おれは戸口に立ちすくんだ。誰かがおれのうしろで、ドアをしめた。おれのからだを、音楽が前後左右からゆすぶった。しばらくは部屋のなかが、見とおせなかった。大きなジャズの音符が重なりあって、動いているのが見えるだけだった。大きな音符は、人間の頭だった。地下室はかなりひろい。奥の壁ぎわに、古ぼけたピアノがおいてあって、そのまわりで男たちが、楽器と闘っていた。リングはひろくなかった。見物がまわりに輪をかいて、エキサイトしている。床にあぐらをかいているのもあれば、寝そべっているのもあり、その上に腰かけているのもあった。ほんとうの椅子に、腰かけているのも、もちろんいる。みんな若い。せいぜい二十二、三どまりで、二十前らしいのも、多かった。色の黒いのも、半分まじって、部屋のなかは茶いろっぽく煙っていた。黒い肌のためではなく、行きどころのないタバコの煙のせいだった。

ピアノの上に、ミルク・コーヒーのような肌をした若い娘が、スカートを腰までまくりあげて、かけていた。靴下もピアノの下にぬぎすてて、すらっとした両足をリズムにあわせてゆすっている。手にしたグラスの酒を、鍵盤《キイ》をやけにたたいてる男が、ひと息つくたびに、飲ませてやっていた。ピアノにいちばん近いところで、スタンはもう夢中だった。トランペットを宙にむけて、おれのことなぞ、わすれてしまったらしい。おれのすぐ前に、肥った黒人が、床に腹ばいになっていた。タバコを口に、目を細くしている。マリワナのにおいが、あたりに濃い。その背中に、小柄な青白い肌の娘が、腰をおろしていた。ふりかえって、おれを見た顔は、東洋的で、黒い目が光っている。

「つっ立ってないで、ここへすわらない？　クッションは上等よ」

白い歯を見せて、まだ余地のある背中を、ゆびさした。おれは黒人の足をまたいで、娘の前の床にすわった。膝をかかえて、娘のほうへ顔をむけると、娘は手をのばして、黒人の唇から夕バコをとりあげた。

「吸わない？」

おれは首をふった。娘は自分で一服すってから、黒人の唇にタバコをもどした。黒人は、

「うーっ」

と、叫んだ。ほかの連中も、おなじように叫んだ。ピアノが機関銃のような音を立てた。

「もっと、もっと、もっとよ」

ピアノに腰かけた女が、さかりのついた猫みたいな声をあげて、ピアニストの頭に、酒をそそぎかけた。ピアニストの細い指が、電気にかかったように、鍵盤をはねまわった。おれのわきの安楽椅子には、男と女が押しこんだみたいに、重なりあってすわっていた。ふたりの唇も、重なりあって、いつまでもはなれなかった。

「暑いな」

おれは東洋的な娘にいった。

「しびれるわね」

と、娘が答える。その尻の下で、黒人が大声をあげた。

「しびれるぞお！」

「まだまだ！」

別の女が、叫んだ。男のような口調だった。

「まだいったやつはいないぞお」

それに答えるように、トランペットが高っ調子になった。耳がちぎれそうだった。

「息が短いぞ。こいつは銃殺だ」

と、だれかがわめいた。

「やれやれやれやれやれっ！」

おれは東洋的な娘にいった。

「エディてのは、どれだ？」

「あれよ。アルト・サックス」

娘はスタンのとなりの小男を指さした。小男は目をつぶって、自分だけで楽しんでるように、アルト・サックスをゆり動かしていた。

「交替するのはいつごろだい？」

「くたびれたらよ」

「いつごろ、くたびれる」

「わかんないわよ」

娘はおれの肩に手をかけた。

「ねえ、しびれるでしょ」

「しびれるな」

おれはエディを見つめた。

「しびれるぞお！」

腹ばいの黒人が叫んだ。

「まだまだ！」

みんなが声をそろえた。おれの前にいたやたらに髪の長い青年が、らっぱ飲みしてた酒壜《さかびん》を、つきだした。

「どうです?」

おれは黙って、酒壜をうけとった。酒よりも、ジャズのほうが、ひとを酔わせるものらしい。部屋の連中は、みんな酔って、おれの存在を怪しむものもない。

「いつまでつづく、このパーティ?」

おれは東洋的な娘にいった。耳に口をおっつけるようにして、いわなければならなかった。

「くたびれるまでよ」

娘も李《すもも》のような唇を、おれの顔に近づけた。

「あんた、なんていうの?」

「クォートだ」

「あたしはフォング」

「エディと話がしたいんだがね、フォング。なんとかならないか?」

「くたびれるまで、待つのね」

フォングは指で、おれの髪の毛をもてあそんだ。

「いい髪の毛をしているわ。しびれそうよ」

「しびれるぞお……」

腹ばいの黒人が叫ぶ。

「もっと、もっと!」

ピアノに腰かけた娘が叫ぶ。ピアニストが立ちあがった。スタンのトランペットが、ソロをはじめた。エディは縫いとりのある黒いハンカチで、口のまわりをぬぐった。だが、立っている位置は変えないで、掛け声をかけた。スタンがトランペットを離すと、すぐにエディがうけて、ソロに入った。娘がピアノからとびおりて、意味のない叫び声をあげると、踊りはじめた。

おれはふと思いついて、フォングにいった。

「マイクってやつを知らないか？」

「テナー・サックスでしょう。知っているわ」

ミルク・コーヒーの肌をした娘は、腰をふって踊りながら、いきなりスカートを、頭の上までまくりあげた。

「まだまだ！」

みんなが、声をそろえた。

「やれやれやれやれやれやれ！」

ミルク・コーヒーの娘は、頭から引きぬくようにスカートをぬいで、力まかせに抛《ほう》った。スカートはおれのわきの、さっきから唇をあわせっぱなしのふたりの上に落ちた。だが、ふたりは微動だにしない。

「どのていどに知っているんだ、マイクを？」

と、おれは聞いた。ミルク・コーヒーの娘が、するどい声をあげた。彼女はブラジァとパンティだけになっている。ブラジァが黒、パンティは赤だった。いやにちぐはぐな恰好だが、その下のからだは、かなり見事なものだった。腰をふるたびに、ブラジァはあおられて、乳房がはねあがった。

「かなり知ってる」

と、フォングがいった。

「いちど、思いきりしびれたことがあるわ」

「しびれるぞお」

と、黒人が叫んだ。

「いいぞ。いいぞ」

と、だれかがいった。混血の娘は口をあけ、手をひろげて、はねていた。ミルク・コーヒーいろの肌が、汗で光っている。片手をうしろにまわすと、ブラジァがちぎれたように、乳房から飛んだ。乳房も汗で光っていた。

「きみは洋裁店の地下室へも行くのか？」

と、おれは聞いた。だれかが混血娘の乳房に、酒をぶっかけた。酒は腹からへそへ、滝のように流れおちた。娘は腰を大きくまわしながら、膝をまげて、からだを沈めていった。

「まだまだ！」

みんなが声をそろえた。スタンも、エディも、そのほか楽器を持った連中は、憑《つ》かれたようにリズムをはねまわらせている。混血娘は両膝を床につけ、乳房と両手を激しく躍動させていた。

「マイクとはじめてあったのは、あそこよ。その晩、しびれちゃったの」

と、フォングがいった。しびれた、というのは、この場合、一緒に寝た、ということらしい。

「最近、あそこへ行った？」

と、おれは聞いた。混血娘は上体をそらして、頭を床につけると、弓なりになった腹をふるわせた。乳房がシンバルのように、リズムをとっている。

「うーっ」

と、みんなが声をそろえた。

「このごろは、毎晩、顔を出すわ」

と、フォングはいった。混血娘は床にあおむけに寝て、両足で宙を蹴《け》った。

「いいわよ、とっても！」

と、男みたいな声の女が叫ぶ。

「しびれるぞお！」

と、だれかがいった。

「しびれるぞお！」

と、フォングの尻の下の黒人がどなる。

「まだまだまだ！」

混血娘はパンティを一気にずらすと、両足で宙に蹴あげた。全身が油をぬったように、汗で光っている。みだらな感じはなかった。猛獣が血に酔って、ころげまわっているような、爽快《そうかい》さがあった。

「このごろ毎晩、顔を出して、マイクにあったか?」

と、おれは聞いた。

「そうね。よくおぼえてないけど」

フォングはちょっと頭をかしげて、おれから目をはなした。混血娘にピアニストが、飛びかかったところだった。ピアニストは娘の両足をつかんで、思いきりはねあげた。娘は両手を床についた。スプリング・ボードみたいに裸身がしなって、一廻転した。ピアニストはまた、ピアノに飛びついて、ひきつづけた。

「しびれるわ!」

フォングは叫んだ。髪の長い青年が、おれの手から、酒壜をひったくって、混血娘に抛った。娘は見事に受けとめて、壜の底を宙に立てた。目が光っている。酒は唇にも流れこんだが、喉から胸へも、ぎらぎら流れた。娘はあおむけに床に倒れた。

「だらしがないぞ!」

と、髪の長い青年がどなった。混血娘は床に長くのびたまま、大きなしゃっくりをした。乳房が上下に動いた。

「そうね。この五、六日、顔を見せなかったわ」

と、おれの顔に口をよせて、フォングがいった。

「最後にきた晩のことを、おぼえてるか?」

と、おれはいった。

「おぼえているわ」

「なにか変ったことはなかったかい？」

「べつに」

「マイクはだれと仲が好かった？」

「みんなと」

「特にだれかいないか？」

「エディ」

「ほかには？」

「みんなよ」

「最後の前の晩は、変ったことなかったか？」

「さあ」

と、フォングは首をかしげた。

「エディとふたりで、ちょっと外へ出てったぜ」

とつぜん、フォングの尻の下の黒人がいった。おれたちの話を、聞いていたらしい。

「そうだわ。あたしもおぼえてる」

と、フォングが手をたたいた。

「どのくらいのあいだだ」

「二十分ぐらいかな」

「ほかにおぼえてないか?」

「そうね。きのうの晩、妙なことがあったわ」

「きのうの晩」

「エディをたずねてきた男があったの。あたしたちの仲間じゃない男」

「どんなやつだ」

「ちゃんとした恰好の男よ。帽子をかぶって、きざな髭《ひげ》をはやしていたわ。エディと一緒に外へ出て、やっぱり二十分くらい、話していたかな。エディが帰ったときは、もう一緒じゃなかったけど」

「帽子をかぶった口髭の男か」

「背の高い男だわ。あんた、どうしてマイクのこと、そんなに聞くの?」

「マイクは死んだんだよ」

「ああ、そうか。それで、本人には聞けないわけね」

「殺されたんだ」

「わあ、しびれる!」

フォングは自分の乳房を、両手でつかんだ。

「しびれるぞお!」

腹ばいの黒人が叫ぶ。おれはエディのほうを見た。からだをゆすりながら、サックスを吹きつづけている。いったい、いつになったら、やめるのか。とつぜん、おれの視野に、場違いなものが入ってきた。黒い背広だ。黒い背広は、のっぽの男をつつんでいた。帽子も黒い。いつの間に、入ってきたのだろう。もっとも、この騒ぎでは、ドアのあく音なぞ、聞えはしない。黒い服の男は、ジャズに酔った連中をかきわけて、奥の壁に近づいた。混血娘はすっ裸のまま、まだあおむけに倒れている。眠ってしまったようだ。黒い服の男は、その裸身につまずきかけて、見おろした。横顔が見えた。眉をしかめて、おもしろくもなさそうに、裸の娘を見おろしている横顔には、口髭があった。おれはフォングの肩をつかんだ。フォングはおれの胸にくずれてきた。

「あいつか?」

と、おれはいった。フォングは黒服のほうへ視線をあげた。

「また来たわ。あいつよ」

といって、目をとじると、おれの首にしがみついた。黒服はエディに近づいて、アルト・サックスをつかんだ。エディはサックスを口から離した。黒服はドアのほうを指さした。

「だれか代ってくれ」

と、エディがどなった。おれの前の髪の長い青年が、ばね仕掛みたいに飛びあがって、エディの手からサックスをひったくった。おれはフォングの肩を押した。

「いろいろありがとう」

「あら、帰るの?」

立ちあがったおれに、フォングは唇をとがらした。

「ああ、また来るよ」

と、おれはいった。

「あんたにしびれかけていたのに。ほんとにまた来てね。来ないと損するわよ。あたしがしびれると、凄《すご》いんだから」

「出来るだけ、来るようにしよう」

おれは隣りの椅子に手をかけて、腹ばいの黒人をまたいだ。椅子にはまだ混血娘のスカートが、かぶさったままだったが、ふいにそれが持ちあがると、男の顔が女から離れて、おれを見あげた。

「おや、もうお帰りですか」

上品な微笑で、そういったと思うと、男はまた女の唇に吸いついていった。

おれは玄関へあがる石段に腰かけて、待っていた。腰をかけるか、かけないうちに、地下室のドアがあいて、ジャズのきれっぱしが熱風のように吹きあげたから、そんなに待たないですんだわけだ。エディがさきに、階段をあがってきた。おれはすばやく立ちあがって、小男の前に立つつもりだった。だが、小男のうしろで、

「マイクの隠れ場所には、なかったぜ、ありゃあ」

と、黒服の男がいうのが聞えた。おれは立ちあがるのをやめた。

「そんなはずはないんだがな」

と、エディがいった。

「はずがあろうが、なかろうが、ないものはないんだ。てめえ、うそをついたんじゃねえのか？」

と、黒服がねばりつくような声でいった。

「うそなんかつくもんか」

「ほんとに、マイクに渡したのか？」

「そうですよ。いつもマイクに、渡しているんだから」

「マイクの部屋は、調べたんだぜ。隠れ場所も調べた。だが、ないんだ」

「おかしいなあ。そんなはずは、ないんだがなあ」

「そのせりふは、いま聞いたばかりだぜ」

ふたりは往来のほうへ、歩きだした。おれは立ちあがって、大股にふたりを追いこすと、くるりとエディにむきなおった。

「エディだね？」

と、おれはいった。

「なんだ、きさまは！」

と、黒服が声をとがらせた。

「きみに聞いているんじゃない。こっちのあんちゃんに聞いているんだ。エディだな、お前さん？」

「そうだよ」

と、エディがいった。声はふるえを帯びていた。

「おい、エディに用があるなら、またにしてくれ」

と、黒服がいった。おれは目もくれずに、

「こっちが先口だ。この黒い服のおじさんより、ぼくのほうがさっきから、きみの手――いや、口があくのを待ってたんだからね。マイクが死んだことを、知らせにきたんだよ」

といってのけた。

「えっ」

と、エディは息をひいた。きっと顔色も変ったのだろうが、それを見とどけるだけの灯火がない。

「殺されたんだ」

と、おれは力を入れていった。エディのからだが、ぐらりと揺れた。だが、ぶったおれはしなかった。

「ほ、ほんとうか？」

「うそをついて、なんになる。心臓をナイフでひと突きだ。やつが稽古にきた最後の晩、きみとふたりで外に出て、二十分くらい話をしていたそうだな。なんの話をしたんだ？」

「てめえはなんだ？　余計なことをしゃべるんじゃねえよ」

エディをかばうように、黒服の男が、前へすすみでた。

「それはこっちのせりふだな。おれはエディと話しているんだから、ひっこんでてくれないか」

「話があるなら、おれが聞く」

「それなら、きみでもいい。きみとエディはゆうべ、なにを話したんだ？」

「なんだよ、てめえは？　ひとのことを洗い立てやがって、刑事《でか》か？」

「こんな汚い刑事はいないだろう。警察本部《センター・ストリート》の連中が聞いたら、気を悪くするぜ」

「私立探偵か？」

「認可証は持っていないよ。おれはマイクの兄貴なんだ。弟の敵を討ってやりたいのさ。マイクはなんで、殺されたんだ？」

「そんなこと、知るもんか」

おれは迂闊《うかつ》だった。エディを呼びだしたのが、黒服ひとりだけと思いこんでいたのは、笑われてもしかたがない。連れがいるんじゃないか、いちおう用心してしかるべきだったのだ。だが、気づいたのが、遅すぎた。背後から殴りかかられたとたん、自分の迂闊さに気づいたのだから、まったく遅すぎた。おれは前のめりに倒れた。けれど、倒れながら、黒服の男の足をすくった。黒服の男も、あまり機敏なほうじゃなかった。やつが倒れると、エディも倒れた。やつに腕をつかまれたのだろう。おれたちは、からまりあって、地面をころがった。おれをうしろから殴ったやつは、ブラックジャックを持っているらしい。おれは肩に、激しい痛みを感じた。頭がぼうっとして、目が見えなくなった。それでも、おれは黒服の男にのしかかって、首をしめあげた。ブラックジャックのやつは、こんどは靴をつかって、おれの顎《あご》を蹴った。口のなかに、血があふれた。おれは黒服の顔に、血のつばを吐きかけてやった。顎が鉄になったみたいで、うまく動かなかった。鉄の顎はよほどの火力で、熱せられているようだった。また靴が飛んできた。おれの顎は、型を変えたに違いない。だが、おれは靴を両手でつかんで、ひねりあげた。どさっと地響きがした。黒服の男が、地面をころがって、はね起きた。おれはやたらに、両手をふりまわした。

「しぶとい野郎だ」

と、だれかがいった。同時におれの頭の上に、人間の足がふってきた。おれがおぼえているのは、そこまでだ。

おれはふらふらと立ちあがった。膝がしらが、がくがくする。おれは煉瓦の壁でからだをささえて、どうやら立ちあがった。顎がポパイみたいに、腫《は》れあがっているのが、さわってみるとわかった。口のまわりにこびりついて、凝《かた》まった血を爪のさきではがし、おれは塩からいつばを吐いた。さっきの地下室の階段を、苦労しておりた。ドアをあけると、フル・スイングの熱風が、顎にしみた。光が錐《きり》みたいに、両眼をつらぬいた。おれは目をつぶって、十かぞえた。目をひらくと、部屋のなかを見まわした。混血娘はまだ裸のまま、ピアノの上に戻っていた。椅子のふたりは、スカートをかぶって、依然として動かない。フォングは黒人の背中を枕に、小猫みたいにまるくなって眠っていた。おれはフォングを、ゆり起した。

「うるさいな」

フォングは呟《つぶや》きながら、目をひらいたが、おれの顔をみると、

「あら、クォートじゃない。どうしたの、その顔？」

と、黒目をひろげた。

「パワーショベルと正面衝突したんだ」

と、おれはいった。

「わあっ、しびれるじゃないの。そのパワーショベル、どうした？」

「ぶっこわれたよ。土建屋は大損だろう。訴えられるかも知れないな」

「いよいよしびれるわ。いまからあたしのアパートへ行かない？」

「行ってもいいが……」

フォングはおれの肩に手をかけて、起きあがった。

「じゃあ、行きましょう」

となりの椅子で、スカートが動いた。男の顔が、女から離れた。

「おや、もうお帰りですか？」

上品な微笑とともに、その顔がいって、また女の脣に吸いついていった。

「いい男でしょ？」

ドアを押しながら、フォングがいった。

「だれのことだ？」

「いまの男よ。もうお帰りですかっていったでしょう」

「ああ、あいつか。そんなでも、ないな」

「そうかな。じゃあ、わかれようかしら」

「え？」

「あれ、あたしの亭主なの」

おれたちは、階段をのぼった。夜風が腫れた頬にしみる。

「あたしの家、近いのよ」

「ほかに行きたいところがあるんだ」

「うちのひとは、今夜は帰ってこないはずよ、徹夜パーティだから」

「きみはエディにも、しびれたことがあるのか？」

「しびれかけたことはあるわ。でも、スカートをまくって、さわってよっていったら、ふるえだしたの。馬鹿馬鹿しいから、帰ってきちゃった」

「じゃあ、家を知っているね」

「あたりきよ」

「案内してくれ。急いでいかないと、間にあわない」

「あんた、そんなにしびれているの？　エディのところには、すてきな長椅子があるから、ちょうどいいわ」

フォングは、はじけ豆みたいな笑い声を立てて、小走りに歩きだした。おれも大股にしたがった。勢いよく歩くと、顎に響いた。エディのアパートはセントラル・パークに近い、さびしい通りにあった。

「ここの四階よ」

と、フォングがいった。玄関にも、だれもいない。

「エレヴェーターはなさそうだな」

と、おれがいった。

「そんな野暮ったいもの、ありゃしないわ。階段をのぼるの。腰のトレーニングになってよ」

おれたちは狭い階段を、押しあいながらあがった。四階のまんなかの部屋を、フォングは指さした。

「ここ」

鍵がかかっている。おれはドアに耳を押しあてた。なんの物音もしない。

「どうやって入るの？」

フォングが首をかしげた。その頭に長い金色のピンがささっていた。

「そいつを貸してくれ」

「こんなものであく？」

「あくさ。曲げなきゃだめだが」

「いいわよ。安物だから」

おれはピンを曲げて、鍵穴にさしこんだ。四十秒フラットで、鍵はあいた。

「あんた、芸術家ね」

フォングがいった。おれは壁を手さぐりして、電灯をつけた。部屋は荒されたあとがない。間にあったのだ。おれは部屋のすみのデスクに近よった。

「長椅子はこっちよ」

と、フォングがいった。

「きみはもう帰ってもいいぜ。案内してくれてありがとう」

「なにいってるのよ。あたし、もうしびれて動けないわ」

フォングはおれのそばへ寄ってきた。スカートの裾を両手でつまんで、いつの間にか靴をぬぎすてている。

「おれのふるえているのが、わからないかね？　とても、さわるどころじゃないよ」

「うそつき」

フォングは脣をとがらした。

「それに、ここへはおっかないやつがやってくることに、なっているんだ。まごまごしていると、殺されるぜ」

「ほんとう？」

「ほんとうだとも。さっさとお帰り」

「いよいよしびれるわ」

フォングは拝むようにあわせた手を、口にあてた。おれはいきなり、彼女を抱きあげた。

「ううっ」

と、フォングはおれにかじりついた。

「そんなにしびれたけりゃ、電気屋へでも行きな」

おれはフォングを戸口にはこんだ。彼女は足をばたばたさせた。おれは閉口して、彼女を抛りだした。フォングはスカートの下に、なにもはいていなかった。あばれるので、それがすっかり目に入った。とても抱いてはいられない。

「頼むから、帰ってくれ。マイクを殺したやつを、つかまえなけりゃならないんだ」

「あんた、マイクのなんなのよ?」

「恋人だよ」

フォングは笑いだした。

「ちえっ、なあんだ。そんなら早くいやあいいのに」

彼女は靴を両手にぶらさげると、おれにウィンクして、部屋を出ていった。おれは電灯を消して、小台所《キチネット》に隠れた。なにがないのだか、わからないが、黒服の男の探しているものは、エディの手から、マイクへわたったらしい。それがマイクのところにないならば、黒服はエディを疑う。そんな口ぶりだったから、エディの部屋を調べにくるに違いない。おれはそれを待っているのだ。黒服はかたぎではない。そんなやつらに、かかわりのあるエディも、ろくなやつではないだろう。そんなエディにかかわって、命まで落したマイクも、まともな青年じゃないのは、もちろんだ。おれはキットが哀れになった。彼女をマイクに結びつけたキューピッドは、よっぽど気のきかない愚か者に違いない。もしかすると、おれとトニとを結びあわしたやつと、おんなじキューピッドかもわからない。そんな野郎に、愛の矢を持たしておくのは、大間違いだ。こんど見つけたら、おれは翼をひんもぎってやる。

ドアが、かちりと鳴った。だれか入ってきた。電灯がついた。キチネットには、ドアがない。おれは流しにからだを押しつけて、そっと目だけをのぞかせた。思った通りだ。黒服の男が、さかんに物色している。ものを探しなれた身ごなしだ。椅子の底、床板、いちいちたたいて、空洞の有無をたしかめ、長椅子の中味まで、ナイフを立てて、さがしている。その探しかたで、ものが紙きれなんぞじゃないことが、わかった。少くとも、おれの拳固ぐらいはあるものだ。黒服はだんだんキチネットに近づいてきた。敷居に立って、もう一度、見落しはないかと、部屋を見まわす。それから、からだをまわして、キチネットへ入ろうとした。そのとき、おれが声をかけた。

「探しものはあったかね?」

黒服はぎょっとして、口髭をふるわした。ナイフを握った手が、宙にはねた。だが、おれはまごまごしてはいない。その手首に唐手チョップをくらわし、同時に左の膝がしらで、相手の股を蹴りあげた。黒服はナイフを投げだして、あおむけに倒れかかった。おれは大股に踏みこむと、倒れかかる襟をつかんで、引きおこし、五、六回、往復の平手打ちをくらわせた。のけぞる腹に、拳固を一発めりこませると、黒服はへたへたと床にくずれて、動かなくなった。気を失ったわけではない。立ちあがって、反撃に出る機会を狙っているのだろう。

「おい、どうした。だらしがないぞ。髭が泣くぜ」

と、おれはいった。

「どこかで見たつらだと思ったら、クォート・ギャロンだな」

口髭をゆがめて、男がいった。

「きさまも、あれを狙っていたのか？」

「悪かったな」

「悪いよ。悪いやつに見こまれたって意味だ。おもしろくもねえ」

「帰ってボスに報告するか。ものが見つからなくちゃ、どうしようもないだろう」

「きさまは知っているのか、どこにあるのか？」

「およその見当はついているよ」

と、おれは芝居をつづけた。

「ギャロン、相談があるが、乗らねえか？」

口髭は腹を押えながら、ゆっくり立ちあがった。

「相談によるぞ」

「おめえは、もののありかに見当はついてる。だが、手に入れても、さばきがつくめえ。金にかえるのを、おれが受けもって、山わけと行かねえか」

「ボスを裏切る気かい？」

「あんな落目のやつにくっついていたって、たかは知れているからな」

「ボスはだれだ?」

口髭はにやりと笑った。おれはその頬を、ひん曲るほど、ぶん殴った。口髭は悲鳴をあげて、尻餅をついた。

「ボスの名をいうんだ。ついでにきさまの名も聞こう」

「ボスはストーンヘッド・マッキイだよ。知らねえか?」

知っている。ひところは羽ぶりのよかった麻薬ボスだ。

「おれの名は、テッド・ケリガン」

そうか、麻薬だったのか。エディも、マイクも、麻薬密売の下部組織だったに違いない。売人《プッシャー》だったのだろう。

「エディはこのへんのなかつぎで、五日前にとりついだ麻薬を、マイクが横流ししようとしたんだな」

と、おれはいった。

「その通りだよ。あの餓鬼、そんなうまい汁が吸えるものと、浅墓にきめこみやがったのさ。馬鹿なやつだ」

たしかに馬鹿なやつだ。売人なんかに、うまく立ちまわることが出来るほど、麻薬の組織はもろくない。

「だが、マイクは身を隠してから、見つかるまでのあいだに、やくを処分していねえんだ。ほとぼりがさめてから、どこかへ売りこむつもりで、隠したらしい」

「話はわかった。もうふたつだけ、聞きたいことがある」

「なんだよ」

「マイクを殺したのは、きさまか？」

「違う」

「ボスの住居は？」

「西七十番ストリートのオリエント・ホテルだ。五〇七〇号室」

「よし、行こう」

「どこへ」

「知れたことさ。もののある場所へだ」

テッドはにやりと笑った。

「商談成立だな」

やつは手を出した。おれはその手を逆にねじあげた。

「握手をする前に、ピストルをこっちへいただこう」

テッドは鼻を鳴らして、

「いやに信用がないんだな」

といったが、それでも上衣《うわぎ》の胸をひらいた。おれはホルスターから、ピストルをひきぬいて、
左手を離してやった。

「さあ、きさまから先へ出ろ」

「手をあげなくても、いいんだろ」

と、テッドはやけな口調だった。

「ひねくれるなよ」

おれは部屋の電灯を消した。往来へ出ると、おれはドラグストアを探した。

「電話をかけていこう」

「どこへよ」

テッドは怪訝《けげん》な顔をした。

「ストーンヘッド・マッキイのところへだよ」

ドラグストアへ入っていくと、店主が変な顔をした。薄汚いルンペンと、口のはたから血を流した紳士が、よたよたと入ってきたのだから、無理はない。おれたちは電話ボックスへ入った。

「おい、マッキイの番号をまわせ」

受話器をはずして、おれはいった。テッドがダイヤルをまわすと、すぐむこうの受話器があがった。

「もしもし、ボスはいるかい？　テッドの代理だ」

「なんの用だ？」

「ボスに言づてを頼まれたんだ。出してくれ。早く代るんだ。受話器から、弾丸《たま》が飛びだすとでも、思ってるのかよ。あんまりもったいつけるんじゃねえや」

むこうの受話器の声は、変らなかった。

「エディのところには、ものがなかったたってえ言づてだろう。わかってるよ。こっちで見当がついて、使いを出したところだ」

あっ、と思った。エディのやつ、キットのことを知っていたのだ。おれはマイクがふける前に、キットに麻薬をあずけた、と睨んでいたのだ。エディが痛めつけられて、キットのことを喋り、それでマッキイには、ぴんときたに違いない。

「わかったよ」

おれは電話をきった。

「どうしたんだ？」

と、テッドがいった。おれは左手で受話器をかけながら、右手でズボンのベルトからピストルを抜き、テッドの頭をひっぱたいた。テッドはへたへたと、ボックスの床にへばった。急がなければならない。おれはあっけにとられている店主を尻目に、ドラグストアから走り出た。タクシーを探して、往来を少し走った。車に乗りこんでからも、赤信号で停められると、足踏みして落着かなかった。キットのおやじさんの食料品店の前に車がつくと、おれはドアを蹴りあけた。

「すぐ戻る。ここで待っていてくれ」

と、運転手にいって、おれは食料品店に駈けこんだ。

「キットはいますか？」

と、店をしまいかけているおやじさんに、おれはせきこんで聞いた。

「ああ、ギャロンさん。いつぞやはどうも、たいへんお世話になりました」

おやじさんは、ていねいに頭をさげた。

「お礼なんかはどうでもいい。キットはいますか」

「キットなら、二十分ばかり前に、友だちと出かけましたが……なんでもエディとかいうひとでしたよ、友だちは」

「二十分前に?」

遅かったか!

「こんな遅く、出かけるな、といったんですが、近ごろの若いものはしょうがない……」

「すいません。紙と鉛筆を貸してください」

おれはおやじさんの愚痴をさえぎった。出してくれた紙と鉛筆をひっつかむと、おれはタクシーに駈けもどった。

「西七十番ストリートのオリエント・ホテル。大急ぎだ!」

おれは運転手にどなると、膝の上に紙をひろげて、大きな字で書きはじめた。オリエント・ホテルの前に車がとまると、おれは運転手に大きな紙幣と、紙きれをわたした。

「これだけやるから、この紙に書いてあることをやってくれ」

「いいんですか、こんなに貰って」

と、運転手が目をまるくした。

「いいんだ。その代り、ちゃんとやってくれ。もしもやらなかったときにゃあ、お前を探しだして、歯をみんな腹へたたきこんで、胃でものが嚙《か》めるようにしてやるぜ。おれはものおぼえがいいから、その顔をわすれないぞ」

運転手は、おれの見幕におどろいて、うなずいた。

おれはオリエント・ホテルの前に立って、ガラス戸越しに、なかをのぞいた。ロビイの右よりに、フロントがある。正面左よりが階段だ。正面はエレヴェーターだが、ボーイは立っていない。おれはドアを肩で押した。両足に力をこめて、敷居を蹴ると、正面よりの階段へ突進した。フロントの男に、呼びとめる隙をあたえないためだ。フロントを通じて、会見を申込めるような悠長な場合じゃない。おれは階段を、一気に駈けあがった。フロントから声がかかったが、おれはかまわず駈けあがった。四階まで、息をつかなかった。四階の廊下をゆっくりあるいて、呼吸をととのえると、使用人専用の狭い階段から、五階へあがった。五〇七〇号室の前で、立ちどまって、ズボンのベルトから、ピストルをぬいた。十セント玉ぐらいのボタンが、ドアのわきに、銀いろの光を放っている。それを押すと、部屋のなかで、東洋ふうの鐘の音が聞えた。しばらくして、ドアのむこうから、

「だれだ?」

という声がした。

「テッド」

と、おれは低い声でいった。ドアが細目にあいた。おれはすばやく、片手と片足をドアの隙間に入れて、ピストルを男の腹に押しつけた。

「声を出すな」

おれはドアを押しひらいた。ドアをあけにきたのは、そばかすだらけの若い男だった。おれはうしろ手にドアをしめながら、

「むこうをむけ。なにごともなかったように、奥へ入っていくんだ。妙なそぶりをしたら、きさまの腹にトンネルが出来て、お子さま電車が走るようになるぜ」

玄関の間は、東洋ふうのカーテンと、東洋ふうの模様のついた紙のスクリーンで、囲まれていた。おれはそのかげの気配に、耳を澄ませてから、銃口で男をこづいた。

「さあ、歩け」

男はかすかにふるえていた。カーテンをひらいた手も、ふるえていた。次の間には、瘠《や》せた男が長椅子に寝そべっているだけだった。ブラックジャックを、両手でおもちゃにしている。おれをぶんなぐったのは、こいつかも知れない。正面には、日本ふうの白い紙を格子に貼ったすべり戸が、四枚はまっていた。奥の部屋にいる人間たちの影が、それに映っている。おれはぎょっとした。そのなかに女の影絵が——輪郭の朧《おぼ》ろなその影絵は、あきらかに裸身だった。けむったような乳房の線が、じかに見るより、艶《なま》めかしかった。キットだ。おれの頭に、怒りがのぼった。

「テッドが帰ってきたのか？」

と、ブラックジャックをほうりあげては受けとめながら、長椅子の男がいった。

「ああ」

そばかすが、かすれた声でいった。

「テッド、ボスが待ってるぜ。奥へ行きな」

ブラックジャックが、おれのほうを見ずにいった。それから、そばかすに笑いかけて、

「お前はここへこいよ。おれ、女の裸を見て、吐き気がしたところだ。じっさい、あんな薄汚えもんに、目を光らしてるやつらの、気が知れねえな」

おれはそばかすの背中から離れて、長椅子に近づいた。おれの顔が目に入ると同時に、ブラックジャックの男は、はね起きた。だが、おれの指はピストルの引金をひいた。男の手から、ブラックジャックが飛んだ。男は右手を押えて、床にうずくまった。絨緞《じゅうたん》に血がしみをつくった。銃声と同時に、紙のドアが左右にあいた。すっ裸で、椅子にしばりつけられたキットのすがたが、まず目に入った。おれは部屋じゅうの人間――キットの肌を見た男たちを、ひとり残さず、射《う》ちころしてやりたいと思った。

「なんだ、きさまは？」

玉虫いろに模様を浮かした東洋ふうのガウンの男が、するどくいった。顔いろの青黒い大男で、つるつるに禿《は》げた頭も青黒い。

「ストーンヘッド・マッキイてのは、お前さんか？」

銃口をガウンの胸にさだめながら、おれはいった。

「クォート」

と、キットが叫んだ。

「クォート？　ここへひとりでやってくるとは、勇ましい男だな。どこかで見たつらだが……」

マッキイが眉をひそめた。

「クォート・ギャロンだ。おぼえているやつも、このなかにいるだろう」

おれはマッキイのそばにいる四、五人の男の顔を見わたした。

「その女の縄をとけ。服をきせろ。おれのいうとおりにするんだ！」

「いよいよ勇ましいな。ひとりでおれに刃むかう気か……」

「あまく見るなよ。おれは命のいらない男だ。おれにむかって引金をひいたら、いくらでもこの胸で、弾丸をうけてやる。だが、そのときには、お前さんの心臓にも、錘《おも》りがふたつや三つは入ってるぜ」

「きさまが死んで、おれが死んで、そうなったら、この娘はどうなるんだ」

マッキイは、せせら笑った。

「きさまは、この娘を助けにきたんじゃないのか？」

「その娘は、警察が助けてくれるさ。もう駈けつけてくるころだ。マイクを殺した犯人が、ここにいると連絡しておいたからな」

おれは頭のなかで、時間をはかっていた。運転手がすぐに電話をかけていれば、そろそろパトカーが駈けつけるころだ。

「おれがいま、右手を使えなくしたおかま野郎が、マイクにナイフをぶっこんだんだろう。どうだ、違うかい?」

「ちくしょう!」

マッキイが脣をゆがめた。おれは喋りながら、じりじりと進んでいた。マッキイの顔に、狼《ろう》狽《ばい》が走ると同時に、おれは一気に進んだ。マッキイの胸を銃口でこづいて、おれはいった。

「この娘の縄をとけ」


オリエント・ホテルのロビイは、警察でいっぱいだった。おれはキットの肩をだいて、長椅子にすわった。

「あたしがマイクから、なにかあずかったというんだけど、ぜんぜんわからないの。そんなおぼえは、ないんですもの」

キットはまだ興奮がさめないらしく、もつれる舌でいった。

「最後にマイクとあったとき、きみはハンドバッグかなんか、持っていなかったか?」

と、おれは聞いた。

「持っていたわ、籐で編んだ箱型のを」

「それだよ。家にいけばあるんだろう」

「ええ」

キットはしばらく考えこんでいたが、はっと目を大きくして、

「家じゃないわ。クォート、あなたのところ。あたし、あなたのところへわすれてきたのよ、あのバッグ」

おれは思わず、吹きだした。

「なんてことだ。こいつはいいや」

おれたちはパトカーで、バウアリへ送られた。おれの部屋のベッドの脚のところに、籐のバッグはころがっていた。蓋をあけて、中味をさらいだしてみると、底に平たい包みが、スコッチ・テープでとめてあった。それを持って、警官が帰ってから、おれたちはしばらく黙りこんでいた。

「キット、家まで送っていこうか」

と、おれがしまいにいった。

「きみからあずかった金が、まだ車代ぐらい、残っているぜ」

キットは返事をしなかった。遠いところを見ているような目が、かすかに濡れていた。

「マイクは悪い人間だったのね」

しばらくして、ぽつりといった。

「かあいそうなやつだ。おそらく、きみと知りあって、足を洗うつもりだったんだろう。まとまった金がほしくて、あんなことを考えたに違いない」

「そうだとすると、あのひとを殺したのは、あたしかも知れないわ」

「そんなことを、いうもんじゃない。まともに稼《かせ》ぐ道を考えないほうが、悪いんだ」

「あのひとを殺した上に、あなたまであぶない目にあわせたわ、あたし」

「マイクのことは、わすれるんだ。今夜のこともみんな」

「クォート」

キットはおれの顔をみつめた。涙がその目から、あふれだした。おれはキットの肩をたたいた。

「泣き顔をしていたんじゃ、送っていけないぜ。わすれるんだ」

「クォート」

と、キットはおれにしがみついた。

「マイクのことをわすれさせて」

黒いセーターの胸が、はげしく波うっていた。いけない。また気のきかないキューピッドめ、迷いこんできやがった。こんどこそ、翼をひんもぎってやる。

第四章　黒い扇の踊り子

だれかが、おれを見つめてる。いまにはじまったことではない。もう何時間も前からだ。大きなふたつの目の玉が、空飛ぶ円盤みたいに宙を迷って、どこまでも、おれをつけてくる。パーカーの目か、トニの目か。とにかく、おれを見つめる目があるとすれば、その視神経は、過去につながっているに違いないのだ。その過去が、どんなすがたをしているか、見ないですめば、それに越したことはない。だから、おれはふりかえらなかった。七月の日に灼《や》けたバウアリの歩道を、汗にまみれてうろついていたときも、決してうしろを見なかった。ものごいをして得た金で、バーボンのフィフツ壜《びん》を買いに、酒屋へ飛びこんだときも、決してふりかえりはしなかった。日が暮れて、生ぬるい風の吹きわたる裏町の、暗い玄関に腰をすえたときも、おれは顔をあげずに、壜の口をあけた。

だれかが、おれを見つめてる。パーカーの目か、トニの目か。とにかく、おれを見つめる目があるとすれば、その視神経は、過去につながっているに違いないのだ。その過去は、いま目の前に立っている。喉《のど》に焼きつくバーボンのおかげで、おれも目をあげる勇気ができた。おれの視線は、玄関の石段を二段おりた。小さな布の靴が一足、そこにある。黒い靴だ。靴には細い二本の足。ノーストッキングの白い足は、膝《ひざ》の上から、黒い服につつまれている。だが、生あたたかい夕風が、狭い通りを吹きぬけると、裾の左右の切りこみが大きくゆれて、涼しげに腿《もも》がのぞいた。服の黒さは、そのまま平たい下腹につづき、小さな胸のふくらみを覆って、きっちりつまった襟《えり》もとになり、その上に青白い顔がのっている。見おぼえのある顔ではない。この支那服の女は、どこでおれの過去と、つながっているのだろう。つりあがった眉の下に、まつ毛の長い目が黒い。無表情な大きな目。この目がけさから、おれを見つめつづけていたのだ。こんどは、こっちが見つめる番だ。すると、小さな唇《くちびる》がひらいて、たどたどしい英語をこぼした。

「ミスタ・ギャロン?」

「そうですよ」

と、おれはいった。

「わたし、ティエン・リイといいます」

「ティエン・リイ?」

はじめて聞く名だ。安心して、おれはいった。

「かわいい名だな」

だが、女はにこりともしない。

「わたし、チャーリイ・ルウに頼まれてきました。助けてください」

「助けるって、だれを?」

「チャーリイ・ルウをです」

「チンクが、どうかしたのか?」

チャーリイ・ルウとは、かなり長いこと、あっていない。だが、生れ故郷のシャンハイでは、大した羽ぶりだったのが、金と女に裏切られて、いまチャイナ・タウンの鴉片《あへん》の煙のなかで、暮しているあのチンクは、おとなしい無害な男だ。いまは役立てようとしていないが、智慧《ちえ》もある。うかつにトラブルに、巻きこまれるような人間ではない。

「チャーリイ・ルウ、警察につれていかれました」

女はあいかわらず、無表情にいった。

「警察に? あいつらしくもない。なにかの関《かか》わりあいに、なったんだな。それで、おれになんとかしてくれというわけか」

女は静かにうなずいた。

「あなた、私立探偵でしょう?」

おれは黙って首をふり、バーボンの壜を唇の上で、逆立ちさせた。

「いまは違う」

というせりふも、いいあきた。こいつら、なんどいったら、わかるんだろう。おれは飲んだくれのルンペンだ。私立探偵クォート・ギャロンは、とっくの昔にこの世にいない。顔がそっくり同じだからって、おれの罪ではないはずだ。それにおれは、前に一度、チンクの頼みをきいてやったことがある。こんどは、おれの勝手にしてもいいだろう。けれど、女はまるで仏像みたいに動かない。大きな目で、じっとおれを見つめている。

「チャーリイ・ルウ、病気です。牢《ろう》へ入ったら、死ぬかも知れない」

「死ぬほどの病人を、牢へ入れはしないから、大丈夫だ」

「チャーリイの部屋で、白人が殺されたのです。警察はチャーリイが殺したのだ、と思ってます」

おれは、女の大きな目を見た。トラブルは意外に大きなものだった。

「殺したところを、見たものがいるのか？」

と、おれは聞いた。女は首をふった。

「だれもいません。チャーリイの部屋、なかから、鍵《かぎ》がかかっていました。部屋のなかには、死んだひととチャーリイしか、いなかったです。だから、だれも見ていたひと、ありません」

「それで、チャーリイは、自分が殺したのじゃないというのか？」

「そういいました。わたし、チャーリイを信じます」

女はおれに見すえられても、視線をそらさなかった。まつ毛も動かさない。おれは聞いた。

「ギャロンのところへいけ、といったのは、だれだ？」

「チャーリイです。わたし、チャーリイに頼まれてきました」

「さっき、そういっていたな」

「チャーリイ、いいました。ギャロンさんなら、チンクの無罪、信じてくれる。どうしてこんなことになったか、考えてくれる。ギャロンさんに頼んでくれ。それで、わたし、来ました」

「チンクは、どこに住んでいたんだ？」

「チャイナ・タウンです」

「それは、わかってるよ。まだ彼の部屋に、警官がいるかな」

「もういません。みんな帰りました」

おれはバーボンの壜をにぎって、玄関から腰をあげた。

「チンクの部屋に、案内してくれ。部屋を見てから、くわしい話を聞こう」

「ありがとう、ミスタ・ギャロン」

女の目が、はじめて黒い花みたいに、かがやいた。おれはトニの目を思い出した。トニの目は黒くはない。青い明るい花だった。だが、この支那服の女の目みたいに、おれの顔をうつして、明るくかがやいたことも、あったのだ。


夜になっても、暑さは執念ぶかく、歩道を匍《は》いまわっていた。おれはシャツの胸をはだけ、手のひらで汗をぬぐいながら、歩いた。チャイナ・タウンへ入ると、金ぴかや赤の招牌《かんばん》が、いっそう暑苦しい。女の黒い布の靴は、一軒の古道具屋の前でとまった。

「ここです」

彼女が指さしたのは、鉄の格子だ。まだそれほど遅い時間ではないのに、格子戸をとざして、店をしめているのは、事件があったばかりだから、商売は休んでいたのだろう。彼女は格子のあいだから、手をさしこんだ。色糸を編んだ太い紐《ひも》が、戸口にぶらさがっている。彼女がそれをひっぱると、奥のほうで、甘ったるい鐘の音が聞えた。店のなかに灯がついて、ガラス戸のむこうに、鈍い金いろの仏像や、彩色のはげた陶器の人形のすがたが、浮かびあがった。そのあいだに背の低い影が、もぞもぞと動いた。近づいたのを見ると、支那の色紙をくしゃくしゃに丸めて、重ねあわしたような老人だった。曲った腰をのばして、格子戸をあけながら、ああ、ああ、とくたばりかけた猫みたいな声をあげた。女はうなずいて、支那語でなにかいった。

「口がきけないのか、と思ったよ」

と、おれはいった。

「聞えるけれど、喋《しゃべ》れません」

と、女は老人の耳を指さして、

「悪いことして、むかし、舌を切られたのです」

女は古道具を積みかさねたあいだの狭い通路を、馴れた足どりで奥へすすんだ。奇妙な鳥や、けものの人形みたいなものが、天井からぶらさがっている。それをよけて、腰をひねると、裾の切れこみから、仄白《ほのじろ》い太腿が、薄暗い光のなかに、かがやくように揺れた。

「二階です」

女は上を見あげていった。竹細工のカーテンを、からからとわけて、さきに立ちながら、

「階段、せまいです。気をつけてください」

二階の廊下も狭かった。部屋がふたつ、むかいあっている。左手のドアを指さして、女はいった。

「ここが、チャーリイの部屋です」

おれはドアを押した。やはり狭い部屋だ。寝台のほかには、すみにひと山、本が積みあげてあるだけだった。どれも、四角い文字が縦にならんで、おれには読めない。ドアをふりかえってみると、頑丈な鉄のかんぬきがついている。窓はひとつ。けれど、汚れたガラスがただ一枚、壁にあいた四角い穴に、はまっているだけで、あかない窓だ。明りとりのためのもので、外を見るためのものではないのだ。床に血痕《けっこん》が、黒ずんでいる。おれはもう一度、部屋のなかを見まわした。ドアよりほかには、出入りする道はない。

「あれはしまってたんだな」

おれがかんぬきを指さすと、女はうなずいて、

「ええ」

おれはドアをしめて、かんぬきをかけてみた。かまちとドアのあいだにも、敷居にも、隙間はない。糸なら通せるだろうが、重いかんぬきだから、そんな細工ではしめられそうもない。

「密室だな。ディクスン・カーに教えてやったら、よろこぶだろう」

「ディクスン・カーって、だれですか?」

「こんなぐあいに、なかから鍵のかかった部屋で、何人もひとを殺した男さ」

「おお、それでは悪いひとですね」

ティエン・リイは、目をまるくした。おれは笑って、

「くわしい話を、聞かせてもらおうか」

「きのうの朝でした。下の店の旦那さんが、来ていたときです。チャーリイ、大きな声を出し

ました。わたし、下で旦那さんと話していましたから、びっくりして……」

「ちょっと、待った。きみはなんで朝から、ここへきていたんだ?」

「顔洗いにおりたら、下の旦那さん来て、話したのです」

「すると、きみはここに住んでいるのか」

「そです、そです。むかいの部屋に住んでます」

「わかった。話をつづけてくれ。チャーリイが大声をあげて、どうした?」

「わたしたち、二階へあがりました。わたしと旦那さん」

「そのとき、さっきの舌なし男はどこにいた? あの男はここに、住んでいるんじゃないのか?」

「下の店のすみに、寝泊りしています。ファンという名です。ファンは店番だから、上ってきませんでした」

「おかしいな。やつは耳が聞える、といったろ。チンクの叫び声は、聞かなかったのか」

「聞えたはずです。でも、あのひと、店番しているときは、なにがあっても、動きません」

「まあいい。さきを話してくれ。きみたちは二階へあがって、なにをした」

「この部屋の戸、叩きました。すると、チャーリイ、部屋のなかで知らない男、死んでる、いいました。わたしたち、戸をあけようとしました。あきません。旦那さんが、チンク、かんぬきあけろ、どなりました。チャーリイ、いわれた通りにしました。わたしたち、なかへ入ると、白人、死んでいました」

「きみたちの知っている男か?」

「だれも知りません。背中をナイフで、刺されていました。チャーリイが旦那さんに、警察、呼んでくれ、といいました。警察のひと、大勢きました。チャーリイ、鴉片のんでいて、なにも知らなかったです。そういいました。けども、警察のひと、信用しません。チャーリイ、つれていかれました」

「ここへきた警官のなかで、いちばん偉そうなやつは、なんていう名だった。おぼえていないか?」

「変った名のひとです。部長刑事さんで、そうです――ランダッゾ、いいました」

「ランダッゾ部長刑事か」

あいつには、手柄を立てさせてやったことがある。チンクに面会させてもらうことも、出来るだろう。ティエン・リイは、おれを探すのに、まる一日かかったという。警察のほうは三十五時間ばかり、さきへ走っているわけだ。それに追いつくのは大変だが、簡単な事件だと思いこんでいるだけ、いくらか助かる。確かに一見、簡単な事件だ。だが、チャーリイ・ルウの無罪を信じて、眺めてみれば、ひとすじなわではいかない事件、ということになる。おれはチンクの無実を信じるのだから、おれの解決しなければならないのは、本格探偵小説そこのけの密室犯罪、というわけだ。新聞によると、殺されたのは、バート・ウィリアムズという男で、グリニチ・ヴィレジに住んでいる。芸術写真家だそうだ。その男がなんで、チャイナ・タウンの古道具屋の二階で殺されたのか。それがわかれば、密室の謎《なぞ》もとけるだろう。ティエン・リイも、古道具屋の主人も、舌を切られたファンも、バート・ウィリアムズを知らないという。チンクも、知らない、と証言している。おれはバートの身辺から、調べはじめることにした。チンクにあって、話が聞きたかったが、おれが事件をいじっていると、ランダッゾにあまり早く知らしては、まずい、と思って、やめにした。

夜は九時をすぎていたが、まだ暑い。グリニチ・ヴィレジの往来には、夜風に吹かれに出てきた連中が、たくさんいた。柵《さく》によりかかって、弱音器をつけたトロンボーンを吹いている黒人に、おれは番号をいって、バートの家のありかを聞いた。黒人はわずかに首をふっただけで、目をつぶって、トロンボーンを吹きつづけている。その番号の家を知らないのか、知っていても教えるどころじゃない、というのか。どちらともわからない。(ヴィレジには、ひと晩じゅう、消防自動車が、走りまわっている。退屈しのぎに、警報器にいたずらをするやつが、多いのだ。いまも遠くで、サイレンが聞えている。黒人のトロンボーンより、よっぽどいい味を出していた。)おれはあたりを見まわした。薄暗い玄関に、腰をおろしている連中がいた。顎鬚《あごひげ》をはやした男が、階段の上で、あぐらをかいている。Tシャツにジーンパンツの女が、その膝に腰かけていた。Tシャツもジーンズも、拘束衣みたいに、ぴっちり肌にくいこんでいる。おれはふたりのどちらへともなく、声をかけた。バートの家の番号をくりかえすと、女が片腕をあげて、

「タバコ屋の角を曲って、三軒目の家よ」

おれは礼をいって、歩きだした。バートの家の前に、椅子を持ちだして、ひとりの男が涼ん

でいた。おれが郵便受の名札をしらべていると、その男がうさんくさそうな顔をむけた。鼻の下にちょび髭《ひげ》をはやして、ヒトラーを老けさせたようなおやじだ。

「だれをたずねるんだね？」

「バート・ウィリアムズ」

「バートは死んだよ。お前さん、新聞を見なかったのか」

「あいにく、小銭がなかったもんでね。バートはひとりで、住んでいたのかい？」

「奥さんがいる。お前さん、警察関係か」

「特捜班だ。ルンペンに変装しているのさ。うまいだろう。奥さんにあっていくとするか。部屋は三階だな」

郵便箱を見ながら、おれはいった。

「奥さんは留守だぜ」

「どこへ行った」

「夕涼みだろうよ。こう暑くちゃ、とても家のなかになんぞ、いられるもんじゃない」

「それじゃあ、上で待たしてもらうよ。奥さんが帰ってきたら、早くあがってくるように、いってくれ」

「知るもんか」

と、おやじはそっけない。おれは階段をあがりかけた。

「そういうな。その代り、きみがこんなところに生きて、隠れているってことを、政府に密告しないでいてやるからさ、アドルフ」

このしゃれは、通じなかった。おれはかまわず、階段をあがった。バートの部屋は、階段を三階まであがったとっつきにあった。ドアに、バート・ウィリアムズ、写真家、としゃれた書体で書いた名札が、貼《は》りつけてある。ノブをまわしたが、ドアはあかない。廊下はひどく暑かった。おれはドアに寄りかかった。バーボンの壜を口にあてる。片手で額の汗をふきながら、片手で暑気ばらいのウィスキーを、喉に流しこんでいると、階段をあがってくる足音がした。

「あら、あんた、だれを訪ねてきたの?」

目の前に立ったのは、さっきのジーンパンツの娘だった。

「なんだ、きみもここに住んでいたのか」

と、おれはいった。

「バート・ウィリアムズ夫人にあいにきたんだ」

「それなら、もう待たなくてもいいわ」

「どうして」

「バート・ウィリアムズ夫人は、あんたの目の前に立っているもの」

おれは娘の顔を見つめた。

「きみがバートの奥さんなのか!」

おれは笑い出した。バート夫人はドアの前から、おれを押しのけて、鍵をあけた。

「あんた、だれ? バートの友だち? とにかく、そんなところに立っていないで、お入りなさいよ」

「笑ってすまなかった。だが、きみもあんまり悲しそうな様子は、していないな」

「でも、喪服は着てるつもりになっているのよ」

彼女は両腕をひろげた。なるほど、Tシャツは、まっ黒だ。胸に白いレタリングは、チャイニーズ・インクで、塗りつぶしてある。それでも、フィルムの銘柄が、どうやら読めた。部屋のなかを、おれは見まわした。玄関や階段や廊下にくらべると、意外なくらい、ちゃんとした部屋だった。ウィリアムズ夫人は、イームズ式の椅子にすわって、両膝をかかえた。そのうしろの壁に、パネルに仕立てた大きな写真がかけてある。往来のまんなかを、ヌードの女がスクーターに乗って、突っ走っている写真だ。ウィリアムズ夫人は、おれの視線を追って、顔をそらすと、白い歯を見せた。

「傑作でしょ」

「バートが撮ったのか？」

「バートとあたしの合作第一号よ」

おれは写真を見つめた。女は風にさからって、目を細めながら、顔をあげている。白っぽい金髪が、生きもののように踊っていた。両手をひろげて、ハンドルをつかみ、乳房をふくらませた姿態には、たくましい情熱があって、悪くなかった。

「あんたがモデルだね、ウィリアムズ夫人。髪をいまみたいに、黒く染めないほうが、よかったな」

「カラーを撮ったとき、バックの都合で染めたの。あたし、フロラというのよ」

彼女は長くのばした黒い髪を、両手で上に持ちあげた。

「これは、いつ撮ったんだ」

「みんな、それを聞くわ。むろん、昼間じゃないわよ。夜あけに、人通りがないときを狙って、撮ったの。あれもそうよ。あれは、合作第二号」

フロラは、いっぽうの壁を指さした。これは一号ほど、大きくのばしてはなかったが、その代りブラシをかける手間をはぶいてあった。フロラが公園のベンチで、逆立ちをしているところで、夜あけの微光に、いろいろなところの金髪が、美しく光っていた。

「おれが聞いたのは、今年とったか、去年とったか、ということなんだ」

「あら、そうなの。二枚とも、おととし撮ったものよ。あたしがバートと結婚する前。ねえ、あんた、なにしに来たの？　写真を見にきただけじゃないでしょう」

「バートのことを聞きにきたんだ」

フロラとむかいあって、おれは椅子にかけた。

「バートがなんで殺されたか、心当りはないかね」

「あんた、刑事？」

「そうじゃない」

「じゃあ、私立探偵？」

「そんなところだ」

「あたし、あまり情報は提供できないわよ。もう犯人がつかまったんだから、それでいいんじゃないの？」

「犯人としてつかまった男は、自分がやったんじゃない、といってる。警察は信用していないが、動機がわからない点は、みとめざるをえないだろう。バートはチャーリイ・ルウという男と、つきあいがあったのか？」

「そんな妙な名前の男、知らないわ」

「チャイナ・タウンへは、よく出かけたかね？」

「そんな話も聞いてない。あたしと一緒にいったことはないわ」

「敵はなかったか？　だれかに怨まれている、といったことだが」

「ひとに好かれるたちじゃ、なかったけど、殺すほど怨んでるひとなんか、いないと思うわ。バートが、殺してやりたい、といってた男なら、いるけれど」

「返り討ちということもある。バートはだれを、殺したい、といっていた」

「何人もいるわ。とくにルビー・バンスキーなんか」

「どこに住んでいる男だ？」

「知らない。電話帳に出てるでしょう」

「ほかになにか、思い出せることはないかい？」

「こう暑くっちゃ、頭が働かないわ。いっぱい飲みたいところだけど、ゆうべ飲んじゃって、空壜しかないの」

「バーボンでよかったら、まだ残っているぜ」

おれは床においた壜を、持ちあげてふってみせた。

「すてきだわ。氷を持ってくるわね」

フロラは椅子から立ちあがって、となりの部屋に消えた。おれはもう一度、部屋のなかを見まわした。大きいのや、小さいのや、壁には写真のパネルばかり、かけならべてある。どれもバートの作品に違いない。撮りかたで、それがわかった。建築現場の鉄骨の上に、ねそべったヌードとか、肉屋の店先の、牛が肉をはがれてぶらさがってるあいだに立ったヌードとか、風景にしても、取りこわしちゅうの古い建物の、上にのぼって真下にカメラをむけたりして、ともかくも、まず見るひとをおどろかしてやろう、という意識が濃い。おれはあまり、好きになれなかった。

「お待ちどおさま」

フロラの声がした。おれはそっちへ顔をむけた。彼女は両手に、氷を入れたグラスをふたつ、持っている。それはいいのだが、黒いTシャツと、ジーンパンツが、彼女のからだから、消えていた。喪服はぬいで、死者は死者をして葬らしめよ、というつもりか。いや、わからない。パンティとブラジァの色は、黒だから。

「家のなかだから、かまわないでしょ。これでも、まだ暑いくらいだわ。あんたもシャツを、ぬげばいいのに」

と、フロラは妙な笑いかたをして、おれの前にすわった。

「がまんするよ、おれは」

フロラはグラスを、テーブルの上においた。おれは彼女のグラスにだけ、バーボンをついだ。

「あら、あんたは飲まないの？」

「もう聞きだせることは、なさそうだから、おれは帰るよ」

おれは立ちあがった。

「あたしのほうには、まだ聞きたいことがあるわ。まあ、すわりなさいよ」

「なにが聞きたい？」

立ったまま、おれはいった。

「どういうつもりで、この事件に首をつっこんでいるの、ミスタ・ギャロン」

フロラはグラスを持ちあげながら、いままでと変らない調子でいった。

「おれを知っているのか？」

「あたし、とても記憶力がいいのよ。なにかで印象に残った顔は、決してわすれないわ」

「なんで印象に残ったかは、いわないでくれ。新聞に出た写真を、おぼえていたってわけか」

「道を聞かれたときから、どこかで見た顔だと思っていたけど、ここで話しているうちに、思い出したわ。私立探偵の許可証は、とりあげられたんじゃ、なかったの？」

「その通りだ。おれはなにもここへ、探偵をしにきたわけじゃない」

「じゃあ、なんでバートのことを聞いたのよ」

「友だちのために、情報を集めにきたんだ。子どもが探偵ごっこをするのと同じで、聞いてあるくだけなら、許可証もいらないだろう」

「ブリキで出来た保安官のバッジと、プラスティックの弾丸《たま》の飛びだすリヴォルヴァーを、買ってあげましょうか」

「こんどきたときにしよう」

おれはフロラに背をむけて、ドアのほうに歩きだした。

背後でふいに、笑い声が爆発した。ドアのほうに歩きだした。おれはふりかえらなかった。フロラは急に笑いをしずめると、喉を鳴らすような声で、

「ミスタ・ギャロン、まだあんたの聞きだしていないことがあるわ」

「なんだね？」

ドアを見つめたまま、おれはいった。ふりかえっては、いけないような気がしたのだ。なぜだかは、わからない。ふりかえると、なにか悪いことが起りそうな気がしたのだ。フロラの声は、前よりも低かった。

「あたしがなぜ、あんたを知らないような顔をして、聞くことに返事をしていたか？」

いいおわると、彼女は喉の奥のほうで、笑った。おれはふりかえった。フロラはグラスを手にして立っていた。黒いブラジァとパンティが、足もとに落ちている。顔をそらして、目を半ばとじながら、彼女は両手をひろげた。壁の写真よりも、いまの彼女は、胸や腰に肉がついていた。胸をそれほどそらさなくても、乳首は薔薇《ばら》いろに揺れて、上をむいた。静かな息づかいと一緒に、腹の筋肉が上下に動いた。

「あたし、新聞を見たときから、あんたにあこがれていたの。何年ぶりで、あえたのかしら?」

目をつぶったまま、フロラはいった。


グリニチ・ヴィレジの往来にも、さすがに、人通りはとだえていた。玄関にもアドルフ・ヒトラー君はいなかった。おれは玄関に背をむけて、壜に残ったバーボンを、あおった。そのときだ。いきなりだれかが、うしろから、おれの頭を殴りつけた。おれは目がくらんだ。だが、そのまま倒れはしなかった。ちょうど最後の一滴を、喉へ流しこんで、惜しげのなくなったバーボンの壜を、おれはからだごとはずみをつけて、ふりまわした。なにかにあたったのだろう。壜は音をたてて、われた。おれは頭をこごめて、壜があたったものに、体あたりした。前にのばした手が、人間の服をつかんだ。と思ったとたん、さっきよりかたいものが、おれの肩に落ちてきた。

おれの指から、服がすべりぬけた。相手は、ひとりではなかったのだ。だが、おれはふりむかなかった。顔をあげて、目の前の男に飛びかかった。男はブラックジャックをふりおろそうとしていた。おれはその手をつかんで、男のからだをひきずりまわした。もうひとりの男は、水道管のきれっぱしをふりあげて、飛びかかってきたが、相棒のからだにぶつかって、あおむけに倒れた。足をすべらしたのだろう。おれは最初の男の手首に、手刀をくらわすと、すぐおなじ手に拳固をつくって、顎を叩きあげた。男はブラックジャックを落すと、水道管の男の上に、尻もちをついた。おれは両手をひろげて、ふたりに飛びかかった。そこまではよかった。

あとがいけない。おれは武器を失った男と取っくみあって、往来にころげだした。おれは拳固を、相手の口に叩きつけた。歯の折れる音がした。おれの拳固は、血に染った。水道管の男が立ちあがるのに気づいて、おれも立ちあがろうとした。だが、おれは足をすくわれた。おれのまっこうに、水道管が飛んできた。耳のなかが、真空になった。目の前が、完璧《かんぺき》な闇になった。

それでも、おれはつかまれた足を、ブラックジャックの野郎の腹にめりこませながら、両手をふりまわした。そのうちに、激しい息づかいが聞えるようになった。目も見えだした。水道管の男が、鼻血を出しながら、おれに飛びかかってくるところだった。おれはよけたつもりだった。だが、地球がこわれるような音がして、おれの顔は汚れた往来に頰ずりしていた。だれかが、悲鳴をあげた。おれの声ではない。女の声のようだった。だが、確かではない。それにそんなことは、どうでもよかった。おれはなにもかも、わからなくなっていたのだから。

おれは目をあいた。いちめんの光だ。おれはあわてて、目をとじた。こんどは、おそるおそる目蓋《まぶた》をあげると、まっ白な天井が目についた。光は太陽の光だった。おれは、おそるおそる首を曲げてみた。頭がひどく重かったが、痛みは思ったほどでもない。おれの目の前には、白いカーテンを半分ひらいた窓があった。窓より手前に、白い服をきた女が、すわっている。おれにむかって笑いかけながら、女は立ちあがった。その微笑は太陽の光よりも、すばらしかった。

「気がつきましたのね」

と、女はいった。おれはうなずいて、口をひらいた。顎は重かったが、声は出せた。

「いま何時です」

「三時五分すぎだよ」

といったのは、男の声だ。看護婦の顔の横に、ちょいとした二枚目の男が、顔をならべた。

「やあ、ランダッツゾ部長刑事」

と、おれは挨拶した。ランダッツゾはうなずいた。

「わたし、先生を呼んできますわ」

看護婦はおれたちの、どちらへともなくいって、のりのきいた服に音をさせながら、出ていった。

「ランダッツゾ、どうしてここにいるんだ?」

とおれは聞いた。

「口をきいても、大丈夫かな」

「大丈夫だろう。もう三時だとすると、いつまで寝てもいられない」

「そういうタフ・ガイの顔を、拝見にきたんだよ、おれは」

ランダッツゾは、にやりと笑った。

「ラッキー・ボーイといったほうが、いいかも知れないな。どこかの神さんが通りかかって、どえらい悲鳴をあげなかったら、きみはあの世へいっていたところだぜ。ふたりがかりだったそうだな、相手は」

「あいつら、どうした」

「そのうち、捕まえてやるよ」

「ラッキー・ボーイの顔を見にきただけなら、お守りに髪の毛をやるから、帰ってくれ」

おれは顔をしかめて見せた。

「だいいち、あのへんはきみの管轄外だろう」

「きみの事件だけで、ここへきたわけじゃない。おれがいま扱っている事件の被害者の、細君が殺されたんだ」

「フロラが!」

おれの声は、大きくなった。信じられないが、ランダッゾはこういうことで、冗談をいう男ではない。

「なんで殺されたんだ? 兇器《きょうき》はなんだ?」

「ハジキさ。頭に穴があいていたよ」

「なるほど、すると、おれは容疑者というわけか。わざわざ臨床尋問にきていただいて、申しわけないな」

「心配するな。きみは病院へかつぎこまれたおかげで、容疑者にならずにすんでいる。救急車がきたとき、ウィリアムズ夫人は、下の騒ぎを見におりてきてるんだ。管理人やおなじ階の住人が、証言しているよ」

「すると、チンクの嫌疑もはれたわけだな」

「チンク?」

「チャーリイ・ルウだ。バート・ウィリアムズを殺したと、きみたちが思っている男さ」

「そうはいかない。あれとこれとは別だ」

「チンクには、動機がないじゃないか」

「自分でも、よくわからないそうだがね。危害を加えられる、と思ったんだそうだ。あいつは英語がよくわからないから、いろいろ行きちがいがあって、争いになったらしい」

「チンクが英語を知らないって?　そんな馬鹿なこと、あるもんか」

中国語の方言を、二十とおりもこなすというくらいで、語学には勘のある男だ。おれはげんに、チンクがどんな複雑なことでも、ちゃんと英語で話すのを聞いている。

「そんな馬鹿なことがあるんだよ」

と、ランダッゾはいった。

「おれたちは、やさしく話さなけりゃならんので、ずいぶん自白させるのに、手間どったんだぜ」

「自白したのか、チンクが!」

おれは思わず、ベッドの上へ身を起した。頭がくらくらした。そこへ、看護婦と医者が入ってきた。看護婦はあわてて、おれをベッドに押しつけた。医者は繃帯《ほうたい》をしらべてから、笑顔になって、

「ふつうだったら、ひと月ぐらい寝こむところだが、あなたは一週間ぐらいで退院できそうだ。

たいした体力ですな」

「一週間前、アフリカ経由で、イギリスから来たばかりですからね。ぼくの本名は、グレイストーク卿《きょう》というんです」

おれは博識なところを披露したが、ターザンの本名を知らないと見えて、だれも笑わなかった。ランダッゾなぞは、困ったような顔をして、

「ギャロン、またあとでくるよ。すこし聞きたいこともあるが、きみはまだ、眠っていたほうがよさそうだ。さっきのことは、いったとおりだぜ。チャーリイは自白したんだよ」

おれは返事をしなかった。目をとじて、寝たふりをした。しばらくして、うす目をあいてみると、病室のなかには、看護婦がひとりいるきりだった。おれは大きな声でいった。

「腹がへったな。なにか食わしてくれないか」

看護婦は微笑しながら、立ちあがった。

「なにか持ってきましょう」

「流動物はごめんだよ。歯ごたえのあるものがいい」

「まだ無理ですわ」

「持ってきてくれなければ、いいさ。おれがアフリカから、来たばかりだってことを、わすれるなよ。きみを裸にしてしまうぜ」

看護婦は赤くなったが、微笑は消さなかった。

「さっきから、よだれを流していたんだ。裸にして、頭から食ってしまうよ」

「食べられちゃ、大変だから、先生に相談してみます」

看護婦が出ていくと、おれはベッドからおりた。部屋のすみのキャビネットに、おれのシャツとズボンがあった。


曇りはじめていたが、暑さはあいかわらずだった。繃帯のなかに熱気がこもって、まるで温室をかぶって歩いてるみたいだった。だから、電話帳でしらべた番号の建物についたときは、ほっとした。ルビー・バンスキーと書いた名札の下のボタンを押すと、大きなガラス戸が、かちっといってあいた。立派なアパートだ。おれは自動《セルフ》エレヴェーターで四階へいき、バンスキーの部屋のボタンを押した。ドアのむこうでチャイムが鳴って、足音が近づいた。ドアが細目にあいた。

「どなた?」

「クォート・ギャロンというものです。すこし、うかがいたいことがあって——」

「どんなことでしょう」

おれは強引に、ドアを押しあけた。無駄なもののおいてない部屋で、壁には写真がたくさんかけてある。

「あなたも写真家ですか、ミスタ・バンスキー?」

「そうですよ。しかし、あなたも、というと……」

おれは、バンスキーを見つめた。ワイシャツの袖まくりをした若い男だが、額がひろく禿《は》げあがっている。銀行の窓口にでもすわっていそうなタイプだけれど、目だけが違う。なにもかも見えるぞ、といったゆるぎのない目だ。そのくせ、無精髭《ぶしょうひげ》だらけの顔に、繃帯をぐるぐる巻いたおれを、怪しんでいる様子はない。

「ざっくばらんにいいますと、バート・ウィリアムズが殺された事件を、調べているのです」

「私立探偵ですか、きみは？」

「いや、ルンペンですよ。ただ友人が容疑者として捕えられたので、出来ればなんとかしたい、と思って」

「わかりました。ぼくで役に立つことがありますか？」

「ウィリアムズはあなたのことを、殺してやりたい、というくらい怨んでいたそうだが、心あたりはありませんか？」

バンスキーはおれに椅子をすすめて、自分も腰かけた。

「さあ、わからないな」

と、頭をかいたが、にっと笑って、

「そうか。もしかすると、彼はぼくに、追いおとされた、と思っていたのかも知れません」

「どういうことですか、それは？」

「ぼくとバートは、写真家としての出発がおなじだったんです。きみはバートの作品を、ご覧になりましたか？」

おれはうなずいた。

「よくわからないが、はったりばかりのような気がして、好きになれなかった」

「そこですよ。最初はぼくなんかより、よっぽど華ばなしかったんですがね。はったりのたねがつきると、あきられてしまった。それで同じころスタートした仲間を、怨んでいるとか聞きました」

「それにしちゃあ、金のかかりそうな暮しをしているな」

おれは首をかしげた。

「そのことでも、いやな噂《うわさ》があります」

「どんな噂です?」

バンスキーは頭をかいた。

「バートが死んでしまっただけに、いいたくないな」

「もうひとり、法律で殺されかけている人間がいるんです。それだけじゃない。バートの細君も、ピストルで頭に穴をあけられた。話してください」

バンスキーは、おれの顔を見つめた。

「話しましょう。このあいだ、知りあいの編集者が、変な写真を持ってきたんです。秘密写真です。ところが、ただ撮ったというだけのものじゃないんだ。専門家がポーズをつけたものなんです。普通のそういうものより、高かったそうですが」

「バートがそういう写真で、生活していたというんですか?」

「そういいきれるかどうか、自信はありませんけれどね」

「ありがとう。忙しいところを、邪魔してすみませんでした」

おれは立ちあがりかけた。バンスキーは、おれの顔を見つめつづけている。

「ミスタ・ギャロン。写真を撮らしてもらえませんか?」

「え?」

「そんなに時間はかかりません。ぜひお願いします」

「髭をそってくれれば、よかったですな」

「いや、そのままがいいんです」

「モデル料がもらえますかね。どうやらこの事件は、金がかかりそうになってきたが、どこからも雑費が出ないんで」

「ええ、さしあげますよ。きみはおもしろいひとだな」

と、バンスキーは笑った。

「じゃあ、こっちへ来てください」

クォート・ギャロン、モデルになる、か。おもしろくないこともない。いっそバンスキー先生の傑作を名刺がわりに、ハリウッドへ乗りこんで、変り種のギャング役者はいかがでございと売りこもうか。手間はとらせない、といったが、アパートの外へ出たときには、日が暮れていた。空はいよいよ曇ってきて、天井が低くなっただけに、蒸暑さはひとしおだ。バート・ウイリアムズも、フロラも、どこか遠いところで、生きているやつは暑いだろう、といっているに違いない。おれはチャイナ・タウンに戻って、ティエン・リイが住んでいる古道具屋へいった。きょうは、格子戸をしめてはいない。店にはおぼろに灯《あか》りがついて、仏像や陶人形の怪しげな影を、ねずみ色の壁にはびこらしている。おれが入っていくと、仏像のひとつが、店の奥から、よたよたと動きだした。

「ファン、二階へいくぜ」

と、おれはいって、竹細工のカーテンをかきわけようとした。ファンが口をぱくぱく動かして、妙な声を出しながら、おれの肘《ひじ》を押えた。

「ティエン・リイはいないのか？」

とおれは聞いた。ファンがうなずく。

「どこへ行った。手まねでいいから、教えてくれ」

ファンはおれの手をひっぱって、店の奥へ行った。つやのある黒い木で出来た低い机が、店のおくの台の上においてある。ファンは台の上にあぐらをかくと、机に黄ばんだ紙をひろげ、毛で出来たペンを、墨壺にひたした。おれはファンの手がペンを握って、紙の上を動きまわるのを見つめた。なかなか、うまい絵だった。妙な彫刻のある門らしいものを、あっさり描いて、その上に大きな紙のランタンを添えた。ランタンからは矢印がたくさん出ている。光のつもりらしい。その絵から、ファンは一本、線をひっぱって、線の先に円を描いた。円のなかに、女が扇を持って踊っているところを描いて、それでおしまい。おれの顔を、じっと見つめた。

「わかった。ティエンはナイトクラブみたいなところで、踊っているのか？」

ファンは大きくうなずいた。

「あとで、そこへ行ってみよう。とにかくおれはもう一度、チンクの部屋をしらべてみたい。二階へあがらせてもらうよ」

と、おれはいった。おれはチンクの部屋に入ると、ベッドに腰をおろして、ドアのかんぬきを見つめた。このかんぬきがしまっていたから、事件は難かしいものになったのだ。推理小説によると、密室犯罪というものには、大別して、二種類あるらしい。ひとつは計画的に密室にした犯罪。もうひとつは偶然、密室になってしまった犯罪。おれはこの部屋が密室になったのは、偶然のことだと思った。なぜなら、被害者がこの部屋とぜんぜん無縁の人間である以上、犯人もここの人びととは違う世界の人間と見て、いいはずだ。とすれば、この部屋で被害者を殺害し、姿を見られずにすんだのなら、なにも苦労して密室にしなくても、いいだろう。もっとも、だれかが嘘をついているとすれば、この推論はぜんぜん成り立たないが、もしもチンクが嘘をついているとすれば、おれにあとを頼んだりはしないはずだ。ティエン・リイが嘘をついているとすれば、やはりおれを探したりしないだろう。探したけれど、見つからなかったで、ことはすむ。ファンが嘘をついているのか。そうかも知れない。けれど、ファンが殺して、ほかのふたりが気づかない、ということは、考えられない。やはりこれは、偶然の密室としたほうが、よさそうだ。では、どうして偶然の密室が出来あがったのか？　おれはドアを見つめて、考えつづけた。こんな事件は、おれの得手じゃない。チンクはおれに、この謎がとけると思ったのだろうか。なんで、おれに頼んだのだろう。おれは舌打ちした。そのとたん、おれの頭のなかで、ばらばらに散らばっていたものが、あるかたちをとりはじめた。

おれは部屋のなかを見まわした。ベッドのわきに本がつんである。おれはその本を、一冊ずつしらべはじめた。ずいぶん時間がかかったが、ようやく見つかった。一枚の写真。もちろん普通の写真ではない。あまり人前では見せられない写真だ。バートが撮ったものではない。若い兵隊が、日本あたりから持ちかえったものだろう。奇態なかたちに髪をむすんだ狐のような女が、花もようのキモノをぬいでいる。相手の男はまだ若いようだが、頭に一本も毛がなかった。おれはその写真をポケットに入れて、部屋を出た。階段のおり口までいくと、階下で人声がした。中国語ではない。まさか、刑事ではないだろう。だが、用心に越したことはない。おれは足音を立てずに、階段をおりると、竹のカーテンのあいだから、店をのぞいた。ふたりの男が、包みをかかえ、ファンに金をはらって、出ていくところだった。ふたりの横顔が、はっきり見えた。ブラックジャックを持っていたわけではない。水道の鉛管をかついでいたわけでもない。だが、おれはやつらの顔をおぼえていた。おれはそっとファンに近よると、

「いまのふたり、なにを買っていった?」

と、手まねをくわえて、聞いた。ファンは店の奥につるしてある東洋の衣裳《いしょう》を指さした。おれは大急ぎで、店のそとへ出た。ふたりの大きな背中が、遠くのほうに見えた。

東洋ふうの朱塗りの門には、竜の彫刻がしてあった。黄金いろに塗ったランタンが、軒にさがっている。その上に《ゴールデン・ランタン》と英語のネオンサインが、明滅していた。おれはブラックジャックと鉛管のふたりが、ドアに消えてから、しばらく間をおいて、店のなか

へ入った。中国人のボーイが微笑を浮かべて、近づいてくる。おれの頭の繃帯を見て、目をまるくしたが、微笑は消さなかった。おれはボーイの手に、モデル料の一部を握らせた。

「ぼくは私立探偵だ。離婚の証拠集めを頼まれて、ある男を尾行している。相手に顔を見られると、まずいんでね。なるたけ、目立たないテーブルに案内してくれ」

「かしこまりました」

と、ボーイは頭をさげた。おれの話を信じたかどうかは、わからない。多分、信じてはいないだろう。けれど、柱のかげになった目立たないテーブルに、案内してくれた。店のなかが薄暗いのも、都合がよかった。おれはボーイのあとを歩きながら、例のふたりがどこにいるか、目をつけておいて、赤っぽい重そうなテーブルにすわった。客はぜんぶ、白人だった。したがって、中国ふうなのも、見かけだけ。おれの註文《ちゆうもん》のスコッチのオン・ザ・ロックスが、角ばったしずくガラスのグラスで、朱塗りの盆にのって出てきたていどだ。

おれがグラスをとりあげると同時に、奥のフロアにスポットがあたって、東洋ふうの音楽がはじまった。スポットのなかに、玉虫いろの服をきて、大きな扇を手に、すべりこんだのは、ティエン・リイだ。胡弓《こきゆう》や銅鑼《どら》の音のけたたましい音楽にあわして、ティエンは細いからだを、くねらせはじめた。青や紫にかがやく支那服は、裾の切れこみが深く、いどむように、腿の白さをこぼした。大きな黒い扇を、孔雀《くじやく》の羽のようにふって、ティエンは踊った。胡弓の耳をつく音が高まるにつれて、客席からは私語が消えた。おれは霧のかかったグラスを前においたまま、黒い扇の動きを見つめた。ふいに爆竹が鳴った。ティエンのからだから、玉虫いろの支那服がずりおちた。ライトのなかに黄いろみを帯びた玉のような肌が、あざやかに浮かぶと同時に、黒い扇が胸と腰をおおった。客席ぜんたいが、熱い息をもらした。狂ったような東洋の音楽に、テーブルが揺れているみたいだった。おれはグラスをとりあげて、乾いた喉をうるおした。音楽がふいにやんだ。ティエンは客席のほうをむいて、謎めいた微笑を浮かべながら、静かに扇をつぼめはじめた。扇のはじに、乳房がのぞいた。とたんに、ライトが消える。まっ暗になった。その闇をはらいのけるように、客席から拍手が起った。おれはテーブルから立ちあがった。客席が明るくなると、案の定、例のふたりのすがたが見えない。おれは外に出て、裏口にまわった。ごみ罐《かん》のかげにしゃがんでいると、しばらくして裏口のドアがあいた。出てきたのは、例のふたりだ。ティエン・リイをあいだに挟《はさ》んでいる。

「おれたちはバートとは、違うんだ。変なモデルになってくれ、というんじゃないよ。一流雑誌に載るんだぜ。モデル代だって、大したものだ」

といったのは、ブラックジャックのほうだ。ティエンは当惑したような声だった。

「あなたがた、なにをお話しているか、わたし、よくわかりません」

「しらばっくれるなよ。こないだの晩、モデルになってくれ、と頼まれたろう」

と、鉛管のほうがいった。ティエンの顔が、妙に歪《ゆが》んだ。なにか思い出したくないことを、思い出そうとしているようだ。おれはごみ罐のかげから、立ちあがった。ふたりの男は、こちらに背をむけている。好都合だ。おれはいきなり、ブラックジャックのほうに飛びかかった。首すじに唐手チョップをくらわしておいて、鉛管の野郎の襟をつかんだ。

「き、きさま！」

と、野郎が叫んだ。

「昨日のお礼だ！」

おれは野郎に、ジュードーの腰投げをくわすと、うずくまっているブラックジャックの髪をひねりあげ、目を白黒させてあげた顔の、顎《あご》を思いきり蹴《け》とばした。おれは鉛管野郎のほうにむきなおった。野郎の手が、上衣《うわぎ》の下にすべりこもうとしている。この暑いのに、上衣を着ているると思ったら、やっぱりショールダー・ホールスターをつけていやがったのだ。おれは右手の肘を蹴りあげておいて、野郎に飛びかかり、四五口径をとりあげた。その台尻で、野郎の横っつらを張り飛ばした。野郎は妙な叫びをあげて、口から血を吐きだした。

「いいか。おれはこれからバートの部屋へいく。この女をモデルにして、写真をとるんだ。くやしかったら、きさまたちのボスを呼んでこい。値段しだいで、ネガを売ってやってもいいぜ」

おれはうつろな目をして、あえいでる鉛管野郎に、そういい聞かすと、立ちすくんでいるティエン・リイの手をとって走り出した。


バート・ウィリアムズの部屋は、まだそのままになっていた。警察の封印がしてあったが、おれは平気でやぶって、なかへ入った。電灯をつけて、ティエン・リイを椅子にすわらせると、おれはその前に立った。

「ティエン・リイ、これに見おぼえはないか？」

おれはポケットから出した写真を、彼女の目の前につきつけた。チンクの本のあいだから、探しだした秘密写真だ。ティエンは首をふった。だが、その目は大きく見ひらかれ、恐怖のいろがあふれている。細いからだが、わなわなふるえていた。

「このあいだの外人のかわりに、今夜はおれが頼む。いいだろう、モデルになってくれるね?」

おれはティエンに近づいた。彼女は目を恐怖で曇らせて、首をふりつづけている。おれがその肩に手をかける。とたんに、やわらかい肩が、石になった。曇った目は、おれを見ているのか、それとも、バート・ウィリアムズを見ているのか。

「そんなにこわがることは、ないだろう。どうせ毎晩、《ゴールデン・ランタン》で、裸になっているんじゃないか。それをだれもいないところで、裸になって、金はショーの出演料より、余計もらえるというんだから、なにも考えることはないと思うがな」

おれはティエン・リイの肩を抱きすくめ、右手をすんなりした脇腹にそって、下へすべらした。彼女は全身、石になって、おれを見つめている。チャイニーズ・ドレスというものの出来ぐあいが、よくわからなかったが、どうやら外すものを外して、彼女の両肩をあらわにすることが出来た。円い肩は、異様に青い。ティエンの口から、するどい悲鳴が洩れた。おれが片手で、彼女の口をふさぐ。彼女は、おれの胸を突きとばした。目をつりあげて、すごい力だ。おれはズボンのベルトから、鉛管野郎に借りた四五口径をひきぬいた。

「静かにしろ。騒ぐな」

おれはピストルを突きつけて、女につめよった。ドレスは半ばぬげて、乳房が青い血管を浮かしている。ティエンはおれの手にすがりついた。すさまじい力だった。おれたちは揉《も》みあった。とつぜん女のからだが、弓のように反った。おれは抱きとめようとした。だが、ティエンのからだは、腕をすりぬけて、床にくねった。目はつりあがり、手足がけいれんしている。おれは手にした四五口径を見た。安全止めがかかっていたからよかったものの、さもなければ、ティエンに押しまくられて、自分の腹に弾丸をぶちこんでいただろう。かがみこんで、ティエンにさわってみた。心臓の鼓動はあったが、手足のさきは、硬《こわ》ばって冷たい。むきだしになった胸と太腿を、おおってやってから、おれは立ちあがって、部屋のすみに行った。

戸棚をあける。カメラがあった。フィルムが入っているか、いないかは、問題ではない。おれはカメラを持って、ドアを真正面に見ることが出来る椅子に、腰をおろした。四五口径を、こんどは安全止めを外して、膝の上へおき、それが隠れるように、カメラを前におく。おれは何時間でも待つ気だったが、そんなに待つ必要はなかった。三十分ぐらい、腰をおろしていただろうか。ティエンは気を失ったままだ。ドアがあいた。瘠《や》せた顎鬚の男が入ってきた。どこかで見たことがあると思ったら、きのう、おれが道を聞いたとき、玄関にあぐらをかいて、フロラを抱いていたビートニクだ。

「きみがボスか。まだ若いんだな」

と、おれはいった。男はポケットに両手をつっこんだまま、そり身になって、おれを見おろした。

「どこへいっても、若く見られるんだ。人徳だな」

「馬鹿だ、という証拠かも知れないぜ」

「ふん。きさま、なんのつもりで、おれの縄張りを荒すんだ」

「こんな商売にも、縄張りがあるのかね。おれは、きみの商売の邪魔を、するつもりはないよ。バートが死んでしまったから、そのあと釜《がま》にやとっていただこう、というわけさ。手はじめに、この作品を買っていただこう」

と、おれは膝の上のカメラを指さして、

「フロラを殺したのは、まずかったな。フロラはきみが子分を呼びよせる時間を、稼《かせ》ごうと思って、懸命におれをひきとめたんだぜ」

「なにを喋ったか、知れたもんじゃねえ」

と、顎鬚の男はいった。

「疑心暗鬼というやつだな。だから、ブラックジャックと鉛管野郎が、おれを殺しそこなうと、フロラの口をふさいじまったんだ。馬鹿なまねをしたもんじゃないか。腕のいいカメラマンと、優秀なモデルを、いっぺんになくしちまって、どうするつもりだったんだ?」

「バートのやつは、天狗《てんぐ》になりやがって、自分がひとりで、この商売をやっているようなことを、いいだした。どのみち、始末はつけるつもりだったさ。いうことはそれだけか?」

「このフィルムの値の相談が残ってる。東洋ムードのやつを撮るつもりで、バートが口説いていたモデルだ。さっき、きみの子分たちも口説いていたな。衣裳まで仕入れて、気の毒したが、またこんど使えるだろうから、あきらめてもらうとして、さて、どれだけだすね?」

「これだけだ」

男の手がズボンのポケットから出た。その手にはピストルが握られていた。だが、曳金（ひきがね）をひかないうちに、別の銃声がひびいた。男の顔に狼狽（ろうばい）が走った。ピストルが指からすべり落ちた。両手で腹を押さえると、長い膝を折って、どっと床についた。顔を床に伏せながら、彼はいった。

「き、きさまはだれなんだ。お、おれをこんな目にあわせて……」

おれは四五口径を手に、立ちあがった。

「知らなかったのか？　クォート・ギャロンという、酔いどれのルンペンさ」

ドアがあいて、ブラックジャックと、鉛管の野郎の顔がのぞいた。廊下で見張りをしていたのだろう。おれは、ふたりにピストルをむけて、どなった。

「ボスは死んだぜ。手めえたちも死にてえか。命が惜しかったら、いますぐセントラル駅にかけつけて、どこへでも消えちまえ。二度とニューヨークへ帰ってくるな」

あわてて、階段を駈けおりるふたりの靴音を聞きながら、おれは電話機をとりあげた。ランダッゾを呼びだすのに、そう手間はかからなかった。

「ギャロンだ。ウィリアムズ夫妻を殺した犯人を、お渡しするよ。生きたまま、お届けできなかったのは、残念だがね」

と、おれはいった。足もとの死骸を見つめながら、どうせ、あの世へ行くんだ、バート殺しの犯人も、引きうけてくれよ、とおれは胸のうちでつぶやいた。

「おれはウィリアムズの部屋にいる。すぐきてくれ。ここに拳銃が二挺《ちょう》ある。弾道検査をすれば、どちらのハジキが、フロラを殺した兇器かわかるだろう。証拠はそれで、じゅうぶんじゃないか。密室？　残念ながら、犯人が死んだんで、聞けなかった。おれはフェル博士じゃないから、わからない。とにかく来いよ。くわしい話をするから……これで、チンクは釈放してもらえるな？　ええ？　なんだって！」

おれは、黙って受話器をおいた。ランダッゾは申しわけなさそうに、留置場でチンクが死んだことを、告げたのだ。鴉片で、からだが弱っていたせいだというが、おれはランダッゾの説明を、最後まで聞いてはいなかった。

ティエンを彼女の部屋のベッドに寝かせて、おれは狭い階段を、古道具屋の店におりていった。肥った店の主人と、ファンがうなだれて、おれを待っていた。

「明日の朝になれば、なにもかもわすれて、目をさますだろう。そっとしておいてやるんだな」

と、おれはいった。

「チンク、かわいそうなこと、しました」

と、店の主人がいった。

「ファン、お前はうすうす知っていたんじゃないのか、白人をナイフで刺したのは、ティエンだってことを？」

と、おれは舌のない老人にいった。店の主人が中国語でくりかえすと、ファンはかすかにう

なずいた。おれはつづけて、

「チンクは、ティエンがショックを起すと、ああした発作を起すことを知っていたんだ。争いは廊下で起ったのだろう。チンクがドアをあけたとき、バートは背中を刺されて、部屋の中へ倒れこんだに違いない。チンクはティエンの介抱をしてから、死体といっしょに朝まで、すごした。考えついたいちばんいい方法が、部屋を密室にして、自分が逮捕されることだったんだ。ファン、お前はバートが《ゴールデン・ランタン》からティエンについてきて、二階にまであがりこんだのを、知っていたろう？」

主人がまた中国語で、くりかえした。ファンはうなずいた。

「それじゃあ、お前にはチンクの気持がよくわかるはずだな。あいつは馬鹿だが、いいやつだよ」

と、おれはいった。

「ミスタ・ギャロン」

と主人がいった。

「チンクがきっと喜んでます。あなた、チンクがそうしてもらいたかったこと、ちゃんとしてくれました。よくチンクの気持、わかってくださった。わたしもうれしいです」

「チンクは馬鹿だが、いいやつだ。立派な葬式を、出してやってくれ」

おれは夜ふけのチャイナ・タウンへ出ていった。夜あけまでには、雨になりそうな空模様だ。おれは、暗い空を見あげた。灰いろの雲が低くたれさがって、チンクの魂ののぼっていったさきは、見えなかった。チンクはおれとよく似ている。昔のおれと。昔はおれも、やつのようなひとの愛しかたが、出来たものだ。

第五章　女神に抱かれて死ね

グリニチ・ヴィレジの小さな酒場は、ピアノの音でふくれあがって、八月の炎の暑さが、入りこむにも隙間がない。ニグロのバーテンもクールな顔で、シェーカー・ダンスを踊っている。お客たちも霜のおりたグラスを片手に、ピアノにあわせて肩をゆすって——おれぐらいのものだろう、肌に貼《は》りつく汗のシャツを、気味わるがっているやつは。

カウンターのいちばん隅で、おれはジンの水わりをすすっていた。こんなところで、こんなものを飲んでいるには、わけがある。いつか写真をとらせてやったバンスキーという写真家が、けさクーパー・スクエアへやってきたのだ。探すのにずいぶん苦労したそうだが、用というのが、あきれるくらい義理がたい。おれをモデルにした写真が、なんとかいう賞をもらったから、賞金の一部を、モデル料の追加として、届けにきたということなのだ。ボーナスというところだろう。そんなものをもらうつもりはなかったが、相手の気っぷがうれしかったし、酒は飲めるに越したことはない。けっきょく、ありがたくちょうだいして、このグリニチ・ヴィレジにやってきた。それというのも、モデルになんぞなるきっかけは、この土地にあったからだ。よくないやつだが、もうこの世に生きてはいないのだから、あの猥《わい》写真家のために、杯をあげて、祈ってやるつもりだった。おれはジンのグラスを手に、店のなかを見まわした。白人が半分、黒人が半分、わけへだてのない顔をして、客それぞれに楽しんでいるところは、いかにもグリニチ・ヴィレジらしい。ピアノをひいているのは、顎鬚《あごひげ》をはやした白人だったが、いつの間にかそのそばに、ギターをかかえた黒人が立って、歯切れのいい弦の音を、ひびかせている。

「踊りましょう、エディ」

おれのそばで、声がした。ふりかえると、まうしろのテーブルで、タム・カランかなんか飲んでいた金髪が、しなやかに立ちあがった。まだ若い。相手も若い。エディというのは、髪の黒い、はだけたシャツの胸もとに、汗にまみれて貼りついて、髪より黒い胸毛をのぞかせた男だった。ピアノとギターのリズムに乗って、狭いフロアで、ふたりは踊った。狭いところを、くねくね動いて、なかなかうまい。長い金髪がゆれ、細い腰がゆれ、スカートがさっとひろがると、陽に焼けた腿《もも》がのぞいて、ひかがみの白いのが、官能をそそる。男のからだも、器用に動いた。ほかの客が、手拍子をとりはじめる。ギターの黒人が、掛け声をかけた。娘は相手の手を離して、くるりとまわる。こんどは自分ひとりで、踊りはじめた。目が熱っぽく光って、手をふりながら、肩をくねらせるのにも、いままでより身が入っている。これ以上、こんなものを見せられたのでは、暑くるしくってしかたがない。いっしょになって踊りだすか、ここから出ていくかしないことには、頭から煙が出そうだ。

だが、踊りだすほど、浮かれてはいない。ジンを飲みほすと、立ちあがった。ドアにむかって、歩きだそうとすると、目の前が、ひとりの男で塞《ふさ》がった。顔はわからない。つまり、おれのほうにむいているのは、背中なのだ。汗でアフリカ大陸の鳥瞰図《ちょうかんず》ができたシャツだ。だいたい、おれとおなじ背たけで、首の太さも、頭の大きさも、おなじくらいだ。だが、背中をむけたままなのだから、おれに用があるんじゃないってことは、はっきりしている。その背中を押しのけて、歩きだそうとすると、相手はうしろに目があるみたいに、すっと前へ出て、いきなり踊っている娘に、手をのばした。

「お相手をつとめさせてもらうぜ」

娘は一瞬に姿勢をくずすと、蜂《はち》にさされたみたいに、飛びのいた。

「いやよ」

威勢のいい返事だ。

「いやってこたあ、ねえだろう」

男はまた前へすすんだ。大きな手が、娘の腕にかかった。その手の甲は、思いきりひっぱたかれた。

「だいぶ生きがいいな、おねえちゃん」

男は笑ったのだろう。顔は見えない。声の調子で、それがわかる。

「生きのいいところで、おれと仲よく踊ろうじゃねえか」

「おい、よせよ。このひとは、いやだ、といってるんだ」

と、娘のパートナーだったエディが、口を出した。手もいっしょに出して、男の肩を押えようとする。

「うるせえ。ひっこんでろ」

男は空いてるほうの腕をふった。エディはふりとばされて、足もとが狂ったらしい。うしろのテーブルへ尻もちをついた。テーブルはひっくりかえった。客は立ちあがったが、グラスはみんな床に落ちて、音たててこわれた。ピアノの音も、ギターの音も、びっくりしたようにやんだ。

「音楽はどうしたんだ」

と、男が叫ぶ。叫びながら、娘の腕をひきよせた。はじめて、娘は悲鳴をあげた。おれは手をだしたくはなかった。だが、若い男は、倒れたテーブルにつかまって、よろよろ立ちあがりはしたものの、打った腰をさすり、手首をもんで、困りきった顔つきだ。あきらめてしまったらしい。ほかの客も、

「やめろ、やめろ」

と、声をかけるものはいたが、男の手から、娘をひきはなそうとするやつはいない。これではしようがない。手をのばして、男の肩をひこうとすると、カウンターのむこうから、バーテンのほうが一瞬早く、男の腕に手をかけた。

「ほかのお客さんの迷惑になることは、やめてください」

「おれも客だぞ」

男はバーテンを睨《にら》みつける。

「それはわかっています」

「わかっていたら、黙ってろ」

男はいきなり、カウンター越しに、バーテンを殴りつけた。おれの目に、はじめて顔が見えた。かなり酔っているようだが、なかなか立派な顔をしている。拳闘選手みたいなたくましさだ。リーチもたっぷりあった。だが、バーテンはすばやかった。わきへ身をひくと、カウンターに片手をついて、ひらりと飛びあがった。右手になにかつかんでいる。カウンターの上に、立ちあがった。

「野郎!」

パンチをかわされた男は、カウンターの上にあった酒壜《さかびん》をひっつかんだ。いきなりそいつを、カウンターに叩きつける。ぶっこわすと、鋭いギザギザが出来たやつを突きだして、バーテンにおどりかかった。客は総立ちになって、壁へ逃げた。バーテンはテーブルのあいだへ、飛びおりた。男は即席の武器が空を突くと、カウンターに片手をかけ、くるりとまわって、バーテンとむきあった。バーテンが右手に握っていたのは、小さな手斧《ておの》だった。おれは割って入ろうとした。だが、こんども遅すぎた。男は猛獣のような唸《うな》りをあげて、バーテンに飛びかかった。がつん、と妙な音がした。

「エディ」

娘が悲鳴をあげる。その顔に、ぱっと血がかかった。男の血だ。壜のこわれを握った右手が、二の腕の半ばから、ちぎれて、ふっとんだ。血が噴水みたいに、天井まで、はじけちった。腕はおれの足もとへ、飛んできて落ちた。血をふきだしながら、二、三度ころがった。肉のはじけた切り口から、骨が、白くのぞいている。指は関節を白茶けさせて、まだ壜をにぎっていた。

娘は悲鳴をあげつづけた。男は、まだ右手がなくなったことを、実感していないらしい。しきりに右肩をゆすりながら、

「畜生、やりゃあがったな！」

と、叫んでいる。肩をゆすると、血が消火ホースみたいに吹きだした。カウンターも、床も、まっ赤になる。黒人のバーテンは、呆《あ》っ気《け》にとられたように、自分の手の斧を見つめていた。と思うと、いきなりそいつを抛《ほう》りだした。

「わあっ」

と、叫んだ。ドアめがけて、走りだした。あっという間に、バーテンのすがたは、ドアに呑まれた。

「警察だ。電話をかけろ」

と、だれかが叫ぶ。腕一本、ふいにした男は、ふらふら、からだをゆすっている。左手で、右手のあったところを、ひっかきまわした。

「腕が、腕が……」

と、口走った。とたんに、前へ泳いで、ばったり倒れた。

「エディ」

娘は若い男に声をかけた。顔の血をハンカチでぬぐって、ドアのほうへ走りだした。エディはあとを追わなかった。カウンターに走りよる。タオルをつかむと、腕を切られた男のそばへ、かがみこんだ。タオルをねじって、少しばかり残っている右腕をしばりあげる。そばにいた客

に手にだわせて、椅子の脚を結びめにつっこませると、ぐいぐいねじりあげた。男はうめいて、身動きした。

「動いちゃいけない。すぐ救急車がくるからな」

エディは、どなりつけた。この男、思ったより、しっかりしている。関《かか》わりあいになるのは、ごめんだ。それに、バーテンを追っかけていった娘のことも、気になる。出ていこうとして、ふと見ると、娘がすわっていたテーブルの上に、小さなハンドバッグが、おいてあった。おれはそいつをポケットに入れて、ドアへ急いだ。娘にわたしてやるつもりだった。ドアのところで、赤毛の女と鉢あわせしそうになった。

「おっと失礼。いま入ってくると、いやなものを見ますよ」

と、おれはいった。赤毛はおれの肩ごしに、のびあがるようにして、店のなかをのぞいていたが、しばらくして、いった。

「もう見ちゃったわ。ここにいると、関わりあいになりそうね」

警察自動車と救急車のサイレンが、近づいてくる。

「いきましょう」

「おれも、そう思っていたところだ」

酒場の前には、蟻《あり》みたいに、ひとが集っていた。おれはそいつらをかきわけて、サイレンと反対のほうへ、歩きだした。女もいっしょに歩きだす。弥次馬たちのがやがや取りざたする声が、聞えなくなったところで、女はおれを見あげた。

「いったい、どうしたの？　さっきの男、腕が片っぽ、どっかへいっちまっていたようだけど」

「どっかへいっちまったわけじゃない。床にころがっているよ」

「まあ」

女は眉をしかめた。おどろいているんだか、ひとを誘惑しているんだか、よくわからない目をしている。

「だれにやられたの？」

「バーテンだ。手斧でばっさり」

「そのバーテンは？」

「あんまりうまく切れたんで、自分ながら、おどろいたんだろうな。どこかへ逃げだしちまった」

「どうして、そんなことになったのよ」

おれは笑った。

「まるで探偵に、調べられているみたいだな」

女も笑った。

「だって、あたし、探偵ですもの」

おれは立ちどまった。食虫植物みたいに笑っている女の顔を、まじまじ見つめた。

「こいつは、おどろいたな。ほんとうかい？」

「ほんとうよ。私立探偵」

「アメリカじゅうで、いちばんセクシイな私立探偵だろうな」

「そういう評判だわ」

けろりと、女はいってのけた。

「事務所は、どこにあるんだね。こんど強盗をやるときには、その近くでやることにするよ」

「ニューヨークじゃないの。シカゴよ」

どうりで、おれが知らないはずだ。

「こんどは、あんたが探偵になったみたいだわ。ねえ、どうして、あんなことになったの?」

おれは説明してやった。

「その娘がわすれたハンドバッグを、持っているんだが、どこへいったか、わからないな。つれの男に、わたしてくれればよかった」

ポケットから、小さなバッグをとりだして、つくづく見た。あまり実用的ではなさそうだが、安くもないだろう。金具のところに、宝石がちりばめてある。

「その娘、金髪で、瘠《や》せぎすで、年は二十くらいの……」

「知っているのか?」

「つれの男はエディ」

「その通りだ」

「あたし、その娘を探しに、あそこへいったのよ。シカゴの金持の娘なの。エディというのは、ボーイフレンドよ。いっしょにニューヨークへ逃げてきたの」

「家出娘か」

「あたしについてくれれば、そのハンドバッグ、返せるわ」

「心あたりがあるのかい。けれど、おれみたいなルンペンがついて歩いちゃあ、きみに気の毒だな」

「まあ、あなた、ルンペンなの」

「そうさ。きょうはふところがあったかいんで、いくらかましに見えるかも知れないがね」

「あたし、どこかで、あんたを見たような気がするんだけど」

女は赤毛の頭をふった。

「おれが頭を、繃帯《ほうたい》だらけにしていたときじゃないか?」

「さあ、思い出せないわ」

シカゴの女探偵は、ジュリイ・ウエストといった。ジュリイがまず、おれをひっぱっていったところは、東五十八番ストリートのブラックストーン・ホテルだった。

「あたしが出るのはまずいから、あんた、フロントで聞いてちょうだい。部屋の番号を、あとで教えてくれるだけでいいわ。ほかには、なにも聞かなくても」

「家出娘の名は、ドロシイ・コーンフィルドだったな」

「そうよ」

おれはうなずいて、ドアを押す。フロントに近づいていった。この暑いのに、きちんと蝶ネクタイをしめたクラークが、うさん臭そうに、おれを見つめた。もっともロビーは、それとわからぬほど、冷房がゆきとどいている。ネクタイも上衣《うわぎ》も、だから、いっこうに苦にはならないんだろう。

「ドロシイ・コーンフィルドという娘さんが、泊っているだろう?」

と、落ちつきはらって、おれは聞いた。クラークは、しばらく黙っていた。おれの無精髭《ぶしょうひげ》を、新種の苔《こけ》みたいに、観察している。やがて、首をふった。

「そういう方は、お泊りではございませんが」

「ほんとうか。おれは押売りにきたわけじゃないんだぜ。ミス・ドロシイが、ハンドバッグをわすれたんだ。おれはそれを、届けにきたのさ」

「でも、ほんとうに、お泊りではございませんので」

「わかったよ」

おれは、クラークに背をむける。外に出ると、西日が嚙《か》みつくようだった。ジュリイ・ウエストがそばへ寄ってきた。おれは聞かれないうちに、首をふった。

「ここにはいないよ」

「それじゃ、ベッドフォード・ホテルかしら」

「そこへいってみよう」

東四十番ストリートにある、やはり高級ホテルだ。おれたちは、汗だらけになって、歩いた。だが、ベッドフォードにも、ドロシイ・コーンフィルドは、泊っていなかった。その次には、タクシーで西五十七番ストリートの、ヘンリイ・ハドスン・ホテルへいった。タクシーの料金は、ジュリイがはらった。だが、家出娘はここにもいない。

「どうも、きみの情報は、あてにならないようだな」

ホテルの外で、汗をふきながら、おれはいった。街にはネオンが輝きはじめていたが、風はない。空が暗くなって、蓋をされたみたいな気がする。

「こう暑くっちゃあ、かなわない」

「可能性のあるホテルが、四軒あるのよ。もう一軒、残っているわ。そこへ行ってみましょう。あきらめるのは、それからにしない？」

「こんどはどこだ」

「リヴァーサイド・プラザよ」

「西七十三番ストリートか。歩いていこう。タクシーも暑い」

「歩くのも、暑いわ」

だが、こんどは歩いた甲斐《かい》があった。クラークはやっぱりうさん臭そうな顔をしたが、おれの問いにはすぐうなずいた。

「はい、お泊りでございます」

「いま、いるかな」

「はあ」

クラークは、鍵《かぎ》や手紙を入れておく棚をふりかえった。

「お出かけですが……」

「じつはミス・コーンフィルドのわすれものを、届けにきたんだ」

おれはハンドバッグを、カウンターの上においた。

「留守なら、きみにあずけていくが、念のために、中味をチェックしてもらって、預り証がほしいんだ。いいかい。ちょっと控えてくれ」

おれはハンドバッグをあけた。クラークはペンをとりあげる。

「ハンカチが二枚。口紅にコンパクト。ドロシイ・コーンフィルド名義の運転免許証。金の紙幣クリップに五十ドル挟《はさ》んである。ほかに小銭が六十五セント。これだけだ。その控えを二枚こしらえて、一枚をバッグといっしょに、ミス・コーンフィルドにわたしてくれ。一枚はおれがもらう。もらうほうに、ミス・コーンフィルドの部屋ナンバーと、このホテルの電話番号を書いといてくれ」

「あなた様のお名前は？」

「お礼をもらいたくて、来たんじゃないぜ。あしたにでも電話をかけて、無事にとどいたかどうか、確かめるよ」

クラークは、いやな顔をした。

「そんな顔をするなよ。きみがねこばばすると、思っているわけじゃない。ただ念には念を入れるというのが、おれの方針でね」

クラークが差しだす控えをうけとって、おれは外に出た。ジュリイ・ウエストが寄ってきた。

「こんどは時間がかかったから、いたらしいわね」

「泊ってはいたが、まだ帰ってはいなかったよ。部屋の番号は、これだ」

おれはクラークが書いてくれた紙きれを見せた。

「どうもありがとう」

「これから、ここへ張りこむのかね」

「ホテルへ帰るわ」

「きみは、だれに雇われたんだ」

おれはジュリイの顔を見つめた。

「職業上の秘密だから、喋《しゃべ》れないわよ」

「しかし、ドロシイの両親か、とにかく彼女を保護する立場にあるものから、連れもどしてくれ、と頼まれたんだろう」

「まあ、そうね」

「それだったら、このホテルに部屋をとるか、玄関の見えるところで張っているか、したほうがいいんじゃないのかな」

「心配しなくても、大丈夫よ。ホテルさえわかれば、あとは助手がやってくれるわ」

「お見それしたよ。助手を使っているのか」

「それより、ちょっとあたしのホテルへ寄っていかない？　暑いなかを歩いてもらったお礼に、冷えたシャンペンでも、ご馳走するわ」

「そんなものは、口にあわないな。バーボンのオン・ザ・ロックスでけっこうだ」

シャワーをあびて、さっぱりした頭を、おれは窓から、つきだした。セントラル・パークの灯が、目の下にあった。

「きみの探偵事務所は、景気がいいらしいな」

窓からはなれて、おれは部屋のなかを見まわした。ジュリイ・ウエストは、笑って答えない。おれの顔を見あげて、べつのことをいった。

「あんた、無精髭をそると、いい男ね」

「髭面のほうがいいって、いったのもいるよ」

「そのひと、独占慾《どくせんよく》が強かったんでしょう?」

「女じゃない。男の、それも芸術家だ」

ジュリイは立ちあがった。

「こんどは、あたしがシャワーを使うわ。勝手に飲んで、待っていてね」

おれは酒壜とアイス・バケツをのせたテーブルの前に、腰をおろした。乾いたグラスに氷を入れて、しばらくおいてから、ウィスキーをそそぐ。ドアのむこうでは、シャワーの音。冷えたグラスを手に、水の音を聞いているのは、悪くない。だいぶ、気分がよくなった。一杯目のウィスキーがなくならないうちに、電話のベルが鳴った。おれは浴室のドアへ、声をかけた。

「代りに出ようか」

シャワーの音がとまった。

「いいわよ。いまいくから」

ドアがあく。バスタオルで、からだをくるんで、ジュリイが出てきた。長い足に、水玉が光っている。片手でタオルのはじを押えながら、片手で受話器をとりあげた。とたんにタオルの一端がずれて、乳房が片っぽ、顔を出した。

「もしもし」

と、受話器に答えながら、片手でタオルを直そうとしたが、うまくいかない。わざとうまくいかないように、しているのかも知れない。そのへんは、考えようで、どっちにでもとれる。おれはどっちでも、かまわなかった。乳房はかなり大きかった。だが、圧倒されるほどではない。見えないゴムでひっぱってでもいるように、うす紅《あか》い乳首が上をむいている。だが、妙な仕掛はないようだ。自然に乳房ぜんたいが、上をむいているのだろう。おれは黙って、観賞した。その円みそのものよりも、かげになって、みずおちの凹んだあたりから、タオルの中に消えている胃のあたりの肉づきのほうが、美しい。つまり、照明の効果というやつだろう。

「ええ、そう」

と、ジュリイがいった。

「あたしよ。わかったわ。そうなの。見つけたのよ。大丈夫だから、そっちの用意をしといてね。さあ、それはどうだかわからないけど、なんとかなると思う。そうしてよ。頼んだわね」

彼女は受話器をおいた。乳房もしまって、おれに笑いかけた。

「助手君からか？」

と、おれは聞いた。

「そう。リヴァーサイド・プラザへ飛んでったわ」

と、彼女はいって、浴室へ大股《おおまた》に歩いた。太腿《ふともも》が小気味よく動くと、タオルの背中がまくれあがった。垂れさがっていない尻の肉づきが、ちらっとのぞく。おれはグラスの酒を一気にあおって、またつぎたしした。シャワーの音は、ぜんぜんしないで、ジュリイが戻ってきた。腰までのビーチウェアみたいなものを着ている。下にはなんにも、着ていないのかも知れない。だが、その考察は外れていた。彼女がおれの前にすわって、足を組んだのだ。レースのはじが、黄いろい、けば立ったビーチウェアの裾からのぞいた。

「こんなかっこで、ごめんなさいね」

「かまわないさ。この暑いのに、きみは男が欲しいのかい？」

ジュリイは、目だけで笑った。

「暑くったって、欲しいときは欲しいわ」

「おれの名も、まだ聞いてないぜ」

「聞くと、未練が残るかも知れないでしょう」

「喋ることと、することと、どうも一致していないようだ。気分が出ないよ」

「あんたはロマンチストなの」

「センチメンタリストだろう、手がつけられない」

「そうは見えないわ」

「ひとは見かけによらないものだよ。きみだってそうだ」

おれはグラスをおいて、立ちあがった。

「ご馳走」

「まだご馳走はしてないわ」

「もうけっこうだ」

おれはドアのほうへ、いこうとした。ジュリイはおれの前に立ちふさがった。

「帰っちゃだめよ。卑怯《ひきょう》だわ」

「ひとは見かけによらないと、いまいったばかりじゃないか。おれはセンチメンタルで、おまけに卑怯なんだ」

「嘘つきね」

ジュリイはビーチウェアをかなぐりすてた。裸の乳房が、おれの胸にぶつかった。両手が首にぶらさがった。唇《くちびる》が真空掃除機みたいに、吸いついてきた。柔かい舌が、猫みたいにおれの口のなかへ、もぐりこんだ。確かに、おれは嘘つきだ。おれは彼女をかかえあげた。ジュリイは喉《のど》のおくで、甘ったるい声を出した。

「ベッドはあっちだけど、まだ駄目よ」

「どうして」

「あたし、お酒を飲んでから、十分たたないと、からだが動かないの」

「嘘をつけ」

柔かいからだを、持ちあげる。彼女は足をばたつかせた。かなり力がある。おれの腕から、ずっこぬけて、床に倒れた。おれは両足をつかんで、ひきずった。ジュリイが、赤ん坊みたいに笑う。彼女も、嘘つきだった。おれの手は、裸の腹に乗っている。彼女はあおむけのまま、目をとじて、喉の奥で笑った。おれの手を逃がれるように、腹の筋肉を波うたせる。おれの手はすべって、脇腹へまわった。ジュリイのからだが、液体ゴムみたいに、温かくおれにからみついた。おれの感覚は、皮膚だけに集った。だから、ベッド・ルームのドアがあく音も、聞えなかったのだろう。とつぜん、白熱の光が爆発した。フラッシュだ。ジュリイが悲鳴をあげた。シーツをはねのけて、起きなおろうとした。またフラッシュが、ひらめいた。おれはベッドから、裸のまま飛びおりた。

「だれだ、きさまは！」

おれはカメラを持った男に、おどりかかった。だが、ジュリイのからだにぶつかって、よろめいた。そのあいだに、カメラを持った男は、ドアから飛びだした。横顔が見えた。エディだ。ドロシイ・コーンフィルドのボーイフレンドだ。エディはカメラをかかえて、廊下へ逃げだした。あきらめるより、しようがない。まだそれほど、夜はふけていないのだ。ホテルの廊下を、アダムよりひどい恰好で、走りまわるわけには、いかない。おれはベッド・ルームにひきかえした。ベッドの上で、ジュリイは頭をかかえている。

「逃げられたぜ」

と、おれはいった。

「困ったわ。どうしたら、いいのかしら」

「なんとか、フィルムをとりもどすんだな」

「そうね」

「いまから、出かけるかい」

「どこへ?」

「ドロシイ・コーンフィルドのところへさ。いまのカメラマンは、彼女のボーイフレンドだった」

「あたしがいくわけには、いかないわ」

「じゃあ、おれがいこう」

服を着ながら、おれはいった。

「よして。この上、あんたを巻きこみたくないわ。迷惑をかけた埋めあわせはつけるから」

ジュリイは裸のまま、立ちあがって、ナイトテーブルのハンドバッグをひらいた。おれは彼女が、ほんとうの赤毛でないことに、はじめて気づいた。

「おれに金をくれる気かい。ありがたいな」

と、おれはいった。手をさしだすと、彼女は笑って、その上に紙幣を何枚かのせた。おれはそれを、そのままふたつ折りにして、ナイトテーブルの上においた。

「これは、楽しませてもらったお礼だよ」

おれは部屋を出ていった。

最初にぶつかったドラグストアから、おれはリヴァーサイド・プラザ・ホテルに電話をかけた。

「七一五号室のドロシイ・コーンフィルドさん」

「はい、あなたさまは?」

と、交換手が答える。

「名前をいっても、わからない。さっきハンドバッグをお届けしたものだ、とつたえてください」

「かしこまりました」

電話のなかが、からっぽになった。ちょっと間をおいて、

「どうぞ」

という交換手の声に、

「もしもし、ドロシイ・コーンフィルドです」

という張りのある声が、だぶって聞えた。

「もしもし、ハンドバッグは、お手もとに届きましたか?」

と、おれはいった。

「ええ、ほんとうにありがとうございました。お礼をさしあげたいんですが……」

「ご心配にはおよびませんよ。ただよろしかったら、お目にかかりたいんです。うかがいたいことがありまして」

おれは出来るだけ、ていねいにいった。

「なんでしょう?」

「お目にかかって、お話しします。ひとりの人間の名誉に、かかわることなんです」

自分でも、おかしくなった。乞食《こじき》ギャロンに、名誉もくそも、あるもんか。

「それでは、明日の……」

「いや、いまからうかがいます」

おれは電話をきって、ドラグストアを飛びだした。タクシーをひろって、リヴァーサイド・プラザに駈けつける。エレヴェーターで七階へあがり、七一五号室のドアベルを押すと、すぐドアがあいた。

「あなたがハンドバッグをとどけてくだすった方?」

ドロシイは怪訝《けげん》な顔をした。

「そうですよ。おひとりですか」

「父はきのうから、ボールチモアへいってますの」

「お父さん?」

「ええ」

おれはよっぽど、不思議そうな顔をしたらしい。

「とにかく、ちょっとなかへ入らしてもらいます」

「ご用はなんですの？」

あとへさがりながら、ドロシイはいった。

「あんたはシカゴから、家出してきたんじゃないのか。エディというボーイフレンドと」

「まあ、だれがそんなことをいったの？」

「だれでもいいよ。おれもその話を、鵜呑《うの》みにしてるわけじゃない。家出して、つれもどされたくないものが、泊りつけのホテルに、ほんとうの名前でいるはずはないからな。だけど、お父さんといっしょだというのは、ほんとうか？」

「ほんとうよ。あなたはいったい、だれなの？　どっちの味方なの？」

「クォート・ギャロンというルンペンだよ。どっちの味方か、というのはどういうことだ？」

「パパの味方？　それとも、ママの味方？」

「ジュリイ・ウエストという女は、どっちの味方だね？」

「わかったわ。あんた、ウエストやエディの仲間ね」

「わからなくなってきたな。エディというのは、きみのボーイフレンドじゃないのか？」

「あんなベッド・ルーム探偵なんかと、本気でつきあうもんですか！　帰ってよ。ハンドバッグをとどけたお礼が、ほしいんなら、いくらでもあげるわよ」

きょうはよくよく運のいい日だ。金をつきつけられたのは、朝からこれが三度目。しかも、そのうち二回は、相手が女ときている。

「礼をもらいにきたんじゃないって、いったはずだぜ。もうふたつだけ、聞いたら帰るよ」

「三分以内に、帰ってちょうだい。さもないと、警官を呼ぶわよ」

「聞きたいことのひとつは、エディはどこにいるか。もうひとつは、きみのパパ、おれとからだつきが似ていないかってことだ」

「最初はノウ、あとはイエス。さあ、帰って」

「気が強いな。バーテンを追いかけていったようだが、つかまったかい、ドロシイ?」

「あんたの知ったことじゃないわ。警官を呼ぶわよ」

「呼ばなくても、帰るさ。こんどはハンドバッグを、置きわすれないようにしたまえ」


おれはジュリイ・ウエストのホテルへ、とってかえした。大きなホテルじゃないから、クラークをごまかすくらい、わけはない。三階の彼女の部屋へいって、ベルを押した。返事はない。もう寝てしまったわけではないだろう。出かけているのだ。ホテルを出ると、おれはグリニチ・ヴィレジへいくことにした。あのバーテンが、つかまったかどうかも、気にかかったし、腕を切られた男が、どうなったかも、知りたかった。たぶん、死にはしなかったろうと思うが、あの男、いやに背かっこう、からだつきが、おれに似ていた。それが気になってしかたがない。ジュリイ・ウエストの態度、それにドロシイ・コーンフィルドの話ぶりなんかを、つきあわしてみると、この出来ごとでのおれの役わりが、おおよそ察しられる。推察があっているとすると、おれがいちばん、馬鹿な役割をつとめたことになるのだが、どうもそいつが業腹だ。死体がころがらないだけ、まだましだから、あきらめてやってもいいのだが、とにかく、あのフィルムだけは、とりかえそう。

地下鉄のフォームで、時計を見ると、十一時すこしすぎたところだ。グリニチ・ヴィレジの公園には、まだ夕涼みのひとが多かった。例の酒場にも、客がおおぜいつまっていた。昼間よりも、若い連中が多い。床には血のあとがしみているのだろうが、よく見えなかった。腕がころがっていたあたりでは、セメント袋みたいなシャツをきた若いのが二、三人、ギーンズバーグの新しい詩のことを、論じあっている。おれはカウンターの止り木に、尻をのせた。バーテンは黒人ではなかった。黄ばんだ皮膚の小柄な男で、なかなかの男前だ。日本人かも知れない。

「昼間のバーテンはどうした?」

とおれは聞いた。

「シュガーですか。もう帰りましたよ」

バーテンはなまりのない英語でいった。

「おれは昼間の事件を知っているんだ。警察へはひっぱられなかったのか、シュガーは?」

「よく知りませんがね。警察はさがしていたから、ひっぱられたかも知れないな」

「けがした男は、どうした?」

「病院へはこばれましたよ。助かるようですぜ。わたしはそれくらいのことしか、知らないんです」

「シュガーの住んでいるところを知らないか?」

と、おれは聞いた。

「さあ、マスターがいれば、わかるんですがねえ」

申しわけなさそうに、バーテンは頭をさげた。

「おにいさん、シュガーの住んでるとこなら、あたしが知ってるわよ」

耳のそばで、いやにしわがれた声が聞えた。肩につめたい手がかかった。ふりむくと、トロンボーンみたいに瘠せて、くねくねした男が――いや、男といったら、怒られるかも知れない。とにかく脣を青リンゴいろに塗って、アイシャドオをつけた若いのが、マニキュアした手で、おれの肩にしなだれかかっていた。

「ほんとうに知っているのか？」

「ほんとですとも」

若いのは、細いスラックスの腰に、片手をあてて、胸をそらすと、大仰に顎《あご》をひいて、うなずいた。

「教えてくれ」

「いらっしゃいよ。ここでは、ちょっとまずいの」

おれの肩を、ぽんとたたく。腰をふりながら、ドアのほうへ歩きだした。しかたがないから、おれもついていった。往来に出ると、若いのはおれの腕にぶらさがった。

「ちょうどうしろのテーブルに、あたしにつきまとっている嫌なやつがいたのよ。そいつに聞かれたくなかったの。だって、シュガーとあたしは、おなじアパートに住んでいるんですもの。

あすこで喋って、うちまで押しかけられたら、いやですもの」

「じゃあ、ここで教えてくれ」

「ご案内するわ。近いのよ。ねえ、あたし、オパールというの」

「しゃれた名だな」

「でしょう?　あんたは?」

「クォートだ」

「行きましょう、クォート」

オパールはうれしそうにいった。たしかに近かった。三ブロックばかり行ったところで、裏通りに曲った。狭い露地をつきあたると、そこに小さな墓地が、置きわすれられたように、石の十字架をならべていた。オパールはそのあいだを、はねるようにすりぬけながら、

「ここが近道なのよ」

空に細い月があって、この墓地だけを照しているようだ。また狭い露地に出た。見あげると、物干綱に夜干の洗濯物がかかって、月はそのかげに隠れていた。オパールは右手の陰気なアパートを指さして、

「ここよ。シュガーの部屋は地下室。あたしの部屋は三階。どっちをさきに、ご覧になる?」

おれは黙って、地下室の階段をおりた。ドアには鍵がかかっていない。

「シュガー」

と、声をかけたが、返事もない。おれはなかへ入った。手さぐりで、電灯をつける。汚れた

壁。汚れたベッド。目ぼしいものは、なんにもない。

「ずらかったのかな」

と、おれはいった。

「そんなはずないわよ。ベッドの下に、楽器のケースが見えるでしょう。トランペットよ。命より大切にしていたわ。逃げるなら、あれを持っていくはずよ」

と、オパールがいった。おれはうなずいて、ドアに手をかけた。

「あたしのところへ、来てくださる？」

オパールが寄ってきた。

「教えてくれて、ありがとうよ」

「帰るの？　帰らないでよ。三階まであがるのがいやだったら、ここでもいいわ」

オパールは汚れたベッドを指さした。

「あのベッド、ゆうベシュガーと金髪が使ったらしいから、不潔だけれど、あんたなら、我慢しちゃうわ」

といって、おれの首に両手を巻きつけてきた。アイシャドオが、死人の目を見るようだ。おれは顔をそむけた。

「金髪だって？」

「そうよ。女なんて、お上品な顔をしていながら、ニグロに抱かれにくるんだから、いやんなっちゃう」

「抱かれているところを、見たわけじゃないだろう」

「でもさ。夜になってやってきて、一時間もいたんだから、ほかに、なにかすることがあるとでもいうの？」

「オパール、酒はないか？」

「買ってくるわよ。あたしの部屋で待っていて」

「いや、ここがいいんだ」

おれは金をわたして、ベッドに腰をおろした。オパールはドアのところで、くるりとまわって、おれに投げキッスをして、出ていった。おれは電灯を消した。十分たたないうちに、ドアのあく音がした。おれは身がまえた。だが、

「クォート、いるんでしょうね？」

といったのは、オパールだ。おれは立ちあがって、電灯をつけた。酒壜をうけとって、おれはベッドにまた落ちついた。オパールが抱きついてくる。

「ハンカチと縄がほしいんだがね、オパール」

「あら、あんたサディストなの？　でも、我慢しちゃうわ。ねえ、あたしの部屋へいきましょう」

「ここがいいんだよ」

「じゃあ、いま持ってくるわね」

おれは壜の口から、酒をあおった。オパールが恥ずかしそうなしなをつくって、もどってき

た。おれは縄をうけとって、

「ベッドにあがれよ」

「あたしを縛るんでしょ。じゃあ、恥ずかしいけど、裸になるわね」

「裸になると、風邪をひくかも知れないぜ。夏の風邪は、なおりにくいからな」

おれはオパールに飛びかかった。両手と両足を縛って、ベッドの上にころがした。口にはハンカチでさるぐつわをかけた。

「悪く思うなよ。おれはなんにもしないで、今夜はここにいたいんだ。きみに騒がれると、困るんでね。お礼はするよ」

オパールはさるぐつわの奥で、うんうんいった。目から、涙がこぼれている。おれはスラックスのポケットへ、紙幣を入れてやった。

「ぜったいに大声をあげないと約束すれば、さるぐつわはゆるめてやるぜ」

オパールはうなずいた。ハンカチをゆるくしてやってから、おれは電灯を消した。

「おにいさんは、警察のひとなの？」

と、オパールが小声で聞いた。

「違うよ。ただシュガーにあって、聞きたいことがあるんだ」

だが、シュガーはもどってこなかった。

あくる日も、朝から暑かった。おれはジュリイ・ウエストの部屋へ、まず出かけた。ロビーをのぞくと、クラークのすがたはない。おれは一直線に階段へ走った。ジュリイの部屋は三階だ。まだ朝めしを食っていないので、骨が折れたが、とにかくのぼった。廊下には、うまいぐあいにだれもいない。おれはベルを鳴らさずに、ドアを拳固でたたいた。おどろいたことに、拳固がさわると、ドアはすうっとひらいた。

「ジュリイ」

おれは小声でいって、部屋のなかをのぞきこんだ。誰もいない。ベッド・ルームのドアが半びらきになっている。おれはなかへ入って、うしろ手にドアをしめた。ベッド・ルームに近づいて、もう一度、

「ジュリイ」

と、呼んだ。やはり返事はない。ベッド・ルームをのぞきこむ。ベッドの上に、ジュリイはいた。だが、返事はしないはずだ。どんな器用な女でも、これでは返事のしようがない。ジュリイは裸だった。シーツの上に、うつぶせになっている。顔のまわりは、まっ赤だった。赤毛が扇のように、ひろがっているせいではない。血だ。頭がめちゃめちゃに、叩きつぶされていた。ベッドの裾に、写真の三脚がころがっている。折畳み式のやつだ。これで、殴りころしたに違いない。三脚は血まみれだったから。

ナイトテーブルの上に、ハンドバッグが口をあけている。二二口径の拳銃が、握りを見せていた。おれはもう一度、ジュリイを見つめた。手をのばして、さわってみた。硬直がきている。おそらく、真夜中に殺されたのだろう。この見事なからだで、何人の男を破滅させたことか。

こうした女を助手に使って、離婚事件で大もうけする私立探偵がいるから、まじめな連中までが、ベッド・ルーム探偵などと、悪口をいわれるのだ。離婚訴訟に、夫の不貞のそのものずばりの証拠写真があるほど、有利なことはない。その写真をでっちあげるのが、ベッド・ルーム探偵だ。からだのいい、裸の写真をとられるのを、なんとも思わない女がひとり、ドアを体あたりで破れるぐらい、力のあるカメラマンがひとり。罠《ヌース》とカメラが揃《そろ》いさえすれば、探偵事務所は大繁昌だ。ゆうべ、おれが撮られたようなあんばいで、そのものずばりの写真が出来れば、いろんな離婚事件に、おなじ女の裸が出ても、事実は事実、ものをいう。こんどの場合は、ミスタ・コーンフィルドがボールチモアにいってしまったので、替玉を使って、首のすげかえをやるつもりだったのだろう。

けれど、トリック写真では、どうまく出来ていても、法廷で見やぶられるおそれがある。そんなものを依頼人にわたせば、探偵事務所の信用にかかわるはずだが、罠《ヌース》のジュリイとカメラのエディはよっぽど、いいかげんなチームなのだろう。コーンフィルド夫人をだまくらかして、金さえ巻きあげれば、あとはどうなっても、いいという気なのか。おれはナイトテーブルの上のバッグから、二二口径をぬきとって、ポケットに入れた。どうやら、こいつが必要になりそうだったからだ。おれはジュリイの死体に、わかれの手をふって、部屋をぬけだした。次にするのは、電話をかけることだ。ホテルをかなり離れてから、おれはドラグストアに入り、電話ボックスに腰をすえた。まず警察に、事件を知らせなければならない。おれは、警察本部を呼びだした。

「もしもし、パークサイド・ホテルの四〇九号室で、女が殺されてるよ。ジュリイ・ウエストといって、シカゴの私立探偵だ。犯人はエディという男だろうと思う。きのうグリニチ・ヴィレジで、傷害事件があったろう。あの事件の関係者だよ」

「あなたの名前は？」

と、巡査部長が聞いたが、もちろん、おれは答えなかった。これだけ親切に教えてやれば、たくさんだ。けれど、この市民の義務には、危険がともなう。警察が動きだせば、きのうウエストといっしょに、パークサイド・ホテルへもどってきた謎《なぞ》の男が、捜査線上に浮かびあがるに違いないからだ。正体不明の男。つまり、おれだ。おれを探しても、無駄だと教えてやりたいが、やったところで、警察は信用しないに決っている。とにかくおれとしては、警察よりさきに、エディをつかまえて、あのフィルムを、とりかえさなければならないのだ。リヴァーサイド・プラザに電話をかけると、うまいぐあいに、ドロシイは出かけてなかった。

「もしもし、クォート・ギャロンだ。知らしておきたいことがある」

「ああ、ギャロンさん。ゆうべはすみませんでした」

ドロシイは意外にしおらしかった。

「ボーイがあなたのことを、知っていたの。わかっていたら、あたし、ぜんぶお話して、力をかしていただくんだったわ」

「だいたいの話は、のみこめたよ。ジュリイとエディは、きみのママに雇われたんだね、写真をでっちあげるために」

「そうなの。あたしはそれを邪魔するために、パパについてきたの。エディに近づいて、いろんなことを聞きだしたのよ。やつらはパパに隙がないんで、トリック写真をつくる気になったの。パパにからだつきが似た男を、探しだしたわ。あたしは邪魔をしてやった」

「シュガーに頼んだんだね。きのう、酒場でわざとその男を挑発して、シュガーに片づけさせたんだろう」

「でも、あんな大けがをさせるつもりは、なかったのよ」

「シュガーはどこに隠れているか、知らないか？」

「知らないわ。追いかけていって、お金をあげたの。どこへ逃げたか、それから先は……」

「トリック写真をこしらえたって、ほんとうは、なんの役にも立たないんだよ。なんのために、エディがそんなことを考えたか、わかるかね？」

「わからないわ」

「きみか、パパをゆするつもりだろうね。いまにエディが、なにかいってくるよ。ジュリイは、エディに殺された」

「え？」

ドロシイは息をのんだ。

「エディは探偵事務所の方針どおり、動く気がなくなっていたんだ。ジュリイが反対したんで、争いになって、殺してしまったんだろう。きょうじゅうに、きみのところへ、なにかいってくるはずだ。パパはいつ、帰ってくるんだね？」

「あしたよ。あさってには、シカゴへ帰る予定になっているわ」

「きょうは一日、きみはホテルにとどまっているべきだ。ぼくは、一時間おきに電話をかける。エディから電話があって、どこかへ呼びだされても、次のぼくの電話の時間以後に、なんとか口実をつけて、出かけるのをのばすんだ。ぼくが一緒にいってあげるからね」

「わかったわ。おっしゃる通りにします」

おれは電話をきって、ドラグストアを出た。あてはないが、シュガーとエディのゆくえを探さなければ、ならない。その前にもうひとつ、しなくちゃならないことがある。朝めしを食うことだ。


一時間ごとに、約束どおり、電話をかけたが、エディからの連絡はなかった。あしたまで待って、ドロシイのおやじのほうを、ゆするつもりなのだろうか。おれはジュリイの死体を、思いうかべた。彼女はエディの殺意を知って、自分の唯一の武器で、男を軟化させようとしたのだろう。あのすばらしいからだにも、降参しなかったところを見ると、エディの頭にはドロシイがいっぱい詰っていた、とおれは見る。だから、金といっしょに、女も手に入れようとして、オ親父がかえらぬきょうのうちに、連絡してくるだろう、と思ったのだが、もしもあいつが、パールみたいな趣味の持主だったら、この推測はぜんぜん、なりたたない。だが、一度だけ酒場であった印象でも、そういうことはなさそうだ。念のために、またシュガーの部屋へも、いってみた。もちろん、けさから部屋の主が、戻ってきた形跡はない。ベッドの下のクラリネットだか、トランペットだかは、まだちゃんとおいてあった。けっきょく、うろうろしているうちに、夜になった。一時間ごとに、ドロシイとは話をした。エディはなんともいってこない。おれはいらいらしてきた。また一時間がきた。電話をかけると、交換手が、

「どちらさまでしょう?」

と、聞いた。

「クォート・ギャロン」

「ミス・コーンフィルドはお出かけでございますが、ミスタ・ギャロンにおことづけがございます。読みあげますが、よろしゅうございますか?」

「ああ、頼む」

おれは、受話器をにぎりしめた。

「電話がありました。うまくいきません。自由の女神の上に、会いにいきます。これだけでございます」

「ミス・コーンフィルドが出かけたのは、いつごろだ?」

「はい、一時間ほど前でございます」

「ありがとう」

おれは電話をきった。この前、おれが電話したすぐあとに、エディから連絡があったのだ。あと一時間、ひきのばす口実に失敗して、出かけたに違いない。間にあうか、間にあわないか、とにかくあとを追うことだ。自由の女神は、マンハッタン島の南端から右手のほう、ニュージ

ヤージー寄りの小さな島、リヴァーティ島に立っている。十二エーカーの島で、ついこのあいだまではボドロー島と呼ばれていた。この島へは、マンハッタンのはずれのバッテリのA桟橋から、渡船が出ている。おれはタクシーで渡船場へかけつけた。切符売場はしまっている。おれは小窓を、拳固でたたいた。係員が顔を出した。

「きょうはもうおしまいです」

木で鼻をくくったような返事だ。ドロシイらしい娘を見なかったか、聞いてみようと思ったが、どんな服装で出かけたか、わからないのだから、聞きようもない。おれは近くの船荷会社へ駈けつけた。途中でもう一度、リヴァーサイド・プラザへ連絡してみたが、ドロシイからのたよりはなかった。まだリヴァーティ島に残っているのだ。それもひとりではない。エディとだ。おれは船荷会社に飛びこんで、モーター・ボートを貸せ、と交渉した。なかなかうんといわなかったが、あるったけの金をつかませ、リヴァーティ島に置きざりにされたものを、つれもどしにいくのだから、といって納得させた。なにかの主任をしているという若い男は、納得したとなると、なかなか親切で、自分が運転していってやる、といった。モーター・ボートは、暗いハドスン河口へ出た。波はおだやかだったが、ボートがスピードをあげると、かなりゆれた。ゆくてにジャージイ・シティの灯が美しい。ふりかえると、マンハッタンの高層ビルの灯が、天国のようだ。だが、見せかけの天国だ。毎日のようにひとが殺され、殺しあい、悲しみの血が流れる町も、ちょっと離れてみれば、こんなにも美しいのだ。思い出のなかのトニが、いつも美しく見えるように。

「じつは、ただつれもどしにいくだけじゃないんだ。置きざりにされた娘というのは、殺人犯人といっしょにいる」

と、おれは若い主任に声をかけた。

「きみはおれを上陸させたら、すぐ引きかえして、警察へ連絡してくれ」

「ほんとうですか」

「ほんとうだ。警察本部へ電話して、パークサイド・ホテルの殺人犯人、といえばわかる。クォート・ギャロンからの知らせだ、といえば、信用してくれるだろう」

「あんたが、ギャロンかね?」

「知っているのか」

「新聞記事をおぼえてますよ。じゃあ、もっとスピードをあげよう」

モーター・ボートは唸《うな》りをあげた。百四十二フィートの台座の上に、百五十一フィートの女神像が、そびえている。そのリヴァーティ島がだんだん近づいてきた。おれはニューヨークで生れたくせに、リヴァーティ島へは、子どものころ来た記憶があるだけだ。モーター・ボートが渡船場のわきへつくと、おれは岸へ飛びあがった。

「じゃあ、頼んだぜ」

「警察のランチといっしょに、また来ますよ」

若い主任は手をふった。

「ああ、そうだ、この懐中電灯を持っていらっしゃい」

大型のフラッシュ・ライトを、抛ってくれた。おれはそれをうけとって、女神像のほうへ走った。内部へ入る扉には、鍵がかかっている。おれは管理事務所へ飛びこんだ。

「鍵をあけてくれ。女神のなかに、殺人犯人が隠れているんだ」

「そんな馬鹿なことが……」

「あるんだよ。とにかくあけろ。人質が一緒にいるんだ。まごまごしていると、殺されてしまう」

おれは事務員をせき立てた。扉をあけると、なかはまっ暗だった。

「電灯はつけなくてもいい。エレヴェーターは？」

「とめてあります」

「とめたままでいいよ。逃げ道は階段だけ、ということにしといたほうが、つかまえやすい。きみはここにいてくれ」

おれは懐中電灯をつけて、ウエストの部屋から持ってきた二二口径を右手ににぎった。

「やがて、警察がくるはずだ。クォート・ギャロンが上にいる、とつたえてくれ」

おれは狭いらせん階段を、のぼりはじめた。靴音が、女神の頭のほうへのぼっていき、またこだまして、帰ってくる。百六十八段で、王冠の展望台へ出るのだ。この靴音で、エディに気づかれるかも知れない。だが、むこうがどう出るか、こちらからは、手を出さないことにしよう。ドロシイのことが心配だ。二十段、三十段、だんだん息ぎれがしてくる。四十段、五十段、六十段、七十段。とつぜん、上から声がした。

「だれだ！」

おれは答えない。頭の上で靴音が旋回した。おれも階段を駈けあがった。懐中電灯の光の輪のなかに、顔が浮かんだ。逆さまの黒い顔。シュガーだ。白目を見ひらいて、階段の上に倒れている。胸にナイフがささっていた。シュガーは、ここに隠れていたのか。エディはまたその手を、血で濡らしたのだ。ちょうど、百二十段めのところだった。おれは息をととのえて、残りの四十八段を駈けあがった。懐中電灯を消して、展望台の口へ近づく。

「だれだ！」

また声がした。

「エディ、もうあきらめろ」

おれは、どなった。

「クォート！」

ドロシイの悲鳴が聞えた。同時に、銃声がひびいた。おれは頭を低くして、展望台へ飛びだした。靴音が、反対側へまわった。

「エディ、フィルムを寄こせ。こっちにも、ピストルがあるんだぞ」

おれはどなっておいて、女神の髪の毛に手をかけた。靴音を立てないように、頭の上へ匍《は》いあがる。すばらしい眺めだ。だが、そんなものを、見ているひまはない。また迂闊《うかつ》に見おろしたら、目がくらんで、すべり落ちかねない。展望台のはじに、エディはドロシイの腕をつかんで、片手に四五口径をかまえて、うずくまっていた。おれは頭上から、声をかけた。

「エディ、ピストルをすてろ！」

エディはぎょっとしたように、顔をあげた。四五口径もあがった。銃声がひびいた。二発ほとんど一緒だったが、おれの狙いのほうが正確だった。

「おれが悪いんじゃねえ。ドロシイ、なんでこんな野郎を呼んだんだ。お、おれを裏切ったな」

右手を押さえて、エディは叫ぶ。その頰を、ドロシイが張りとばした。おれは髪の毛のあいだをすべって、飛びおりようとした。

エディはドロシイを抱きすくめると、いきなり王冠のへりに足をかけた。

「一緒に死んでくれ。もうどうしようもねえ」

こんども、おれのほうが早かった。おれはドロシイの腕をつかんだ。王冠のへりから、エディのからだは、ほとんど乗りだしていた。

「馬鹿なまねをするな」

おれは叫んだ。長く尾をひいた悲鳴が、それに答えた。おれは王冠のへりにのりだして、下を見た。目はくらまなかった。リヴァーティ島も、海も、暗かったからだ。エディのすがたも、もちろん見えなかった。その代り、警察のランチだろう。海の上を近づいてくる灯火が見えた。

「ネガはどこにある」

おれはドロシイにいった。

「ここにあるわ」

ドロシイは、ハンドバッグをさしだした。

「警察がきた。きみにもある程度、責任をとってもらわなければ、ならないようだな」

おれはネガを、ハンドバッグからとりだした。バッグには、金のライターも入っていた。おれはネガに火をつけた。燃えあがる小さな炎のなかに、ドロシイの目が、異様に光って見えた。

「シュガーにからだをやって、手つだわせたくらいだから、エディもきみに、あやつられているんじゃないか、と思っていたが……」

「あやつりきれないで、こんなことになったのよ」

ドロシイは笑った。

「ママがどんな顔をするか、見ものだわ」

「きみはお父さんを愛しているらしいが、そんな愛し方は、よろこばれないかも知れないぜ」

おれはどんな両親から、この娘が生れたのか、考えつづけた。

第六章　ニューヨークの日本人

ニューヨークというところでは、どんな不思議なことが起っても、ひとは不思議と思わない。午後八時のブロードウエイを、骸骨が――ひとり、というのか、ひとつ、というのか、とにかく五体そろった人骨が、手足の骨を打ち鳴らして、ぎりこんぎりこん歩いていても、ひとは悲鳴をあげるより先に、はて、こいつはなんの宣伝かな、と考える。これでは、幽霊も立つ瀬がない。だから、ニューヨークでは幽霊も、往来をうろつくのをやめて、人間の胸のなかに忍びこむようになった。幽霊に忍びこまれた人間たちは、重くなった胸を、アルコールで浮きあがらせて、バウアリへ集ってくる。もちろん、おれもそのひとりだ。おれの胸にはご丁寧にも、幽霊がふたり巣くっている。トニ・マカリスター・ギャロンという名の幽霊と、クォート・ギャロンという名の幽霊と。

そんなぐあいだから、ブロードウエイばかりとはかぎらない。バウアリの狭い道すじを、骸骨が歩いていたって、立ちどまるやつはいないだろう。ましてや、これはサンタクロースだ。だぶだぶのまっ赤っかの服をきて、そいつはクーパー・スクエアへ入ってきた。九月の宵。クリスマスの売りだしには、いくらなんでも早すぎる。だが、そいつは白い髯《ひげ》をたっぷりはやした笑顔のお面をかぶり、両手をふらふら振りながら、それにあわして両足もふらりふらりと、おれたちのほうへ近づいてきた。おれたち、というのは、おれと大先生だ。大先生はどこか大きな製薬会社の技師だったが、麻薬を自由にあつかえるのが仇《あだ》となって、かくは落ちぶれたご仁。おれたちバウアリの住人にとっては、貴重なお医者さまなので、みんな大先生と呼んでいる。

「世の中のスピードは、だんだん早くなってきたようだな」

と、大先生がいった。そのときまで、おれたちはしばらく黙りこんで、目の前のものを、ぼんやり眺めていた。だから、いきなりそういわれても、おれにはなんのことかわからない。

「なにがだね?」

と、おれは聞きかえした。そのあいだにも、時季はずれのサンタクロースは、ふらりふらり近づいてくる。大先生はそっちへ顎《あご》をしゃくった。

「あれだよ。もうクリスマスの宣伝だ」

「それにしちゃ、変だな。あのサンタクロースは、がらんがらん鈴も鳴らしていないし、プラカードも持っていないぜ」

「そういえば、そうだね」

大先生は首をひねった。

「もっとも、背中になにか書いてあるのかも知れないな」

と、おれはいった。その言葉が聞えたみたいだった。サンタクロースは、くるりとおれたちに背をむけた。だが、なにも書いてない。赤い絹の服の背中には、べったり黒い汚《し》みがついているだけだ。

「おや」

大先生が立ちあがる。

「どうしたね？」

おれは大先生の顔を見あげた。

「あのサンタクロースはおかしいぞ」

と、大先生がいいおわらないうちに、確かにサンタクロースは、おかしくなった。おれたちに背中をむけたまま、両手をひろげて、前のめりにぶったおれたのだ。おれも立ちあがった。立ちあがれば、こっちのほうが早い。サンタクロースのそばへ走りよって、かがみこんだ。まっ黒な髪の後頭部に、まっ黒にかたまっているものがある。

「血だな」

と、おれのうしろから、大先生がのぞきこんだ。おれはうなずいて、

「すっかり、かたまっている」

「殴られたんだ」

と、大先生が唸《うな》る。

「背中の汚みも、血だろうか」

おれは赤い服の背中の、黒ずんだ汚れに顔を近づけた。油臭い。

「こりゃあ、違う。倒れたところに、ガソリンがこぼれてたんだ」

「これだけ、血が流れたら、服も汚れるはずだがね」

大先生は片手で、サンタクロースの服をさぐりながら、赤い服の襟《えり》もとをしらべた。

「助かりそうか?」

と、おれはいった。

「気を失っているだけらしい。ちょっと手をかせ。静かにあおむかせるんだ」

からだをそうっとひっくりかえす。白い髯の面が、笑っていた。馬鹿にされたような気がして、おれはそいつを、ひっぺがした。

「こりゃあ、中国人だな」

と、大先生がいう。おれは、黄いろい顔を見つめた。

「中国人か、日本人か、どっちかだな。日本人のような気がするがね」

「どうする?」

大先生はおれの顔を見た。

「どうするって?」

「警官に引きわたすか」

大先生はあたりを見まわした。警官のすがたは、見あたらない。

「あとがうるさいぜ。なんだかだと聞かれてさ」

と、おれは首をふって、

「大先生のところへ運びこんだら、迷惑かね?」

「迷惑でないこともないが」

と、大先生は指のさきで、無精鬚《ぶしょうひげ》の顎をかいた。

「ここへほっぽりだしておくより、わしのところへ運んだほうが、いくらか人間的な所業といえるだろうな」

「よし、きまった」

おれは立ちあがって、すこし離れたベンチに寝ているネドを、起しにいった。ネドは若い黒人で、もとはジャズのベースひき、ディッズィ・ギレスピの下で働いたことがあるのを、いまも自慢にしているが、お定まりの麻薬で身をもちくずし、盗みまでやって、ジャズの仲間にいられなくなり、おれたちの仲間に移った男だ。からだが大きく、力も強い。こいつに手をかしてもらえば、サンタクロースをバウアリの蚤《のみ》の巣へ、早めに舞いこませることも、造作はないだろう、とおれは思ったわけだ。

サンタクロースは、大先生の部屋のベッドに寝かされて、ウィスキーをこじあけた口へ流しこまれると、咳《せき》こんで目をひらいた。

「ここはどこだ?」

喉《のど》をぜいぜいいわしながら、わりにスタミナのある声をあげた。

「こんどはなにをするつもりなんだ」

「元気がいいじゃないか、このぶんなら大丈夫だ」

と、大先生がうけあった。

「よかったな。きみは日本人か?」

と、おれは聞いた。

「日本人なら、こんな無茶なことをしてもいいというのか?」

サンタクロースはベッドの上へ、起きなおった。顔をしかめている。急に動いたので、頭が痛んだのだろう。

「おとなしくしていたほうがいいな」

おれは微笑した。

「きみは勘ちがいをしているんだ。おれたちは、きみを助けたんだぜ。クーパー・スクエアで倒れたところをね」

日本人はおれの顔を見つめた。半信半疑でいるらしい。

「なんだっていまごろ、サンタクロースの衣裳《いしょう》なんか着ているんだ? 宣伝にやとわれたのか?」

と、おれは聞いた。

「知らない。着せられたんだ」

「衣裳の下は裸だな」

うしろにまわって、傷をしらべていた大先生がいった。

「服は盗まれたんだ」

大先生の荒っぽい手あてに、顔をしかめながら、日本人はいった。

「きみはいつ、アメリカへ来たんだ？」

と、おれが聞いた。英語はなかなか達者だが、どこか場馴れないような喋《しゃべ》りかただ。それで、まだアメリカには、日が浅いと踏んだのだ。

「きょう、ニューヨークについたばかりだよ」

と、日本人は思った通りの返事をした。

「名前はなんという？」

「ユミオ・オオイズミ」

「ユミオ？」

「ボウマンという意味だ」

「学生かね」

「貿易会社の社員です。あなたがたは？」

ようやくおれたちを信用しはじめたらしい。だいぶ言葉が、ていねいになった。

「おれたちはルンペンさ。つまり、きみは貿易会社のニューヨーク支社へ派遣されて、日本からやってきた。きょうニューヨークへついたばかりだ、というわけだな」

「そうです。飛行場へ支社の人間が迎えにきてたんですが、妙なところへつれていかれて……

それから先が、よくわからないんです」

おれは大先生と顔を見あわせた。かなり複雑なことに、なっているらしい。

「きみ、頭は痛むか？」

「もうそれほどでもありません」

「それじゃ、支社へ電話をかけてみたほうがいいな」

「でも、もう夜だから、誰もいないでしょう」

ユミオは心細そうな顔をした。

「きみが、きょう着くのは、わかってるんだろう」

「ええ」

「それなら、だれか待ってるはずだ。支社の連中も心配している、と考えたほうが、自然だ。つまり、飛行場へ迎えにきて、きみをこんな目にあわしたやつらは、にせものだ、と考えるんだな」

「そうでしょうか」

「おれが電話のあるところへ、案内してやろう」

おれは立ちあがった。

「おれもいくよ」

と、ネドがいった。

「これも関《かか》わりあいで、しょうがねえ」

冗談じゃない。いい退屈しのぎの気でいるのだ。

受話器をにぎったユミオの手が、激しくふるえた。むこうで電話をきった音が、そばに立っているおれにも、聞えた。

「どうした?」

と、おれは聞いた。こちらをむいたユミオの顔は、壁のようだった。

「ぼくはちゃんと会社に顔を出して、あてがわれた宿舎にかえったそうです」

「そりゃあ、どういうことなんだい」

「ぼくにもわかりません。会社についたのが、ちょうど、おひるごろだったそうです。そのころ、ぼくは——」

「どこにいた?」

「さあ」

ユミオは頭をかかえた。片手にまだ、受話器を持ったままだ。

「わかりません」

おれは受話器をとりあげて、フックにもどした。

「きみの社の電話番号は?」

おれは、ユミオのいった番号をまわした。

「もしもし、こちら警察だがね」

おれは出来るだけ、いかめしい声を出した。

「ユミオ・オオイズミという日本人を保護している。重傷で助からんかも知れんが、そちらの社員だと申し立てているんで、いちおう……」

「それはどうも」

と、若い男の声がいった。

「たしかにオオイズミというものは、社におりますが、なにかの間違いではないでしょうか。じつはわたし、夕方までオオイズミ君といっしょにおりましたくらいで」

馬鹿ていねいな話しかたは、日本人に違いない。

「そうですか。こちらで保護したのは午後のことだから、間違いかも知れないな。念のために、あなたの名前をうかがっておこう」

「サトウといいます。ケン・サトウです」

「わかりました。じゃあ」

おれは受話器をかけて、ユミオを見つめた。ユミオはだぶだぶのワイシャツの肩をすくめて、縮みゆく人間《シュリンキング・マン》みたいにしおれていた。まさかサンタクロースのまま、ドラグストアへつれていくわけにはいかないので、大先生のシャツとズボンを借りてきたのだが、サイズはもちろん合っていない。よけいにそれだけ、ユミオのからだは小さく見えた。おれはその顔を、じっと見つめた。ネドは電話ボックスの前に立って、ジューク・ボックスから聞えるジャズに、頭をふっていた。

「出よう」

おれがボックスをあけて、出ていくと、ネドは肩をすくめた。

「へたなアルトだ」

彼はアルトも、吹いていたことがあるのだ。おれには上手だか、下手だか、わからない。とにかく、いやに間のぬけた曲だった。だが、ユミオは返事をした。

「そうですね」

ネドはうれしそうに、歯をむきだした。

「お前、ジャズが好きなのか？」

「好きですよ。日本にいたころ、ずいぶんレコードを集めました」

ユミオはおれについて、歩きだしながら、答えた。

「だれが好きだった？」

「あまり有名じゃないですけれど、ネド・ケルリというひとです。とちゅうで、消えちゃったようですが……」

ネドの顔が、石炭みたいに燃えあがった。いきなり、おれの首ったまに飛びついたかと思うと、

「聞いたか、クォート。聞いたかよ」

尻に矢を射こまれたみたいに、はねまわった。

「聞いたよ。聞いたとも」

と、おれはいった。

「日本にまで、おれのファンがいるんだぜ、ええ、おい、クォート！」

「どうかしたんですか、このひと？」

と、ユミオが聞いた。

「がっかりするかも知れないけど」

と、おれは教えてやった。

「この男がネド・ケルリなんだよ」

「ほんとですか？」

ユミオははずんだ声でいった。

「ほんとうとも」

と、ネドは得意そうだ。往来のまんなかで、ベースをひくかっこうをやっている。

「そりゃあ、うれしいな」

と、ユミオがいった。

「うれしがっているときじゃないだろう」

と、おれはふたりの背中を押して、歩きだした。

「大先生のところへ帰って、相談しなけりゃ」

天火のなかにとじこめられたような九月の夜が、はじまっていた。大先生は玄関の石段に腰かけて、ライ・ウィスキーを壜《びん》からじかに呷《あお》っていた。おれが近づくと、黙って壜をさしだした。おれがひと息に、ぐっと飲むと、大先生はいった。

「どうしたね？」

「妙なことになった。ユミオという日本人は、いまニューヨークにふたりいるらしい」

「二重人格というやつかな」

「とにかく、どっちかが贋物《にせもの》なんだな」

おれは電話の結果を、簡単に話した。

「こっちが本物に、きまってるさ」

と、ネドがいった。

「あんた、旅券は?」

と、大先生がいう。ユミオはたちまち、悲しげな顔になった。

「服といっしょに、盗まれたんです。旅券も、身分証明書も、なにもかも、ぜんぶ一緒に」

彼は両手を握りしめた。

「ぼくがユミオ・オオイズミだってことを証明できるのは、ぼくの口しか残っていないんです」

「口は証明書の代りには、ならないぜ」

おれはわざと、そっけなくいった。だが、どちらかといえば、この男のほうを信用していたのだ。贋物のほうが災難をうけるということは、まずないし、贋物のほうが本物らしく見せかける小道具を、いろいろ用意しておくものだから。もちろん、逆手をつかったとも考えられるが、おれたちを信用させたところで、いまのところ、この男の得になることは、なにも考えられない。おれはひと息のんで、壜を大先生に返した。大先生は、もう赤い顔をしている。おれはふと思い出した。赤い服、あのサンタクロースの服のことを。

「ユミオが着ていた服は、どこにある?」

「わしの部屋のベッドの上に、おきっぱなしだ。なにか用か?」

「あの服を、よく調べてみたいんだ」

おれは大先生の部屋へいった。ドアがあけっぱなしだ。のぞいてみると、ベッドはあっても、その上にサンタクロースの服はない。おれは急いで、玄関へひっかえした。この蚕の巣の管理人のハンクが、自分の部屋から、顔を出した。おれは声をかけた。

「だれか大先生の部屋へ、入ったものはいないか?」

「さあ、よく知らないが、さっきレッドが廊下をうろうろしてたようだぜ」

「それだ」

おれは玄関へ飛びだした。

「大先生、レッドがさっき出ていかなかったかね?」

「さあ、きみらが戻るすこし前に、入っていくところは、見たがね」

「じゃあ、裏口から出たんだ」

おれはまた、廊下をひっかえした。レッドというのは、あだ名だ。頭の弱い小男で、交通信号が赤になると、喜んで歩き出す、というくらい、赤い色に目がない。だから、レッドというあだ名がついた。また当人も、ほかの名前で呼ばれたのでは、返事をしないほど徹底した、おそらくアメリカじゅうで、もっとも完全で安全な赤色主義者だろう。おれは裏通りへ走りでた。暗い小路には、人影はなかった。おれは左のほうへ走って、大通りまで出てみた。どちらをむいても、赤い服のすがたはなかった。こんどは右のほうへ、一気に走った。見わたすと、遠くのほうに赤い服のうしろ姿が小さくなっていく。おれは小走りにあとを追った。レッドは小おどりするような足どりで、どんどんどんどん歩いていく。案外、足が早い。おれのほうも、足を早めた。

そのときだ。黒いビュイックが、おれのそばを唸るような勢いで、走りぬけた。赤い服に追いついた。と思うと、あたりは連続した銃声で埋った。レッドのからだが、宙にはねた。歩道に叩きつけられた。いや、それはもうレッドではない。こげた赤い布地につつまれた穴だらけの肉塊だ。走りよったおれに、白い髯のこっけいな面が、かえって生きているように笑いかけていた。

「あんな精神薄弱者ひとりを殺すのに、マシンガンとは、大げさだな」

と、大先生がいった。

「やつらは、レッドを殺したつもりじゃないんだよ」

おれは死体の顔から、ひっぺがしてきたお面を見つめた。

「ユミオだと思って、射《う》ったんだ」

ユミオはベッドに腰をおろして、青い顔をうなだれている。

「どうして？」

と、ネドが聞いた。

「ユミオが会社へ電話をかけたからさ。生きていることが、それでわかったし、明日になって、会社へでもやってこられたら、困ると思ったんだろう」

「いまからユミオを警察へいかしたほうが、よくはないかな」

と、大先生がいった。

「もう遅すぎるよ」

おれは首をふった。

「いま話してみたって、なかなか石頭の連中は、信用してくれないさ」

「ぼくはどうしたら、いいんでしょう」

ユミオは低い声で、うめくようにいった。

「寝ることだな。長旅で疲れているだろう。明日になったら、また考えるんだ。おれも眠くなった」

あくびをしながら、おれは立ちあがった。


エレヴェーターは混《こ》んでいた。だが、おれのまわりには、空間があった。みんな、おれの汗くさい風態《ふうてい》に恐れをなして、離れようとしたからだ。十一階でおりて、廊下をつきあたったところに、日本商社のドアがあった。ドアをあけると、受付のデスクから、混血らしい若い娘が、おれを見あげた。無料サービスの微笑が、かわいい顔いっぱいにひろがりかけて、急にまごついた。無理もない。気にしないことにして、デスクに近づいた。

「ユミオ・オオイズミというひとは、いるかね？」

と、おれは聞いた。

「あんたのところの社員だと聞いたんだが……きのう、日本からついたばかりのひとだ」

「はいおります」

きれいな英語だった。

「あいたいんだがな」

「あなたさまは？」

「クォート・ギャロン」

娘の目が大きくなって、おれを見つめた。まさか、おれを知っているはずはないだろう。彼女はすぐに目を伏せて、デスクの上の電話をとりあげた。日本語でなにか話していたが、やがて受話器をおいた。

「オオイズミは、ただいま外出しております。ほかの者では、お役に立たないでしょうか？」

「私用なんでね……そうだな。ケン・サトウというひとは、いるかい、いま？」

「ケン・サトウ」

娘は妙な顔をした。

「そういうものは、この会社にはおりませんが……ノブタケ・サトウじゃございませんかしら」

「ノブ……そうじゃなさそうだが、そのひとは、いくつくらい？」

「四十五か六と思います」

昨夜の電話の声は、若かった。

「違うらしい。ゆうべ九時ごろに電話をかけたら、そのケン・サトウというひとがいたんだ」

娘はまた妙な顔をした。

「ゆうべは、だれもいなかったはずですよ」

「そんなことはない」

「でも、五時にはみんな帰りました」

こんどは、おれが妙な顔をした。

「おかしいな。まさか、この会社に、幽霊が出るわけじゃないだろう。確かにケン・サトウという男が、いたんだ」

「なにかの間違いじゃないでしょうか」

「そうかな。それじゃあ、ついでに教えてもらいたいことがあるんだが、そのオオイズミという男を、日本にいたときから知っている人間は、この会社に何人ぐらい、いるかね?」

「さあ、ミスタ・オオイズミは入社してから、間がありませんので、少ないと思いますが、あたしと、あと二、三人はいるだろうと思います」

「きみが知っているのか?」

「ええ」

「きのう、ニューヨークについたミスタ・オオイズミは、本人に間違いないね?」

「もちろんですわ。なぜ、そんなことを、お聞きになりますの」

「いや、なんでもないよ」

「なにか事件があったんですか?」

「どうして?」

「だって、あなたは私立探偵のクォート・ギャロンでしょう?」

「私立探偵じゃない」

「もとはそうだったわ」

「いまはルンペンだよ。みればわかるだろう」

「でも、事件は事件でしょ」

彼女は急に声をひそめた。

「あたしで役に立つことがあったら、情報を提供してもいいわよ」

テーブルの上のメモを一枚やぶいて、走り書きしたやつを、おれにわたして、

「五時半には帰っているわ」

「ありがたいな」

メモには彼女の住所が書いてあった。

「あとで連絡するよ」

「待ってるわ」

彼女は小声でいって、にっこり笑った。

「さよなら、ルシル」

と、おれは言った。ルシル・スズキというのが、メモに書いてあった彼女の名なのだ。廊下に出て、エレヴェーターのほうへ歩きだす。おりてくるエレヴェーターを待っていると、となりのエレヴェーターがあがってきて、ドアがひらいた。五、六人のひとがおりた。そのなかに、知った顔が、ひとつあった。断食をしてる鼠みたいな小男で、ジャッキイ・リンという。中国の混血で、むかしおれに、インチキな情報を売りつけたことがある。おれは顔をそむけた。ジャッキイは気づかずに、いまおれがきたほうへ、廊下を歩いていった。そのあとをついていったが、ジャッキイは気がつかない。廊下の左右にドアがなくなった。ジャッキイは、おれがいま出てきたばかりの日本商社に、用があるのだ。

「おい」

おれはやつの肩をたたいた。ジャッキイはふりかえって、おれの顔を見ると、びくっと肩をふるわした。

「どこへいくんだ?」

「どこって?」

「お前のがらじゃないぜ、こんなところに面を出すなんて」

「よけいなお世話だ」

「ユミオ・オオイズミなら、留守だぜ。社用で外出ちゅうだそうだ」

ジャッキイの目玉が、顔から落っこちそうになった。

「また出直してくるんだな」

おれは前より力を入れて、肩を叩いた。ジャッキイはよろめいた。いまの顔つきを見れば、もう用はないから、おれはエレヴェーターのほうへ、大股《おおまた》に急いだ。

大先生のいるどやへ、汗をふきながら入っていくと、管理人室の横手の壁に、ベースのケースが立てかけてあった。大先生の部屋にネドがいるのを見て、おれはいった。

「ベースをどっかから、手に入れたのか?」

ネドは目を丸くした。

「なんの話だ?」

「廊下にベースが立てかけてあったぜ」

「ほんとか」

ネドは部屋を出ていった。大先生はベッドのはじっこに丸まって、口をあいて、寝ていた。ユミオは椅子に腰かけて、しょんぼりしている。

「きみのほうが本物だという証拠をつかんだよ」

と、おれはいった。

「そうですか。贋物にあいましたか?」

「いや、あえなかったんだが、ルシル・スズキという女の子と話してきた。きみを日本にいたときから、知ってると言ってたぜ」

「ルシル・スズキ? 知りませんよ、そんなひと」

「そうだろうな。おれもそう思ったよ」

寝ていると思った大先生が、むっくり起きあがっていった。

「だいぶ目鼻が、ついたらしいな」

「まだ口までは、ついてないがね」

おれは、にやりと笑った。

「やつらはうまく行ったと思って、安心しているんだ。あとは餌《えさ》を投げれば、食いついてくるさ。ユミオだけなら安心だろうが、おれまで首をつっこんだとなると、むこうも平気な顔は、していられなくなるはずだ。五時半すぎたら、餌をまきに行くからね」

「わしらは、どうしていればいい？」

「暑いだろうが、ここにじっとしていてください。ことにユミオは、部屋からぜったい出ちゃいけない。わかったな？」

ユミオはうなずいた。大先生もうなずく。ネドが目を光らして入ってきた。

「ちくしょう。あのベースは二階の客のだとよ。どんな野郎なのかなあ」

と、うらやましそうな声を出した。

五時半をすぎると、おれはメモに書いてくれた住所を頼りに、ルシルをたずねた。なかなか豪勢なアパートだ。

「待っていたわ」

ルシルは長いコードのついた小型の扇風機を片手に、ドアをあけてくれた。おれは長椅子に腰をおろした。

「ユミオは帰ってきたかね？」

と、おれは聞いた。ルシルは透きとおった紫いろのガウンをきていた。小柄なからだの曲線が、その下に見えた。ホームバーのセットをひらきながら、ふりかえって、

「もちろん帰ってきたわ。どうして？」

「逃げたんじゃないか、と思ったのさ。あいつは贋物だからね」

「まあ」

「本物は飛行場についたところを、贋物の仲間にだまされて、どこかの倉庫につれこまれてさ。半殺しにされたんだ」

「どうして？」

ルシルはハイボールのグラスをふたつ、テーブルの上において、椅子にかけた。二本の足がガウンのあいだから、見事にのびた。

「旅券や、身分証明書や、日本製の洋服、シャツなんかを手に入れるためだ。丸裸にされて、そのまま抛《ほう》りだすと、服や旅券がほしかったとすぐわかる。ちょうどその倉庫に、クリスマス用品が積みこんであったんで、サンタクロースの衣裳をひと揃《そろ》い失敬して、丸裸の上に着せ、街に抛りだした、というわけなんだ」

「それで、死んでしまったの？」

「そのつもりだったんだろうが、おれというお節介が助けちまった。ユミオは会社へ電話をかけたんで、やつらに生きていることがわかってしまった。殺し屋がやってきてね。サンタクロースの服を盗んで着ていた男が、かわいそうに、からだじゅう穴だらけにされちまったよ」

「まあ、それで本物のほうは？」

「大先生のところにいるよ。バウアリ二十三の木賃《もくちん》ホテルだ」

「それで、どうするつもりなの？」

「明日、ユミオをつれて、きみんところへ乗りこむつもりだ。証人がひとり、見つかったんでね。ジャッキイ・リンというけちな麻薬業者だ」

「いったい、なんのために、そんな贋物なんか、こしらえたのかしら」

「それはわからないが、だいたい見当はつくな。貿易会社だからね。そのなかに、地位の保証された仲間を入れておいて、麻薬密輸の中継所にでも、使うつもりなんだろう」

「それじゃあ、あたしも協力するわ。あんたがくる時間に、贋物を受付の部屋へ呼んでおくのよ。本物とあんたがいきなり入ってきたら、びっくりして、しっぽを出すわ」

「それはありがたい」

「そうと決ったら、ゆっくり飲みましょう」

彼女は立ちあがって、レコードをかけた。おれにもう一杯、ミックスしてくれてから、隣りの部屋へいった。なかなか出てこない。おれはゆっくり酒をあじわった。いけるウィスキーだ。

「どうしたんだい、氷がとけちゃうよ」

「暑いでしょう、この部屋？　いま着がえをしてるの」

しばらくして、彼女は出てきた。着がえをしている、というのは嘘だった。紫のガウンをぬいだだけなのだ。

「ずいぶん時間がかかったね、一枚ぬぐだけにしちゃ」

「いっぺん着たんだけど、暑いんで、みんなぬいじゃった。気になる？　このかっこう」

「気にするけど、気にしないよ。ラスヴェガスまでいかなくても、日本娘のヌードが見られるんだから」

おれは立ちあがった。ルシルはあたたかいからだを、おれに押しつけてきた。なめらかな肌が、見事だった。

「もっと眺めていたいが、時間がない」

「時間はいくらだってあるわ」

あたたかい息が、おれの顎をくすぐる。

「ないさ。きみがいま電話をかけたろう、となりの部屋で」

ルシルの目が、吊《つ》りあがった。

「ユミオのところへ、殺し屋が出かけたろうし、おれの分は、こっちへ来るんだろう」

ルシルが、さっと鏡台へ走りよった。おれは飛びかかった。ルシルが手をつっこんだ引出しを、おれは力いっぱい押した。悲鳴があがった。

「しばらくおとなしくしていてもらうぜ」

おれはルシルのブラジァをはずして、それで両手を、うしろにしばりあげた。

「なにをするのさ」

顔をしかめて、女はもがいた。汗が一時に吹きだして、肌を光らしている。パンティをはずして、両足をしばろうとしたが、うまくいかない。

「なにをしたってむださ。馬鹿野郎。もうマシンガンを持った命知らずが、お前のどやにいってるんだよ」

と、ルシルが叫ぶ。おれは廊下に立てかけてあったベースを思い出した。

「畜生、あれか！」

おれは隣りの部屋へ駈けこんで、衣裳ダンスのなかのものを、窓から露地へ投げだした。電話の線をひきちぎった。これでいい。

「気の毒だが、着るものをみんな棄てちまったよ。電話線も切っといたから、とにかくきみは、ボスに連絡しようと思ったら、裸で玄関を出て、裏の露地まで着つけにいかなきゃならないわけだ」

「クォート、お願いだから、助けてよ。あんたの命だけは、あたしが保証するから」

ルシルはあわれっぽい声を出した。

「おれは命なんか保証してもらいたくないんだ」

鏡台の引出しから二二口径のピストルを取りだして、おれは弾丸《たま》をあらためた。

「こいつを借りていくぜ」

おれは戸口でふりかえった。両足と背中を使って、ルシルは立ちあがろうとしていた。このまま出ていってしまうのは、おしいような眺めだった。

おれは大先生の部屋のドアをあけた。ユミオと大先生のおびえた顔が、目にとびこんできた。一歩、なかへ入ったとたん、おれの後頭部から、花火があがった。前のめりに倒れたところまでは、おぼえている。

「目をあけろ!」

だれかがおれの横っ腹を、蹴《け》っとばした。おれだって、目をあきたかったんだ。だが、なかなか思うようにいかない。ようやく目をあけて、おれが立ちあがってみると、目の前に三人、ピストルをかまえて立っていた。マシンガンを持ってるやつはいない。まんなかのひとりに、見おぼえがあった。おれは、にやりと笑った。

「なんだ、きさまの仕業か。馬鹿なことをしたもんだな。いつ逃げだしたんだ?」

坊主頭の大男は笑った。青黒い顔が、いっそう死人じみた色に、なっていた。

「ストーンヘッド・マッキイは、閉じこめられているのが、嫌いでね。だが、またおめえに邪魔されるとは、思わなかったぜ」

「親分、早いとこ、やっちまいましょう」

かたわらの子分がいった。日本人に似た顔立ちの男だ。

「こいつが贋物じゃないのか」

おれは、ユミオをふりかえった。

「そいつが着ているのは、ぼくの服です」

と、ふるえ声で、ユミオがいった。それから、日本語で男にむかって、なにかいった。男はやはり日本語でなにかいって、短気らしくピストルをあげた。その手を、ストーンヘッド・マッキイが押えた。

「まさかここじゃあ、やれやしねえよ。おい、マシンガンはどうしたんだ?」

これは、右がわの子分にいったものだ。

「へい、もういちど、さがしてきましょうか」

これはいかにも、麻薬患者らしい瘠《や》せた男だった。

「おい、贋物」

と、おれはいった。

「お前も日本人なら、この男に恥しいと思えよ。きさまたちがつかまったら、日本商社の名が汚れるんだぜ」

「おれは日本人じゃねえよ。日本で生れたというだけだ」

「早くしろ」

と、マッキイが右がわの麻薬患者にいった。

「まごまごしやがって。マシンガンがありませんたあ、なんてことだ」

「わかった、わかった」

麻薬患者はいらいらした声をあげて、部屋を出ようとした。そのときだ。

「さがしにいかなくても、持ってきたぜ」

マシンガンの銃口から先に、ネドが入ってきた。ストーンヘッドがふりむいて、妙な声を出した。贋のユミオが、あわてて銃口をあげた。そのときには、おれが飛びかかっていた。贋物の手首に唐手打ちをくわしておいて、おれはマッキイの右手に飛びついた。ネドはマシンガンをかまえて、仁王立ちになっている。

「うまかったぞ、ネド」

おれはピストルで、三人を壁ぎわに追いやりながら、いった。

「おれはベースのつもりで盗んだんだが、こんなものが出てきやがってね」

ネドはがっかりしたような声だった。

二日酔い広場

第一話　風に揺れるぶらんこ

1

細長い公園のなかには、ジャングル・ジムと砂場とぶらんこがあった。赤と緑と青のプラスティックのベンチのほかに、どこへでも移せる白い椅子が二脚。子どもがわすれていったのか、棄てていったのか、汚れた大きな黄いろいビニール・ボールが、漫画の爆弾みたいに、そのあいだを走りまわっている。

テラスにおくような、背もたれに飾りのついた椅子が、二脚ともひっくり返った。それをきっかけに、新見猛《にいみたけし》は赤いベンチから立ちあがると、むかい風に身をかがめて、まっすぐ私に近づいてきた。へまをやったな、と思ったが、いまさら、立ちあがるわけには行かない。青いベンチにすわりつづけていると、新見は前にやってきて、

「失礼だけど、あなたは私立探偵じゃないですか」

私がせいぜい怪訝《けげん》な顔をして、首をふりながら、返事をしようとすると、相手はにやにや笑って、

「そうです、と素直に答えるひとは、いませんね。でも、わかっているんですよ。智子《ともこ》が入ってくるときに、ぼくは窓から見ていたんです。あなたが尾行していたのは、すぐわかった。ぼくをつけてきたのも、わかりましたよ。つけられるかも知れない、と覚悟をしていなかったら、

ぜんぜん気がつかなかったでしょうけど」

尾行した相手に、なぐさめられていれば、世話はない。私は腹の底で、舌うちをしながら、

「なんのお話か、わかりませんね。私はただ――」

「散歩のとちゅうといったって、こんな風の日に、公園のベンチにすわっているひとは、いませんよ」

「そうでもないでしょう。あなただって、すわっていらした。あの赤いベンチより、こっちのほうが、風あたりは少い。私はくたびれていましてね」

「心配しなくても、いいですよ。あなたは、弟にたのまれたんでしょう。ぼくは、優《まさる》の兄の新見猛です。郵便受けの名札を見て、もうおわかりでしょうが……最初は刑事かと思ったんですけど、警察がとりあげてくれるようなことじゃないし、暴力団にたのむほど、弟が逆上しているはずはない。それで、まあ、私立探偵のかたじゃないか、と考えたわけです」

どちらにしても、私の人相が悪いということだ。苦笑しながら、相手の白髪あたまを見あげると、新見はつづけて、

「そうだとしたら、ざっくばらんにお話ししたほうが、お互いにむだが省けるでしょう。といったって、こんな吹きっさらしで、話はできない。この先に、落着ける喫茶店があるんですがね。つきあっていただけませんか」

「いいでしょう」

私が立ちあがると、新見猛はサンダルをひきずって、歩きだしながら、

「女房が浮気をしているんじゃないか、と弟は疑って、あなたを雇ったんでしょう。ぼくのことは、なにも聞かされていないんじゃないかな。べつに喧嘩《けんか》をしているわけでもないんだが、あまり行き来をしていないんです。だから、あなたはアパートまで尾行してきて、智子の入った部屋のぬしが、依頼人とおなじ苗字なんで、びっくりしたんでしょう。廊下を見はっていると、ぼくが出てきた。顔が似ていて、老けているから、兄貴だろうってことは、わかったはずですね。近所に酒でも買いに行くのかと、ちょっとあとをつけてみた。そんなところじゃありませんか」

図星だった。警察にいたころも、私は無能な刑事だったが、私立探偵になっても変らないらしい。こうなったら、三枚目を演じるより、手はないだろう。

「おどろきました。あなたに、弟子入りしようかな」

「当ったとすると、うれしいですね。ぼくは、推理小説が好きなんです。実際に応用できたのは、はじめてですが——しかし、私立探偵も大変ですな。こんな風の日に外に立っているなんて、ぼくにはとうてい、つとまらない。いつか職業別の電話帳を見て、びっくりしたんですが、探偵社ってのは実にたくさんあるんですね」

「ええ、都内にはずいぶんあります」

「アケチ探偵事務所というのもあったな」

「日本だって、私立探偵の歴史は古いんですよ。明治の末には、もうあったとか聞いています」

「岩井三郎というひとが有名だったようですな。私立探偵・岩井三郎著という犯罪実話の本が、うちにありましてね。ゴースト・ライターが書いたものなんでしょうけど、小学生のころ、それを読んだのが、推理小説に病みつきになるきっかけでしたよ」

公園のわきの露地をぬけて、ややひろい道路へ出ると、風はますます激しかった。ひょろ高いビルディングとマンションが、片がわに並んでいるせいだろう。色だけは春らしい青空に、ちぎれ雲が急いでいる。喫茶店はマンションの一階にあって、午後二時すぎという半ぱな時間のせいか、ほとんど客がなかった。

外の風にまどわされて、店内は暖房がしてあったが、蒸暑いくらいだった。大きなピエロのあやつり人形が、くにゃくにゃとぶらさがっている柱のかげのテーブルにすわると、新見猛はカーディガンをぬいだ。頭は灰をかぶったみたいに、白髪が目立って、おまけに猫背で歩いていたから、私どうよう五十近いように見えたが、三つ四つは若いらしい。

「ぼくは昼間っから、酒を飲みますよ。今夜は仕事があって、飲めないものですからね。あなたはコーヒーですか」

と、ダブルの水割を注文してから、新見は苦笑いをして、

「いつも昼から酒びたりになっているわけじゃないですよ。智子がくると、ぼくは部屋を出て、天気がよけりゃ、あの公園にいたり、散歩をしたり、適当に時間をつぶして、最後にここでコーヒーを飲んで、帰るんです。本来そんなことをする必要はないんだが、弟に対するぼくのささやかな抵抗というか、良心というか、あるいは、ひとりよがりのジェスチャーかも知れない」

「今夜は仕事がある、とおっしゃいましたね。週に何回か、夜のおつとめをしていらっしゃる

んですか」

「出かけるわけじゃ、ありません。うちで版下を書いているんです。印刷でつかう書き文字ですよ。死んだおやじがむかし、めんどうを見てやった男が、印刷屋をやっていましてね。なんとか食っていけるだけの仕事は、やらせてくれるんです。中年からの転向には違いないが、これでも工芸学校出だから、ちゃんと基礎はあるんですよ。弟は貸ビルをふたつ持っている上に、商事会社の社長をしている。兄貴は四十をすぎて、アパートのひとり暮し。それでひがんでいるわけじゃありませんよ」

私が黙っていると、新見猛は水割を半分ばかり、一気に飲みくだしてから、

「どういうふうに、お話ししたらいいのかな。弟のためにも、智子のためにも、もちろん、ぼくのためにも、あなたに事情をわかってもらいたいんです。ありのままに報告してもらうより、しょうがないのかも知れないが、弟はきっと怒る。智子も傷つく、と思うんだ。週に一度、ぼくのところに掃除と洗濯にきてくれるだけなんですよ、あのひとは」

「弟さんにそのことを、はっきりいえない事情がある、というわけですか」

「ぼくは四、五年前まで、叔父の会社で働いていましてね。智子はぼくがやめた年に、入社してきた新人だったんです。ぼくが教育係で、手短かにいえば好きになっちまって、やめたあともつきあっていたわけです。ぼくは女房に死なれて二年目で、智子が承知してくれれば、結婚するつもりだった。ところが、弟が割りこんできましてね」

「弟さんはまだ独身だったんですか」

「二十代で結婚して、もうそのときには、わかれていたんです。これは公平に見て、弟が悪いわけじゃない。わがままな女でね。それはとにかく、弟は積極的だし、ぼくは消極的で、だいいち背景がちがう。ぼくはなまけもので、あきっぽくて、定職もない状態でしたから、智子は弟と結婚した。正直なところ、がっかりして、生活も荒れましたよ。その結果、くだらない女と同棲することになっちまった」

私から目をそらして、新見はわきにおいたカーディガンのポケットから、セブンスターを取りだした。

「相手にいわせりゃ、くだらない男ってことに、なるんでしょうね。ぼくは子どものころから、おやじの仕事をつぐ気はなくて、インダストリアル・デザイナーをこころざしたんです。タバコのピースをデザインしたレイモンド・ローウィルにあこがれて、『口紅から機関車まで』ってやつですよ。勝手に工芸学校へ入って、まあ、おやじはしぶしぶ学費や小づかいの面倒は見てくれましたが、これがものにならない。おやじは愛想をつかして、弟にのぞみを托したわけです。おなじ親から生まれても、才能も運もまちまちなのが、人間ってものでしょう。ぼくの考えたパッケージ・デザインで、叔父が特許をとって、いまでも儲けているくらいだから、ぼくにだって、才能がなかったわけじゃないでしょうがね。まわり道はしたけど、いまは手さきの技術で食っているんで、ぼくは満足しているんです。このマッチも、ぼくのデザインですよ」

セピアの地に、三角帽子のあやつり人形のシルエットが、白抜きになっていて、曲りくねった胴体に、曲りくねった文字で、店名が入っている。なかなか気のきいたデザインだった。そ

のマッチで、セブンスターに火をつけてから、新見は声をひそめて、

「ただし、デザイン料はオールドのボトル一本でした。そんなわけで、ぼくは満足しているんですが、女のほうは満足しない。半年ばかり前に、出ていってしまったんです。それが弟の耳に入り、智子の耳に入ったんですね。ときどき、世話をしに来てくれるようになったんです。考えてみりゃあ、義理の仲にしても、妹でしょう。兄貴が不自由しているのを、手助けにきてくれるのは、不思議でもなんでもない。でも、妙ないきさつがあるだけに、智子は責任を感じているみたいで、亭主にあからさまにいわずに来る。ぼくのほうも、来てくれるのはありがたいが、痛くない腹を探られたくないから、こうやって外へ出る、というわけなんですよ」

この男には、弟の妻になった女が、心配してきてくれるのが嬉しくて、断ることは出来ないのだろう。それでいながら、弟に対する虚勢があって、こんなポーズをとっているに違いない。私は黙って、コーヒーをすすりながら、うっすらと酔いの出はじめた新見猛の顔を見つめた。

派手なウェスタン・シャツにコーデュロイのズボンは、小ざっぱりとして、襟《えり》もとにわずかにのぞいているアンダーシャツも、汚れてはいなかったが、ひとり暮しの中年男の臭いのようなものまで、洗いおとしてはいなかった。私だって、ひとから変な目で見られないだけの服装はしているが、アパートの部屋は、もう一週間も掃除をしていない。掃除をしてくれる人間を、しいて探そうという気はしないが、頼まなくてもしてくれるひとがいたら、ありがた迷惑のような顔はしても、決してこばみはしないだろう。

2

あやつり人形をいくつも、壁や柱にぶらさげた喫茶店を、私たちは三時すぎに出た。水割を二杯のんで、新見猛は赤い顔をしていた。勘定は、私が払った。新見は伝票に手をのばしかけて、

「こういうのは経費として請求できるんでしょう。だったら、ぼくが無理をすることはないな。お願いしますよ。アパートの住人が、散歩に出たのをつかまえて、ぼくらのことを聞きだした、とでもしてください」

と、笑ったのだ。戸外にでると、まだ風は吹きあれていた。新見はカーディガンを着こみながら、

「これからは、ひと雨ごとに暖かくなって、尾行も楽になるんじゃないですか。この風のなかで気の毒だけど、きょうはもう少し外で待っていてください。ぼくが帰れば、お茶を入れてくれるぐらいで、智子はすぐに出て行くはずですよ。あなた、どこかへ車をとめてあるんでしょう」

「いや、奥さんは電車とバスをおつかいでしたから」

「そうですか。いつも、そうなのかな。聞いてみたこともないんだけれど……いえね、智子が

タクシーをひろうとすれば、この通りなんですよ。だから、ここへ車を持ってきて、待っていりゃあ、風に吹かれずにすむと思って」

「ご心配なく。丈夫なだけが取柄で、おまけに面の皮は、厚くなっていますからね」

高校三年のひとり娘と妻をいっしょに、交通事故で一瞬にうしなってから、よほどのことがないかぎり、車のハンドルは握りたくなかった。私が運転していて、事故を起したわけではない。大雨の日に、スリップした乗用車が、妻と娘の乗ったタクシーに、突っこんできたのだ。タクシーの運転手も死んだし、乗用車を運転していた男も死んだ。

「このへんで、別べつに歩いたほうが、いいでしょう。さっきのぼくみたいに、智子が窓から見ているといけない」

と、新見猛は立ちどまった。私たちは露地をたどって、アパートの近くまで来ていた。新見は人なつっこい笑顔を見せて、

「あなたがどんなふうに報告なさろうと、ぼくは怨みませんよ。ただ弟があなたを雇ったことを、智子には知らしたくないんです。よろしく、お願いします」

頭をさげられても、これはむずかしい注文だった。私は金でやとわれた人間だから、まず依頼人に忠実でなければならない。しかし、新見猛のいう通りだとすれば、智子夫人はべつに亭主を裏切っているわけではない。新見優とは、私はきのう一度あっただけだが、たしかにこういうことを打ちあけにくい人らしい。義理の妹だからといっても、ややこしい経過があった女なのだから、きっぱりと兄の猛がことわればいいのだが、相手の気持を考えると、そうも出来

ないのだろう。

智子も猛も、甘えているわけだが、私がそれを指摘してみたところで、はじまらない。私はあいまいにうなずいて、新見猛がアパートのほうへ、歩みさるのを見おくった。アパートはモルタルの二階建で、道路に横むきに立っていた。猛の部屋は、二階のいちばん手前で、横の窓が露地を見おろしている。そこからのぞかれても、見えない位置に私は立って、新見猛が鉄の階段をのぼって行くのを、目で追った。

鉄骨を組んで、鉄板を敷いた廊下は、吹きぬけになっている。階段をのぼって、自分の部屋の前に立つ猛のすがたが、私の立っているところからでも、はっきり見えた。白髪の目立つ猫背のすがたは、うしろから見ると、まるっきり老人だった。老人はズボンのポケットから、鍵《かぎ》をとりだしたが、それを使おうとはしないで、ノブに左手をかけた。

ドアがあいて、新見は部屋のなかへ入った。いったん閉ったドアが、またひらくまでに、二分とはかからなかった。廊下に出て来た新見の髪は、ひどく乱れていた。露地を見まわしているのは、私を探しているのかも知れない。新見が階段をおりかけたので、私は電柱のかげから、出ていった。新見はひらきかけた口に左手をあてて、右手を大きくふり動かした。私が走りよると、

「来てください。智子が——智子が死んでいる」

新見は声をふるわした。私は階段を駈けあがった。あけっぱなしのドアを入ったとたんに、私は刑事にもどっていた。部屋にこもった死のにおいを、嗅ぎとったせいだろう。

せまい玄関の左手が風呂場で、小さな台所の次が四畳半、そこが仕事場になっていて、腰かけ机がおいてあった。奥の六畳にダブルベッドがすえてあるのは、女と暮した名残りだろう。新見猛が部屋を出てゆく理由は、このベッドにもあったらしい。李下に冠をたださず、というやつだ。だが、なによりも先に、目についたのは、ベッドの上に倒れている智子だった。

ガラス戸も襖もあけはなしてあって、ベランダへ出るアルミサッシには、カーテンがしまっていた。その薄暗さのなかにも、スリップひとつで、不自然に仰臥《ぎょうが》している白いすがたは、はっきり見えた。私は息をととのえて、ベッドに近づいた。もう手遅れだということは、ひと目でわかった。

首に赤いビニール・ロープが巻きついて、美しかった顔が青黒くふくれあがっている。ブラスリップというのだろうか、上端がブラジアのようになっているスリップを着て、それが乳の下まで、まくれあがっている。三十一歳のはずで、少しふとりはじめてはいるが、見事な曲線をえがいている下半身には、なにもつけていなかった。背後に激しい息づかいがして、猛のふるえる声がいった。

「もう医者を呼んでも……」

「むだですね。このへんのものを、動かしましたか」

「いえ、なにもさわりません。智子の肩に、手をかけただけです。すぐにあなたを呼んだんですよ、どうも自殺じゃなさそうだから」

「他殺ですね、たぶん。このビニール・ロープは?」

「そのへんに、丸めて放りだしてあったはずです」

と、猛はベッドのわきに、小型テレビをのせてあるカラー・ボックスを指さして、

「洗濯物が多いときや、天候の悪いときに、部屋んなかへ張って、つかっていたものですが」

「警察へ通報しなけりゃいけませんよ。ただその前に、私としては弟さんに電話したいんですがね」

「してください。こっちです」

四畳半の仕事机のわきにも、カラー・ボックスがおいてあって、その上に電話機がのっていた。新見優の会社へ電話してみると、女子社員が出て、

「社長はただいま、出かけておりますが」

「出さきに連絡はとれませんか。急用なんです。私はきのうお目にかかった久米というものです。いますぐにでも、新見社長にお話をしなければならないことがありまして」

「久米さまでございますね。連絡がとれ次第、お電話するようにいたしますが、社長はそちらさまのお電話番号を存じておりますでしょうか……念のためにお教えいただければ、さいわいですが」

口やかましい男の会社だけに、女子社員の応対は行きとどいていた。私は電話機に書いてある番号をつげて、いったん受話器をおいてから、

「新見さん、警察にはあなたが知らしてください」

と、うながした。猛は一一〇番へかけて、ふるえ声で知らせおわると、椅子にすわったまま、

カーディガンのポケットをさぐって、

「タバコを吸っても、いいでしょうかね」

「灰皿に見馴れない吸殻がなければ、かまわないでしょう。警察はすぐ来ると思いますが、ありのままに話したほうがいいですよ。さっき出かけるとき、ドアには鍵をかけなかったんですね」

「智子がきて、ぼくが出かけるときには、鍵はかけません」

猛が廊下へ出てきて、階段のほうへ行きかけたときに、細目にあけたドアの隙間から、智子の笑顔がのぞいていたのを、私は思い出した。猛はつづけて、

「あとでなかから、錠をおろしておくように、いつもいうんですがね。廊下に出たりするから、ついわすれることがあるらしい」

「いつも、きょうぐらいの時間で、帰ってきていたんですか、新見さんは」

「いつも二時間ぐらい、時間をつぶしてくるんです。きょうは、あなたがいたから、智子を早く帰そうと思って」

「隣りの部屋は、夫婦ものですか」

「いや、若い男がひとりで住んでいます。雑誌社にでも、つとめているんじゃないかな。ドアの郵便受けに、新聞がたまっていたようです。二、三日、留守なんでしょう。ジャーナリストじゃないか、と思うのは、下の郵便受けにいつも、週刊誌などがつまっているからでして」

「その隣りは？」

「若い女が、ひとりで住んでいるようです。水商売らしいから、もういまごろはいませんね。その先は、学生です。これは、部屋にいるかも知れない。いちばん向うのはじは、よくわかりません。二十七、八の男を見かけたことがあるから、独身のサラリーマンでしょうね。一階の住人のことは、まったくといっていいくらい、知りません。夫婦だか、同棲だか、ふたり暮しがひと組かふた組いるようですが、だいたいこのアパートは、独身者が多いんですよ」

「それじゃあ、目撃者はいそうもありませんね」

私は新見から離れて、六畳間をのぞきこんだ。ベッドの手前の畳の上に、智子の着ていた服が、ちらばっている。犯人は鍵のかかっていないドアから入ってきて、被害者を嚇《おど》したのだろう。智子のからだには、傷らしいものは見えないけれど、犯されてから、殺されたにちがいない。

「智子のからだに、なにかかけてやってはいけないでしょうか」

新見猛が椅子から立って、私のうしろに来ていた。

「お気持はわかりますが、このままにしておいたほうがいいでしょう」

と、私がいったとき、露地にパトロール・カーのサイレンが聞えた。それが窓の下にとまって、階段をあがってくる足音が聞えた。私は猛をふりかえって、

「警官がきましたよ。新見さん、出てください」

所轄署の刑事たちも、すぐに来るだろう。私はこの場に、いたくなかった。これまでと逆の立場で、事件現場にいるということが、どうにも落着けなかったのだ。しかし、逃げだすわけ

には行かない。パトロール巡査が入ってきたとき、電話のベルが鳴った。巡査を無視して、私が受話器をとりあげると、新見優の声がひびいた。

「久米さんか。急用だそうだが、いまどこにいるんだ。この電話番号にはおぼえがあるんだが――たしか品川の……」

「ええ、小山のお兄さんのところです。新見さん、すぐこちらへ来ていただけませんか。奥さんがその――お亡くなりになったんです」

「兄はとうに、女とはわかれたはずだが」

「いいえ、お宅の奥さんが、お亡くなりになったんです。おおどろきのことと思いますが、ふつうでないお亡くなりかたで、警察へ知らしました」

「兄貴が――兄にやられたのか、智子は」

「違います。とにかく、すぐおいでください」

「わかった。いま恵比寿《えびす》にいる。仕事は片づいて、社へ電話したら、きみの伝言があったんだ。ここからなら、それほど時間はかからないだろう。ただ兄貴のところへは一、二度しか行ったことがない。行けば思い出すだろうが、なんというアパートだった?」

「小山四丁目十九番の葵荘《あおい》です」

「葵荘だな。それで、智子は病院へはこばれたんじゃないのか」

「お気の毒ですが、手のほどこしようのない状態でした」

受話器のむこうで、声にならない声が聞えて、電話は切れた。

3

新見優は三十七、八だろう。顔立ちは兄の猛に似ていて、やがては白髪になる徴候が、もみあげに現れていたけれど、態度はまるで逆だった。渋谷の宮益坂《みやますざか》にある商事会社の社長室で、はじめてあったときにも、横柄な命令口調だったが、事件の翌日、自由が丘の屋敷へ呼ばれたときには、さらに不機嫌がくわわって、眉間に深い皺《しわ》がきざまれていた。

「こういうことにならないように、私はきみを雇ったつもりだがね。それはたしかに、相手のことも念入りにしらべてくれ、とはいったよ。しかし、顔を見れば、兄貴だということぐらい、わかったはずだ」

楕円形のテーブルの上には、さっき中年の女中がはこんできた茶が、ふたつながら冷えきっていた。優は大島の和服すがたで、洋間のすみのキャビネットから、ブランディの壜《びん》とグラスをとりだして、私にはすすめずに、飲んでいた。顔をしかめて、ときどきグラスに口をつけていた、といったほうが、いいかも知れない。

「申しわけありません。お兄さまのことを、うかがっていなかったもので、確信が持てなかったんです。それに、酒かなにか買いに行くのだろう、と思って、あとをつけただけなんです。いいわけのつもりじゃありませんが、そこが行きつけの店のようなら、あとで暮しぶりを聞くことが出来るもので」

と、私は頭を下げた。さっきから、なんど頭を下げたろう。私は新見智子の護衛を、たのまれたわけではない。でも、智子は殺されたのだし、その夫にやとわれたのだ。ひらきなおってみても、しかたがないだろう。優は革ばりの椅子に沈みこんで、私が犯人だとでもいうような目つきをした。

「きみは一課の刑事だったというから、安心してまかしたんだ。もっと若いひとに、たのむべきだったよ。警察の様子は、見てきてくれたんだろうな」

「あそこの管内では、アパートやマンションのひとり暮しの女性を狙った事件が、つづけて起っているんです」

「新聞で読んで、それは知っている。ガスや電気の検査と称して、ドアをあけさせるんだろう。智子やお手つだいさんにも、私が留守のときには、気をつけるように、いったおぼえがあるよ」

「被害者がさわいで、殺された例もあるんです。奥さんの事件も、同一犯人と見こんでいるようですな、荏原《えばら》署では」

「そのていどしか、わからないのかね」

「そのていどです。いまのところは」

「それくらいなら、私も刑事に聞いているよ。わかった。きみの仕事は、おわったわけだな」

「まだ報告書を書いていないんですが」

「いらないよ。話はくわしく、兄貴から聞いた。智子も、兄貴も、妙な気がねをするから、こんなことになるんだ。きみには、いくら払ったらいい」

「けっこうです。半日、尾行をしただけですし。こんな結果になってしまったんですから、報酬はいただけません」

「そうはいかない。久米先生の紹介だし、先生の叔父さんだというじゃないか。先生に苦情はいわないつもりだ」

「甥の紹介だというのは、関係ありません。私はこれで、失礼します」

立ちあがって、もう一度あたまをさげた。新見優は私の前に立ちふさがって、むきだしの一万円札をさしだしながら、

「それじゃあ、私の気がすまない。たしか一日一万円だという話だったろう。一日分だけでも、持っていってくれ」

私は押しかえしたが、優は首をふって、一万円札をポケットにねじこんだ。それ以上あらそってみても、はじまらない。私は黙って、廊下へ出た。優は送ってこなかった。女中も出てこなかった。扉や羽目板が重厚に沈んだ光を放っている玄関は、まるで人間をきらっているみたいだった。廊下の奥のほうで、かすかな人声が聞えるのは、親戚があつまっているのだろうか。

玄関を出ると、植えこみの新芽を、午後の日ざしが照していた。私の肩ぐらいの高さの、飾り鋲を打った厚板の門扉には、かんぬきがかかっている。入ってきたときのように、石塀のくぐり戸に身をこごめて、人通りのない露地を、駅の方角に歩きだした。きのうの風の名残りが、頬をなでて行くけれど、もう力はなかった。

この通りを、コートの胸をかきあわせながら、前かがみに歩いていった新見智子のすがたを、私は思い出した。うしろをふりかえることもなく、尾行しやすい相手だった。依頼人の思いすごしで、この仕事は、いやなことにならずにおわるだろう、と私は考えていた。長年の勘も、あてにならない。

自由が丘の駅の近くで、私は喫茶店に入った。新見の屋敷で、茶に口をつけなかったので、喉《のど》が乾いていた。もう少し空が暗くなっていたら、私は禁酒の誓いをやぶっていたかも知れない。コーヒーを飲んでから、私は事務所に電話をかけてみた。伝言はなにもなかった。

水道橋にもどったときには、空も暗くなって、ネオンライトが点滅する街路に、若い人たちがあふれていた。駅の周辺では、神田はまだ学生の街という気がする。けれども、脇道へ入ると、疲れたような家並みが、私にふさわしかった。汚れた四階建のビルの角に、看板が四つ、縦にならんでいる。西神田法律事務所3F、というのが、いちばん大きい。その上にいちばん小さい看板があって、久米探偵事務所4F。

階段をのぼって行くと、三階の法律事務所には、灯《あか》りがついていた。兄貴の長男の暁《さとる》が、同年配の弁護士ふたりとひらいている事務所で、ここがなかったら、私は私立探偵を開業することは、出来なかったろう。

私が外出ちゅう、四階の電話は、この事務所に切りかえてある。女子事務員が、用件を聞いておいてくれることになっていた。自由が丘の喫茶店から電話して、私が話をしたのは、その事務員なのだった。新見の仕事が一日でおわったことを、甥に話をしておかなければいけなかったが、気がすすまなかった。私はすりガラスのドアを横目に、階段をのぼりつづけた。四階は事務所というよりも、屋根裏部屋という感じだった。

「久米先生に連絡してください。あれ以後も電話はありませんでした。未散」

と、ボールペンで書いたメモ用紙が、ニスの汚れたドアに、セロファン・テープでとめてあった。未散と書いて、みちると読む。桑野《くわの》未散というのが、三階の女子事務員の名前だった。この子の顔を見ていると、私は死んだ娘を思い出していけない。ドアのわきには、久米五郎探偵事務所、という木札がかかっている。ズボンのポケットから、鍵をとりだしたが、事務所へ入ったところで、なにもすることはない。

メモ用紙を剝ぎとって、そのまま階段へもどろうとすると、ドアのなかで電話のベルが鳴った。私はあわてて鍵をあけて、事務所に入ると、灯りもつけずに、受話器をとりあげた。なつかしい声が、聞えた。

「おやじさん、蔵原です。ご無沙汰しています。きのうの殺しで、荏原署に捜査本部ができましてね」

警視庁の捜査一課に、私がいたころの後輩刑事だった。

「本庁からは、きみたちが行ったのか。大変だな」

「おやじさんが発見者と聞いて、おどろきましたよ。なにか気がついたことがあったら、教えてください」

「私はもう刑事じゃないんだよ、蔵原君。しかし、あの暴行犯人は、顔を見られているんだろう。殺したのは、こんどでふたり目だそうだが……」

「ええ、似顔絵も出来てるんですがね。しかも、二枚もあるんですよ。おなじ人間のようでもあるし、別人のようでもある。手口からみると、星はふたりじゃないか、とも思うんです。ひとり暮しの女が、部屋でおそわれる事件は、目黒でも起きているんです」

「殺しは、荏原であったんだろう」

「そうです。二月の末ですね。マンションで、ホステスが暴行されて、首をしめられて殺されたんです。手でしめられたんですが――金や物は盗んでいない」

「素手とロープの違いだな。殺しに馴れたのかも知れないね。きのうの事件では、まだ目撃者なんかは出てこないのか」

「きのう、あのアパートの二階にいたのは、佐竹という学生だけです。ヘッドフォーンでステレオを聞きながら、勉強をしていたそうで、パトカーが来たのも知らないいんですよ。新見猛とは近所のスナックで、顔見知りだそうですが、ほかの住人のことは、なにも知らない。毎度のことですが、あきれますよ。一階に住んでいる連中も、二階のことはなにも知らないいんです」

「そうだろうね。若いひとたちが、多いんだろう」

「ええ、四十をすぎているのは、新見猛だけです」

「私の住んでいるアパートとは、だいぶ違うな。中年夫婦の多いところは、逆に関心がありすぎて、うるさいよ。私は賄賂をとって首になった刑事で、いまはゆすり屋まがいの私立探偵、ということになっているらしい。インスタント・ラーメンをいくつ買ったかまで、知られているようだ」

「そりゃあ、ひどいですな、おやじさん。こんど非番の日に、ぼくが行って、おやじさんの業績をひろめましょうか」

「冗談じゃないよ、蔵原君、私になんの業績がある。やめるころの私は、アル中になりかけの役立たずだったじゃないか。しかし、一度あいたいことは、あいたいな」

「この山が片づいたら、いっぺん飲みましょうよ」

「いや、私は禁酒したんだ。めしでも食おう」

私は電話を切って、椅子から立ちあがった。半分あけはなしのままになっているドアから、廊下のあかりが入ってくるだけの事務所は、穴倉みたいに見えた。いまさら、灯りをつけてみてもしかたがない。

私はかばんをとりあげて、灯りの下に出ると、ドアに鍵をかけた。階段のスイッチを切って、ゆっくりおりて行くと、三階の法律事務所のドアがあいて、甥の暁が出てきた。家へ帰るところなのだろう、ふくらんだ書類かばんをさげていた。

「叔父さん、新見さんのこと、大変でしたね。さっき電話でちょっと新見さんとは話したんだけど」

「私のことを、怒っていたろう。夕方、お払い箱にされたよ。もっとも、調べることがなくなっちまったんだから、当然だがね」

と、私は苦笑した。暁は首をふって、

「新見さんは、叔父さんのことはなにも、いっていませんでしたよ。ただ小山のお兄さんのことを、疑っているらしい。ちょっとなかへ入りませんか、叔父さん」

「あの兄弟は、よっぽど仲が悪いらしいな」

といいながら、私は甥のあけてくれたドアを入った。暁は事務所のあかりをつけて、

「くわしいことは、ぼくも知らないんですが、若いころから不仲のようです。だから、お兄さんを疑っているんでしょう」

「私の言葉を疑っている、ということだね。新見猛が部屋を出るとき、智子さんが見送っていたのは、確かなんだ。私の目は、まだ悪くなっちゃいない。私といっしょに帰って来て、また飛びだすまでには、二分とかからなかった。そのあいだに、智子さんを殺すことは出来ないな。刑事も、それは納得したよ」

「それじゃあ、やっぱり例の暴行魔の犯行ですね。智子夫人も、運が悪い。兄さんの世話をしに行って、あんな目にあうなんて」

と、甥はため息をついた。

「きみは智子さんのことを、よく知っているのかね」

私が聞くと、暁は肩をすくめて、

「ぼくは新見さんの会社の顧問弁護士ですから、自由が丘のお宅へも、何度かうかがってます。だから、奥さんにもお目にかかっていますが、よくは知りません。新見さんはときどき、お兄さんのことは喋《しゃべ》りますがね。奥さんのことはほとんど話しませんでしたよ」

4

私は新見智子の告別式へは出かけたが、優と口をきくチャンスはなかった。告別式は、春らしい小雨のふる日に、文京区小日向《こびなた》の寺で行われた。コンクリートづくりの狭い本堂に、会葬者は列をつくって、焼香に入って行く。喪主や親戚たちは、壇のわきの椅子に並んでいた。新見優は、いちばん仏に近い椅子にいた。兄の猛は、いちばんはじの椅子にいて、うなだれていた。

私は写真と位牌に手をあわしてから、優に頭を下げた。優は膝《ひざ》の上の両手に、目をそいで、私の顔は見もしなかった。私はわきの口から出てゆきながら、猛にも黙礼した。猛は暗い顔つきで、礼を返した。それで、私と新見家とのつながりは、おわったつもりだった。

私は墓地のへりを急いで、天幕を張った受付から、あずけた傘とコートをうけとった。墓地のはずれに、からたちの垣根があって、白い花が咲いていた。その手前に、古びた句碑があるのに気づいて、私は子どものころ、だれかの法事で、この寺に来たことがあるのを思い出した。母親につれられて来て、読経にあきてしまったのだろう。薄暗い小座敷の縁で、私はひとりで遊んでいたのを、おぼえている。縁さきには、小さな池があって、あめんぼがついついと泳いでいた。

境内を見まわしても、もう池はないようだが、傘をかたむけて、水たまりを渡っていると、そこにあめんぼがいるみたいな気がした。水面に細い足をつっぱって、追いつ追われつしているあめんぼが、私の目には見えたのだ。

そのあめんぼは、智子を尾行する私のように見えた。尾行の対象がなくなったあめんぼは、甥がまわしてくれる身もと調査に歩きまわって、ひと月がたった。蔵原刑事から、一度だけ電話があったが、捜査は難航しているようだった。私にも経験があるけれど、こういう事件は、根気と運をたよりに、長い時間をかけなければならないものだ。夏がくる前の雨がつづいて、私は蔵原に同情した。

もっとも私だって、雨のなかを歩きまわって、その日はまっすぐ、台東区龍泉のアパートへ帰った。晩めしはとちゅうですましていたから、私は机の前にすわると、かばんから書類をとりだした。とたんに、電話のベルが鳴った。

「私立探偵の久米さんですね。新見です。品川の新見猛です。おわすれかも知れませんが……」

「わすれるはずはないでしょう。しかし、よくこの電話がわかりましたね」

「事務所にかけたら、きょうはまっすぐお帰りだというんで、事務所のお嬢さんから、聞きだしたんです」

甥の事務所の桑野未散のことだ。私が電話をしたあとに、新見猛はかけたらしい。

「しっかりしたひとで、ちょっと骨を折りましたよ。あなたのかつての同僚だというお芝居をしました」

「別にこの電話、秘密にしているわけじゃないんですがね。仕事は事務所でということで、事務員がすぐは教えなかっただけでしょう」

「なんだ。ぼくは演技力がものをいったのかと思って、得意になっていたんですが——急いで依頼したいことがあるといえば、教えてくれたんですね。はっきりそういえなかったんですよ。ご相談したいことがあるんですが、あなたの探偵料は高いんでしょうね」

「ご相談によりますよ。なんです、いったい？」

「妹のことと関係があるんですが——お目にかかってお話ししたほうがいいような……」

「いまどちらにおいでですか。音楽が聞えますね」

「ええ、上野にいるんです。喫茶店からかけているんですが」

「まだ七時半ですねえ。よかったら、こちらへいらっしゃいませんか。浅草の龍泉なんです。むかしの龍泉寺町ですよ」

「吉原のそばですね。お邪魔でなければ、うかがいます。番地を教えてください」

電話が切れてから、私は部屋のなかをざっと片づけた。新見猛はタクシーをひろったのだろう。三十分たたないうちに、やってきた。半がわきの傘を入口において、

「いい塩梅に雨はあがりましたよ。雲のあいだに星が見えているから、あしたは晴れるでしょう」

といいながら、新見猛は、私のすすめる座蒲団にすわった。

「ここは、一葉記念館の近くなんですか。美登利荘というアパートの名は、『たけくらべ』か

ら、つけたんでしょう?」

「そうらしいですね。記念館とはちょっと離れていますが」

「久米さんが、おひとり暮しとは、思いませんでした」

「女房と子どもに、死なれましてね。まあ、親戚なんかはたくさんいるから、孤独ってわけじゃありません。こんな仕事をしていると、ひとりのほうが気楽ですよ」

「そうですね。ひとりのほうが気は楽だが……それに、人間ってのは、けっきょくひとりのものだけれど」

おたがい、強がりをいうのはやめよう、と猛はいっているみたいだった。私は茶をすすめて、相手が本題に入るのを待った。猛はセブンスターに火をつけてから、

「いつぞやは、智子の告別式にきていただいて、ありがとうございました。警察のほうは、まだ難航しているようですが、そのことで、妙な電話がありましてね。名前はいわないんですが、なんとなく聞きおぼえがある。つまり、ぼくの知っている男が、声をつくって、かけていると思うんですよ」

「それで、なにをいって来たんです?」

「智子を殺した犯人を知っているというんです。金を出せば、教えてやるって」

「いくら出せというんです」

「五十万円。私にそんな金が、右から左に出せるわけはないし、妙な話だと思うから、ほんとうに知っているなら、警察にいってくれ、と頼みました。そしたら、電話は切れちまったんで

す」

「いつのことです、それは」

「先おとといの夜の十一時ごろでしたね。次の日も、かかって来たんです。こんどは十時ごろでしたよ。五十万だす気になったか、警察に教えるくらいなら、最初からあんたのところに、電話なんぞしやしない。こういうんです。ほんとうに、犯人を知っているのか、とぼくは聞きました。うそなら、五十万なんて吹っかけやしない、と笑いましたよ」

「笑い声までつくることは、むずかしいもんですが、聞きおぼえは？」

「喉のおくで、妙な声を立てたんです。だれだか、見当はつきませんでした。電話がきれてから、弟に話をしてみたんです。悪質ないたずらで、あわよくば金もうけをしてやろうという企みに、きまっている。そんな話に、五十万円も用意できるか、と弟はいいました。でも、私はなんとなく……」

「その電話のぬしが、犯人をほんとうに知っているような気がする、とおっしゃるんですか」

私が聞くと、新見猛は白髪あたまをかたむけて、益子焼の大きな灰皿に、セブンスターをねじ伏せてから、

「実は弟には黙っていたんですが、電話の男があることをいったんです。ほんとうに、犯人を知っている証拠として」

「どういうことでした、それは？」

「これを話したら、久米さんは、ぼくの力になってくれないかも知れない。ぼくはあなたにも、

警察にも、うそをついていたんです。ぼくも智子も、被害者づらの出来る人間じゃないんだ。版下書きで楽に食えるほど、ぼくの腕はよくないんです。おやじが面倒をみた男が、印刷屋をやっていて、仕事をまわしてくれるのは、ほんとうですがね。最低生活をささえるのが、やっとでした。智子に金をもらっていたんですよ」

と、猛はくちびるを歪《ゆが》めた。私は黙って、次の言葉を待っていた。猛は冷えた茶を飲みほしてから、

「智子も最初は純粋に、ぼくを心配して来てくれたんです。でも、ぼくの部屋で、佐竹という学生と知りあいましてね。その結果、ぼくは智子がくると、外出するようになったんです」

「ベッドを提供するためにですか、智子さんと学生に」

私があからさまないいかたをすると、猛は鼻白んだような顔つきで、曖昧にうなずいた。私は信じることが出来ないで、あの日の智子のうしろ姿や、バスをおりたときの横顔を、目に浮かべた。

「私は、小一時間、智子さんのあとをつけただけだから、なんともいえませんがね。そんなひとには、見えなかったな。しかし、女も男も、見かけだけではわからない。それで、電話の男は、智子さんのその秘密を、知っているといったわけですか」

「そうなんです。佐竹君の名前までは、知らないようでしたがね。私が出かけたあと、佐竹君が忍んでくるのを、知っていたんです。だから、ほんとうに犯人も知っているんじゃないかと

――」

「しかし、あなたのいう通りだとすると、いちばんの容疑者じゃありませんか、その学生は」

と、私は指摘した。新見猛もうなずいて、

「そりゃあ、そうですね。ぼくも智子の死体を見つけたとき、すぐそう思いました。でも、佐竹という学生は、かっとなって、人殺しをするようなやつじゃない。やつが犯人だとすれば、智子となにかのはずみで喧嘩にでもなって、ついかっとなって首をしめた、という以外、考えられませんからね。そんな短絡行動をする男じゃないし、智子のほうも男にそんな行動をとらせるほど、口の悪い女じゃない。ぼくの見るところ、ふたりはうまく行ってました。佐竹はせいぜい悪くいっても、小ずるい頭のいい男だから、ぼくの部屋で、あんな真似はしないはずです」

「もちろん、あとで佐竹とは話しあったんでしょう?」

「ええ、彼は泣いていましたよ。佐竹が部屋を出るとき、智子はスリップひとつで、ベッドに寝ていたそうです。起して、ドアに鍵をかけさせるんだったたって、ほんとうに悔んでいました」

「つまり、そのあとへ犯人が入ってきたわけですね」

「電話の男は、そういっていました。どうも近所の二階から、望遠鏡かなんかで、のぞいているんじゃないですかね。だから、きょうは外に出て、事務所にお電話してみたんです。いくらなんでも、品川から神田まで、あとをつけて来たりはしないだろう、と思いましたから——それでも、急に角を曲ってみたり、窓ガラスでうしろの様子をうかがったり、気をつかいましたよ。小説とちがって、つけられているんだか、いないんだか、わかりませんでしたがね」

「電話はそれっきり、かかって来ないんですか」

「いえ、ゆうべもかかって来ました。おとといの晩、金策をしてみるつもりだ、といっておいたからです。かかって来たのは、十一時ちょっと前でした。思いきって、値切ってみたんです。犯人を知っているといったって、どうせ証拠はないんだろう。ぼくが貧乏なのは、わかっているはずだ。五十万はとうていつくれない。十万ならなんとかなるが、といってみたんです」

「どう返事をしました、相手は？」

「十万円なんて、子どもの小づかいだ、とほざきましたよ。腹が立ったな。そりゃあ、十万円つかうのは、わけもないけど、稼《かせ》ぐのは大変ですからね」

「そうですな、確かに」

私たちの会話は、実感があったに違いない。猛は顔をあげて、苦笑いをしてから、

「ですから、子どもの小づかいにしても、それをやる親は苦労しているはずだ、といってやりました。そしたら、案外すなおに、それもそうだな、でも、十万じゃお話にならない、二十万つくれないか、というんです。なんとかなるかも知れないから、あしたまで待ってくれ、といって、電話をきりました」

「なるほど。それで、二十万は出来たんですか。今夜また電話があったら、取引をするつもりでいるんでしょう、新見さんは」

「そうなんですが、だめなんです。さがっちゃ怖いや、という言葉があるでしょう。昔うちに出入りしていた商人なんかが、よくいっていたもんですが、ほんとうに、さがっちゃ怖いもの

ですよ。なにしろ、弟に相談できないでしょう。やっとかきあつめられたのは、十万円でした、やっぱり」

「私のところにいらしたわけが、わかりましたよ。その十万を二十万につかう手つだいをしろ、とおっしゃるんでしょう。お引きうけします」

「報酬を先払いすることは出来ないんですが、かならずあとでお払いしますから」

「弟さんからいただきましたよ、もう。失敗した仕事に報酬をいただいて、心苦しかったところです」

新見優にわたされた一万円は、智子夫人の告別式に、香奠として持っていった。だが、これは私がやらなければいけない仕事だった。

「ごいっしょに、お宅へうかがいましょう。どうせ相手は、こんばんは、集金に来ました、と現れるわけはない。うちへ届けてくれ、というはずもない。どこかであおう、というでしょう」

「そうでしょうね。しかし、さっきいったように、望遠鏡でのぞいているとすると、ぼくの部屋で待つのは……」

「いや、私は外で待っています。むこうはあなたに、顔を平気で見せてくるかどうか……たぶん、見せない算段をすると思うんです。暗くて、淋しいところであおうとするでしょう。あるいは、誘拐事件もどきに、金を先にとって、犯人の名はあとで電話で教えるとかなんとか、いいだすかも知れませんがね。それは、断れるでしょう」

「もちろんです。人質をとられているわけじゃないんだ。金と引きかえに、話を聞かせろといいます」

「私は外にいて、あなたを尾行しますよ。二十万できたと電話ではおいいなさい。あってから、実は十万しかない、といえばいい、相手は怒るかも知れないが、とにかく金は目の前にある。あきらめて、話すでしょう。話の様子で、私が出て行きます」

「ありがたい。ぼくひとりじゃ、とってもそんな掛引きはできません。十時までに、うちへ帰っていればいいわけですが、どこかで暇をつぶしますか」

「いや、もう出かけましょう。望遠鏡で見張っているとすると、早く帰っていたほうが、相手は信用しますよ」

私は立ちあがって、鴨居にかけたレインコートをとった。隣家とのあいだの狭い空を、窓から見あげると、新見猛がさっきいった通り、暗い空にひとつふたつ星が光っている。傘を持たなくても、これならば大丈夫だろう。

5

葵荘のある小山四丁目の裏通りは、十一時ちかい夜ともなると、ほとんど人通りがなかった。私たちは浅草から、地下鉄や国電をのりついで、武蔵小山にたどりつくと、いつぞやの喫茶店で、しばらく時間をつぶしてから、葵荘にもどったのだった。

喫茶店を出るとき、猛は常連らしい何人かと、言葉をかわした。そのなかに、ジーンズの上下をきた若い男が、まじっていた。ウェーヴのついた髪が額にかかって、濃い眉の下のきらきら光る目が印象的な若者だった。通りを横切りながら、猛は喫茶店をふりかえって、

「あれが、佐竹君ですよ」

「そうじゃないか、と思いました。なかなか、いい男ですね。頭も悪くなさそうだ。たしかにおっしゃる通り、かっとして人殺しをするような男じゃ、ないようですね」

と、私は答えた。猛が二階のはじの部屋に入るのを見とどけると、私は葵荘の裏手へまわった。猛の部屋に、あかりがついた。そして、望遠鏡でのぞくことの出来る二階家は、三軒あった。一軒は普通の家、二軒がアパートだった。アパートの二階の窓には、ほとんど灯りがついていた。

私は葵荘の階段が見える場所にもどって、ひたすら待った。十時半ちかくに、大学生の佐竹がもどって来て、二階の自分の部屋へ入った。空にはまだ厚い雲がひろがっていて、星はまばらだった。しかし、もう雨がふる気配はなく、かすかな風も夏の夜のものだった。私が立っていたうしろは、古い平屋の生垣で、紫陽花がいくつも咲いていた。街灯は遠く、無数の星を集めたような大きな花は、仄白《ほのじろ》く揺れて、いつか公園で見たビニール・ボールを思い出させた。

こんなふうに、時間と根くらべをして、戸外に立っていたことが、これまでにどれほどあったことだろう。これからの季節ならば、それほど苦にならないし、今夜は大して待たずにすんだ。はじの部屋のドアがあいて、新見猛が二階の廊下に出てきたのは、十一時をすぎて間もな

くだった。

チェックの上衣《うわぎ》の右のポケットを、片手で押えて、猛は階段をおりてきた。顔つきが、いくらか緊張している。懸命に私のほうを見ないようにしながら、前を通りすぎていった。だれも、尾行しているものはない。私は間をおいて、おなじ道をたどっていった。

猛はわき目もふらずに、暗い露地をたどっていった。いつかの公園まで来ると、鉄の柵《さく》のあいだを通って、なかへ入っていった。水銀灯が三本立っているが、一本は寿命がつきかけているらしく、薄ぼんやりと光っていた。明るい二本に照されて、ぶらんことジャングルジムが、銀いろに光っている。くろいふとった猫が一匹、ぶらんこの前にうずくまって、水銀灯を見あげていた。

公園のなかを見まわしてから、猛は切れかけた水銀灯のほうへ、歩いていった。この前、私がすわった青いベンチのうしろは、植えこみになっていた。植えこみのなかは暗くて、なにも見えない。猛は青いベンチを、薄暗い水銀灯の光で眺めて、ズボンの尻ポケットから、新聞をとりだした。ベンチがまだ濡れているから、新聞紙で拭くつもりらしい。電話の相手との約束は、そのベンチにすわって、待つということなのだろう。

とすれば、相手は植えこみから、声をかけるに違いない。私は道の前後を見まわしたが、通行人はひとりもない。急いで柵をのりこえると、植えこみの奥へすすんだ。先に入っていたほうが、行動しやすい。さいわい植えこみの奥は、隣りの建物の塀だから、そちらから入ってくることは出来ないのだ。

背の低い木のあいだから、様子をうかがうと、猛はベンチに腰をおろして、タバコに火をつけた。右のポケットを片手で押えながら、公園の入口のほうを気にしている。薄暗いなかに、タバコの火が息づくのを見ていると、やたらに私も吸いたくなった。しかし、この植えこみの闇のなかで、タバコに火をつけるわけには行かない。私はレインコートの裾をまくって、暗がりにしゃがみこんだ。だんだん、闇に目が馴れてくる。

ひろい通りを走る車の音が、遠く聞えた。猫の鳴声が、近くで聞えた。ぶらんこのところにいた猫だろう。枝の隙間からのぞくと、猛はベンチから立ちあがって、すこし離れたところにあるスタンド型の灰皿に、吸殻を棄てにいった。ベンチにもどると、また新しいタバコにライターの火をつけた。いらいらと煙を吐きだしながら、腕時計を眺めている。

　私も暗がりのなかで、腕時計をすかし見た。十二時になろうとしている。猛の様子から判断すると、もう約束の時間らしい。私はいったん立ちあがって、手足の血行をよくしてから、またしゃがみこんだ。ハイヒールの足音が聞えて、私が道路のほうをうかがうと、猛も腰をあげかけていた。若い女が急ぎ足で、公園の外の道路を歩いていた。うさん臭げに、猛のほうを眺めて、いっそう足を早めた。猛はあわてて目をそらすと、ベンチに腰を落した。

私はタバコを取りだして、口にくわえた。しかし、火はつけなかった。猛は次から次へ、タバコを吸っていた。腕時計が十二時四十分になったとき、猛はベンチから立ちあがって、あたりを見まわした。

「久米さん、どこにいるんです、久米さん」

私は立ちあがって、猛のうしろへ近づいた。

「ここにいます。どうしました、新見さん」

「どうも、おかしい。約束の時間は、とうに過ぎている。久米さんがいるのを、気づかれたんじゃないでしょうね」

と、猛は植えこみをのぞきこんだ。私は枝を押しわけて、ベンチのそばへ出て行きながら、

「そんなへまは、やらなかったつもりですよ。何時にくるといったんです」

「あとから行くとしか、いわなかった。でも、三十分しか待たないぞ、といったら、十二時までには行く、といいなおしたんです」

「ここを指定したのは、相手ですか」

「ええ」

「とにかく、葵荘へ帰ってみましょう。新見さんは電話を切って、すぐ出てきたわけですね?」

「もちろん」

私は大股《おおまた》に、アパートへの道を急いだ。猛はあとにしたがいながら、

「弟がいう通り、いたずらだったんでしょうか」

「いたずらにしても、金は欲しかったんでしょうね。私が来ていることを、相手が気づいたとすれば、電話のぬしの見当はつくんじゃありませんか」

私は葵荘の階段を、さっさとあがって、佐竹の部屋の前に立った。猛は舌うちして、

「そうか。佐竹が電話のぬしだとすれば、つじつまはあう。いよいよとなって、尻ごみしたん

だ」

「新見さん、ブザーを押してください」

私がいうと、猛はうなずいて、ドアのわきのボタンに指をあてた。返事はなかった。私はノブに手をかけた。錠はおりていなかった。ドアをあけると、台所のあかりがまぶしかった。四畳半とのさかいのガラス戸があいていて、板の間から畳へかけて、ふたりの男が倒れていた。ひとりは大学生の佐竹だった。もうひとりは新見優だった。佐竹の手には、庖丁が光っていた。優の右手は、スパナを握っていた。

「新見さん、あんたの部屋の電話で、救急車と警察を呼ぼう。あの様子じゃ、ふたりとも助からないだろうが……」

血のいろに動顚したらしく、猛は無言でうなずいて、廊下をもどった。はじのドアの錠をあけると、ふらふらと部屋へあがって、灯りをつけた。私はつづいて室内に入って、四畳半の電話機へ手をのばそうとする猛に、声をかけた。

「待ってくれ、新見さん。私はここには、いなかったことにしてもらいたい。これで帰るから、あとはひとりでやってくれ」

「どうしてです、久米さん。そんなことといったって、いまさら――」

「どうしようもないことは、わかっている。でも、私は二度もくりかえして、道化の役はつとめたくないんだ。あんたがたが、なにをやろうと勝手だがね。もうごめんだ。無能な刑事は、無能な私立探偵にしかなれない。それはわかったよ。いまごろになって、やっと気づいたんだから」

「なんのことです。なにをいっているんですよ、久米さん」

「智子さんを殺したのは、弟さんだ。それを、あんたは最初から知っていた。知らん顔して、佐竹が気づいて電話をかけてきたようなことを、弟さんにいったんだろう。弟さんはあわてて、佐竹の口を封じに来たんだ」

「そんなことはない。ぼくはなにも知らなかった。わかったぞ。きっとそうだ。ぼくの手もとにある唯一のおやじの形見の骨董品を、知りあいの道具屋へ持っていって、それをかたに十万かりたんですよ、きょう。道具屋は弟んとこへも出入りしているから、さっそく告げ口しやがったんだ。それで、弟のやつ、ぼくが金をつくって、電話の相手と取引しようとしているのを知って……」

「やめてくれ、新見さん。私はあんたと違って、そんな理路整然とした説明はできない。それに、あんたは確かに自分の手は汚しちゃいない。でも、私にもやっとわかった。智子さんを殺したのも、弟さんを殺したのも、新見さん、あんたなんだ」

「久米さん、どうかしたんじゃありませんか。帰るなんていわないで、ぼくに電話をかけさせてください。あの様子じゃ、弟は助からないかも知れないが、佐竹君は助かるかも知れない。第一、あなたが帰っても、ぼくは警察にありのままを話す。そうすりゃ、あなたはいやでも応でも、ぼくが無関係なことを、証明しなけりゃならない」

「だから、私は腹が立つんだ。あんたが智子さんや、弟さんや、佐竹をあやつり人形みたいに、あやつったに違いない。私までが利用されたと思うと、あんたをぶん殴ってやりたい」

「あやつったわけじゃありませんよ、他人がそんなに、思い通りに動くはずはないじゃないですか。そりゃあ、佐竹君がそうとうな女たらしだってことは、わかっていた。智子が佐竹君のようなタイプに弱いってことも、知ってましたよ。でも、ぼくがふたりをそそのかしたわけじゃない。最初は佐竹君が、ぼくが出かけたあとへ入っていって、強姦どうように関係をつけてしまったらしいんだ」

「そんなくわしい話は、聞きたくもない。いいから、電話をかけてくれ。私がなにをいっても、証拠はないんだから」

「そう、証拠はない。ぼくが恥知らずな人間だってことは、証明できるかも知れないが、殺人教唆を証明はできないね。恥知らずなことは、みとめるよ。弟が智子のことを疑るようにしむけたのも、ぼくかも知れない。弟にあわないというのは嘘で、嫌われながらも、ときどき出かけていって、推理小説を書くなんていって、ストーリイを話して聞かしたかも知れない。私立探偵をやとって、そいつが部屋の提供者を尾行しているあいだに、殺人を行う。私立探偵をやとったことが、その日までなにも知らなかった証明になる、というストーリイをね。でも、そんなことは、いくらでも否定できる。推理小説のストーリイを話したことはみとめても、そんな内容じゃなかった、といいますよ」

「犯人を知っているという電話も、あんたのお芝居なんだ。そんな電話は、かかって来てはいなかった」

「そうかも知れない。ぼくが頭がおかしくて、電話がかかって来たような気がしただけかな。そうかも知れない。そうでないかも知れない。どっちにしても、あなたがぼくといっしょだったということは、厳然たる事実だ、今夜も、このあいだの事件のときも」

「わかりましたよ。しかし、私も年だ。さっき植えこみでしゃがんでいて、小一時間ありましたね。あのあいだ、つい居眠りをしてしまって、あんたがベンチにすわっていたかどうか、断言できないんですよ」

「その通り、証言してくだすって、けっこうです。じゃあ、電話をかけますよ」

新見猛はにやりとして、受話器をとりあげた。私は煮えくりかえる胸を押えて、猛が興奮した声で、救急車をたのみ、次に一一〇番へ通報するのを見まもった。

「弟と佐竹は、かなり争ったみたいですね。隣りの部屋には、だれもいなかったかも知れないが、下の部屋にはたしか夫婦者がいるはずだ。この夜ふけに、変だと思わなかったんですかねえ」

受話器をおいて、猛はわざとらしいため息をついた。

「新見さん、私がいったことは、間違っていたのかね。それだけ聞かしてもらえれば、私はあきらめる」

「久米さん、ぼくは負け犬でね。子どものときから、大事なものはみんな弟にとられてきた。だから、弟の心の動きだけは、読めるんです。智子のことも、わかっていた。智子は最初、ぼくに抱かれてもいい気で、ここに来たんですよ、おそらく。弟がかまってくれないって嘆いていた。つまり、弟は不能になっていたんです。ところが、せっかく智子が戻ってきてくれても、ぼくにはどうにもならなかった。大笑いですよ。ぼくもだめなんです。女に逃げられたのも、実はそのせいでね」

と、猛はくちびるを歪めて、声を立てずに笑った。

「やっぱり兄弟とはいっても、そこまで似なくてもいいのにね。ただ似ていないのは、弟はだからといって、智子が勝手なふるまいをしたら、かっとなってなにをするかわからないということです。ぼくのほうは、あっさりあきらめて、あの女に男をあてがって、金にすることを考える。そこが、違うんです。しかし、こんなにうまく行くとは、思いませんでしたよ」

「うまく行かなかったら、どうするつもりだったんです?」

「あきらめるに、きまっているじゃないですか。ぼくの留守に、大喧嘩が起るだけだとしても、それはそれでいい。ぼくは恥をかくのに馴れている。弟は馴れていませんからね。いい気味だということで、あとはあきらめればいいんです」

にやりと笑ってから、新見猛は神妙な顔になって、

「もうそろそろ、救急車やパトカーが来るころでしょう。重なる悲劇に、狼狽《ろうばい》したような顔をしたほうがいいでしょうね、おたがいに」

私はうなずいて、レインコートのポケットのなかで、小型カセット・レコーダーのスイッチを切った。猛の言葉がうまく録音できたかどうかは、わからない。出来たところで、どれだけの証拠能力があるか、私には自信もない。しかし、出来ることはやっておかなければならない

だろう。

このまま黙っていたのでは、あまりにもやりきれない。刑事たちから解放されたら、私はきっと禁酒の誓いをやぶることだろう。あの日の風の吹きすさぶ公園で、かすかに揺れていたぶらんこみたいに、夜あけの町をふらふらしながら、歩いてゆく自分のすがたが、目に見えるようだった。新見猛は、私に似ているところが、あるのかも知れない。

第二話　鳴らない風鈴

1

私の下顎《したあご》は、右がわから拳骨《げんこつ》をくらって、左の耳の下へ移動した。ポパイみたいな顔になって、もとへ戻らないんじゃないか、という気がした。年はとりたくないものだ。それほど、なまってはいないつもりだったが、不意をうたれて、からだが動かなかったのだ。カウンターにつかまって、ひっくり返らずにすんだものの、椅子はころがって、はでな音を立てた。口もきけなかった。

口のなかが、とつぜん塩からくなっていた。ものをいったら、脣《くちびる》から血があふれだすに違いない。そんな不様な顔は、見せたくなかった。からだを立てなおすと、私はグラスをつかんで、口に持っていった。焼酎をトマト・ジュースで割ったものだ。血がまじっても、ごまかせるだろう。口のなかの傷に、焼酎がしみた。私が赤い液体を飲みくだすのを、相手はファイティング・ポーズをとったまま、とまどった顔で見つめていた。その機をとらえて、

「ここは、喧嘩《けんか》をする場所じゃないんだ。金はいらないから、帰ってくれ」

と、マスターがいった。若者は私とマスターを見くらべながら、ジーンズの尻ポケットに、片手をつっこんだ。皺《しわ》くちゃの千円紙幣を二枚、カウンターに投げだすと、乱暴にガラス戸をあけて、出ていった。倒れた椅子を起してから、私はマスターに、

「すぐ戻ってくるよ」

と、声をかけて、しまったばかりのガラス戸をあけた。生あたたかい夜風が、大人げないことはしなさんな、と私を押しとどめるように吹きこんだ。マスターもうしろで、

「大丈夫ですか、久米さん」

と、心配してくれたが、私は答えなかった。答えようが、なかったのだ。飲み屋のカウンターで、たまたま隣りあわせた若い男に、からまれたというだけのことだった。殴られたのは、私のあしらいようが悪かった、というべきだろう。せっかくマスターがさばいてくれたのに、あとを追うなんぞは、もっと悪い。

たぶん私は、禁酒をやぶって、飲む晩が多くなっている自分自身に、腹を立てていたのだろう。それを助長させるような出来ごとを、放っておいてはいけない、と考えたのにちがいない。自信をとりもどす必要が、私にはあったのだ。

店のそとに出てみると、若者のすがたはもう遠くなって、薄暗い猿之助《えんのすけ》横丁を、千束《せんぞく》通りのほうへ向っていた。言問《ことどい》通りのむこうに、十二階建の凌雲閣がそびえて、浅草の象徴になっていたころ、歌舞伎役者の市川猿之助が、千束町の角に住んでいたので、その名がついたこの横丁には、当時、あいまいな銘酒屋が多かったものだそうだけれど、六十年以上たった今日でも、飲み屋やスナックが間をおいて並んでいる。

「きみ、きみ、このまま逃げるって手はないだろう」

大股《おおまた》に歩みよって、半袖のサファーリ・ジャケットの背に声をかけると、若者はふりかえっ

た。濃い眉をひそめて、からだのむきを変えながら、

「逃げたんじゃない。そっちこそ、まだつけてくるつもりかよ」

いったと思うと、右手のこぶしが、私の胃袋へ飛んできた。だが、こんどは油断をしていない。すこし体をひらいただけで、相手の右手首をつかむことが出来た。若者が左手をふりまわしたときには、私はうしろへ廻りこんで、洗いざらしのサファーリ・ジャケットの背なかに、右手をねじあげていた。酔っているはずのからだが、思いどおりに動いたので、私の気持はしずまった。

「頭に白髪が目立つからって、甘く見ちゃいけない。なにをそう、かっかしているんだよ。さっきも私が、きみを尾行していたようなことを、いっていたな」

ねじあげた右手を、少しゆるめてやると、相手はすぐに、片足をうしろへ蹴《け》りながら、からだのむきを変えようとした。喧嘩なれした動きだったが、場かずは私のほうが踏んでいる。片《かた》膝《ひざ》で尻を蹴りあげて、相手がそりかえるところを、左手首も左手でうしろへねじあげながら、

「へたに動くと、肩の骨が外れるぞ。昔なら、ここで手錠をかけるところだ」

「ふん、やっぱり刑事《でか》くずれの私立探偵か」

若者は首をねじまげて、唾を飛ばした。もちろん、私にはかからなかった。

「あたったよ。そんなに目つきが悪いとは、自分じゃ思っていないがね。しかし、きみを尾行したおぼえはないぞ。いまの店は、私の行きつけのところなんだ。この先の龍泉に住んでいるんで、このごろ、ちょいちょい寄るんだよ」

「ぼくをつけていたんじゃないのか、ほんとうに」

「ああ、ほんとうだ。うそだと思ったら、引っかえして、マスターに聞いてみろ」

「マスターに聞いたって、わかることじゃない。あんた、きょうの四時半ごろ、どこにいた?」

「西神田の事務所にいたな。水道橋の駅の近く、おんぼろビルの四階に、事務所があるんだ。もっとも、四時半には、私の事務所にいたわけじゃない。三階に西神田法律事務所というのがあって、甥の弁護士がいる。その甥と話をしていた」

「その甥っていう弁護士の名前は?」

「久米暁《さとる》だ。電話帳に出ているから、私が嘘をついていると思ったら、電話してみろよ」

「わかった。さっきの店へ戻ろう」

と、若者はいって、私に手首をつかまれたまま、歩きだそうとした。人通りはすくないが、夜とはいっても、まだ十時前だ。私たちがあらそう気配に、近くのスナックのドアがあいて、女の顔がのぞいていた。国際通りのほうから、歩いてきた中年男が、すこし離れた仕舞屋《しもたや》の暗い戸口に立ちどまって、ためらっている。

「そのほうがいいな」

と、私は男の腕を放した。だが、店へもどっても、若者は電話をかけなかった。そのかわりに、話があるというので、カウンターの横手の小座敷にあがって、私たちはむかいあった。さっきは私たちしか、客がいなかったけれど、十分ばかりのあいだに、若い常連がふたり来ていて、マスターとにぎやかに喋《しゃべ》りあっていた。それを、かえって好都合に、若者は声をひそめて、

「殴ったことは、あやまります。ぼくの誤解だってことは、わかりました。でも、あなたは私立探偵でしょう。その点は、間違っていなかったわけだ。もちろん、まぐれあたりですが——」

「気をつかってくれなくてもいいよ」

私が苦笑すると、若者はためらってから、

「高いんでしょうね。あなたを雇うのは」

「まあね。仕事の内容にもよるけど、基本は一日二万円、最低三日分は前払いしてもらって、交通費その他、実際にかかった費用は、べつに請求することになっているよ」

と、水増しして答えたのは、私がまだ酔っていたからだろう。若者は腰を浮かして、ジーンズの尻ポケットに手をつっこむと、ふたつ折りにした紙幣を、ひっぱりだした。千円紙幣が何枚か、いっしょに引きずられて出て来て、膝のわきに散った。若者の手にした束は、一万円紙幣ばかりだとすると、三十万ぐらいありそうだった。無造作に六枚、デコラ張りの膳の上に重ねると、若者はペコリと頭をさげて、

「お願いします。ぼくに雇われてください」

「いったい私に、なにをしろというんだね。あんたに当てられたように、私はもと刑事だ。おかしなことの手つだいは、ごめんだよ。おかしなこと、という意味はわかるだろうが……」

「法律にふれるようなことじゃ、ないと思います。ぼくを尾行してくれれば、いいんですから」

「なるほどね。あんたは、だれかにつけられている、と思っているらしいな。それを、確かめてくれ、ということなんだろう?」

私が声をひそめると、若者は真剣な顔でうなずいて、

「ええ、つけているのは、刑事じゃないはずです。ぼくはいちおう学生だけど、政治活動をやっているわけじゃない。学生といったって、夜間の各種学校で、現代文芸学院というところに、行っているんです。昼間はいろいろアルバイトをやっていて、それだって警察に調べられるようなことじゃ、ないはずなんです」

「いまはどんなアルバイトをやっているんだね」

「いまは、なにもやっていません。このあいだまで、清涼飲料水の販売会社で、配達の仕事をしていましたが――」

「つけられていると思ったのは、いつから」

「きのうからです。きょうも四時ごろから、つけられていました」

「だれがなんのために、あんたを尾行しているのか、調べてくれというわけだね、要するに」

「そうです」

「尾行しているのが、もし刑事だったら、調べを打ちきってもいいかな。あんたには、なにも報告しないことになるが……」

「かまいませんよ。あすから、始めてもらえますか。午後の三時ごろに、ぼくはアパートを出るつもりです。そのときから、帰って部屋へ入るまで、つけていてもらいたいんです。アパートはですね――」

「ここへ書いてくれないか、住所と名前と電話番号を」

私は手帳をとりだして、うしろのほうのページをひろげると、ボールペンといっしょに、差しだした。若者はボールペンの先端ちかくをきつく握って、子どもっぽい字で、荒川区東日暮里七丁目六番五号、竹村荘八号室、小牧洋一、と書いた。

「電話はないんです」

「それじゃあ、私の名刺をわたしておこう。龍泉のアパートの電話番号も、書いておくから、どちらへでも、かけてください。中間報告が聞きたくなったら、いつでもどうぞ」

相手が依頼人になったので、私は言葉づかいを変えながら、名刺に数字を書きくわえて、小牧洋一にわたした。その名刺を、右手に持って見つめながら、小牧は左手の指を動かして、あぐらの膝をたたいていたが、

「名刺、お返しします。電話番号、おぼえましたから」

「いまのは、記憶術ですか」

「ええ、小学生のときに、おぼえたんです。名古屋にいて、中学二年生だったときに、テレビに出たことがあるんですよ、『天才あつまれ』って番組に」

笑うと、小牧の顔は、なんの屈託もない少年のようだった。濃い眉をよせて、さっき水割を飲んでいた若者とは、似ていない、といってもよかった。

「あんた、名古屋のひとですか。いまおいくつ？」

「二十四です。それじゃあ、あしたの午後三時、よろしくお願いします」

小牧洋一はもう一度、頭をさげると、立ちあがって、小座敷からおりた。私が名刺といっし

ょに、六枚の紙幣をポケットに入れて、腰を浮かしたときには、小牧はもう店を出て、うしろ手にガラス戸をしめていた。私はカウンターにもどって、また焼酎のトマト・ジュース割を注文した。

それをマスターが、私の前においたときだった。妙な音が聞えた。国際通りで、車がバックファイアを起したのか、と私は思ったが、刑事の耳が反対した。私は椅子から立ちあがって、ガラス戸をあけた。ひとの声が聞えた。悲鳴らしい。国際通りのほうではなく、千束通りのほうから、聞えた。大股に歩きだしながら、いましがたの音が、拳銃の発射音だったことを、私はもう確信していた。

小牧洋一は俯伏せに、道路に倒れていた。最前、私が追いついた場所よりも、少しばかり千束通りに寄ったあたりだった。さっきとおなじスナックのドアがあいていて、バーテンダーと客らしい若い男が、道ばたから首をのばしていた。小牧のからだの下から、流れだしてくる血におびえて、近づくことが出来ないらしい。スナックの店内から、警察に通報しているらしい女の声が、ふるえて聞えた。

私はしゃがみこんで、小牧の首すじに手をふれた。いますぐ救急車がきても、もう手遅れだった。サファーリ・ジャケットの背なかに、焼けこげた小さな穴があいていた。二十四歳の青年は、自分の生きる権利を奪った相手の顔を見ることも出来なかったらしい。私は立ちあがって、バーテンダーに声をかけた。

「あなたがたが出てきたとき、このひとのそばに、だれかいましたか」

「い、いや、だれもいなかった」

「そのひと、死んだの」

と、若い客が聞いた。声がうわずって、酔いのさめたような顔だった。私はうなずいてから、

「走ってゆく足音も、聞きませんでしたか」

「そういやあ、そこの露地の奥を、だれかが走ってくみたいだったけど」

と、若い客が指さしたのは、千束公園のほうへ抜ける狭い露地だった。

「ありがとう」

といって、私は暗い露地へ走りこんだ。けれども、犯人がいつまで、ぐずぐずしているはずはない。私はすぐに歩調をゆるめて、足もとの暗がりに、目をこらしながら、曲り角までいった。なにも落ちていなかったし、ごみバケツが蹴たおされてもいなかった。角を左に曲って、露地づたいに、私はさっきの店へもどった。マスターがおもてに出て、現場のほうを眺めている。そばへ寄って、私は声をひそめた。

「いまの若いのが、殺された。かわいそうに、うしろから拳銃《はじき》で射《う》たれて」

「ほんとうですか」

「しょっちゅう来てたのかい、あの男」

「今夜で三度目ぐらいでしょう。いつも、ひとりでしたね。時間も、今夜ぐらいのところで」

「頼まれてくれないか、マスター。私は刑事と口をききたくないんだよ、今夜は——このまま帰るけど、むこうのスナックの女の子が、この店の客だってことを、見ていたと思う。だから、

刑事が聞きにくるだろう。私たちが喧嘩をしたこと、仲直りして戻ってきたこと、ありのままに喋ってくれていいんだがね。私は銃声を聞いて飛びだしたまま、帰らなかったことにしてもらいたいんだ。私の名前も、もと刑事だってことも、喋ってくれてかまわないが、私立探偵だってことは、黙っていてくれないか」

「いいですよ。久米さんのことは、そのくらいしか知りませんものね、あたしゃあ」

「頼むよ。そうだ。あの男、免許証や証明書を、身につけていないかも知れないな。この前きたとき、電話をかけているのを聞いたとかなんとかいって、名前を教えてやってくれ。小牧というんだ」

「小牧さんね。ピストルで、背なかを射たれるようなひとにゃあ、見えませんでしたがねえ」

と、マスターはいたましげに、太い首をふった。

2

その夜は、寝苦しかった。蒸暑い部屋のなかで、私はいつまでも、暗い天井を見あげていた。風が強まって、しきりにどこかで、風鈴が鳴っている。鉄の風鈴のひびきではない。もっと軽やかなガラスの音だった。二階の若い夫婦が、観音さまの鬼灯《ほおずき》市で、買ってきたものだろう。水商売で共稼《ともかせ》ぎをしているらしく、細君のほうは十八、九、亭主のほうは小牧洋一とおなじくらいだ。ふたりとも、まだ私の半分しか、生きていないわけだった。小牧はいくつぐらいまで、生きていたいと思っていたのだろうか。小牧洋一は死んでしまったが、私がうけとった六万円は残っている。

小牧のいったことは、あたっていた。尾行していたものがあったし、それに刑事ではなかったのだ。だれがなんのために尾行して、背なかに拳銃の弾を射ちこんだのか、私はそれを突きとめなければいけないだろう。もしも私が、自信をとりもどすために追いかけなかったら、あのときは通行人があった。千束通りまで出てしまえば、もっと通行人がある。小牧はもう一日、生きのびられたかも知れないのだ。

アスファルトに血を流して、薄くらがりに倒れているすがたを見たとき、私が考えたのは、その一日ということだった。猿之助横丁から逃げだすと、私はタクシーをひろって、東日暮里へ急いだ。七丁目六番の竹村荘は、モルタル二階建のアパートで、露地の奥にあった。八号室は二階のとば口で、鍵《かぎ》はちゃちなものだった。独身世帯が多いらしく、二階の廊下はひっそりしていたので、私は針金をつかって、錠をあけると、小牧の部屋へ入った。

六畳ひと間に、小さな台所がついていて、室内はあんがい片づいていた。もちろん、家財道具がろくにないせいもあったが、本や雑誌も机のわきに、きちんと積みかさねてある。本はノンフィクションと翻訳物が多く、雑誌に児童漫画の週刊誌が多いのと、アンバランスのようにも見えたが、これがいまの学生らしいところなのかも知れない。机の引出しも、片づいていた。銀行の普通預金の通帳があったが、出入りが激しくて、一万五千二百六十円しか残っていなかった。定期的に振込みがあるのを見ると、実家から送金をうけていたのだろう。

最近にとどいたばかりらしい手紙を一通、私は内ポケットへ入れて、天井のあかりを消した。廊下にひとがいないのを確かめてから、部屋を出て、錠をかけおわったときに、階段を女がひとりあがって来た。まだ三十前だろうが、地味なブラウスにスカートすがたで、なんとなく疲れたような顔をしていた。私に気づくと、眉をひそめたので、

「ここは小牧洋一さんのお部屋ですねえ」

と、会釈しながら、声をかけてみた。女は九号室のドアの前に立って、

「そうですけど」

「いつも、まだいまごろでは、お帰りになっていないんでしょうか。お留守のようなんですがね」

「日によって、違いますわ。どんなご用ですの」

「ちょっと小牧さんに、うかがいたいことがありまして——あなた、こちらにお住いで」

私が九号室のドアを指すと、うさんくさげに女はうなずいた。

「そりゃあ、ご当人にあうより、いいかも知れない。小牧さんのことを、うかがわしていただけませんか。ざっくばらんに申しあげると、私は興信所の調査員なんです。小牧さんがつきあっていらっしゃるお嬢さんのご両親から、調査を依頼されましてね。きのうから、調べはじめているんですが、どうもお友だちとか、ご親戚なんかがいないようなんです、東京には」

九号室の女は、私の出まかせを、信じてくれたようだった。だが、役に立ちそうな話は、聞

かしてくれなかった。私もねばって、聞きだすわけには行かなかった。小牧が身もとのわかるものを持っていたら、いつ刑事がやって来るかも知れないからだ。いずれ話をしなければならないにしても、まだ早すぎる。生きる時間をちぢめた責任を、私はとらなければならなかった。

しかし、なにをするにしても、今夜はもう遅すぎる。私は龍泉のアパートへ戻って、万年床にもぐりこんだ。部屋のなかは汗くさく、風鈴の音が耳について、寝苦しい。私は腹ばいになって、電気スタンドをつけると、枕もとにおいてあった封筒をとりあげた。机の引出しから、持ってきた小牧洋一あての手紙だった。

差出人は広川深雪《みゆき》という名で、住所は新宿区の納戸町《なんどまち》だった。ボールペンではなく、インクの細い字で、小牧よりも、よっぽどうまい。なかの手紙をひきだして、私はなんどめかの文面を読みかえした。封筒も厚手の白無地だったが、便箋も和紙ふうの白地で、薄鼠の縦線があっさり入った地味なものだ。


夏らしくなりました。お変りありませんでしょうか。

本郷先生のゼミナールは、いかがですか。小牧さんのことだから、頑張って、もうかなりお書きになったでしょう。自信作をぜひ、読ませてください。

わたしはどうやら仕事に馴染んで、毎日を送っていますが、とてもまだ馴れるどころではありません。このあいだ、本郷先生の原稿を担当しましたが、字が読みづらくて、いちいち先輩に聞くしまつでした。校正刷がそばにあってさえ、そうなのですから、文選のひとは大変だと思いました。

一度お目にかかりたいのですが、九日の日曜日は、おひまでしょうか。午後二時から三時まで、わたし、お茶の水のバビロニアに行っております。


小牧洋一は、現代文芸学院という学校に、通っているといっていた。広川深雪は、そこで知りあった女性で、いまは出版社につとめているらしい。文面から察すると、校正係をやっているのだろう。お茶の水のバビロニアというのは、駅の近くの喫茶店だ。九日の日曜日というのは、浅草の鬼灯市の日だろうが、小牧はこの女にあいに行ったのか。私はあってみなければならない。

もうひとり、あってみたい人物がいる。翌日、私は寝不足の重い頭で、西神田の事務所へ出ると、まず電話帳をひろげた。広川孝則という名があって、住所が新宿区の納戸町だった。その番号をまわすと、中年らしい女の声が答えた。

「広川でございます」

「広川深雪さんのお宅でしょうか」

「深雪は娘でございますが」

「わたくし、現代文芸学院の庶務のものでございますが、ただいま生徒名簿の整理をしておりましてね。深雪さんがおつとめになった出版社の名前を、いつぞや教えていただいたんでございますが、メモがどこかへまぎれこんでしまいまして——もう一度、お教えねがえないでしょうか」

「はあ、青山のプレス・モデルンとかいうところでございますの。フランス語の名前で、間違えますといけませんから、電話番号をお教えいたしましょうか」

「申しわけありません。お願いいたします」

手間がはぶけて、電話番号を教えてもらうと、私は礼をいって、受話器をおいた。もう一度、電話帳をひらいて、作家の本郷雄吉の番号を探しだすと、早すぎるかとも思ったが、とにかくダイアルをまわしてみた。なんどもベルが鳴って、あきらめかけたときに、むこうの受話器が外れて、ううっというような声が聞えた。

「本郷先生のお宅でしょうか」

ううっというような声が、また聞えた。

「失礼ですが、本郷先生でいらっしゃいますか」

こんども、ううっだった。

「間違いでしたら、おわびいたしますが、先生は現代文芸学院で、ゼミナールをお持ちでしょう?」

こんどは、ええに近くなった。私もこんどは、芝居はしないことにして、

「私、神田で私立探偵の事務所をひらいている久米五郎というものです。先生のゼミナールに、小牧洋一という生徒がいたはずですが――」

「まだ十時半ですな。起きてしまったんだから、もうしょうがないが、ゆうべ徹夜で、ぼくは

まだ寝てたんですよ」

「申しわけありません。小牧洋一さんのことを、急いでどなたかにうかがわなければなりませんので」

「小牧君が、どうかしたの？　あなた、私立探偵だといいましたね。身もと調査なら、ぼくなんぞより——」

「いいえ、小牧さんが殺されたんです」

「ほんとかね。いつ、どこで？」

「ゆうべの十時すぎ、浅草の国際通りと千束通りのあいだに、猿之助横丁というのがあるのを、ご存じでしょうか」

「ああ、知ってる。あの通りで、殺されたんですか、喧嘩でもして」

「喧嘩ではない、と思います。うしろから、拳銃で射たれたんですから」

「信じられないな。しかし、わかりました、小牧君のことを聞きたいのなら、お目にかかりましょう。いまからすぐ、ぼくの家へ来られますか。午後からだと、客があったりして、おちおち話ができない」

「先生のお宅は、世田谷の梅丘《うめがおか》ですね。一時間ちょっと、かかると思いますが——」

「いいですよ。どうせ起きてしまったんだから、朝めしを食って、待っています」

といってから、本郷雄吉は馴れた調子で、小田急線の駅からの道順を説明して、

「ただし、玄関のブザーは押さないで、わきへまわってください。二階へあがる鉄の階段があり

ます。それをあがったところのドアのノッカーを鳴らしてください。ぼくがすぐ顔を出しますから」

「わかりました。のちほど、お目にかからせていただきます」

私は電話を切ると、上衣《うわぎ》を手にして、事務所を出た。三階の甥の法律事務所をのぞいて、女事務員の桑野《くわの》未散《みちる》に電話番をたのんでから、薄暗いビルの玄関をあとにした。ゆうべの風で、雲の吹きはらわれた空は、いかにも夏らしく、黄いろみを帯びた藍いろに晴れわたって、太陽がぎらついていた。白山通りにひしめいている車の屋根も、まぶしく光っていて、とうてい上衣を着る気にはなれなかった。

小牧の前ばらいを生かして、タクシーをひろおうか、と思ったが、電車のほうが早いにちがいない。半袖のシャツの腕に、上衣をかかえて、私は水道橋の駅にむかった。思った通りで、小田急に乗りかえて梅丘の駅まで、一時間とはかからなかった。本郷雄吉の教えかたは要領がよくて、迷わずに家へたどりつけた。

あまり大きくはないが、しゃれたつくりの二階家で、青黒い陶器瓦の屋根の上に、黒い風見鶏がとまっている。低い合金の門を入って、家の横手にまわると、鉄の階段があった。それをあがる靴の音が聞えたらしく、西洋の竜の顔のノッカーがついたドアがあいて、半白の頭がのぞいた。

「さっきの電話の私立探偵の方?」

「はあ、本郷先生ですね」

「あんがい、早かったですな。どうぞ」

私は本棚でかこまれた洋間に通されて、すすめられた椅子にかけると、テーブルに名刺をおいた。本郷雄吉は細長い顔に、白髪まじりの髪を乱して、年は私より少し上かも知れなかったが、ブリーチアウトのジーンズに、オレンジいろのTシャツという若づくりだった。むかいあった椅子にかけて、本郷は私の名刺を手にとりながら、

「東京に私立探偵社がたくさんあるのは知っていたけど、犯罪事件にタッチすることもあるんですか。まさか犯人にたのまれて、弁護の材料を集めているんじゃないでしょうね」

「先生には、事情を打ちあけたほうが、いいかも知れません。私の依頼人は、小牧洋一さんなんです」

「というと、小牧君は自分が殺されるかも知れないって、考えていたわけですか。そんな様子は、ぜんぜん見えなかったがな」

と、本郷は眉をひそめた。私は首をふって、

「ちょっと違うんです。実はこういうことでして——」

と、かいつまんで事情を説明してから、

「所轄署はまだ、小牧さんの身もとがわからないでいるかも、知れません。私は刑事だったんですから、すぐに知らしてやらなけりゃいけないんでしょうが、そんなわけで、なにかつかんでからにしたいんです」

「わかるな。おもしろい。おもしろいなんていっちゃあ、あなたにも小牧君にも悪いが、よく

わかる。そうするべきだ、とぼくも思いますよ。出来ることがあれば、手つだいましょう」

「ありがとうございます」

「といっても、ぼく自身は、小牧君のことを、あまり知らないんだ。現代文芸学院というのは、神田の駿河台にあって、フィクションやノンフィクションの技術、編集の技術を教える学校でね。ぼくは小説の書きかたを教えているわけだけれども、若いひとたちと接触できるのが、楽しくてやっているようなものですよ。そのくせ、若いひとの気持というのは、なかなかわからないなあ。小牧君は教室じゃあ、活発に喋ってましたね。しかし、かんじんの小説はあまり書かなかった。短いのを一本、読ましてもらっただけです。字がへたなのは、問題にしなくていいとしても、文章もうまくなくて、あまり見こみはなかったな」

「どんな友だちがいたか、お気づきでしたら、聞かしてください」

「ゼミナールに移る前に、なんとかいう女の子と仲好くしていたようだった。『朝顔日記』に出てくるような名前の子で、たしかプレス・モデルンという小さな出版社に入ったはずなんだけど」

「広川深雪ですか」

「そうだ、そうだ。小牧君はあの通り、野性味のあるいい男だから、女性にはもてたんじゃないかな。広川さんの場合も、彼女のほうが積極的だったようですよ。しかし、喧嘩なれしているという、久米さんの観察は、意外だな。大金を持っていたというのも、不思議だし、なによりも凶器がね。拳銃となると、こりゃあ、ただの痴情、怨恨の犯罪じゃないでしょう」

「私もそこが、気になるんです。もっとも、改造拳銃ならば、しろうとが使うこともありますが」

「アパートが東日暮里なのに、千束通りのほうへ歩いていったのも、変ですね。行きつけの店でもあって、もう一軒、梯子《はしご》をするつもりだったのかな」

「そうかも知れません」

「そうだ。男で谷沢君というのが、仲が好かった。そのひとに聞いたら、なにかわかるかも知れない。ちょっと待ってくださいよ。深雪さんと谷沢君の住所、電話を書いてあげる」

「広川深雪さんは、わかっています。つとめ先の電話番号も」

「谷沢君のつとめ先は、わからないな。うちへ電話して、聞いてみましょう」

本郷は立ちあがって、仕事机のむこうにまわった。引出しから、生徒名簿らしいものを取りだして、それを見ながら、プッシュフォンのボタンを押した。

「谷沢さんですか、本郷雄吉と申しますが、ちょっと和光《かずみつ》君の――なんだ、きみか。昼間はつとめているんじゃなかったの……なるほど、そうなのか。ちょっと待って」

と、小説家は送話口に手のひらで蓋をして、私に顔をむけた。

「谷沢君はつとめているんじゃなくて、うちの商売を手つだっているんだそうです。場所は恵《え》比寿《びす》なんだけど、行ってみますか」

「ええ、話を聞かしていただけるようなら」

私が答えると、本郷は送話口から手のひらをどけて、

「待たせて、すまなかった。きみはたしか、小牧君と親しかったね、谷沢君。あとで久米五郎さんというひとが、きみをたずねて行くから、聞くことに返事をしてあげてくれないか。うん、学校のことやなんかね。まあ、取材だよ。ひとつ、よろしく」

受話器をおいてから、メモ用紙に太い万年筆で走りがきして、本郷は私の前にもどってきた。

「これが、ところ番地と電話番号です。ここで谷沢書店という、本屋さんをやっているらしい、新刊のね。一日じゅういるから、いつでもいい、ということでした」

「ありがとうございます」

私がメモをうけとると、本郷は肩をすくめて、

「小牧君のことだって、匂わせないほうが、よかったかな。殺されたことは、いわないほうがいいだろうって、すぐに気づいたんですがね」

「いや、かまいません」

「それにしても、まだ信じられません。小牧君が殺されたなんて――それも、暴力団の出入りまがいの殺されかたでねえ。そんなつながりがありそうな青年には、ぜんぜん見えなかった。もっとも、暴力団員にだって、詩や小説を書こうというのが、いないとは限らないけど。久米さんも、昭和ひと桁でしょう。身近にいた若いひとが死ぬと、おかしな気持がしませんか」

「ええ、まあ」

「そうか。あなたは刑事さんだったから、若いのも年とったのも、いつ殺されるかわからないもんだって、認識があるんでしょうね。知っているひとが死ぬと、そのひとのことを、実はろ

くに知らなかったんだ、と思うんですよ。人間がわかっているような顔をして、小説なんか書いていてもね。実はなんにも、わからない。ところが、相手は死というものを、知ってしまいやがった。ずるいじゃないか、というところです」

「刑事を長年やっていても、ひとが死ぬのに馴れたりはしませんよ。ただ平気な顔をして、死体を見ることが出来る、というだけのことでしてね。もうひとつだけ、聞かしてください。小牧さんが書いた小説というのは、どんな筋だったんです?」

「ストーリイというほどのものは、なかったな。なにしろ、ほんの十五、六枚のものでして――幻想小説のような感じで、というと、上等に聞えるけど、ほんの思いつきを書いたていどです。主人公は男で、恋人がいる。昼間あっているときは、実にしあわせなんだが、わかれて帰ってきて、ひとりで寝ていると、きまって夢にその女が現れる。それも、恐しい怪物として、出てくるという話です。そんな夢を見るくらいだから、自分はその女を恐れているんじゃないか、憎んでいるんじゃないか、と悩むのが、小説の狙いらしいんですがね。そういうところは、書けていなかった」

「そういう夢の話なんか、書きそうな感じじゃありませんね、小牧さんは」

「ぼくも、そう思うな。行動型の感じだった」

「尾行を気にしていたんだから、神経質ではあったんでしょうが……」

「神経質というより、勘がするどかったんでしょう。尾行されていたのは、けっきょく事実だったんだから――いや、待てよ。人違いかなんかで、殺されたという可能性もありますね。あるいは、肩がぶつかったとか、そんな些細なことで、殺されるって場合もあるでしょう、近ごろは」

「それなら、多少のいいあらそいがありますよ。そんな時間は、なかったですね。店を出ていってから、銃声が聞えるまでの長さを考えると——人違いという可能性はありますが、ごく低いでしょう。小牧さんには、刑事じゃないだれかに、尾行される心あたりが、あったようですね。ただ私には、それを隠していたらしい」

「とすると、ますますあの青年が、わからなくなって来た。久米さん、費用がたりなくなったら、ぼくに請求してください。そのかわり、わかったことは全部、知らしてくれませんか。まじめな話ですよ。あなただって、生きている依頼人がいたほうが、動きやすいでしょう。心情的なことは、それはそれで、よくわかりますがね」

本郷は立ちあがって、仕事机のむこうにまわると、引出しから小切手帳をとりだした。

「話の様子だと、あなたはなるべく早く、警察に報告しなきゃいけないでしょう。さもないと、容疑者にされる。だから、警察に途中経過を話すのはかまわないが、あなたが犯人をつきとめた場合、出来ればぼくに先に知らしてもらいたいな。もちろん、くわしい報告書は欲しい。あとは自由にやってくだすって、けっこう。着手金は、十万でいいですか」

3

山の手線の窓から見える風景にも、昔はアクセントがあって、池袋をすぎて大塚にかかるあたりを、うすめすぎたカルピスのようだ、とだれか小説家が書いていた。うまいことをいう、と思ったものだが、渋谷から恵比寿の駅に入ってくると、やはり以前はそんな感じだった。それが目黒にくると、ソーダ水になって、次の五反田では、繁昌している今川焼屋の店さきを連想させたものだが、今はどこもかしこも小ぎれいなビルが建ちならんで、そうしたアクセントは目立たない。恵比寿駅の南口でおりて、しばらく歩いたところに、谷沢書店はアルミサッシのガラスを、強い日ざしにかがやかしていた。

店内にはレジがふたつあって、そのひとつにすわっている童顔の青年が、谷沢和光だった。私が耳もとに口をよせて、小牧洋一が殺されたことを告げると、谷沢は顔いろを変えて、レジから出てきた。いったん店を出て、隣家との庇《ひ》あわいを入ったところに、すまいの出入口があった。谷沢はそこから、私を二階の四畳半に案内した。若い独身男性の部屋らしく、ステレオがわがもの顔にしめた壁の残りに、ヌードのポスターが貼《は》ってあった。

「喫茶店でお話しするつもりだったんですが、そういうことなら、ここのほうがいいでしょう。すこし暑いけど、我慢してください」

「いや、ご心配なく。どこでも、けっこうです」

私が名前と仕事をいうと、谷沢は顔をしかめて、

「やっぱり、あれが小牧君だったんですか。店番をしながら、ラジオのニュースを聞いて、おやっと思ったんです。苗字を小牧というらしいことしか、まだわからないといってたけど——本郷さんからの電話で、小牧君の名が出たし、気にしていたんですよ。しかし、どうしてまた拳銃で射たれるなんてことに、なったんです?」

「まだなにも、わからないんです。心あたりはないでしょうか」

「ぜったいに、暴力団なんかとは、縁がないですよ。そりゃあ、彼は女にもてたから、そのなかのひとりに、暴力団がらみの女がいたかも知れませんよ。でも、それで殺されるってことは、ないでしょう。そういう場合、やくざってのは、金を出させるもんなんじゃないですか」

「そうですね、たいがい」

「小牧君には、そんな金はないだろうけど、稼ぎにならないとなったら、せいぜいぶん殴るぐらいだと思うんです。ピストルってことはないですよ」

「チンピラならいざ知らず、ふつうは得にならない殺しはやりませんね」

「チンピラの女なんかに、ひっかかる小牧じゃないですよ」

「すると、だいぶ女性関係は派手だったんですね」

「くわしいことは知りませんが、そうらしかったな。学校でも、彼に近づいた女の子は、多かったから——なかにはいい子もいたのに、小牧は見むきもしない、という感じでね」

「それは、たとえば広川深雪さんなんかのことですか」

「ええ、広川さんは頭もいいし、きれいなひとですよ。でも、うかつにつきあうと、ああいうのは結婚しろってことになるか、結婚したくなっちまう恐れがある。だから、敬遠しとくんだって、彼、いっていましたね」

「つまり、だれとも遊びでつきあっていた、ということですか」

「できるだけ、気楽な状態のうちに、経験しておくんだ、といっていました。本郷さんも、そういってましたからね。小説を書くなら、仕事でも人間とのつきあいでも、若いうちに経験しておけばおくほどいいって――それを、実践していたんじゃないでしょうか」

「つきあっていた女の名前を、口にしたことはなかった?」

「ゼミの帰りに、スナックへよくいっしょに行ったんです。そこへ、電話がちょいちょいかかって来るんだけど、あれ、ぜんぶ女だと思うんです。電話口で小牧君がいった名で、ふたつおぼえているのが、ありますね。うらやましいのと、ちょっと変ってたのとで、おぼえているんですが――」

「なんという名です?」

「ひとつはイスルギ、もうひとつはサコというんです。どういう字を書くのか、わからないんですがね」

ひとつはまず、石動《いするぎ》に間違いないだろう。もうひとつは迫か、佐古か。

「それを小牧さんは、どんなふうに口にしていました?」

「そうですね。そういったって、今夜は無理だよ、サコさん、といった調子でした。片っ方は、ああ、イスルギさんか、声が妙に聞えたから、とかなんとかいって、どっちも相手の名という感じでしたよ」

「そのスナックの名は?」

「お茶の水のモップという店です」

「そこへあなたと小牧さんが行っていると、かならず電話がかかって来ましたか」

「最低ふたりからは、いつもかかって来ましたね。どっちか片っぽ、ことわるわけです。もちろん、かかって来ないときも、たまにはありましたよ。そういうときには、小牧君のほうから、電話してましたね。彼、手帳もなにも見ないで、かけてたから、いつも同じところだったのかも知れないな」

そうとは限らないだろう、と私は思った。谷沢はつづけて、

「断るんなら、ダブル・デイトにして、ひとりこっちにまわしてくれよ、と冗談めかしていったことがあるんです。まわしてもいいけど、相手は飢えた狼《おおかみ》だよ、近づかないほうが無難さって、笑ってごまかされちゃいましたね。年上の女ばかりだったのかも知れない。でも、ひとりだけ、相手を見たことがあるんです。それは、ぼくなんかよりは上かも知れないけど、間違いなく二十代でしたね」

「いつ、どこで見たの?」

「偶然、六本木であったんです。車にのるところだったから、小牧は気づかなかったんじゃな

いかな。四月の末ごろでしたよ。めずらしく、彼、きちんとした服を着て、つれもいい恰好をしてましたね。ファッション・モデルかなんかじゃないか、と思ったくらい、すばらしい美人で――」

と、谷沢はため息をつきながら、壁のヌードに目をやった。チョコレートいろの肌に、汗の玉を浮かべた娘が、岩にのぼりかけて、大きなお尻と顔を、こちらにねじむけている。

「この写真の女に、似ているんですか、そのときの小牧さんのつれが」

私が聞くと、谷沢はてれたような顔で、

「そんなに似ているってわけじゃないんですが、顔の感じがちょっとね」

「小牧さん、最近まで清涼飲料水の販売会社で、アルバイトをしていたそうだけれど、どこのなんという会社か、ご存じありませんか」

「知りません。でも、それはごく短期間だったはずですよ。その前、かなり長いあいだ、新宿のセントラル・パーク・ホテルで、シーツはこびのアルバイトをしていたって、聞きましたけど」

「アルバイトというのは、いろいろあるものですな」

「そりゃあ、ありますよ。不景気だからなおさら、若い人手は必要でしょう。でも、正式に雇ってしまうと、なかなか首は切れないから、アルバイトで集めるんですね。ぼくも高校のころから、ずいぶんいろいろやりましたよ」

「しかし、アルバイトだけで、暮して行けるもんですか」

「そりゃあ、なかにはかなり貰えるところがあるから、そこで働いているうちは、食えるでしょう。でも、小牧君は実家から、月づき送ってもらっているような口ぶりでしたね、いくらかは」

「とすると、そのうちには安定した仕事に、つくつもりだったんでしょうかね、小牧さんは——そんな話をしたことはありませんか」

「そういえば一度だけ、やはりモップで飲んでいるときだったな。いつまでも、こんなことはしていられないんだなって、彼がいったことがありましたね」

「小牧さんと最後にあったのは、いつでしょう」

「この前の火曜日の晩ですよ。本郷さんのゼミは、毎週火曜にあるんです。かえりに二、三人でバビロニアという喫茶店にいって、そのあとふたりでモップへ行って、あんまり長くはいませんでしたがね。そうだ。あの晩は電話がかかって来なかったな、珍しく。彼もかけませんでしたね」

それ以上、話は出てこなかった。私は礼をいって、谷沢の家を出ると、日ざしは目がくらむばかりだった。つめたいビールが、漫画の吹出しみたいに、頭の上に浮かんで離れない。昼間から飲むようになってはいけない、と思いながらも、駅の近くのレストランに入って、ビールと遅い昼めしを頼んだ。はんぱな時間だったから、レストランはすいていて、私のほかにはセールスマンらしい男が、隅のテーブルで、ミートソースのあとが薄汚く残った皿を前に、アイスコーヒーを飲んでいるだけだった。

食後のタバコに火をつけてから、私は手帳をひろげて、次にはなにをするべきかを考えた。いちばん手がかりをつかめそうなところは、お茶の水のモップというスナックだが、まだ時間が早すぎる。広川深雪という女からは、あまり役に立つことは聞きだせそうにもないが、一度あってみる必要はあるだろう。しかし、四月に入社したばかりの女性を、勤務時間ちゅうに外に呼びだすのは、小牧が死んだといえば出てくるに違いないけれど、気の毒だった。退社時間まぎわに電話して、どこかであうことにしよう。

その前に、これはもっと望みがないが、いちおう新宿のセントラル・パーク・ホテルへ行ってみることにして、私はテーブルを立った。山の手線で新宿まで行って、高層ビルが西日をすさまじく反射している副都心のホテルをたずねたが、案の定、収穫はなかった。

ここでアルバイトをしているという手紙があったきり、息子からの音沙汰がないのに心配した名古屋の両親から、頼まれたということにしたが、係から係へ迷惑そうに廻されて、やたらに時間がかかった。わかったことといえば、十二月から三月まで、小牧がたしかにアルバイトをしていた、という事実だけだった。

もう四時半をすぎていたので、私はホテルのロビーから、青山のプレス・モデルンという出版社に電話した。広川深雪は最初、私のいうことを信じなかった。いたずらに電話をしているわけではないから、いったん切ってまたかけなおす、そのあいだに本郷先生に聞いてみてくれ、というと、深雪は息をのんだ。卒倒したのではないか、と思って、私がなんども名を呼ぶと、冷静になろうと懸命になっているらしい声で、

「わかりました。お目にかかります。久米さんでしたわね。事務所はどちらでしょう」

「西神田、水道橋の駅の近くですが、私はいま新宿にいるんです。すぐそちらへうかがいますが」

「いえ、あたし、お茶の水まで出てゆきます。駅の近くの喫茶店で――」

「バビロニアですか」

「ご存じですの？　そこで、六時にお目にかかります。あたし、きょうは薄緑に大きめの草花をプリントした長めのワンピースで、緑いろのバッグを持っています。目じるしに、うちで出したばかりの翻訳小説を一冊、持っていって、テーブルにおいておきます。『灰になった夜あけ』という題の本です」

行きとどいた言葉だった。電話を切ると、すずしいロビーを出て、高層ビルのあいだを、私は新宿駅に通じる地下道におりていった。中央線の快速電車にのって、お茶の水についたのは、まだ六時には間がありすぎるころだった。街路にはまだ西日があふれて、半袖シャツの若い人びとが、だるそうな顔つきで歩いていた。

バビロニアは、大きな喫茶店だった。模様の入ったガラスの壁で、幾部屋にも仕切られていて、それぞれの部屋にテーブルが四つ、あるいは六つ並んでいる。クーラーがちょうどよくきいて、ほとんどのテーブルがふさがっていたが、私ぐらいの年配の客は、あまりいない。

入口の見えるテーブルで、コーヒーを飲んでいると、六時ちょっと前に、薄緑の服に緑いろのバッグをさげた娘が、入ってきた。赤っぽい表紙の本をかかえているのが、かなり目立った

だけでなく、美しさも目立つ女性だった。私がテーブルから立ちあがると、相手も察したらしく、近づいてきて、

「失礼ですが、久米さんでしょうか」

「広川さんですね。お呼び立てしてすいません。まあ、かけてください」

「小牧さんはいったい、どんなふうに、その——亡くなったんですの？　久米さんは、目撃なさったんでしょう。谷沢さんに電話してみたら、そんなようなお話でしたけれど」

腰をかけながら、深雪はもう話しはじめていた。私は首をふって、

「目撃したわけじゃありません。射たれるすこし前まで、話をしていただけなんです」

ゆうべのことを、くわしく説明すると、広川深雪は眉をひそめて、

「それじゃあ、やっぱり小牧さんは、暴力団と関係があったんですね」

「心あたりがあるんですか。本郷先生も、谷沢さんも、そんな関係があるはずはない、といっていましたが」

「証拠があるわけじゃありません。いままでは、わたしの妄想だと思っていたんです。週刊誌のおかしな記事なんかの影響で、不健康なことを考えるんだと思って、小牧さんに悪いような気がしていたんですけど」

深雪はいいよどんで、うっすらと頰に血をのぼらした。目鼻立ちは派手ではないが、いかにも聰明そうで、育ちのいいお嬢さん、という感じだった。

「妄想じゃなさそうになったんですから、聞かしてください。小牧さんのアパートの隣りの部

屋の女のひとが、人をよせつけないようなところがあった、といってましたが、そんな感じですか」

　私が誘い水をむけると、深雪は首をふって、

「その方も、小牧さんにひかれていたんじゃないでしょうか。谷沢さんからお聞きになったと思いますけど、あたし、見っともないくらい小牧さんを追いかけていたんです。あのひとには、なにか強烈なものがあるんですね。女を牝にしてしまう、牡のにおいを持っている、というのかしら、でも、あのひとは、結婚ということを、とても嫌がっていました。家庭になにか、あったんだと思うんですけど、高校のころにはぐれていたようなことを、ちらっといったりして……それは、ほんとうじゃないかしら。家にいるのがいやで、大学受験に失敗しても、名古屋へは帰らなかったんだ、といっていました」

「そういえば、小牧さんは谷沢さんに、あなたとつきあうと、結婚したくなるにきまっているから、避けるんだ、といったそうですよ。しかし、愚連隊みたいな連中と、つきあっていたわけじゃないんでしょう?」

「実をいうと、なんども小牧さんに手紙を出して、返事もないし、このあいだの日曜日にも、ここにいるからといっておいて、待っていても来てくれないし、わたし、小牧さんのあとをつけてみたんです」

　あっけにとられて、私は深雪の顔を見つめた。若い女というものは、なにをするかわからない。

「いつです。その尾行したというのは」

「本郷先生のゼミの晩と、その次の日。火曜と水曜です。火曜日は夜、学校のそばで待っていました。水曜は会社を休んで、日暮里のアパートへ行ってみたんです。自分がみじめになって、二日だけでやめてしまったんですけど、つづけていたら、犯行現場を目撃したかも知れないんですね」

「きょうは金曜日。もう一日つづけていればよかったのか、悪かったのか、それはわかりませんよ。しかし、それをうかがってみると、小牧さんの勘はあてにならなくなったな。きのう、ほんとうに犯人に尾行されていたのかどうか——人違いで殺された可能性も、濃くなってくる。それはとにかく、つけてみて、なにがわかりました?」

「コール・ガールというのが、ありますでしょう? その逆のコール・ボーイというようなものが、あるかどうか知りませんけど、そんなようなことをやっているんじゃないか、という気がしましたの、小牧さんは」

「ホスト・クラブなんてものが繁昌しているんだから、コール・ボーイもあるかも知れませんね。私が警視庁にいたころにも、それに近いことをやっていた男が、殺された事件がありましたよ」

「火曜の晩は、谷沢さんとふたりで、この近くのモップというスナックへいって、三十分ぐらいで出てきました。駅の近くで谷沢さんとわかれて、時計を気にしながら、聖橋のたもとまで行きました」

「つまり、あらかじめ約束がしてあって、それまで時間をつぶしていた、という感じだったんでしょうか」

「ええ、そうです。すぐに高級車がきて、小牧さんの前でとまりました。女のひとが運転していて、小牧さんはその車にのりこんだんです。タクシーであとをつけたら――」

深雪はちょっと、いいしぶった。けれど、すぐに低い声で、

「ふたりは湯島のホテルへ入りました。ラヴ・ホテルと呼ばれているようなところです。待っているわけにも行かなくて、あたし、タクシーに上野まで行ってもらって、地下鉄でうちへ帰りました」

「そんなに遅い時間じゃ、なかったわけですね」

「聖橋のところで、小牧さんが車にのったのが、十時ごろでした」

「水曜日は、どうだったんです?」

「午前ちゅうに、東日暮里のアパートへ行ってみました。十時半ごろだと思います。窓があいていて、小牧さんがいるのは、わかりました。出かけたのは、二時ごろでした。日暮里の駅のそばの喫茶店へ入って、三十分ほどいましたわ。かなり大きな店でしたし、あたし、サングラスをかけていたんで、思いきって入ってみたんです。変装というほどのことはしていなかったのに、小牧さん、気がつきませんでした」

と、深雪は淋しげに笑ってから、

「入口の近くにすわって、電話を待ってたんですね、小牧さんは。レジのひとに名前を呼ばれ

ると、すぐ立って電話に出て、そのまま店を出ていったんです」

「もちろん、あなたも出たんでしょう?」

「小牧さんはタクシーをひろって、お茶の水女子大の近くまで行きました。小石川の茗荷谷《みょうがだに》から、音羽の高台へのぼったところ。ご存じかしら」

「知ってます。戦争前はあのへんに、軍の火薬庫があったんですよ。音羽へおりる坂は、鼠坂というんです。むかしは狭い坂だったが、大きなマンションなんかが建って、あのへんもずいぶん変りましたね。大塚警察が坂をおりたまん前にあるから、あのへんはくわしいんです」

「文京パンテオン・ヴィラというマンションがあるのは——」

「一軒一軒の名前までは、知りませんよ。そこへ入ったんですか、小牧さんは」

「ええ、八階のどこかの部屋。あたし、気づかれたいような心持もあって、おんなじエレベーターにのったんです。小牧さん、そっぽをむいてました」

「八階にイスルギか、サコという表札の出た部屋がありませんでしたか」

私が聞くと、深雪はハンドバッグから手帳を出して、

「女の執念って、いやらしいでしょう。表札の名前をぜんぶ控えて来たんです。ありませんわね、イスルギもサコも」

「そうですか」

「これは、なんて読むんでしょう。石に動くと書いて……」

「それですよ。石動《いするぎ》です」

「北陸のほうの地名ですね。校正係としては、これが読めないようじゃ、恥ずかしいわけですわね」

と、深雪は初めて、かすかな笑顔を見せてから、

「あたし、あきらめないで外で待っていたら、二時間ほどたって、小牧さんは出てきました。女のひとといっしょでしたわ。そういえば、北国美人という感じ」

「火曜日の女とは、別人でしたか」

「火曜日のひとは、自分でお店でもやっていそうな、シックな感じでした。三十代後半になっているかしら。ちょっと見ただけだから、よくわかりませんけど——石動というひとは、もっと若くて、派手なひとです。多くみても、三十そこそこでしょうね」

「マンションを出て、ふたりはどこへ行きました?」

「六本木へ行って、お食事をして、クラブへ入って、女のひと、楽しそうでしたわ」

と、広川深雪は複雑な笑顔になった。

4

「失礼ですが、石動さんでしょう。小牧洋一さんを、お待ちになってるんじゃありませんか」

からだを傾けて、私が低く声をかけると、ぎょっとしたように、女は顔をむけた。

「電話での連絡が、日暮里の喫茶店へかけても、ここへかけても、まるで取れない。いらいらして、来てみたんじゃありませんか、石動さん」

と、私はつづけた。バビロニアでの話がすんで、私がスナック・モップへいってみるつもりだというと、広川深雪はいっしょに行くといいだした。そこで、駅の近くの天ぷら屋で晩めしを食ってから、時間を見はからって、モップへ来てみたのだった。モップは横通りのビルの地下にあって、細長い店だった。

片がわにカウンターがあって、反対がわの壁は、下のほうがベンチのようになっている。その間に小さなテーブルが、いくつもおいてあった。九時ごろには、いつも客がとぎれるのだそうだが、私たちが入っていったときにも、カウンターに男がふたり、奥の壁ぎわに女がひとり、客は計三人しかいなかった。奥の女を見たとたん、深雪が私の腕をつかんで、ささやいた。

「音羽のマンションのひとよ」

女は水割のグラスを前に、壁によりかかって、タバコを吸っていた。いらいらした顔つきで、私たちを見たけれど、すぐにうつむいて、タバコを灰皿にこすりつけた。私はその隣りのテーブルにいって、ベンチに腰をおろした。深雪が隣りに腰をおろして、私はふたりの女に挟まれたかたちになった。

近くで見ると、谷沢の部屋にあったポスターのモデルの顔に、どことなく感じが似ている。あまり長く、浅草署への通報をおこたらずにすみそうだな、と私は思った。水割を注文して、それが前のテーブルに並んでから、私は声をかけることにしたのだった。女はうさん臭げに、私を見つめて、黙っている。やはり、小牧が死んだことは知らないのだ。

「いくら待っても、洋一君は現れませんよ。東日暮里の竹村荘にいっても、あうことは出来ない。サコさんとかいう女のひとと、あっているわけでもありません。いないんです。もうこの世には、いないんですよ。ゆうべ浅草で、殺されたんです」

「うそ」

テーブルから取りあげようとした水割のグラスが、女の手からすべり落ちた。女はあわてて、グラスを握りしめながら、くりかえした。

「嘘だわ。ねえ、嘘なんでしょう?」

「ほんとうです。まだ警察は、身もとを割りだしてはいないようですが、小牧という姓だけはわかってますから、夕刊にも出ているでしょう」

「でも、どうして……」

女はグラスから、自分の膝、私の顔へと、落着きなく視線を移しながら、

「どうして、あたしのこと、知っているの」

「おとといの晩、こちらにいるお嬢さんが、小牧君を尾行していたんです。パンテオン・ヴィラ八階のあなたの部屋へいったことも、おふたりで六本木へ出かけたことも、知っていますよ」

「あんたがた、あのひとに雇われた私立探偵? そんなはず、ないわね。あのひとがいまさら、そんなことするなんて——あんたは刑事みたいにも見えるけど、そっちのひとは学生って感じだし」

「こちらは小牧君のお友だち。私は私立探偵です。ざっくばらんにお願いします。協力してください」

「なるほどね。そっちの子も、彼にのぼせているというわけ。そして、あんたは女たちのだれかに雇われた。そうでしょう？　雇いぬしにいってやんなよ。小牧はあたしが独占したの。だから、あきらめろって」

「石動さん、わすれちゃいけない。小牧君は殺されたんですよ、ゆうべ背なかを射たれて」

「ほんとうなの、その話？」

女は立ちあがって、カウンターに近づくと、隅のマガジン・ラックから、夕刊をぬきだした。それをひろげながら、もとの壁ぎわへ戻ってきて、

「だって、記事なんか出てないじゃないの。浅草三丁目の路上に射殺死体ってのがあるけど、まさか」

「それですよ。読んでごらんなさい」

「姓がコマキというらしいことしかわかっていないって――これがそうなの。こんな小っぽけな記事なの。彼が死んだのが」

「まだなにもわかっていないからですよ。わかるようにしようと、私やこのお嬢さんが一所懸命になっているんです。協力してください」

「喧嘩にでも、まきこまれたのかしら」

「いや、あとをつけられて、狙われたんです。小牧さんは動物的本能で、殺気みたいなものを

感じたんでしょう。だれがなんのためにつけているか、私に調べてくれと頼んだんですよ。その調べをはじめないうちに、殺されてしまったんです。あのひと、と石動さんはいいましたね、さっき。パトロンのことでしょう？　そのひとが、だれかを雇って、殺させたのかも知れない」

「冗談じゃないわ。あのひとは、れっきとした社長よ。もう年だし、あたしみたいなのがほかにもいるし、第一、彼をつれて来てくれたのは、あのひとだもの。彼の才能のことを話したら、お前から取りもどして、うちの経理でつかうっていったくらいなんだから」

「小牧君の才能？」

「手帳に書いてあった電話番号を、あっという間に、ぜんぶおぼえちゃったの。そんなことより、手がかりはぜんぜんないの？　その子のボーイ・フレンドが、やきもち焼いて、やったかも知れないじゃあ——そんなはずもないか。彼には牡のにおいというのかな。女をひきつけるところがあるから、大勢よって来たけどさ。変なのには、手を出さなかったから」

　私はそれとなく、ふたりの女を見くらべた。おなじことをいう、と思ったからだ。派手な顔立ち、淋しい顔立ちと違ってはいても、どこかに共通する感じがあった。深雪もあんがい、淫蕩な女なのかも知れない。

「逆上するような男のついている女なんか、相手にするはずないわ。そういう勘は、するどかったみたい」

「どういう字を書くかわからないんですが、サコという女の話をしませんでしたか」

「ほかの女の話をするほど、デリカシーのないひとだと思うの？　女は嫌いだとは、いっていたけど――だからって、ホモだったわけじゃないのよ。おふくろに犯されれば、だれだって女は信用できなくなるっていってたわ。あたし、びっくりしたけど、ほんとのお母さんじゃないのね。別のときに、女は死んだおふくろだけでいいんだって、いっていたから、お父さんが再婚したんじゃない？　こんなことを喋っていて、なにか役に立つの」

と、女は眉をひそめた。

「役に立ちますよ。小牧君は死んだときに、かなりの大金を持っていたんです。なにか思いあたることがありませんか」

私が聞くと、女は無造作にうなずいて、

「あたしがあげたお金だわ、きっと。あたしね、かなり嫉妬ぶかいの。だから、ほかの女となんかつきあうなっていったのよ。そしたら、女とつきあうのは嫌いだけど、女と寝るのは嫌いじゃない。おまけにそれで食っているようなものなんだから、お前とだけ遊んじゃいられない、というのよ。それで、あたしが生活費を出してあげることにしたの」

といってから、女は私の隣りで、深雪が水割を一気にあけたのに気づいたらしい。肩をすくめて、

「そっちのお嬢さん、ショックをうけたらしいけど、それが小牧洋一の実体よ。でも、安心してもいいわよ。あたしとだって、彼、結婚はしないんだから。だれとも、結婚しないんだって。若くて、魅力のあるうちはいいけれど、年をとったらどうする気よ、ていったら、そりゃあ、お前もおなじだろだって――でも、ほんとうに、年をとったら、どうするつもりだったんだろ

う。そうか。もう洋ちゃん、年をとらないですむんだね」

死んだものは、年をとらない。生きているやつだけが、死ぬために年をとって行くのだ。私は黙って、女の横顔を見つめた。どんな育ちかたをしたのか知らないけれど、両手にグラスを握りしめて、肩を落した横顔には、すなおに女らしさが現れていた。

若い男が四人ばかり、店に入ってきた。壁の時計は、ちょうど十時をすぎたところだ。私は腰を浮かして、テーブルのあいだをすりぬけると、深雪の耳に口をよせて、

「そのひとをたのむよ。私は電話をかけなきゃならない。帰るなぞといいだしたら、なんとか引きとめてください」

といってから、カウンターに立っていった。浅草署に電話をかけなければならない時期だった。石動という女から、パトロンの名を聞きだすことは、私には石を動かすよりもむずかしいだろう。あるていど納得がいったのだから、あとは警察にまかせるべきだった。

カウンターの外れを曲ると、手洗いへの短い通路があって、壁のくぼみに赤電話がおさまっていた。私がその前に立って、ポケットの十円硬貨をさらい出そうとしたときだった。背なかに、硬いものがあたった。低い声が耳もとで、

「その電話は、故障だよ。外の電話ボックスへ、かけに行こうじゃないか」

硬いものがなんだか、その言葉でわかった。私が首をねじ曲げようとすると、耳もとの声がいった。

「わかっているだろう。おとなしく、出てくれよ」

「わかった。外へ出る」

小声で答えて、私はドアへむかった、またひと組、女をまじえた三人づれが入ってくるのと入れちがいに、私はドアを出て、階段をのぼった。ドアのガラスに、私の背に銃口を押しあてている男が、ちらっとうつった。私と深雪がここへ来たとき、もうカウンターのすみにすわっていた男だ。

茶っぽい上衣を着て、長髪を額にたらして、いやにおとなしく飲んでいたが、石動という女を、見張っていたのだ。やはり、深雪をつれて来るべきではなかった、私は軽率をくやみながら、階段をあがって、ビルの外に出た。横丁の両がわには、ビルが建ちならんで、街灯だけが生きているようだった。人通りも、ほとんどなかった。

「どこへつれて行くつもりだ。こんなことをして、雇いぬしに叱られるぞ」

「男のお喋りは、みっともないよ。もう少し暗いところへ、散歩しようや」

男は乾いた声でいって、私の背を銃口で押した。昼間の熱気が、鋪装道路にまだたゆたっていたが、かすかな夜風は頬にこころよい。おかげで、頭は冴えていた。

「おれを殺せば、また面倒なことが増えるだけだ。考えてみろ。あの女がパトロンの名前を吐いたところで、なんの証拠もないんだろう?」

「わけのわからないことを喋っていないで、そこを曲ってくれよ」

「あの女のパトロンは、小牧をあっちこっちの女にあてがって、なにかの利益を得ていたんだろう。コネをつくるために使ったのか、それとも小牧みたいなのが何人もいて、コール・ボーイとでもいうのかね。組織のボスになっていたのか、どっちかだろう。しかし、小牧はもう、喋れないいんだ。おれが推理をならべ立てても、ボスは知らん顔が出来るんだぜ。おれを殺すとなると、話はちがってくる。警視庁には、おれをまだ仲間あつかいしてくれるやつが、何人もいるんだ。躍起になって、お前を追いまわすぜ」

「このへんのビルがいいかな」

と、うしろの男がつぶやいた。私は立ちどまって、

「おれのいうことが、飲みこめないのかね。おれは刑事だったんだよ」

「そのくらい、顔を見りゃわかるよ。そんな目つきの悪いのは、刑事か政治家ぐらいなもんだ。このていどのビルだと、警備員はひとりしかいないな。その鉄柵《てっさく》を、乗りこえてもらおうか」

ひょろ高いビルがあって、隣りのビルとのあいだの通路が、鉄柵でふさがれていた。

「早くしろ。ただし、向うがわへ飛びおりるなよ。こっちを向いて、ずりおりるんだ」

と、男は銃口でせき立てた。私が無鉄砲に、鉄柵を越えたとたん、走りださないように、釘をさした。通路の奥がどうなっているのか、恐らくは行きどまりだろう。それでも、私が走り出せば、うしろの男は拳銃を射たなければならない。ゆうべとおなじ危険を、男は犯したくないらしい。

あるいは銃弾の条痕《じょうこん》で、ふたつの死体を、はっきり結びつけたくないのかも知れない。そうだとすれば、拳銃はおどしで、ネクタイかなにかで、首をしめるだろう。そのほうがいい。助かる道も、どこかに出来るというものだ。

「わかった。いわれた通りにするよ。おたがいに、損だものな。あんたはハジキを射ちゃあ、警備員に聞えるかも知れないし、弾も残って、猿之助横丁と同一犯人のものということになる。おれも一分一秒でも生きながらえていたいものな」

「口かずが多すぎるな。わかっているなら、早く動いてくれ」

「わかった。わかった」

鉄柵は、私の肩ぐらいの高さだった。私が上端をつかんで、からだを迫りあがらせると、男は片手と拳銃で、尻を押しあげてくれた。

「なかなか身が軽いな。そうか、あんたはゆうべ、道のまんなかで、小牧と揉《も》めていた野郎だな。油断はしないことにするよ。すこし、うしろへさがっていてくれ」

私が柵のむこうへおりると、男はひょいと鉄柵に片手をかけて、飛びあがった。いったん腰をかけたかたちになって、銃口を私にむけたまま、こちら側に飛びおりると、

「さあ、奥のほうへ行け」

「わかったよ。だが、コール・ボーイってのは、そんなに儲かるのかい」

私がいうと、男はふふんと鼻で笑った。

「違ったか。じゃあ、小牧はコネつくりの道具につかわれていたのか。それが、さっきの女と独占契約をむすんじまったんで、ボスが怒ったのかな。それだけで、殺すはずはないよな。もっと大事なことが、なにかあったんだ」

と、私は暗い通路を歩きながら、喋りつづけた。

「そうか。手帳の電話番号か。あの女の手帳じゃなくて、ボスの手帳がおいてあったんだろう。なんの電話だい？　麻薬《やく》でもあつかっていて、そのお得意さま名簿だったのか。それとも、電話番号じゃなくって、もっと大切な暗号かなんかか」

男は黙っていた。私の言葉の矢は、的の中心ちかくに当ったのだろう。

「それがどんなに大事なものかも知らずに、小牧は暗記しちまった。それをまた、女がちょろっとパトロンに喋っちまった。かわいそうに、小牧はそのために殺されなきゃあならなくなったんだな」

通路の突きあたりは、塀だった。塀にそって、通路はビルの裏手にまわっている。裏口らしいものは、さっき通りすぎたひとつしか、ないらしい。

「記憶の天才がおぼえこんだものを消すには、頭脳を破壊するよりほかに、方法がないものな。小牧もよけいな才能を、身につけたもんだ。女にもてるだけで、じゅうぶんだったろうに」

と、私は大げさなため息をついて、

「そうだっけ。記憶術のほうが、先なんだ。小学生のときにおぼえて、中学生のときには、テレビに出たこともある、といっていたよ。女にもてるのがわかったのは、高校生ぐらいからだろうから、こりゃあ、まあ、どうしようもないな」

「もういいたいことは、全部いったろう。立ちどまって、ズボンのベルトを外せ」

と、男が楽しげにいった。ベルトを絞首索につかうつもりなのだ。

「頭を殴って、気絶させるぐらいにしといたらどうだ。それだけでじゅうぶん、ボスは証拠になるようなものを処分できる時間はつくれるし、あんたも高飛びできるだろう」

「ベルトを外したら、こっちへよこせ。それから、ズボンをさげて、四つん匍《ば》いになるんだ」

「あんたがホモとは知らなかったよ」

「ばかいえ。馬のまねをして、蹴飛ばしたりしないように、ズボンをおろさせるんだ。ブリーフをおろせとまでは、いわないよ」

背なかにまたがって、私にベルトの手綱をかける気なのだ。いわれる通りにするしか、方法はなかった。いまはまだ、相手の手に拳銃がある。窓のないビルの壁と、塀のあいだの通路に、私は四つん匍いになった。

「聞きわけがいいな」

男は笑って、私の背に片膝をかけた。拳銃を自分のベルトにさしたらしい間があって、私のベルトを宙でしごく音が聞えた。私は呼吸をととのえ、両手に力をこめて、男が背にまたがるのを待った。

男の尻が、背にあたった。私は思いきり、両足ではねあがった。逆立ちをしたのだ。自信はあったが、うまく行くかどうかは、わからなかった。

男のからだが、頭から落ちた。私はズボンを両足にまつわりつかせたまま、男にすがりついた。起きあがろうとはしなかった。不様な闘いぶりでも、だれも見ているものはいないのだ。私は男の肩をかかえこんで、首をしめあげた。拳銃をぬこうとして、もがく男を腹にかかえあげて、力いっぱい絞めあげた。

息が切れた。だが、どうやら頑張りとおした。男のからだから、急に力がぬけた。私はその首から放した手で、拳銃をさぐった。武器をとりあげると、安心して、男を放した。男は妙なぐあいに、からだをねじって、通路に横になっていた。私は片手でズボンを引きあげながら、片手を壁について、よろよろと立ちあがった。まだ、することは残っている。浅草署へ、電話をかけなければならない。

第三話　巌窟王《がんくつおう》と馬の脚

1

「どう説明したらいいか、よくわからないんだ。要するに、ぼくが人殺しかどうか、調べてもらいたいんです。女を殺したはずなんだが、はっきりしないんですよ。やはり、専門家に確かめてもらったほうが、いいと思って——つまり、それによってぼくは態度をきめたいんだ」

私は返事をしないで、机のむこうの顔を見つめた。相手は目をそらさなかった。ひとに見つめられるのに、馴れている顔だった。けれど、私がおぼえている顔よりも、だいぶ頬の肉がたるんで、目の下にも袋ができている。齢はいくらも違わないはずだが、皮膚は疲れていた。髪がまっ黒なのは、染めているのだろう。

「私立探偵は、そういう仕事はしてくれないんですか」

「そんなことは、ありませんよ。でも、確かめて、あなたが人を殺したときまったら、どうするおつもりです?」

私が聞くと、中川余四郎《なかがわよしろう》はきまじめな顔つきで、

「もちろん、自首します。ほんとうですよ。なにも久米さんが、いぜん刑事だったと聞いたから、そんなことをいうわけじゃない。ぼくは人を殺して、平気な顔をしていられるほど、ふてぶてしい人間じゃないんです」

「だったら、最初から警察にいらしたら、どうなんです？　私立探偵をやとうより、よっぽど早いでしょう」

「確信があれば、とうに行っていますよ。間違いだった場合、あとが怖いんです。間違いであってもらいたいから、なおさらです。新聞に出るとしたら、中川余四郎ではないと思うんで——」

「そうでしょうね」

「染谷《そめや》君から、お聞きになったんですか」

染谷というのは、この客に私を推薦してくれたひとだった。台東区龍泉の私のアパートの近くに住んでいて、いぜんは六区の軽演劇の俳優、いまもなにか芸能関係の仕事をしているらしい。

「聞かなくても、お顔を見ればわかりますよ」

「刑事さんだったころには、映画を見るひまなんか、なかったでしょうに」

「死んだ家内が、あなたのファンだったんです。私もついこのあいだ、主演映画を拝見しましたよ、夜ふけのテレビで」

「ああ、『地獄谷の小天狗《こてんぐ》』でしょう。それなら、わかっていただけるはずだ。ぼくはもう十五年、主演の映画を撮っていない。吹雪京之助《ふぶききょうのすけ》は、完全に過去のスターです」

「テレビの時代劇で、お顔を見たような気もしますが……」

「たまにね。ぼくは不器用で、脇役の演技ができないんです。現代ものにも向かないし——そりゃあ、まあ、いいんです。女房がしっかりしているから、生活には困らない。ぼくはいま足立区の梅田に住んでいるんですが、そこで女房が美容院をやっているんです。喫茶店も、やっていましてね。その点だけは、時代劇じゃなくて、昔からコーヒー党だもんだから、ぼくもときどき店に出ているんですよ」

と、中川余四郎は微笑した。だが、すぐ吹雪京之助の顔になって、

「それでも、ぼくはまだ役者です。警察へいって、新聞記事になって、間違いだとわかってごらんなさい。マスコミに取りあげられたくて、ひと芝居うったといわれるでしょう。それが、たまらないんです。といって、ぼくが名のり出て、新聞や週刊誌になにも書かれなかったら、これもわびしい。妙ないいかたかも知れませんが……」

「そういう細かいことはわかりませんが、とにかく事件が新聞に出たら、自首しようと思ったわけですね」

「そうです。ためらっているうちに、五日たってしまった。自分で様子を見にいくのは、怖いんです。そんなに何日も、死体が発見されないはずはない。だから、ぼくの勘ちがいだとも、思うんですがね、どうも落着かなくて――」

「ひとり暮しで、東京に身よりがなければ、まだ発見されない、ということもありますよ。この陽気だから、とうぜん腐って、近所が臭いを気にしてはいないでしょうか」

この古いビルの四階の屋根裏部屋のような事務所の窓にも、白い日ざしがさしこんでいて、戸外の暑さが思いやられた。おんぼろクーラーの音がひびくなかで、派手なスポーツ・シャツ

すがたの客は、眉をひそめて、

「そうなんですよ。押入や洋服箪笥にかくしたのならとにかく、こっちはあわてきっていて、死体をベッドに放りっぱなしにして来たんです。入口のドアに、鍵《かぎ》もかけて来なかったし……」

「わかりました。お引きうけしましょう。一日ですむでしょうから、費用はそんなにかかりませんよ。くわしい事情を、話してください」

私が手帳をひろげると、ほっとしたように、中川余四郎はタバコをくわえて、ダンヒルのライターで火をつけた。

2

東京大学農学部わきの坂道は、強い夏の日ざしをあびて、乾かしすぎた煎餅の生地みたいに、そっくり返っていた。クーラーのきいた車のなかにいても、坂道に落ちた樹木のかげの濃さに、目がくらみそうだった。私がタバコを吸いつづけていると、中川余四郎はいらいらした口調で、

「ぼくはこのまま、まっすぐ家へ帰って、待っていますからね。あなたの事務所から、ここまでの時間を考えると、一時間半と見たほうが、いいかも知れない。かならず、電話をくださいよ」

「わかってます。そんなに神経質に、ならないほうがいい。運転をなさるんですからね」

私は元気づけに笑顔を見せて、タバコを灰皿にねじこんだ。水道橋の駅に近い西神田の事務所から、依頼人の車で、文京区の根津まで送ってもらうあいだに、実は私もいささか気が重くなっていたのだ。簡単な仕事だとはいっても、腐った死体を発見にゆくのだから、当然なことだろう。しかし、なによりも警察手帳がふところにないことが、私を不安にしているのだった。

車のドアをあけると、熱気が私の胸を圧迫した。かつての時代劇スターに、軽く頭をさげてから、私は坂道をおりていった。半袖シャツの下に、たちまち汗がふきだした。根津の交叉点をわたると、私は裏通りへ入って、さっき遠くから指さしてもらったマンションに急いだ。タイル壁の四階建のマンションで、手前にコンクリートのビルが並んでいる。やはり四階建だが、一階はギャレジになっていた。打ちっぱなしの灰いろのコンクリートと、チョコレートいろのタイル壁がならんでいるのが、たしかに目立った。その先に、戦災をまぬがれた日本建築が数軒、瓦屋根をならべているのだから、なおさらだった。私が住んでいる龍泉の町なみに、どこか似ている。

マンションの玄関を入ると、郵便受けの下に、汚れた子どもの自転車が、斜めに立てかけてあった。中川の記憶どおりで、五日前のあけがた、この自転車につまずいたのをおぼえているということは、この二階の二番目の部屋に、死体があるということだった。けれど、階段をあがりかけても、いっこうに妙なにおいはしなかった。

二〇二号室のドアは、名札がなかった。名札をさしこむ枠は、からっぽになっている。これも、中川の記憶どおりだ。依然として、異臭は感じられない。廊下は、ひっそりとしている。

二〇三号室のドアのわきには、ビールの空壜《あきびん》が林立して、古新聞の山と肩をならべている。二〇一号室の前のごみバケツの蓋が、はずれかかっていて、蠅がその隙間を、出たり入ったりしていた。私はノブにハンカチをかぶせた。だが、ドアはあかない。私はもう一度、廊下の左右を見まわしてから、ブザーを押した。

卵いろにペンキを塗ったスティール板のむこうで、物音がした。と思うと、ドアがあいて、男の顔がのぞいた。二十七、八か、せいぜい三十一、二の元気そうな男だった。髪の毛は長くはないが、パーマをかけているらしい。目の大きいまる顔で、鼻のわきに、ほくろが目立った。オレンジ色のランニング・シャツの肩に、筋肉をもりあがらせて、ドアの外に首をつきだしながら、

「どなたです?」

「失礼ですが、浅田《あさだ》純子《じゅんこ》さん、おいででしょうか」

と、私は笑顔をつくった。苗字のほうは、口から出まかせだった。中川が聞いた純子という名だって、本名かどうかはわからないが、ことによると、反応があるかも知れない。だが、男は眉をひそめて、

「浅田純子? 部屋を間違えたんじゃないのかい、あんた」

「根津のニュー藍染《あいぞめ》マンションでしょう、ここは」

「ああ、そうだよ」

「二〇二号の浅田純子さん。間違いではないと思いますが——」

「でも間違いだ。といって、上の部屋も下の部屋も、浅田なんてひとじゃなかった、と思うけどね。とにかく、おれの部屋には、おれしかいないよ」

「奥さん、いらっしゃらないんですか」

と、聞きながら、私は室内をのぞこうとした。だが、蛇の目模様の長のれんがさがっていて、それが真田幸村の旗じるしみたいに、大阪城ならぬ1DKの眺めを、外来者からまもっていた。若い男は、のぞかれても平気だ、といった顔つきで、

「ああ、いらっしゃらない。生活態度が悪いもんだから、だれも来てくださらないのさ」

「いつごろから、ここにお住いです？　ひょっとすると、純子さんという方、以前にここにいらしたのかも知れない」

「そうさな。こないだ契約を更新したんだから、もう二年になるね。なんだって、その女を探しているんだい、あんたは」

「ひとに頼まれたんですよ。ちょっとまとまったお金が、からんでいましてね」

「借金の取りたて屋さんか。気の毒だが、あんたのお客、だまされたらしいな」

おもしろそうに、男は笑った。しかし、悪気はない、といった笑いかたで、なかなか愛嬌《あいきょう》のある顔になった。私も苦笑してみせて、

「そうらしいですね。純子という女に、なにか心あたりはありませんか。面長で、ちょいとした美人なんだそうですよ。あまり大柄でなくて、肉づきはいいほうで——そうだ、ひとえ目蓋《まぶた》なんですが、片っぽだけときどき、ふたえ目蓋になるそうですよ。どっちの目だか、よくわか

らないんですがね」

吹雪京之助がいったことを、私が口にすると、相手はまじめな顔で考えこんで、

「面長で、片っぽがふたえ目蓋になる女ね。心あたりはないが、気になるな。なんだろう? この近所に住んでいるのかしら、おれの部屋の番号をつかったところを見ると」

「そうかも知れません。失礼ですが、あなたのお名前を、教えていただけませんか。帰って報告するのに、あんまり曖昧じゃあ、信じてもらえませんのでね。ドアにも、玄関の郵便受けにも、お名前が出て――」

「隠しているわけじゃないよ。清川周《きよかわしゅう》というんだ。周囲の周、めぐると読むのがほんとうなんだが、子どものときからしゅうちゃんと呼ばれているんでね。自分でも、そういうようになっちまった」

「そうですか。どうもありがとうございました。お邪魔して、申しわけありません」

「いいんだよ。どうせ寝っころがって、テレビを見ていたところなんだ。おじさんこそ、暑いのに大変だね」

清川周はまた、愛嬌のある笑顔を見せてから、ドアをしめた。日の照りつける戸外に出て、腕時計を見ると、まだ午後三時をすぎたばかりだった。大通りに出ると、角のスーパーマーケットの裏手に、公衆電話のボックスが目についたが、中川は梅田の自宅に帰りついてはいないだろう。上野桜木町をのぼる坂の左右の横丁を、一本一本、見てまわることにした。子どものころ、この坂は善光寺坂というのだ、と年よりから、教えられたおぼえがある。江戸時代、坂

の上の右がわに、善光寺という寺が、あったからだそうだ。信州の善光寺の支店みたいなものだったのかも知れないが、とうになくなっている。いまはこの坂、なんというのだろう。

ニュー藍染マンションという名を、中川がおぼえていたわけではない。だからおなじような建物が、ほかにあるという可能性もあった。しかし、小一時間、横丁を歩きまわってみたが、灰いろのビルとチョコレート色のマンションは、どこにも肩をならべていなかった。それとは無関係だが、根津の大通りの池《いけ》の端《はた》より、昔でいえば宮永町と池の端七軒町の境いのあたりのすぐ裏手に、三階建の日本家屋が残っているのを見つけて、私はなんとなく、ほっとした。一階は新建材で、いくらか補強してあるが、二階、三階は戦争前のままらしい。私はしばらく中川余四郎のことをわすれて、二階、三階のガラス障子に見とれていた。

しかし、古風な瓦屋根が、吹雪京之助を思い出させた。私は横丁を、善光寺坂のほうへもどった。そこは、さっき見かけた公衆電話ボックスのあるスーパーマーケットの裏手だった。私はボックスに入って、中川の自宅に電話をかけた。ベルがしばらく鳴りつづけてから、受話器があがって、余四郎の声が聞えた。私は手短かに、チョコレート色のマンションの二〇二号室には、清川という生きた男がいたことを、報告した。

「ですから、思いちがいじゃないんですか、中川さん。あるいは、マンションが違うんですよ」

「そんなことはない。確かにあすこだ。しかし、おかしいな。若い男がいたというのが、気になりますよ。ぼくをゆするつもりかも知れない」

「もう少し、調査をつづけてみましょうか」

「そうしてください、久米さん。ぼくは今夜は、どこへも行かずに、家にいます。なにかわかったら、電話してくださいよ」

これで、事務所へ帰ることは、出来なくなった。電話ボックスを出ると、私はまたニュー藍染マンションへ行ってみた。窓の見える裏手の露地へまわって、二階の様子をうかがうと、二〇二号のカーテンの奥に、テレビらしい光がちらちら動いていた。清川周はあいかわらず、室内にいるらしい。私はまた玄関の見える場所にもどって、調べる手立てを考えていると、ちょうど若い女が、買いもの籠をさげて出てきた。

呼びとめて、聞いてみると、清川のことは名前も知らないくらいだったが、水商売じゃないかしら、といった。きちんとした服装で、夕方に出かけて行くのを、見かけるらしい。あの愛嬌のある笑顔から判断すると、若い主婦の想像は、たぶん当っているだろう。とすれば、不動産屋や大家にあたってみるよりも、本人を尾行したほうが、上策だった。

少しはなれたところに、小さな児童遊園地がある。そこのベンチに腰をおろして、私は待つことにした。道路とのさかいに、山梔子《くちなし》が植えてあって、白い花が甘くにおっていた。買いものにゆく主婦のすがたが多くなって、それにまじった清川のすがたを、あやうく見のがすところだった。アイスクリームいろのスーツを、きちんと着て、金属縁のサングラスをかけていたせいもある。クラブのホスト、といった恰好だった。

私はいささか、がっかりした。水商売らしい、と聞いたとき、上野のスナックのバーテンダーではないか、と思ったからだ。中川余四郎が純子という女をひろったのは、上野の仲通りから、横丁へ折れたあたりのスナックだった。どの横丁かはうろおぼえだが、和風スナック・馬の脚という店名は、はっきりおぼえている、といっていた。歌舞伎を連想させる店名と、清川の服装とは、つりあいがとれない。ヴァニラ・アイスクリームいろのスーツは目立って、尾行はたやすかった。地下鉄におりていって、千代田線の電車にのったと思うと、すぐ次の湯島でおりた。天神下の交叉点をわたって、仲町のほうへ歩いてゆく。

考えてみれば、ピエロという店の人間が、道化の服をきて歩くはずもない。私はまた希望を持って、尾行をつづけた。清川は池の端のほうへ歩いて、横丁へ入っていった。一軒の店へ姿を消したので、急いでその前にいってみると、黒くくすんだ板戸に、巌窟王《がんくつおう》という金属文字が、打ちつけてあった。スナック・バーには違いないが、和風でもなければ、馬の脚でもない。一軒おいて隣りに、提灯をさげた飲み屋があって、板前の見習いらしい若い男が、店の前を掃除している。その男に聞いてみると、

「いま入っていったひと？　ああ、巌窟王のバーテンですよ。名前までは知らないけどねえ」

「そうですか。どうも、すみません。ついでにうかがいますけど、馬の脚というスナックがあったと思うんですが、このへんに」

「馬の脚なら、すぐそこですよ。この先を、仲通りのほうへ曲ったところ」

礼をいいなおして、私は露地を奥にすすんだ。最初の角を左に曲ると、三軒目に油障子をとざした店があって、馬の脚と勘亭流で書いた軒行灯《のきあんどん》がさがっていた。だが、まだ行灯にあかりは入っていなかったし、油障子もあかなかった。夜なかすぎまで営業するスナックだから、開

店時間は遅いのだろう。あきらめて広小路のほうへ、横丁をたどって行くと、もうピンク・キャバレのネオンは、華やかに明滅していたが、その上の狭い空はまだ明るい。

いつの間にか、本牧亭の前へ出たので、おなじ経営の牛めし屋で、腹ごしらえをすることにした。子どものころ、おやじにつれていかれた浅草の牛めし屋は、壁までが油じみて薄ぎたなかったが、いまではガラス戸が明るく、クーラーまできいている。その店を出て、広小路でタクシーをひろうと、私は足立区の梅田にむかった。上野の駅前から、昭和通りへ入って、三の輪の交叉点を越えるころに、ようやくあたりが黄昏《たそがれ》のいろに染った。千住大橋を渡るのは、久しぶりだった。新しく架けかえられた千住新橋に近づくと、空も夜らしくなって、橋梁に並んでついている電灯が、あざやかに橋のかたちを浮かびあがらしていた。

3

「このへんも、だいぶ変りましたね。千住大橋と新橋のあいだの道はばが、ひろくなったのは知っているんですがね。中川さんはこのへんに、もう長く住んでいらっしゃるんですか」

挨拶がわりに私が聞くと、かつての時代劇スターは曖昧にうなずいて、

「十年ぐらいです。女房の実家がこの近くなんで——そんなことより、清川でしたか、その男の素性がわかりましたか」

「まだ調べはじめたばかりですよ。うかがったのは、確認したいことがあるからでしてね。馬の脚という店の近くに、やはりスナックで、巌窟王というのがあるんですが、ご存じでしょうか。入ったことがなくても、聞いたおぼえがあるとか……」

「巌窟王ね。モンテ・クリスト伯爵ですか」

吹雪京之助扮する捕物の名人の顔になって、中川余四郎は考えこんだ。二階の狭い洋間で、かすかに音楽が聞えるのは、下が喫茶店になっているからだった。

「入ったことはないな。聞いたこともない、と思いますよ。だいたい、天神下のあの一郭は、あまり知らないんです。以前、テレビの連中といった店があったんだが、代がわりして、名前が変ってしまってね」

「というと、馬の脚という店も、行きつけじゃないんですか」

「あの晩が、二度目です。最初はたしか、染谷君につれて行かれたんだ」

「浅草で飲んでいて、それから、上野へいらしたんでしたね」

「そうです。このごろ外で飲むときは、もっぱら浅草ですよ。染谷君の行くところと、ほぼ重なってますが――」

「純子という女が、客だったことは、間違いありませんね？　ひょっとして、店の女ということは」

「ないと思いますよ。最初はカウンターで飲んでいて、ぼくと口をききはじめてから、隅のテーブルに移ったんです。こっちも酔っていたから、断言はできないが、あの女の口のききかたは――バーテンに対する口のききかたは、客でしたね」

「きょうじゅうにも、馬の脚へいってみて、それは確かめてみましょう。遠慮のないことを聞きますが、中川さん、どうしてその女の部屋へいったんです？　つまりですね。そういうときは、ラヴ・ホテルを利用するもんじゃないんですか。切通しをのぼれば、湯島のあのへん、軒をならべているんでしょう」

「そうですね。べつに節約の精神を、発揮したわけじゃないんですが……」

「そんなつもりで、うかがったんじゃないんです。こうなってみると、どんなことが手がかりになるか、わかりませんから」

まじめな顔で私がいうと、中川は安楽椅子にそりかえりながら、苦笑いをして、

「正直なところは、ふところ具合もあったんです。女にも金を渡さなきゃならないだろうし、近ごろああいうホテルが、いくらぐらいかも知らないもんでね。でも、最初はホテルへ誘ったんですよ。そしたらね。このごろ大繁昌だそうだから、部屋がないといけない。それより、あたしのマンションが近いから、といったんです、あの女が」

「なるほど、それで根津へいって、女がバスルームへ入っているあいだに、中川さんはベッドで寝こんでしまったんですね。女にゆり起されて、口げんかになって、首をしめたということですか」

「そのへんの記憶が、曖昧なんだ。首に手をかけたのは、間違いない。見かけ倒しだとか、顔の整形手術でもしたんだろう、とかいわれて、腹が立ったからね。でも、あの女、妙によろこ

んで、もっと強く押えてくれなんて、いったような気がするし――とにかく、ちゃんと行うことは行ったような気がするんだよ――」

と、中川は頭をかかえこんだ。私は元気づけるように、

「そうだとすると、目がさめたときに、窓が明るくなっていて、女が冷たくなっていたとしても、あなたがやったとは限りませんよ。部屋の番号に、間違いないとすれば、死体はなくなっている。あがり口に、のれんがかかっていたのは、おぼえていませんか」

「かかっていたな。真田幸村の旗じるしみたいな気がする」

「じゃあ、間違いない。その部屋は、純子という女のすまいじゃ、ありませんよ。清川周という男を、もっと調べる必要がありますね。早いほうがいいでしょう。私はこれで、失礼します」

「あの女、生きかえったんだろうか」

と、中川は私を見つめた。深夜のテレビのブラウン管で見たこの男は、頭にちょん髷をつけて、なにが来てもおどろかないような顔をしていたが、いまは私のひとことでも、気を失いそうだった。

「その可能性も、ありますね。まあ、いざとなったら、自首する覚悟は、おありなんでしょう。すくなくとも、事態はいいほうへ向っているんですから、落着いていてください」

「そうするよ。染谷君はいいひとを、紹介してくれた。落着けそうな気がしてきました。でも、連絡はたやさないでくださいよ。夜でも十二時まで――いや、一時までなら、かまわず電話してください。ふだんは早寝早起きをまもっているんですがね。だから、朝早くでも、いいです

よ。八時半には、起きていますから」

「ひとりっきりの探偵事務所ですからね。私が動いている最中には、連絡がとれないかも知れません。でも、小まめに電話するようにします」

頭をさげて、私は立ちあがった。中川は階下まで、私を送ってきて、大げさに握手をもとめた。狭い玄関を出ると、すぐ右がわが、喫茶店になっている。スノウ・ホワイトという名の店で、なかなかしゃれた造りだった。下半分が不透明なガラス窓をのぞくと、壁に七人の小人の人形がぶらさがって、若い客でにぎわっていた。吹雪京之助からとった店名なのだろうが、それを明らかにしないで、白雪姫のほうに結びつけているらしい。

梅田の旧街道のほうへ出て、私はタクシーをひろったが、まっすぐ上野へはもどらなかった。龍泉寺のそばでおりて、染谷をたずねたのだ。中川余四郎のことを、聞きだしたかったからだが、染谷は家にはいなかった。仕事で出かけたわけではない、と細君がいうので、私はもとの吉原の廓内へ急いだ。まだ八時をすぎたばかりだった。この時間なら、赤提灯をさげた飲み屋で、たいがい染谷は見つかるはずだ。私もしばしば、つれて行かれたことのある店へ急ぐと、染谷はむかいがわのトルコ風呂の前で、客ひきの若い男と立ちばなしをしていた。私が声をかけると、染谷は大仰に眉をつりあげて、

「これは、久米さん。この店にご用なら、ナンバー・ワンを紹介しますよ。若くて、美人でね。おまけに私の紹介となれば、とっておきの秘術をほどこしてくれますぜ」

「この次に、お願いしますよ。今夜は野暮用で、あなたと話がしたいんだ。それも、なるべく

酒ぬきでね」

私が笑顔をつくると、染谷は長い顔をいっそう長くして、

「そりゃあ、野暮用もきわまったりだ。いまごろの時間に、そんなことをいわれても、ほかの人なら、容赦なく断るところだが、久米さんじゃあしょうがない。きみ、きみ、このひとの顔をおぼえておいたほうがいいよ」

最後の部分は、客ひきの男にいったものだ。

「こう見たところ、ごく平凡な中年男だがねえ。知るひとぞ知るもと鬼刑事、いまでもその方面には、顔がきく。怖いひとでもあり、やさしいひとでもあるんだからね。このひとが来たら、おれの名前をいわなくても、五月さんをつけてくれよ。五月さんが休みの日だったら、しかたがない。美雪さんかな」

「よろしくお願いします、旦那。お待ちしてますから」

若い男は笑いながら、頭をさげた。染谷はもう、だいぶ酔っているらしい。その腕をひっぱって、私は近くの喫茶店につれこんだ。

「久米さん、誤解しないでくださいよ。あんた刑事だったから、お世辞をつかっているわけじゃない。近所に住んでいるから、というわけでもないんだ。六区の舞台に立っていたころの芸名が、あなたと同じなんですよ。だから、親近感があって……」

「それじゃあ、以前は久米さんだったんですか」

「そうじゃないんです。あんたは久米五郎でしょう。私は染谷五郎だったんですよ。名前だけ、

変えたんです。なにしろ私の本名たるや、染谷鉄太郎てえんだから、どう考えたって、役者の名前じゃありませんや」

「中川さんとは、舞台でごいっしょだったんですか」

「あのひとは、六区育ちじゃないんです。実演で、六区の舞台を踏んだことはありますがね。私がいまのプロダクションへ入って、マネージメントの仕事をはじめてからのつきあいですよ。名前が出たところを見ると、おたくの事務所へいったんですか、ほんとうに、あの先生。いったい、どんな相談だったんです？　スキャンダルになるようなことじゃ、まさか、ないでしょうね」

「染谷さんが心配するところを見ると、まだお仕事の上のつきあいがあるんですか。話をしていると、あの方、俳優生活をあきらめたような感じですが」

「あきらめられるもんですか。私なんぞと違って、いちどは栄華をきわめたんですぜ。吹雪京之助をおぼえているひとは、まだたくさんいますよ」

と、染谷は笑った。はじめて私は、この男の生地を見たような気がした。

「せりふおぼえが悪いんで、舞台はだめだし、テレビでもうまく行かなかったことは、確かですがね。でも、まだスター意識があったころの話で、もう大丈夫でしょう。チャンバラは、うまいんですよ。実はいま、テレビ映画の話がまとまりかけていましてね。主演じゃないが、脇ではいちばんいい役で、むろんレギュラーです。新人のつもりでやるなんて、当人も張りきっているんだ。だから、スキャンダルはまずいんですよ」

「スキャンダルを起しやすいひとなんですか、中川さんは――女癖が悪いとかなんとか」

「スターだったころは、別に大きなスキャンダルはなかったようですね。でも、女のほうは派手だったでしょうよ。あの通りいい男で、しかもスターですからね」

「最近も、派手だったんですか」

「さっきの店に、いっしょに行ったことがありますよ。私がさそったんですがね。だから、謹厳実直居士になったわけじゃないでしょうが、昔とは違うはずです。ふところ具合だって、女の寄ってきかただって、昔のようなわけには行かないでしょうから――気になるなあ、久米さん。吹雪京之助、奥さんとまずいことにでも、なっているんですか。奥さんに男ができたとかなんとかで、久米さんが調べているんじゃないでしょうね」

「そんな噂《うわさ》でも、お聞きになったんですか」

「とんでもない。ただいつか、吹雪さんがいったんですよ。私といっしょに飲んでいるときに――女房がしっかりしすぎていたのが、かえってよくなかったのかも知れないって」

「どういう意味です、そりゃあ」

「奥さんに働きがなかったら、スター意識を早く棄てて、テレビにでもなんでも、うまく溶けこめたろう、ということでしょうね。私なんぞから見れば、ぜいたくないいぐさだけど、案外そうなのかも知れません。人間には――いや、男には、というべきかな。三種類しかない、と思いませんか、久米さん」

「どういう三種類です?」

「なにをやっても成功するひと、なにをやっても成功しないひと、ひとつことには成功するが、ほかに転じるとだめなひと、この三種類です。吹雪さんは、最後のタイプなんですね。私は二番目、なにをやっても目がでない」

「私もその口ですよ」

「久米さんは、一番目でしょう。しかし、ご自分で二番目というなら、それもけっこう。二番目同士で、飲みませんか。アイスコーヒーなんて代物は、昼間の飲みものですよ。特に夜の吉原で、飲むものじゃない」

「飲むことで思い出したんですが、染谷さん、上野の馬の脚というスナックに、よくいらっしゃるそうですね」

「ええ、ちょいちょい行きますよ。吹雪さんをつれて行ったこともあるな。あすこのマスターは、歌舞伎役者の息子でね。馬の脚なんて名前をつけるくらいだから、歌舞伎役者といったって、大部屋ですが」

「常連をご存じですか」

「何人かは知ってますね」

「純子という女は？」

「純子で通っているとすると、年増じゃありませんね」

「ええ、若いひとらしいですよ」

「知りませんな。その純子という女に、吹雪さん、子どもでもつくったんじゃないでしょうね。

いまの奥さんには子どもがないから、それで離婚なんてことになると、まずいですよ。カムバックしたあとなら、離婚の記事ぐらい出たほうが、かえっていいかも知れないけれど」

「そんなものですかね」

「そんなものですよ」

「巌窟王というスナックは、ご存じですか」

「巌窟王？　聞いたことがあるな。ああ、馬の脚のさきを、右に曲ったところにある店でしょう。入ったことはないけど、おぼえてます。いつか年輩の映画評論家と飲んで歩いていて、あの前を通ったんですよ。そしたら、映画の巌窟王の話になって、ロバート・ドーナツがどうの、ピエール・リシャールなんとかがどうの、鈴木伝明が翻案してやったとかなんとか、向うはうんのちくを傾けて、こちらは運のつきでね。それで、おぼえているんです。私だって、鈴木伝明の名前ぐらいは、知っていますがねえ」

「ドーナツじゃなくて、ドーナットでしょう。そのひとの巌窟王は、小学生のころに見たおぼえがありますよ」

「もうひとりは、フランスの俳優だそうですが、とにかくそれだけですね。純子という女と、巌窟王というスナックと、吹雪さんとがどんな具合に、つながっているんですか。だんだん、心配になって来たな。レギュラー出演の話は、月末にはきまるんです。九十パーセントはきまってるんで、邪魔が入ったら、私は立つ瀬がないんですよ」

「大丈夫です。そういう事情を知らないもんだから、染谷さんに情報をもらおうとしたのが、私のうかつでした。心配することはないんだから、吹雪さんを問いつめたりしないでくださいよ。あなたが心配性でも二、三日は待てるでしょう。二、三日したら、私からお話しします」

「ほんとに、心配ないんでしょうね。だったら、待ちますよ」

「そうしてください」

喫茶店の外で染谷とわかれて、私はいったん家へ帰った。家といっても、美登利荘というアパートの一階、六畳と四畳半のふた間つづきで、だれも待っているひとはいない。これから上野へもどるとして、スナック・巌窟王へ入ることになるかも知れないから、変装しておく必要があったのだ。といったところで、私は中川や染谷のような扮装の専門家ではない。白髪の目立つ頭を染めて、太い縁のめがねをかけて、服を着かえるだけだった。

4

「純子さん、今夜は来ていないのかな?」

半分のんだ水割のグラスを、カウンターにおいて、私が聞くと、馬の脚のマスターは首をかしげた。馬ほどではないが、生粋の東京人らしい長い顔で、父親が歌舞伎役者というのも、うなずけるマスターだった。吉原つなぎのゆかたを着て、赤いたすきをかけている。だが、店内は完全な和風ではなく、カウンターやストゥールや、テーブルや椅子は洋風だった。ただ天井の照明が、蛍光灯をしこんだ八間で、板羽目の壁には、坂東玉三郎のカラー写真の大きなパネルや、歌舞伎役者の錦絵の額がならんでいる。

「純子さんねえ。さあて、どんなお方でしょう」

「どんなお方って——弱ったな。よくここへ現れると聞いたんだが、いま十時四十分だね。早すぎるのかな」

「申しわけありません。どんな感じの方でしょう」

「年は二十五、六で、髪が長くて、色が白くて、まあ、美人なんだけど、ちょっと口が大きい。五日前の晩に仕事の打ち合わせであったとき、これからここへ行くなんていってたんだがね」

「五日前ですか」

と、マスターはもう一度、首をかしげて、

「夜遅くじゃありませんか。ひょっとすると、吹雪さんといっしょだったひとじゃないかな」

「それだよ。吹雪京之助にあったって、次の日だったかな、電話でいっていた」

「あの方だったら、うちの常連さんじゃありませんよ」

「おかしいね。あの晩が、はじめてかい?」

「はじめてではないかも知れませんが、しょっちゅうお見えになる方じゃないですね。あの晩も、吹雪さんとお待ちあわせだったんでしょう。確かちょっと前にお見えになって、吹雪さんが隣りにすわったら、頭をさげてましたから」

「なるほどねえ。ぼくの早合点で、常連と思いこんじまったのかな。とすると、ここで待っていても、むだかも知れないね」

「さあ、どうでしょう。あれからは、一度もお見えになりませんが」

「至急にあいたい用があるんだけど、きょうは電話ではつかまえられなくてね。しかたがない。新宿で探してみよう。勘定を頼みます。それから、もし彼女が現れたら、清川が探していた、といってください。ゴールデン街へいった、といってくれれば、ぼくが歩く店の電話番号は、たいがい知っているはずですから」

馬の脚を出ると、私は横丁を曲って、巌窟王のドアを押した。間口は狭いが、短い廊下のさきで店は広くなっていて、馬の脚よりも客は入りそうだった。ただし、目下のところは、馬の脚のほうが繁昌していて、こちらはカウンターに、客がいるだけだった。清川は半袖シャツに蝶ネクタイをしめて、カウンターのなかで、働いていた。私を見ても、表情に変化はない。

「いらっしゃいまし」

私が隅のテーブルにすわると、カウンターのストゥールから、若い女がおりてきた。客ではなくて、ホステスらしい。私はビールを注文して、話し相手になってもらうことにした。

「ここは以前から、こういう名前だったかね。前にきたときと、違っているような気がするんだが」

「二年ぐらい前に、変ったんじゃないかしら。あたしはまだここへ来て半年だから、よくわからないけど」

「あのバーテンさんは、古いんだろう?」

「あたしよりは古いけど、まだ一年ぐらいだって、聞いたわよ。この前いらしたのは、いつごろ?」

「そういやあ、もう一年ぐらいになるな。近ごろは日がたつのが早くて、びっくりするよ」

「少年老いやすく学なりがたし、一寸の光陰かろんずべからず、というとこね」

「それだけ学がありゃあ、けっこうじゃないか」

「高校の先生の口ぐせ。あたしたちは少女だから、なまけてもいいわけねなんていったんだけど、だめね。頭が悪いと、早く老けるんだって」

「でも、この前きたときにいた女のひとは、あんたより年上だったな。たしか、純子さんといったと思うが……」

「そうね。そんな名で、とっても美人だったそうね。代りにあたしがいて、がっかりしたんでしょう、お客さん」

「そんなことはないよ。純子さんというひとの顔は、もうおぼえていないくらいだ。あのバーテンさんと、いっしょになったんじゃないのかな」

「あのひとは、独身のはずよ。結婚したなんて、だれに聞いたの?」

「想像しただけさ。あんたよりも美人だとすると、みんな放っておかなかったろう、と思ったもんでね。マスターだって離さなかったろうから、結婚してやめたとしか考えられない」

「よく考えてみると、それ、まわりくどいお世辞らしいわね」

と、女は笑った。逆三角形の顔に、笑うと大きな歯がのぞいて兎みたいだったが、美人でないことはない。私はしばらく、話題を清川と純子から遠ざけて、冗談をいいながら、ビールを片づけた。ときどき清川のことに話をもどしてみたが、女はあまり知らないらしかった。そのうちに、ほかのテーブルにも客がすわって、女は立ちあがった。私も腰をあげることにして、腕時計を見ると、十一時半になっている。

勘定を払って、露地を出ると、広小路よりのキャバレのネオンが消えて、横丁はひっそりしはじめていた。スナックの看板だけが、ところどころについている横丁を出て、私は車の往来のはげしい通りを、反対がわに渡った。タクシーをひろって、龍泉のアパートへ帰るつもりだったが、いやな感じがした。だれかに見まもられている、という感じだった。目の前にとまった空車に首をふって、私は池の端のほうへ、歩きだした。背なかに感じる視線が、いよいよ強くなった。

それほど酔ってはいないから、逃げだすよりは相手にして、なにか手がかりをつかんだほうがいいだろう。めがねを外し、ポケットにしまうと、不忍池《しのばず》の木立ちを正面に、私は左に歩きだした。街灯の光が道を照して、根津への通りを往来する車は多いが、歩道にひとの姿はない。立ちどまって、タバコに火をつけると、うしろでも立ちどまる気配がした。ただ尾行だけするつもりなのか、それとも手出しをするつもりなのか。どちらにしても、いったんは複雑になったように見えた事件が、また単純なものになりそうなので、私の気は軽くなっていた。

手出しをする気なら、場所をあたえてやったほうがいい。私は車のとぎれるのを待って、不忍通りを横切ると、鉄柵《てつさく》の入口を探して、池の端へ入っていった。弁天堂のある島へ、池のなかを細い道が通じている。そちらへ行こうかとも思ったが、どんな相手かわからない。大立廻りになって、泥池へ踏みこむようなことになっては、いくら夏でもかなわないから、タバコを踏み消すと、かたわらの木立ちへしゃがみこんだ。靴音が急ぎ足になって、目の前を若い男が通りすぎた。黒っぽいシャツに黒っぽいズボン、メッシュの靴をはいた若い男で、巌窟王のカウンターのはしにすわっていたのを、おぼえている。私が店へ入ったときにはいなくて、帰るときにはジントニックかなんかをなめていた。清川に電話で、呼ばれたのだろう。こんな底の浅いまねをするようでは、清川もたかが知れている。私は立ちあがって、黒っぽいシャツの背なかに、声をかけた。

「アベックのぞきなら、方角が違うよ。そっちは、水上動物園だ」

水上音楽堂のほうがいい、といおうとしたのだが、相手の動きはすばやかった。清川の出かたを甘く見て、目の前の相手まで甘く見たのでは、私も甘いということになるだろう。相手は私の声を聞くと同時に、くるりとからだをまわした。メッシュの靴のさきが、私のむこう臑に飛んできた。本格的に蹴《け》られたのは久しぶりだから、ひどく痛かった。思わずかがみこむところへ、相手の拳骨《げんこつ》が突きだされて、私の顎《あご》をとらえた。歯の一本は、確実に折れたらしく、口のなかが塩からくなった。

だが、私も気がまえを立てなおしていたから、ひっくり返るようなことはなかった。相手の右腕を左手でつかむと、蹴られなかったほうの足を曲げて、膝《ひざ》がしらを股間にぶつけた。相手の口から苦痛の声がもれた。その声が、私に自信をつけた。前かがみになった相手の左耳の下に、空手チョップをくわしてから、押しあげた右手を引っぱって、ねじあげようとした。チョップはうまく命中したが、相手の右手をねじあげるほうは、うまく行かなかった。

相手が左手をふりまわしたからで、私は脇腹を強打されて、うしろへよろめいた。相手は喉《のど》の奥でうめきながら、飛びかかってきた。私は尻もちをついたが、そのままでいたのでは、事件はまた複雑になるばかりだ。背なかが汚れるのもかまわずに、ひっくり返りながら、のしかかってくる相手の顎へ、靴のかかとを蹴りあてた。これも命中して、相手はのけぞりながら、また声をあげた。私はころがりながら、すばやく起きあがって、相手に体あたりした。

相手が倒れると、私も勢いがつきすぎて、その上に倒れようとした。どうにか体を立てなおして、片膝で相手の腹に着地すると、黒っぽいシャツの襟《えり》をつかんだ。

「おでこの皺《しわ》だけを見て、なめちゃいけない。お前さんなんぞより、こっちは場かずを踏んでいるんだ。さあ、立て」

威勢よくいったつもりだったが、口のなかの血で、よく聞えなかったのかも知れない。血のつばをはいてから、私はくりかえした。

「中年を甘く見ちゃいけないよ。立てといったら、立たないか。警察へつき出そうとはいわない。聞くことに返事をしたら、放してやる。巌窟王のバーテンにたのまれて、おれをつけたんだろう」

「金を持っていそうだから、つけただけだ。ほんの出来ごころだよ。お見それして、すまねえ。勘弁してくれ」

「そんな嘘が通ったのは、二十年も昔だよ。ちゃんとわかっているんだから、吐いちまったらどうだ」

私は相手の指を一本、反対がわへ折りまげた。まだ二十四、五らしい相手の顔が、苦痛にゆがんだ。

「わかったよ。その通りだ。さっき店のバーテンの合図で、あんたのあとをつけたんだ。でも、本気で痛めつける気はなかったんだぜ」

「清川の家を知ってるか」

「清川って」

「蝶ネクタイのエドモン・ダンテス君だよ」

「なんのことだか、さっぱりわからねえ」

「巌窟王は、児童読物にもなっているはずだがな。漫画しか読んだことがないんだろう。純子という女を知っているか」

「どこの純子だよ」

「さっきの巌窟王に、半年ぐらい前までいた女だよ」

「知らねえ。あすこへいったのは、今夜がはじめてなんだ」

「じゃあ、清川の女といえば、わかるのかな?」

「だからよお、清川なんて知らねえんだよ」

「あのバーテンが、清川だ。ものを頼まれた相手の名前ぐらい、よくおぼえておけ」

「あのバーテンに、頼まれたわけじゃねえもの」

「じゃあ、だれに頼まれた？」

「兄貴だよ。巌窟王というスナックへ行って、バーテンの頼みをきいてやれ、といわれたんだ」

「やっぱり、バーテンに頼まれたようなものじゃないか。そういうときには、念のためにバーテンの名を聞いて、出てくるもんだ」

「こんどから、そうするよ」

「兄貴の名前は、知っているんだろうな」

「苗字は染谷だ。名前は知らねえ」

「染谷だと？　その男のすまいは、浅草じゃないか」

「そうかも知れない」

「いまどこにいる？　どこでお前は頼まれたんだ」

「三丁目の雀荘にいるよ」

「三丁目ってのは、どこのことだ」

「上野三丁目だよ。松坂屋の裏のほうだ。御徒町《おかちまち》の駅のそばで……」

「そういうときには、御徒町の雀荘といえばいいんだ」

「だって、あそこは上野三丁目だもの」

「いいだろう。そこへ案内してくれ」

「いまからいったって、もういないよ。あんたをつれてったりしたら、おれの立つ瀬がないじゃないか。これだけ喋《しゃべ》ったんだから、勘弁してくれよ。あんただって、おれに痛めつけられたってことにしといたほうが、あと腐れがなくていいだろう。兄貴の知りあいには、もとボクサーだっていうんだぜ。そんなのが出てきたら、あんただって困るんじゃないのかい」

「染谷の兄貴ってのは、組関係の人間か。このへんだと、友和会だろう」

「友和会にも顔がきくけど、組員じゃない。雀荘をやっているんだ」

「それじゃあ、十二時すぎだろうが、一時すぎだろうが、御徒町にいるんじゃないのか」

「家はべつのところに、あるはずだ。もう店をしめて帰っているよ。きっと」

「とにかく、行ってみようじゃないか。お前は場所を教えてくれるだけでいいよ。おれを染谷に紹介しろとはいわない。よく見ろ、お前さんのパンチも、棄てたものじゃない。おれの頰っぺたは、腫《は》れているだろう。やりそこなったとは、兄貴も思わないよ。いやなら、交番へつきだすぞ」

私がもう一度、指をひねりあげると、相手は不承不承うなずいた。通りへ出て、街灯のあかりで見ると、ふたりとも肩や背なかが、埃だらけだった。それを払いおとしてから、私たちは天神下の交叉点にむかった。まばらに人通りがあったが、だれも私の腫れた頰を怪しまなかった。広小路の交叉点をわたって、松坂屋の裏へ入ってゆくと、スナックの看板だけが消えのこって、ひっそりとしている。

「ここだよ。ほら、もう看板も消えてるし、兄貴は帰っちまったんだよ」

と、若い男は麻雀牌のかたちをした看板を指さした。一階にはシャッターがしまっていて、麻雀荘はわきの階段をあがった二階にあるらしい。通りに面した二階の窓も、暗かった。だが、クーラーが唸《うな》っている。

「クーラーを消しわすれているらしいぜ。あがっていって、消してやれよ」

「かまわねえよ。鍵がかかっているから、どうせ入れねえ」

「いや、鍵をかけるのも、わすれているかも知れない。とにかく、あがってみろ」

「勘弁してくれ。兄貴はいるはずだ。恩に着るから、放してくれよ」

「ばかだな。花を持たせてやろう、としているんじゃないか。お前さんはあがっていって、いわれた通りちょいと痛めつけてやりました、と報告するんだ。おれが入っていったら、おどろいて見せりゃあいい。つまり、おれは歯をくいしばって、あんたのあとをつけて来たんだよ。早く行け。行かないと、ここで大声をあげるぞ」

「わかった。どうせ、おれは間ぬけさ」

男は舌うちして、階段をあがっていった。間をおいて、私も階段をあがっていった。彫刻した扉があって、それをあけると、カーテンをとざした窓の薄あかりで、なかなか豪華な麻雀卓がならんでいるのが見えた。右手にドアがあって、あかりが漏れているのへ、私は近づいた。いきなりドアをあけると、まだ私が顔を見せないうちに、若い男は大げさな声をあげた。ステイールのデスクのむこうで、きちんと上衣《うわぎ》を着た男が、立ちあがった。さっき吉原でわかれてきた染谷ではなかった。しかし、よく似ている。

「その若いのに、おれを殴らせたのは、あんたらしいな。どこかで見た顔だ。龍泉の染谷五郎さんの弟じゃないのか」

　私が低い声でいうと、染谷の表情が動いた。ちょっと眉をひそめて、私と若い男を見くらべてから、

「どうも、お話がよくわかりませんが。ぼくが染谷五郎の弟だってことは、おっしゃる通りですけどね。この男が、あなたになにかしたんですか」

「しらばっくれるのも、けっこうだ。まあ、その坊やにあんまり夜ふかしをさせないほうがいいだろう。さっさと帰らしてから、ふたりで話をする、ということにしちゃあ、どうかな？」

「いいでしょう」

と、染谷は微笑して、椅子に腰をおろしながら、若い男のほうをむいた。

「聞えたろう。早く帰れよ」

「大丈夫ですか、あに——」

「いいから、帰れ」

「帰りますよ。そりゃあ、もう用がなければ、帰ります」

　男はあわてて、部屋を出ていった。出入口の扉がしまって、階段をおりてゆく靴音が、かすかに聞えた。私が腫れた頬をなでながら、客用の椅子にかけると、染谷は大理石の灰皿とセットになっているシガレット・ボックスの蓋をひらいた。

「よろしかったら、おつけください。失礼ですが、下谷署の方ですか」

「もう手帳も手錠も、持っちゃいませんよ。お兄さんの近くに住んでいるもんで、懇意に願っ

ているだけなんです。今夜も吉原の喫茶店で、あってきたところでね。お兄さんに客を紹介していただいたんです。私はいま、水道橋の近くで、小さな私立探偵事務所をひらいているんですよ。申しおくれましたが、久米五郎というものです」

「こちらこそ、申しおくれました。染谷鉄雄といいます。兄がいろいろ、ご迷惑をかけているんでしょう」

「とんでもない。いまもいった通り、客を紹介していただいているくらいで、こっちが迷惑をかけているんです。客というのが、吹雪京之助でしてね。ご存じでしょう?」

「むかし映画を見ましたよ。時代劇のスターでしょう」

と、染谷鉄雄は微笑した。けれど、目は名前の通り、鉄みたいに冷たくこちらを見ている。酒好きの兄とちがって、油断のできない相手のようだ。

「吹雪京之助は、近くテレビ映画の時代劇シリーズで、カムバックすることになっているんだそうです」

と、私はつづけて、

「お兄さんがつとめているプロダクションの企画でしてね。吹雪さんの担当は、いうまでもなくお兄さんです。吹雪さんの起用を提案したのも、お兄さんらしい。だから、吹雪さんだけでなく、お兄さんにとっても、これは大事な仕事のわけですよ」

「知りませんでした。兄貴とは、しばらくあっていないんです。わりあい近くには、住んでいるんですがね」

なかば独りごとのように、鉄雄はいった。ほっとして、私は先をつづけた。

「ところが、吹雪さんはちょっとしたトラブルに巻きこまれていて、私がその調査を依頼されたわけです。お兄さんは、トラブルの内容は知らないんですよ、まだ――私がよけいな話をしたもんで、心配なすっているようですがね。しかし、心配はないんです。吹雪さんが考えているほど、重大なことじゃない。一日、動きまわっただけで、それはわかったんですよ」

「よかったですね、それは――ぼくは吹雪さんのカムバックに、兄貴が嚙《か》んでいることを、ぜんぜん知らなかったんです。いまから、いっさい手をひきますよ、ぼくは。ですから、おっしゃる通り片はすぐつくでしょう。あなたにご迷惑をかけたことは、心からおわびします」

と、鉄雄は頭をさげた。私は手をふって、

「わびをいってもらいに来たんじゃないんですよ、染谷さん。あすにでも片はつくだろうと思うんですが、肝腎のところがまだわからない。それを、聞かせてもらいに来たんです」

「なるほど、ぼくが肝腎なところをお話しすれば、あなたはもう動かなくてもすむでしょうからね。しかし、あなたはもと刑事さんでしょう。ぼくの話を聞いて、そのまま知らん顔をしていられるかな」

と、鉄雄は笑った。口もとだけが笑って、目は挑むように、私を見ている。

「さあ、それはどうですかね。でも、依頼人に忠実に、というのが、私立探偵の原則ですから」

と、私は笑いかえした。

5

あくる朝、私は九時半に起きて、パンと牛乳で朝めしをすますと、龍泉のアパートを出た。昭和通りまで歩いて、タクシーをひろうと、根津のニュー藍染マンションにむかった。染谷鉄雄の話だけでは、納得できないところがある。清川にあって、そこを納得したかったからだ。寛永寺橋のほうから、坂をおりていって、タクシーを棄てると、横丁へ折れた。きょうも日ざしは強く、遊園地の山梔子《くちなし》の花はあまり匂わなかった。灰いろのコンクリートのビルの壁は妙に白っぽく、その隣りのマンションのチョコレート色のタイル壁は、どす黒く見えた。

マンションの玄関には、汚れた子どもの自転車が放りだしてあって、階段をのぼってゆく私が、ヴィデオ・テープのなかの人物のような気がした。けれど、二〇二号のブザーを押しても、きょうはドアがあかなかった。清川にとっては、まだ夜なかだろうから、無理もないかも知れない。私はもう一度、ブザーを押した。押しつづけながら、ドアのノブに片手をかけてみると、あっさり動いた。ドアには、錠がおりていなかったのだ。ドアをあけて、室内をのぞいたが、あかりはついていない。冷蔵庫が、かすかに唸っている。暑苦しくよどんだ空気のなかに、甘ったるい匂いがした。

足もとを見ると、ハイヒールが倒れている。あとは男もののサンダルが一足。私はかまわずにあがりこんで、奥の部屋をのぞいた。ベッドには、ひとりしか寝ていない。すっぽりシーツをかぶっているが、長い髪の毛がはみだしていて、清川ではなかった。私はシーツをまくって、純子と対面した。首にネクタイを巻いていて、ひどい顔つきになっていたが、美人だということはわかった。からだは硬《こわ》ばって、下のシーツも汚していたが、全裸だったから、見事なカーヴもわかった。

世のなかには、いろいろな偶然があって、さまざまな人間をむすびつけて行くが、きのうの朝、もっと異臭をはなつ状態で、純子を発見したほうがよかったのかも知れない。いまの私は、この女が純子という名でないことも知っている。巌窟王でホステスをしていた純子という女とは、別人であることも知っている。だからといって、どこのなんという女だか、知っているわけではない。

私はシーツをもと通りかぶせて、よけいなところに手をふれないように注意しながら、清川の部屋を出た。廊下には、だれもいなかった。階段で、ひととすれ違うこともなかった。私は善光寺坂下へ出ると、通りを横ぎって、きのうの電話ボックスへ入った。まず中川余四郎のところへ、電話をしなければならない。ダイアルをまわすと、すぐに受話器があがって、中川の声が聞えた。

「もしもし、中川ですが」

「久米五郎です。ようやく、純子という女を見つけました。あなたのおっしゃる通り、ニュー藍染マンションの二〇二号で、死んでいましたよ。でも、死んだのは、ゆうべですから、安心してください。清川に殺されたことは、まず間違いないでしょう」

「どういうことですか、それは――電話じゃ話ができないな。こちらに来てくれませんか、久米さん。ぼくのほうが、そちらへ行ってもいいけれど」

と、中川は心配そうな声を出した。私は事務的な口調で、

「いまは時間がありません。あなたに関しては、もうなにも心配はないんですが、私のほうにいろいろと、関《かか》わりあいが出来てしまいましたんでね。それを片づけておかないと、中川さんにまで迷惑がかかることにも、なりかねません。ですから、くわしいことは、あとで報告に行きます。とにかく、また電話しますから」

中川がなにかいい出さないうちに、私は電話を切ると、小銭を入れなおして、またダイアルをまわした。ゆうべ、染谷鉄雄に聞いておいた番号だ。ベルがしばらく鳴りつづけてから、ようやく受話器があがって、鉄雄の眠そうな声が聞えた。

「はい」

「ゆうべ、お目にかかった久米です。清川周が逃げましたよ。例の女を殺してね」

「どういうことですか、そりゃあ」

鉄雄は中川とおなじようなことをいった。相手を刺激しないように、私はおだやかな口調で、

「例の女は死んではいなかったんです。吹雪さんの早合点だったんですよ。ゆうべ、あれから、あんたは清川にあったでしょう」

返事はなかった。受話器には、なんの物音も入ってこない。

「もしもし、染谷さん、聞いていますか」

「聞いています。女がゆうべ殺されたことは、間違いないんでしょうね」

「あけがたの四時か、五時ごろでしょう。殺されたのは」

「間違いありませんか」

「私はたくさん、死体を見てきた人間ですよ」

「わかりました。警察には、もう知らしたんですか」

「これから、知らせるところです」

「いいんですか。こんどこそ責任を持って、ぼくが始末をしてもいいですよ」

「まっ昼間、運びだすわけにも行かないでしょう。知らせたほうが、いいと思いますね」

「あなたの立場としては、そうでしょうな。洗いざらい、警察に話すわけですか」

「そんなことをしたら、吹雪さんの名前が出てしまいますよ。私はただ、あの女が早く発見されるように、匿名の電話をかけるだけです」

「それなら、ぼくも助かりますよ。わざわざ知らしてくれて、ありがとう」

押しころしたような声でいって、染谷鉄雄は電話を切った。ボックスの外には、だれもいない。私はもう一度、受話器を外して、こんどは一一〇番にかけた。

「もしもし、根津二丁目のニュー藍染マンションですが、二〇二号の様子がおかしいんです。あけがた女の妙な声がして——絞めころされるような声です。けさブザーを押しても、返事がないんです。ドアにも鍵がかかってないようだし、見にきてくれませんか」

「あなたのお名前は？」

「気になるんですが、関わりあいになりたくないんです。勘弁してください」

私は電話を切って、ボックスを出ると、地下鉄の駅に急いだ。新お茶の水の駅でおりて、西神田の事務所まで歩いた。きのう中川余四郎といっしょに出かけたきり、私は事務所へもどっていない。片づけなければならない雑用もあった。水道橋の通りを横ぎって、横丁へ入ると、古ぼけた四階建のビルがある。看板が四つ出ていて、いちばん大きいのには、西神田法律事務所3Fと書いてある。私の甥が同年配の弁護士ふたりと、ひらいている法律事務所だ。いちばん小さい看板が、その上にあって、久米探偵事務所4F。狭い階段は暗く、蒸暑い。汗をかいて、四階までのぼって行くと、事務所の前に人影があった。女だった。じょうずに化粧して、若く見える。私が鍵を出して、事務所のドアをあけると、女はうしろから、低く声をかけた。

「久米さんでしょうか。わたくし、中川余四郎の家内でございます」

「それはどうも――申しわけありません。長くお待ちでしたか」

「いえ、それほどでも、ございません」

「まあ、お入りください。汚いところですが――」

窓は小さくて、昼間でもあかりをつけなければならない。私は急いであかりをつけて、おんぼろクーラーのスイッチを入れてから、中川夫人に椅子をすすめた。

「どんなご用でしょう」

「実はわたくし、主人には内証でうかがったんです。ゆうべまで、主人があなたにご依頼したことを、ちっとも知らなかったものですから」

「そりゃあ、まあ、奥さんに打ちあけられるようなことでは、ありませんからね」

「それで、お願いがあるんですの。調査を打ちきっていただきたいんです。いままでの費用は、わたしがお払いしますし、べつにお礼もいたしますから」

「その必要はありませんよ。費用はご主人から、前払いしていただいた分で、じゅうぶんです。打ちきらなくても、調査はもうおわったんですよ」

「それじゃあ、主人の妄想だということが、おわかりになったんですね。以前と違って、お酒をのむ機会がすくなくなったものですから、主人は弱くなりまして、酔うとものごとがわからなくなってしまうんです。こんな話が、染谷さんの耳に入ったりすると、カムバックのチャンスが、つぶれてしまいますから」

「染谷さんて、どっちのほうです？　鉄太郎さんのほうですか、鉄雄さんのほうですか」

私はすこし、意地悪な気持になっていた。中川夫人の顔つきが硬くなって、

「弟さんのほうも、ご存じなんですか」

「中川さんは、妄想をいだいたわけじゃないんですよ。純子と名のった女の死体は、いまごろ警察が発見しているはずです」

「そんな！」

膝の上で握りあわした夫人の手が、白くなった。目が飛びだしそうだった。薬がききすぎたかも知れない。私は急いで、つけたした。

「ゆうべ殺されたんです。根津のマンションでね。犯人は清川という男でしょう。ご主人は、早合点したんです。純子と名のった女は、死んだ真似をするのが、うまいんですよ。肌がいつも冷たくて、それが男にはよかったらしいんですが、おまけに首をしめられて、よろこぶようなところがありましてね」

「それじゃあ、主人が殺したんじゃあないんですか」

「もちろんです。ご主人はあわてて、逃げだしてしまったわけですが、もう少し落着いていたら、清川が現れて、おどしていたことでしょう」

「でも、そんなはずは――」

「染谷鉄雄は、奥さんに頼まれた通りにする気で、清川と純子をつかったんですがね。清川はずるいやつで、もっと金をもうける手を考えたんです」

「それじゃあ、鉄雄さんが、わたくしのところへ電話してきたのは――」

「清川にだまされたんですよ。奥さんが鉄雄さんに頼んだのは、いわゆる美人局《つつもたせ》でしょう？ ご主人が女にさそわれて、マンションへ入りこむ。いざというとき、清川が現れて、おどすという」

「清川というひとは、知りません。鉄雄さんがちゃんと手配してあるというので、わたくし、安心していたんです。純子というひとと一緒に、あの晩、わたくし、主人のあとをつけていました。ひとりになって、上野へいきましたので、馬の脚というスナックのことは聞いていましたから、純子さんをそこへ行かせたんです」

「なるほど、うまく先へ行かなくても、あとから入ってもよかったわけですね。あの晩がだめなら、次の機会を狙うつもりだったんでしょう。しかし、あれなら、中川さんは偶然だと思いこんだでしょうね。しかし、どうしてそんなことを考えたんです？」

「主人をカムバックさせたくなかったからです」

と、中川夫人は低い声でいった。聞きまちがいか、と私は思った。

「カムバックさせたくなかった？」

「そうです。わたくし、いまのままがいいんです。主人は不器用なひとなんですよ。時代劇のスターにしか、なれないひとなんです。主人があきらめられないでいるのは、よくわかっていました。でも、かつてのスター、いまは喫茶店のマスターで、落着いていてもらいたかったんですの。性格演技で、テレビのレギュラーをつとめることなんか、出来っこないんです」

「でも、お兄さんのほうの染谷さんの話では、チャンバラを売りものに、主人公を助けるようでしたがね」

「そのシリーズだけは、うまく行くかも知れません。それが、怖かったんです。また華やかな暮しになって、女出入りがはじまって、シリーズがおわったあとは、沈みこんでしまうでしょう。チャンバラがうまいといったって、あのひと、もう昔のようには、からだが動きませんのよ」

「奥さんの美容院も、喫茶店も、成功しているんですね？」

「ええ、美容院のほうは、来月、支店を出すことになっています。でも、主人がテレビ映画の撮影に入ったら、わたくし、店に専念することも出来なくなるかも知れません」

「それは、はっきり中川さんにいってみれば――いや、奥さんとしては、そんなことは出来なかったでしょうね」

「染谷さんから話があってからは、たいへんな張りきりようで、毎朝ランニングをしたり、木刀を振ったりして、準備しているんですもの」

「染谷鉄雄は、それを理解してくれたんですか」

「あのひと、高校の後輩なんです。お兄さんとは別べつに育って、わたくし、子どものころから、知っているんです。ひところ、ぐれたりしていましたけど、根はやさしいひとですから、思いきって相談してみたんです」

「中川さんは美人局にあって、奥さんに金のことをいい出さざるを得なくなる。あるいは、兄さんのほうの染谷さんに、相談するかも知れない。どちらにしても、カムバックのさわりになって、生活の大変化はさけられるだろう、と思ったわけですか」

「あくる日、主人がおかしな顔つきで帰ってきたので、うまく行ったな、と思ったんです。ところが、鉄雄さんから電話がかかって、手ちがいがあった、とんでもないことになった、というんです」

「ご主人が女を殺したということですね」

「死体はうまく始末するから、心配はない。ただ金を出してもらえないか、といわれまして……」

「いくら、とられました」

「百万円です」

「染谷鉄雄は、ゆうべそれを、清川にわたしたんですよ。しばらく身を隠すように、いったんでしょう。清川は純子と名のった女を呼んで、いっしょに東京を離れるつもりだったんじゃないかな。ところが、女はいやがった。たぶん、そんなことから、殺す羽目になってしまったんですよ」

「わたくし、どうしたらいいのでしょうか」

中川夫人は、また両手を握りあわした。ご亭主とは、だいぶ年が離れているのだろう。おそらく結婚して間もなく、吹雪京之助は落ち目になって、夫人は苦労を重ねたらしい。

「なんにもしないでいれば、それでいい、と思いますね。それが、いちばんですよ。清川がつかまっても、知らん顔をしておいでなさい。ことにご主人には、なんにもいわないほうがいい」

「でも、その清川というひとがつかまって、ぜんぶ喋ってしまったら……」

「染谷きょうだいが、スキャンダルになるのをふせいでくれますよ。ことに中川さんも、あなたも被害者なんだから、警察も新聞に書きたてられないように、気をつかってくれるでしょう」

「大丈夫でしょうか」

「私もお手つだいしますよ。しかし、スキャンダルにならずにすんで、ご主人のカムバックが具体化したら、こんどは奥さん、邪魔しようなんて考えないことですね」

「あきらめます。主人がやりたいようにやらせますわ。失敗したときに、なぐさめてあげることを、まず考えるべきでした。ありがとうございます」

　中川夫人は立ちあがって、深ぶかと頭をさげた。

「ほんとうに、費用は主人がお払いしただけで、足りているのでしょうか」

「報酬はじゅうぶんです。ただ経費の計算が、まだすんでいませんのでね。あるいは、もう少しいただくことになるかも知れませんが、なあに、大した額にはならないでしょう」

「わたくしが、いまお払いしてもよろしいんですが」

「そんなことをなさると、ご主人にすべてが、ばれてしまうかも知れませんよ。私はいたって不器用で、嘘をつくのがうまくないものですからね。といって、ご主人のほうにも経費を請求して、二重取りをするのは嫌ですしね。明細書を出すきまりになっているんですから」

「わかりました。それでは、お礼はあらためて」

「よけいな心配は、なさらないでくださいよ」

　と、私は笑いかけた。中川夫人が事務所を出てゆくと、私は一階のポストから持ってあがってきた郵便物を、整理にかかった。いくらのろのろやっても、十五分しかつぶすことは出来なかった。私は受話器をとりあげて、中川余四郎のところへ電話した。

「久米さんか。電話を待っていたんだ。こちらへ来てくれないかね。ちょうど家内は、美容師組合の会合かなにかがあって、出かけているんだ。昼めしの時間が不規則でも、きょうは邪魔される心配はない」

「中川さんは、せっかちなんですね。うかがってもかまいませんが、電話でもすみますよ。私はいま西神田の事務所にいるんです。どんな話でも、出来ますから」

「電話ですむような話かな」

「すみますとも。簡単な話です。あのマンションにいた男は、巌窟王というスナックのバーテンで、女を食いものにしているようなやつなんです」

「純子というのは、そいつの女だったのか」

「純子ってのは、ほんとの名じゃありませんがね。本名はいずれ、新聞に出るでしょう。あの女は清川にあやつられて、あなたを誘ったんです。別にあなたでなくても、金のありそうな男なら、だれでもよかったんですがね。つまり、ありふれた美人局ですよ。ところが、あなたという有名人がひっかかった」

「ひっかかったか——たしかにそうだ。一言もないよ」

「ふつうなら、清川がいざというときに帰ってきて、嚇《おど》すわけなんですが、相手がスターだとわかって、もっと大金をしぼることにしたんです。あの女、首をしめられるのに馴れていて、おまけに死んだ真似が得意なんです。おそらく屍姦願望のある男に、しこまれたんじゃないですかね」

「そういえば、風呂あがりだというのに、あまり肌があたたかくなかったな」

「いつもは、ひどく冷たいんだそうです。手短かにいうと、清川は死体の始末をしてやったから、金を出せとゆするつもりだった。でも、あなたが大物なんで、ためらっているうちに、私が動きだした。それであわてて、ゆうべ女と相談したんでしょう、対策をね。そこで、どんなことになったかはわかりませんが、とにかく女の死体を残して、清川は逃げたというわけです。もう私には、することがありません。清川がつかまると、あなたの名前が出るかも知れない。その点だけは、覚悟しておいてくださいよ。あなたは被害者なんだから、警察も名前が出ないように協力してくれるだろうし、染谷さんが手を打ってくれるでしょうがね」

「ああ、その覚悟はしている。あんたのおかげで、助かった。いい勉強をしたよ」

「あしたにでも、明細書をお届けして、料金を精算いたします」

といって、私は電話を切った。吹雪京之助が納得したかどうかは、わからない。納得しなかったら、明細書をわたすときに、またごまかすだけのことだ。けれど、あくる日、電話があって、料金の精算に事務所まできてくれたときにも、中川余四郎はなにもいわなかった。根津の殺人事件のことは、テレビのニュースでも、新聞の社会面でも、あまり大きくはあつかわなかった。高校生同士の殺人という大きな記事があって、ページを占領したからだ。純子と名のった女のほんとうの名は、すぐにはわからなかった。名前がわかって、その後、新聞に小さな記事でも出たのかも知れないが、私は見のがしてしまった。

半月後に、清川周のことが、夕刊に出た。千葉県の山のなかで、首をつっているのを、発見されたのだ。逃げきれないと思って自殺をしたのだろう、ということになっていたが、遺書はなかった。犯罪者が自殺する場合、遺書がないほうが多いのだが、私はなんとなく染谷鉄雄の冷たい目を思い出した。清川がつかまれば、中川夫人にも、鉄雄自身にも、めんどうなことになりかねない。それで、鉄雄が始末をつけたのではないか、と思ったが、だれも依頼してこないから、調べる気にもなれなかった。吹雪京之助のカムバックは、まだ決定にいたっていない。

第四話　ハングオーバー・スクエア

1

女の子たちがはいているズボンは、もんぺを思い出させた。だらりとした麻のズボンに、だぶついたシャツを着て、濃く化粧をした少女たちが、髪をてかてか光らした少年たちと、あちらに四、五人、こちらに七、八人たむろしている様子は、まるで村祭だった。どの顔にも陰影がないところは、裸電球に照されているみたいだが、ここは鎮守の森ではなく、新宿の歌舞伎町だった。深夜営業の店や映画館のネオンライトが、赤く黄いろく頭上で動きまわり、ゲームセンターから飛びだしてくる電子音のような響きに、この一郭にみなぎっている一種のざわめきは、増幅されているみたいだった。

「夜遅くすみません。未散《みちる》さん、おいででしょうか。私、久米でございますが」

「まあ、先生でいらっしゃいますか。娘がお世話になっております。ちょっとお待ちください」

公衆電話ボックスのなかは、蒸暑かった。私は片手でドアをすこしあけて、風を入れていた。夜風はあまり入って来ないが、騒音はさかんに入ってくる。だから、私は声を張っていた。そのせいで、桑野《くわの》未散の母親は、私を甥の弁護士と間違えたらしい。

「先生、なにかあったんですか、いまじぶん」

「すまない、未散君。暁《さとる》じゃないんだ。久米五郎だよ。ちょっと頼みがあるんだが、きみはディスコというところへ、行ったことがあるかね」

「ありますよ、以前はときどき。最近は、さそってくれる人がいないんです」

「時間がないんで、手短かにいうが、私は今夜、尾行の仕事をしている。その相手が、歌舞伎町のディスコに入った。いい位置に喫茶店があって、二階の窓ぎわから出入りが見えるんで、しばらく張っていたんだが、不安になってね。出てきてはみたものの、どうも入りにくいんだ。どうも、刑事に見えそうでね。ほんとに刑事だったころは、平気だったんだが……」

「わかりました。案内役がいるんでしょ。いつもは午前二時までだけれど、きょうは土曜日だから、四時ごろまでやっているんじゃないかしら。外で見張っていたんじゃ、大変だわ。なんというお店」

「コマ劇場の近くのランナゲートというディスコだ。喫茶店は瓦斯燈《ガスとう》というんだが……」

「いまなら、一時間かからないと思います。車を持っていきますわ。徹夜の尾行になるとすると、車があったほうがいいでしょう?」

「きみは運転をするのか。そりゃあ、ありがたい。ただひょっとすると、むだ足をさせるかも知れないんでね」

「あたしがつかないうちに、相手が出てきた場合ですね。かまいません。瓦斯燈の二階に、久米さんがいなかったら、あたし、ドライヴでもして帰ります」

「すまないね。大したことは出来ないが、お礼はするつもりだから」

電話を切って、ボックスを出たとたんに、私は思い出した。久米五郎探偵事務所は、水道橋の駅の近くの古ぼけたビルの四階にある。三階には、甥の暁が同年輩の弁護士ふたりと、西神田法律事務所の看板をかかげている。未散は、そこの事務員だ。私は留守にすることが多いので、電話を三階に切りかえられるようにして、未散に留守番をたのんでいる。甥の好意で、そうしてもらうようになったときにも、

「すまないね。大したことは出来ないが、お礼はするつもりだから」

と、私は未散にいって、いっただけで、なにもしていない。今度こそ、実行しなければいけないだろう。腕時計を見ると、十一時四十八分だったが、ひとの往来は、さっきより多くなったようだ。若い連中は、あまり酔った顔つきはしていない。酒の入った顔いろで、陽気にあるいているのは、二十代の後半から、三十代の数人づれで、若者たちはむしろ、ひっそりした感じで集団をつくっている。それが、かえって異様だった。

喫茶店・瓦斯燈へ急いでいくと、きちんと上衣《うわぎ》をきた中年男とすれちがった。私よりは若いだろうが、四十代で、疲れた顔をわずかに酒で明るませて、たったひとりで歩いている。これもまた、異様に見えた。土曜の夜の尾行なので、私はジーンズにサファーリ・ジャケットという若づくりをしてきたが、はたからは、やはり異様に見えるのだろう。気がつくと、かたわらのごみバケツのあたりで、虫の声がかすかに聞えた。きわめて人工的な町のなかでも、秋のつけいる隙はあるらしい。

尾行の相手は、四十二歳の人妻だった。依頼人はいうまでもなく、その夫で、柏木英俊《かしわぎひでとし》、四十四歳。甥の暁の紹介で、私の事務所へやってきた。商社の課長で、土曜日曜、接待ゴルフで

家をあけることが多い。妻が近ごろ、酒を飲むようになって、最近は土曜日に外泊することもあるらしいので、調査してもらいたい、というのだった。依頼をうけたのは、水曜日の午後だった。その週末にも、柏木氏は那須《なす》へゴルフに出かけるというので、仕事は土曜日にはじめれば、いいようなものだったけれど、私は翌日の木曜から取りかかった。その晩は赤坂の料亭に、客が呼んであって、柏木氏の帰りが遅いと聞いたからだ。

午後八時半ごろに、荻窪四丁目の柏木邸へいって、薄暗い横丁に立っていると、一時間ばかりして、しゃれた洋風二階建の家から、倭文子《しずこ》夫人が出てきた。派手なプリント柄の袖なしワンピースを着て、あずかった写真より、だいぶ若く見えた。肥りぎみだが、背が高いので、あまり気にならない。わき目もふらず、といった様子で、古い大邸宅のならんだ通りを、駅にむかった。地下の改札口への階段をおりていったが、乗車券売場へは近づかずに、コンコースをつっきって、階段をあがると、北口へ出て、露地のなかのスナックへ入った。

間をおいて、私も入ってみると、倭文子の前の水割のグラスは、もう半分以上へっていた。カウンターだけの小さな店で、壁には小劇場のポスターが、貼《は》りめぐらしてあった。客はサラリーマンふうの女づれがひと組、学生ふうの若い男が三人ばかりいて、そのひとりとお喋《しゃべ》りをしながら、倭文子はかなりのスピードで、水割のグラスを重ねた。十時すぎに、ひとりで店を出ると、駅の近くの電話ボックスへ入った。遮蔽物がなかったので、近よれず、かけた番号を知ることはできなかったが、倭文子は硬貨を何枚も何枚も入れて、楽しげに話していた。

酔いと汗とで上気して、電話ボックスを出てきた夫人の顔は、セックスのあとみたいに、かがやいていた。ワンピースの背なかに、汗のしみをつくって、ゆっくりと歩きだすと、どこへも寄らずに家へ帰った。合金製の低い門をあける前に、あかりのついている二階の窓をあおいで、倭文子は長く息をついた。表情が暗くなったのが、街灯の光で見てとれた。私はなおも一時間近く、住宅街の暗がりに立っていたが、柏木夫人はもう外へは出てこなかった。

土曜日には八時ごろに、私は荻窪四丁目についた。夫が帰ってこないといっても、子どもはいるのだから、そう早く出かけることはあるまい、と思ったからだ。九時ちょっと前に、倭文子は出てきた。半透明の生地に凝った模様を浮かしたワンピースで、華やいだ感じだった。化粧も先夜より、念入りだった。中央線で新宿へ出ると、青梅街道ぞいの高層ビルへ入って、最上階に開店したばかりのパブ・レストランのドアを押した。だれかと落ちあうに違いない。着手金をたっぷりもらっていたから、私はためらわずに、間をおいて、入っていった。夫人はすみのテーブルについて、ひとりでワインを飲んでいた。

しばらくして、その前に若い男がすわった。クリームいろの背広は、仕立おろしみたいだった。だが、ネクタイはしめていない。きつそうな花模様のシャツの襟をひらいて、ペンダントの金ぐさりを、ぎらつかせていた。髪の毛は長くのばした両わきを、べったりと撫《な》でつけて、てっぺんを短かめにちぢらしている。あまり品はないが、いい男だった。たぶん二十二、三だろう。倭文子の笑顔にくらべて、若者は不機嫌そうだったが、食事がはじまると、ときどき子どもっぽく声をあげて笑った。若者は背が高かった。肩をならべて、ふたりは高層ビルを出ると、歌舞伎町まで歩いていって、ランナゲートというディスコに入ったのだった。

2

「すみません、遅くなって――ちょっと支度に手間どった上に、意外と道がこんでいたんで、一時間もかかっちゃいました。おまけに車をとめておくところが、なかなかなくて……」

息をはずませながら、桑野未散は、私の前の椅子にすわった。もんぺみたいなズボンこそ、はいていなかったが、天竺木綿《てんじくもめん》のだぶついたワンピースに、しゅろ縄をならべたような太いベルトをしめて、頭陀《ずだ》ぶくろみたいなバッグを、肩からさげている。顔も甥の事務所にいるときと違って、くちびるを桜んぼ色に大きく塗り、アイシャドウも青あおと、頰にも薄く茶いろの影をつけている。あっけにとられて、私はものがいえなかった。未散はちょっと肩をすくめて、

「この若づくり、凝りすぎましたかしら。サタディ・ナイトのディスコに潜入するんでしょう。このくらいにしたほうが、目立たないだろうと思って」

「けっこうですよ。潑剌として見える。あんたは学者の家にでも生まれて、きびしく育てられすぎたせいで、お化粧も知らないのか、と思っていた」

「半分あたりましたわ。祖父は漢学者です。そんなことより、早くここを出たほうが、いいんじゃないですか」

「あわてることはない。せっかくすわったんだから、なにか飲みなさい」

ちょうどボーイが、水のグラスを運んできたところだった。未散はすなおに紅茶を注文してから、

「どんなひとを見張るのか、聞いちゃいけないんでしょうね」

「エリート・サラリーマンの奥さんだ。高校二年生の息子がいて、四十二になるんだが、若く見えてね。二十二、三の男と踊っているんだ」

「ご主人、離婚を考えているんですか」

「どうかな。そうまでは、いっていなかったがね。接待ゴルフで留守にしたり、宴会で遅くなったりするんで、心配なんだそうだ」

「ゴルフ・ウイドウですか。不景気になったおかげで、そういう悩みはなくなったんだ、と思っていましたけど」

「そりゃあ、まだ景気のいい会社だってあるだろうし、ほんとうにゴルフや宴会なのかどうかも、わからないさ。でも、私の仕事は依頼人をしらべることじゃ、ないからね」

話しながら、私は窓のそとを見ていた。明治時代のガス灯を模した軒灯の看板が、窓のすぐ外にある。椅子にもたれて眺めていると、その軒灯の三角屋根のとがった先が、ランナゲートの出入口を、突きさしているように見えた。

「未散君、飲みかけで悪いが、相手が出てきたよ」

軒灯のとんがり屋根のさきに、クリームいろの背広が現れたので、私は腰を浮かした。階下で勘定をはらって、戸口へ出ると、柏木倭文子と若い男は、こちらへむかって、歩いてくると

ころだった。

「久米さん、あたし、車のところへ行ってます。大久保病院の外に、とめてあるんです。これで、連絡をとってください」

うしろで、未散が小声でいって、私の手に固いものを押しつけた。トランシーバーだった。高性能のものらしいが、かなり大きい。倭文子と若者をつけながら、使用方法を小声で説明すると、未散は大久保病院のほうへ走っていった。歩いているひとの数は、また増えたみたいで、尾行は楽だった。背の高さはちがっていて、ほとんど同じもんぺスタイルで、女の子ばかり七、八人、すれちがった。ほとんど同じもんペスタイルで、女の子ばかり七、八人、歩いてくるのと、すれちがった。背の高さはちがっていて、いちばん小さいのは、中学生だろう。いっぱしに化粧をしていて、年長の高校生らしいののあとを、懸命について行く。私のほかには、だれも注目するものはないようだった。これならば、トランシーバーをぶらさげていても、怪しむひとはいないだろう。

倭文子と若者は、西大久保のラヴ・ホテルへ入った。最初は設備のよさそうな、大きなホテルへ入ったが、すぐに出てきた。そこは出入口が三つぐらいあって、見張るには不便だったので、ほっとした。ふたりはもう一軒へ入ったが、やはりすぐに出てきた。三軒目で落着いて、そこは暗い横丁に、出入口がひとつあいているだけなので、私も落着いた。塀ぎわでタバコに火をつけていると、未散の車がとまって、ライトを消した。

「せっかく出てきてもらったのに、悪かったね。久しぶりに、ディスコで踊りたかったんじゃないのかな」

「多少はね。でも、いいんです。噂《うわさ》によると、最近はひとつの曲に、ひとつのステップがきまっていたりして、むずかしいらしいんですもの。なかにはピンクレディの曲をかけて、女の子が総踊りをする店がある、というんだから、あたしの出る幕じゃありませんわ。ディスコの映画があたったものですから、三列ぐらいにみんなが並んで、おんなじ振りで踊ったりするんですって。高校で同級だった男の子がこないだ電話をかけてきて、あれじゃロックのフォーク・ダンスだって、嘆いていました」

「それならいいが、じゃあ、気をつけて帰ってください」

「どうしてですの。出てきてから、ふたりはまたどこかへ、行くかも知れないでしょう。朝まででやっているお店は、いくらもありますもの。六本木あたりへ、行くかも知れないわ。第一、ここに立っていたんじゃ、大変です」

「馴れているから、大丈夫だよ」

「でも、あたしがいれば、交替で寝ることも出来るでしょう。せっかく兄貴のトランシーバーを借りてきたり、魔法壜《まほうびん》にコーヒーをつめて来たりしたのに」

「そりゃあ、手つだってくれるのは、ありがたいんだが……」

「いいから、立っていないで、入ってください。こんなことしてたら、久米さんは不器用な中年プレイボーイ、あたしは往生ぎわの悪い女の子に見えるわ」

「わかった。わかった。しかし、車はもう少し、うしろへ行ったほうがいいな。ここじゃあ、いかにも見張っていますという感じだ」

私がバックシートに乗りこむと、未散は横丁の奥のほうへ、車を後退させながら、

「あのふたりも、もめていたんですか。あのホテルで、三軒目でしょう」

「ふたりの都合じゃ、ないだろう。ホテルが満員だったんじゃないかな。土曜日の夜だからね」

「あんな大きなホテルがですか」

未散はハンドルに身をかがめて、フロントグラスをあおいだ。倭文子と若者が二軒目に入ったホテルが、横丁の正面の空に、キャンディ・ピンクのネオンサインを浮かびあがらしている。

「こんなにたくさん、ホテルがあるのに、不思議だろう。土曜日の晩に新宿でだめ、湯島でだめ、錦糸町《きんしちょう》でだめ、小岩《こいわ》でようやく部屋がとれた、という話があるよ。むろん私の経験じゃなくて、個人タクシーの運転手に聞いたことだがね」

「情事にも忍耐が必要なんですね」

「私立探偵も、忍耐だよ。このまま朝まで、待つことになるかも知れない。退屈したら、遠慮なく帰ってください」

「はじめての体験で、興奮しているから、大丈夫だと思います。あたしだって、役に立つはずですよ。男のほうは二十二、三だって、さっき久米さん、おっしゃったでしょう。でも、コマ劇場のうらで追越しながら、あたしの見たところでは、あの子、高校生ね」

「そうかな」

「まず間違いないはずですわ。十七か十八、多く見ても十九です。奥さんのほうが、あたしにはわかりませんでした。四十二って聞いていなかったら、三十五ぐらいと思ったでしょうね。

あのひと、急に狂いだしたのかしら」

「半年ぐらい前から、酒を飲むようになったんだそうだ。息子があきれるくらいにね」

「ご主人は、あきれなかったんですか」

「それには、嘘みたいな話があって、ご主人はかれこれいえないらしいんだ。息子は中学のときには、まじめな勉強家だったというんだが、公立をすべって、私立の高校に入ったとたん、がくんと成績がさがった」

「ありがちのことだわ」

「その家じゃあ、ありがちのことだ、とは思わなかったんだ。もともと教育ママだった母親は、いよいよきびしくなる。息子はやけになって、だんだん帰りが遅くなる。悪い友だちは出来る。朝まで帰らないようなことにもなった。母親はやきもきして、ある晩、とうとう大喧嘩《おおげんか》。泣きわめいて、息子をひっぱたいちまったんだそうだよ。あいにく父親のいない晩で、息子は部屋に鍵《かぎ》をかけて籠城、母親はどうしていいかわからなくて、興奮をしずめるために、外に出たんだ」

「ふらふら歩いているうちに、スナックかなんかに入って、飲んでしまったというわけね？」

「子どもが小さくて、しゅうとめさんが健在なころには、夫婦でときどき飲みに出たそうで、もともと、いけない口じゃなかったんだが、久しぶりのやけ酒だ。帰りにころんで、泥だらけになって、玄関にたどりつくのがやっと、あがり端《はな》で寝てしまった。あくる日、二日酔いでうんうんいっている母親を見て、息子は大いに軽蔑《けいべつ》して、そのまま軽蔑しっぱなし。悲しくて、そう母親はまた酒を飲む。また軽蔑される。そこで息子は、勝手放題をはじめたかというと、そうでもなくてね」

「勉強するようになったのね。それまでは、お母さんが怖くて、自信をなくすばかりだったんじゃないかしら。ところが、なんだ、これがおふくろかってことになって、お父さんはあまり家にいないし、自分がしっかりしなくちゃあ、という考えが出てきたんじゃありません？」

「そうだろうね。息子にいわれて、父親が母親に注意したところ、放っておいたほうがいいようだから、ちょいちょい外出はするけれど、実際にはそんなに飲んでいるわけじゃない、といったそうだ。ご亭主、最初はそれを信じたんだが、だんだん信じられなくなってきて、私のところへ来たというわけさ」

「ミイラ取りがミイラになった、ということかしら。だらしのない母親の役を演じたほうが、子どもにはいい、と気づいたわけでしょう？　実行しているうちに、子どもに相手にされないのが淋しくて、芝居が本物になってしまったんじゃありませんか」

「そうかも知れない。日本の家には、子どもの部屋はあっても、母親の部屋も父親の部屋もない場合が、多いからね」

私たちは窓をあけはなって、小さな声で話していた。入りこんでくる夜の空気には、さすがに残暑のほてりが、もう感じられなくなっている。横丁には、ひと通りはない。だが、横丁の口を横ぎってゆく人のすがたは、まだ絶えまがなく、ラヴ・ホテルに入ってくるふたり連れも、ときどきあった。未散は小さくため息をついて、

「そうですね。むかし祖母がいっていましたわ、庭のすみでよく泣いたもんだって」

「でも、まあ、私の仕事はそういう問題を、考えることじゃない。ただあの奥さんの行動を記録して、ご主人に報告することだ」

「いまのうちに、すこしお寝みになったら。あのふたり、まだ出てきやしないでしょう。あたし、頑張って、出入口をにらんでます。そこに畳んである毛布を、枕のかわりにしてください」

「用意がいいんだね。まさか目ざまし時計まで、持ってきたんじゃないだろうな」

私が笑うと、未散は首をすくめて、

「実は、兄のアラームつきのデジタル時計を、借りてきました」

3

ラヴ・ホテルのネオンサインが、妙に光をうしなったと思ったら、横丁は灰いろに明るみはじめていた。少しばかりおろした窓から、しのびこんでくる夜あけの空気が、さわやかだった。バックシートで、未散はかすかな寝息を立てている。ふりかえってみると、畳んだ毛布に頭をのせて、子どもみたいに、からだを縮めている。だが、ワンピースの裾が乱れて、腿《もも》の内がわをのぞかしているパンティストッキングの片足は、なまなましく女を感じさせた。たしか二十三、四のはずで、私の娘も生きていれば、もうこんなからだつきになっているのだろう。

ラヴ・ホテルの入口にむきなおって、私は魔法壜のコーヒーを飲んだ。午前三時半ごろに、数組が出ていったきり、帰る客はとだえている。私は車から出て、足をのばそうとした。ドアをあけかけたとき、ホテルの出入口から、クリームいろの服が現れた。つづいて、倭文子のすがたも見えた。私はうしろへ、声をかけた。

「未散君、起きてくれ。出てきたよ」

未散は起きあがって、身ぶるいした。服を着たまま、窮屈な姿勢で寝たので、寒さと関節の痛みが、一時に襲ってきたのだろう。私は励ますように笑いかけて、

「ふたりが通りへ出たら、私は尾行する。きみは間をおいて、ついてきてくれ」

「トランシーバーをわすれないで」

「わかった」

私は車を出ると、タバコに火をつけてから、大通りへ出ていった。夜あけの盛り場は、化粧のくずれたような顔を見せて、ようやく静かになろうとしていた。ひと通りもまばらで、疲れた顔つきの若者たちが、駅の方向へ歩いてゆく。浮浪者が、ごみバケツをあさっている。私は足を早めて、倭文子と若者に接近した。

「ハングオーバー・スクエア——二日酔い広場で、あいつが待ってるよ」

と、若者がいうのが、聞えた。倭文子はちょっと遅れて歩きながら、

「もう帰るわ、あたし」

「タクシーかい、電車かい」

「たぶん電車」

「正気になると、とたんに倹約家になるんだな。じゃあ、ぼくはタクシーで帰る」

「またね」

「お疲れさま」

にやっと笑って、若者は歩道から飛びだすと、風林会館の四つ辻のまんなかで、交通整理をするみたいに、手をふった。タクシーの空車がとまると、倭文子のほうはふりかえらずに、

「東玉川二丁目、田園調布のそばだ」

と、運転手に声をかけた。倭文子はうなだれて、信号が青にかわった四つ辻をわたると、区役所通りを歩きだした。若者がのったタクシーが走りだしても、振りかえらなかった。私のそばに、未散の車がとまった。

「どっちをつけるの」

「男のほうだが、タクシーをつかうよ。あんたはもう、帰りなさい」

「そんなことといっていると、見うしなっちゃうわ」

私をフロントシートにひっぱりこんで、未散は車をスタートさせた。

「東玉川までといっていたが、あてにならない。そのつもりで、走ってくれ。聞えよがしにいっていたのが、気になるんだ」

「いちおう、渋谷のほうへ行くみたいよ」

若者をのせたタクシーは、明治通りへ出て、右へ曲った。

「奥さんのほうは、もう家へ帰るんでしょうね？」

「電車で帰るようなことをいっていたが、帰ることは間違いないだろうね。ご亭主はるすでも、子どもがいるんだから、朝めしの支度をしなきゃならない」

「それで、男の子のほうの住所を確かめるわけね」

「依頼人は当然、相手の身もとを知りたがるから——しかし、未散君、疲れているんじゃないか」

「目がさめたときには、ちょっと寒くて、腕や足がぽきぽきいって、ピノキオになったみたいな気がしたけど、もう大丈夫です」

「ピノキオは、よかったな」

「こんなことが、しょっちゅうあるんですか」

「徹夜になることは、めったにないよ。こんなことになるとは、思わなかったんだ」

「いい経験になりました。いつもひとりでおやりになっているんだから、大変ですね。ほんとうに困ったことは、ひとつだけです。久米さんがふたりを追っていったあと、だれもいなかったから、車のかげにしゃがんじゃいました」

と、未散はくすくす笑いながら、

「久米さんは、経験をつんでいるから、平気なんですか」

「私だって、きみが寝ているあいだに、塀のかげに入ったよ。尾行のときには、出来るだけ水分をとらないようにしているんだが、ゆうべは喫茶店に長居をしたからね。近ごろは追加注文をとりにくるから、かなわない。おなかもすいているんじゃないのかな、きみは」

「わすれてました。クラッカーとポテト・チップスを持ってきてます」

「まるで、ピクニックだね」

と、私は笑った。日曜日の早朝なので、道路はすいていて、車はもう渋谷をすぎていた。

「代官山から、駒沢通りへ入るのかな。この調子だと、東玉川というのは、ほんとうかも知れない」

「もっと、間をあけましょうか。車が少いから、尾行に気づかれると、いけないでしょう?」

「あの男は、気にしていないよ。気づくとすれば運転手だが、まあ、大丈夫だろう」

「そういえば、いまのあたし、尾行されていてもわからないわ」

と、未散は手をのばして、バックミラーの角度を変えてみて、

「あら、いやだ。あたしの顔、おばけみたい」

「そんなことはないさ。寝起きのままだから、そりゃあ、化粧が浮いて、ぎらついているが、かえって色っぽいくらいだ」

「色っぽいなんていわれたの、はじめてです。事務所のデスクにすわっているより、動きまわる仕事のほうが、むいているのかも知れませんね、あたしって」

「そんなことをいいだすと、私が暁に怨まれるよ。住宅街に入ると、尾行はむずかしくなるんだが、私が運転をかわろうか。免許証は持ってあるいていないんだが、大丈夫だろう」

「いいえ、指示してくだされば、その通りにします。久米先生にうかがいました。奥様とお嬢

さまがお亡くなりになってから、ハンドルを握らないことになすったって」

「べつに誓いを立てたとか、そんな大袈裟なものじゃないんだよ」

タクシーは駒沢通りから、自由通りへ入って、だんだん自由が丘が近くなった。道は狭くなったが、ほぼまっすぐだから、距離をおいても見うしなうおそれはなかった。やがて東玉川二丁目へ入ると、タクシーは脇道へそれて、かなり大きな病院の前にとまった。モダンな三階建で、藤山《ふじやま》内科病院という看板が出ていた。ひとつ手前の露地へ車を入れて、私だけがおりた。

もうタクシーは走りさっていて、若者は病院の横手へ入ってゆくところだった。三階建の病院にくっついて、やはりモダンな二階建の住宅があった。抽象模様の鉄門を入って、玄関まえのパティオをすぎたところに、螺旋《らせん》階段があって、二階へあがれるようになっている。若者は靴をぬぐと、片手にぶらさげて、靴下はだしで鉄の踏板を駆けあがっていった。ズボンのポケットから、鍵をとりだして、二階のドアをあけるのを見とどけてから、私は塀を離れた。門柱には、活字体の横書で、藤山栄治郎《えいじろう》、E. FUJIYAMA M. D. と二行に浮彫にした大きな銅の表札が、埋めこんであった。

「あの男は、医者の息子らしい」

未散の車のところへ戻って、私はいった。

「裕福そうな病院だから、不自由なんてものは知らずに、遊びまわっているんだろう」

「これから、どうします？　住民登録をしらべれば、あの子がだれかわかるでしょうけど、きょうは日曜日だから」

と、未散は眉をひそめた。私を待っているあいだに、化粧をなおしたらしく、いつも事務所で見なれた顔になっていた。私は首をふって、

「名前ぐらいは、近所で聞いたってわかるんだが、まだ時間が早すぎるね。もう帰ることにしよう。きみも疲れたろうから」

「じゃあ、お宅までお送りしますわ。台東区の龍泉でしたわね」

「きみの家は、文京区の本駒込だったね。とちゅうまで、乗せてもらおう。春日町の交叉点あたりまででいいよ」

といって、私は車にのりこんだのだが、未散は道路地図をしらべて、中原街道へむかった。荏原《えばら》ランプから、高速道路へのぼって、入谷ランプの外まで、私を送ってくれると、手を振って去っていった。車のなかで、一万円紙幣をわたしたが、未散はうけとらなかった。私の調査費が安いことを、知っているからだろう。

「これは必要経費として、ちゃんと依頼人に請求するんだから、心配しなくていいんだ。ひと晩、手つだってもらったんだからね。ほんとうは、もっとあげなくちゃいけないんだが……」

「じゃあ、いただきます。でも、事件がおわって、久米さんが依頼人から、費用と経費をぜんぶもらったときに――だって、あたしのお給料だって、ひと月たたなきゃもらえないでしょう。いまいただいたら、無駄づかいしてしまうだけだもの」

と、未散は微笑した。むかし私が家へ帰ってくると、娘もこんな笑顔で迎えてくれたものだ。私はいい気分で、龍泉のアパートへ帰ると、軽く朝めしを食ってから、寝床のなかへもぐりこ

んだ。しかし、その気分は、数時間後に、ぶちこわされてしまった。

4

電話のベルが鳴った。私は重い頭をあげると、枕もとの受話器をとりあげた。押しころしたような声が聞えた。

「久米五郎さん？」

「はあ、そうです」

「柏木英俊です。久米さんはゆうべ、例の仕事をしてくれたんじゃないんですか」

「いたしました。けさがた、ここへ帰ってきたところです」

いくらか頭が、はっきりしてきて、あたりに気がねしているらしい柏木の声を、聞きわけることが出来た。急ぎの連絡のときのために、アパートの電話番号を柏木に教えたことも、思い出した。

「だったら、どうしてこんなことになったんです？」

「こんなこと、といいますと？」

「やっぱり、なんにも知らんのか。いい加減に仕事をして、とちゅうで帰ってしまったんだろう」

柏木の声が激情でふるえて、やや高くなってきた。

「いま警察から、連絡があった。倭文子の死体が、けさ新宿で発見された、というんだ。歌舞伎町の道路に、倒れていた。なんとかいう雑居ビルの屋上から、落ちたらしいというんだ。きみはそれを、黙ってみていたのかね。しまった、と思って逃げだして、知らん顔をしているのかね。そんなはずはないだろう。きみは尾行を、とちゅうで打ちきったんだ。ぼくが頼んだのは、うちを出てから帰るまで、どんなことをするか調べてくれ、ということなんだよ」

「申しわけありません。弁解の余地はありませんが、奥さん、自殺なすったんでしょうか」

「まだわからん。靴はちゃんと、はいていたそうだ。片っぽうだけ。もう片方は、ずっと離れたところに、落ちていたらしい。バッグは屋上に、ほうりだしてあった。倭文子はゆうべ、ペンダントをしていたかね」

「さあ、よくおぼえておりませんが」

「きみはいったい、なにをしていたんだね」

くやしげに声を高めてから、柏木は気をとりなおしたように、

「どうして、きみは仕事を、とちゅうで打ちきったんだ」

「奥さんがつれの方に、電車で家へ帰る、とおっしゃったからです。私としては、相手の男の身もとを、確かめる必要がある、と思いまして、タクシーで帰るのを、尾行したわけです」

受話器が急に、唖になった。

「もしもし、もしもし、柏木さん」

「聞いているよ。まさかと思ったが、そうだったのか——きみのことを警察にいわなくて、よかった。警察から電話をうけたときには、きみに事情を聞け、といおうとしたんだがね。胸さわぎがして、あやうく押えた」

「いま、どこにいらっしゃるんですか」

「那須のホテルに、きまっているじゃないか。警察は荻窪の家へいって、そこで俊之《としゆき》から、ぼくの居場所を聞いて、かけて来たんだ」

俊之というのは、高校二年生の息子のことだった。柏木氏はいくらか落着いた口調になって、

「とにかく、都合をつけて、すぐに帰る。警察へ死体確認にゆく前に、あんたにあって、話が聞きたい。そこに、いてくれるね」

「いや、そうなったら、もう少し調べておかなければならないことがあります。お帰りになるのは、夜になってからでしょう」

腕時計を見ると、午後三時半だった。

「そうなるだろうね」

「こちらから、荻窪のお宅へ、小まめに電話することにします。とんだことになって、なんとも申しあげようがございません」

電話を切ると、私は大急ぎで鬚《ひげ》を剃って、外出の支度をした。昭和通りで、タクシーをひろって、新宿へ行くと、倭文子夫人が落ちたビルは、すぐにわかった。それは、地下にディスコテック・ランナゲートがある雑居ビルだった。死体の発見が、午前七時前、六時半はすぎてい

たことも、近所のタバコ屋のおやじさんから、聞きだした。ビルの裏通りのほうに落ちたので、だれもその瞬間は、見ていなかったらしい。ランナゲートの出入口のあるほうに、落ちたのだったら、まだうろついている連中がいたはずだった。

日曜日の午後の歌舞伎町には、ゆうべの異様な熱気はなかった。いつの間にか、空に雲がひろがって、アスファルトが灰いろに見えるせいかも知れない。ゲームセンターからは、電子音がひびいているのだが、それにつれて点滅するネオンサインがないせいかも知れない。ジョイパック・ビルの前の広場に、高校生らしい連中が、なんとなく腰をおろしていたが、みんな疲れたような顔をしていた。そのひとりに、私は声をかけた。

「この広場、ハングオーバー・スクエアっていうんだって？」

「そうですか」

ふけの浮いた長髪をかきあげて、男の子は怪訝《けげん》そうな顔をした。

「知らないのかい」

「はじめて、聞きました。なにかの雑誌に、出ていたんですか」

そうだとすれば、迂闊《うかつ》千万、という顔で、男の子はくちびるを嚙《か》んだ。私は微笑しながら、若者たちのあいだに腰をおろして、

「いや、ぼくもゆうべ、聞いたばかりなんだよ。きみたちが、使いはじめているんだったら、さっそく雑誌に書こう、と思ってね」

「いいじゃないか、書いちまえば」

と、横から生意気そうな別の男の子が、こともなげに口を出して、

「早いもの勝ち。書いちまえば、みんながここを、ハングオーバー・スクエアというようになるらあ」

「ぼくが聞いたのは、はっきりここのことだかどうか、わからないんだ。ほかに、そう呼ばれているところがあるかどうか、知らないかな。スナックか、喫茶店の名前かも、知れないんだけれど」

私が聞くと、生意気そうな若者は、肩をすくめて、

「知らねえな。かまうこと、ないじゃないか。雑誌に出ちまえば、ほかのやつがここじゃないっていったって、ここのことになっちまうよ」

「そうもいかなくてね」

私が真似して、肩をすくめると、若者は鼻で笑って、立ちあがりながら、

「そんなことといってるから、いい年をして、若むきの雑誌の記事なんか書いて、餓鬼のご機嫌をとっていなくちゃいけないんだよ」

そのまま行ってしまうのかと思うと、すぐそばにいた四人づれのもんぺスタイルの少女にむかって、

「きみたち、知ってるかい。ここ、ハングオーバー・スクエアっていうんだぜ。日曜日の朝、ディスコがおわって、しらじらあけに、ここへ出てきてご覧よ。実感だぜ。ほんとうに、ハングオーバー・スクエアって感じなんだ」

「そういえば、そうねえ」

女の子はうなずいて、仲間を見かえった。若者は得意そうに、

「そうさ。つかうなら、いまのうちだぞ。雑誌に出たら、もう古いからな」

私は最初に話しかけた男の子の肩をたたいて、

「まいったね」

と、立ちあがった。男の子は笑って、左手の親指を立てると、その腹で自分の鼻のあたまを、軽く押しあげた。これも、流行のなにかのサインなのだろうか。歩きだしながら、私がふりかえると、女の子たちに講義をした若者が、しっかりやれよ、というように、片目をつぶって見せた。不器用に片目をつぶりかえしてから、私はランナゲートのほうへ歩いた。入口の表札をたしかめてみたが、「ハングオーバー・スクエア」という店はなかった。靖国《やすくに》通りへ出るまでに、あちこちのビルをのぞいたり、店屋のひとに聞いたりしたが、だれもハングオーバー・スクエアを知らなかった。

靖国通りへ出ると、私はタクシーをひろって、東玉川二丁目にむかった。平日よりは車がすくなかったが、けさよりは混んでいて、倍ちかい時間がかかった。藤山病院の手前で、タクシーをおりると、私は米屋をさがした。藤山家に米をとどけている店が、あっさり見つかって、知りたいことを、聞きだすことが出来た。私がけさ、新宿から尾行した若者は、藤山家の次男坊で、私立高校の三年生、勇二《ゆうじ》というらしい。

私はまっすぐ藤山家へいって、抽象模様の鉄門を押した。玄関の前を通って、螺旋階段に足

をかけたが、だれも制止するものはなかった。家のなかはひっそりとして、庭にもひとは出ていない。私は靴が音を立てないように、螺旋階段をのぼって、ドアをノックした。返事はなかった。窓にはちょっと距離があって、のぞくことは出来ないし、カーテンがひいてある。だが、耳をすますと、かすかにロックのリズムが聞える。私は前よりも強く、ドアをたたいた。

「勇二君」

三度目のノックで、返事があった。ドアが細目にあいて、けさの若者の顔がのぞいた。裸の胸も見えた。花模様のきつそうなシャツを羽織って、下のほうのボタンをかけながら、

「だれ？」

「藤山勇二君だね。柏木倭文子さんのこと、調べているものだ。柏木倭文子さんを知っているね」

「知りませんよ、そんなひと」

「知らないのか。そうすると、きみがゆうべ高層ビルの上のパブ・レストランで待ちあわせて、いっしょに食事をして、歌舞伎町のランナゲートへいっしょに行って、そのあと西大久保のラヴ・ホテルを一軒、二軒、三軒目でやっと部屋があって、夜あけ前までいっしょにいた女は、ありゃあ、だれなんだい？」

私の言葉のあいだに、勇二はだんだん落着きをなくしていた。だが、私が口をつぐんで、にやっと笑うと、勇二は肩をそびやかして、

「年上の女と食ったり、踊ったり、寝たりすると、罪になるのかい。第一、証拠がねえだろ。

おれをホテルへつれていったって、証言はとれないぜ。おれが高校生だってわかりゃあ、こんなひと、見たことないっていうさ」

「殺人事件となりゃあ、話は別だよ。被害者の写真と、きみの写真を持っていきゃあ、レストランでも、ディスコでも、ホテルでも証言してくれるね、間違いなく」

「殺人事件って――被害者って、まさかあのひとが……」

「柏木倭文子は、けさランナゲートがあるビルの屋上から、だれかに突きおとされて、死んだんだ」

「おれじゃない。おれはなにも知らないよ。だれが刑事さんに、おれのことを告げ口したか知らないが……」

「私は刑事じゃない。私立探偵だ。けさ歌舞伎町からここまで、きみを尾行したから、事件に関係がないことは、よく知っている。私の質問に答えてくれたら、いざというとき、証人に立ってやる」

「なんだ。私立探偵か。なんの権限もないんだろ。警察はまだ、知らないわけだ。わかったって、心配はないや。そうだよ。おれ、タクシーで帰ってきたんだ。運転手が証明してくれらあ」

「東京はひろいんだ。タクシーはこの春の統計で、十八万四千七百三十八台と発表されている。そのなかから、たった一台、見つけだすのは、時間がかかるぜ。会社の名前や、車輛番号を、おぼえているのかい?」

数字は口から出まかせだったが、効果はあった。

「私は会社名も、ナンバーも控えてある。警察より先に、探しだせる。運転手を買収して、名のり出ないようにしてやる。そうしておいて、新宿署に匿名の電話をかけて、きみの住所氏名を教えてやる。きみは第一容疑者になるわけだ。まあ、新聞は少年としてくれるかも知れないね、最初のうちは――だが、殺人容疑で起訴ってことになりゃあ、話は別だな。名前が出て、学校に迷惑がかかる。この病院も、おしまいだな。正義派ぶった投書が殺到して、お母さんはノイローゼになるだろう」

追討をかけると、勇二はわなわなふるえだした。

「ゆする気ですか。だったら、ぼくにいっても、だめですよ。父に話して――」

「いつ、ゆすった？　私はただ、きみの話を聞きたいだけだ。情報が欲しいんだよ。きみが協力してくれれば、ぼくも協力する、といっているだけだ。きみだって、倭文子さんを殺した犯人を、野放しにしておきたくはないだろう」

「なにを話せばいいんですか」

「ここに立っていて、出来るような話じゃないだろう。部屋で話すか、喫茶店へでも行くか、どっちでもいいがね」

「入ってください」

勇二はドアを大きくあけて、片手を握ったり、ひらいたりしながら、私を自分の部屋へ通した。

5

「最初は六本木のパブで、知りあったんです。むこうから、声をかけてきたんですよ。俊之のお母さんだなんて、ぜんぜん知らなかったから、高校生あさりに来た欲求不満の中年女だな、と思ってね」

と、うつむいたまま、勇二はいった。はっとしたが、私はとうに知っているような顔をして、

「ああ、きみは柏木俊之君と、おなじ高校だったね」

「彼は二年、ぼくは三年です。以前はよく、いっしょに遊んであるいたんだけど……」

「それはいいから、先をつづけて――倭文子さんのほうから、声をかけて来て、どうなったの」

私と勇二は、長椅子にならんで、腰をおろしていた。長椅子の前には、低いテーブルがあって、劇画の雑誌やレコードがちらばっている。奥には立派なデスクがあって、重役室におくような椅子が、こちらをむいていた。デスクのわきには、オーディオ装置。板壁にはロック歌手や、映画のポスターが貼ってある。勇二は立ちあがって、デスクの上から、ブリキの箱を持ってきた。薬の錠剤が入っていたらしいブリキ箱で、蓋をあけると、なかに吸殻が、何本も入っていた。

「タバコを吸っても、かまいませんよ。これ、灰皿です。ぼくがときどき吸うのを、おふくろ

も知っているんですけど、大っぴらに灰皿があっちゃあ、ちょっとまずいでしょう。だから、ひとが来ると、蓋をしめて、机の引出しに入れるんです。くだらない馴れあい芝居だけど」

「いまは吸いたくないから、けっこうだ。あんまり、時間がない。話をつづけてくれないか」

「ぼく、年上の女になんか、興味はなかったんですよ。でも、わりに嫌味がなくて、おごってくれただけで、すっと行っちまったんです。それで、おなじパブで二度目にあったときには、もうちょっと長く話をして、そしたら、ぼくらのことをよく知っているし、とっても気軽な感じだったし、なんとなく誘いにのってしまったんですよ」

「なるほどね。それはいつごろ？」

「まだ半年にはならないかな。まあ、半年ぐらい前ですね。ちょっと立派なホテルへいって、それで、まあ、ぼくはおどろいてしまったんですよ」

「俊之君のお母さんだって、わかったからかい？」

「それは三回目か、四回目にホテルへ行ったときです。おどろいたのは、つまり、テクニックにですよ。ぼくだって、女を知っているつもりだった。初体験は中三のときです。相手は、うちにいた看護婦でした、二十五、六の。高校へいってからは、先輩とか、同級生とか、後輩とか、ディスコで知りあった女子高生とか、いろいろあったんだけど、ぜんぜん違うんですよ。時間も長いし、知らなかったようなことをしてくれるし、それでいてやさしくて、玩具《おもちゃ》にされているなんて感じは、ちっともなかった」

早口でいって、しばらく黙りこんでから、勇二はつけたした。

「つまり、ぼくを男として、一人前以上にあつかってくれたんです」

「それで、きみも夢中になったんだね。どのくらいの間隔だった？　週に一度あうとか、一週おきにとか……」

「最初は週に一度か、五日に一度ぐらい、あっていたんです。それが、四回目ぐらいのときに、もうあえないといいだしたんですよ。ぼくは夢中になりだしていたんで、いやだっていいました。そしたら――」

「名前を名のったのか。俊之君の母親だとわかって、きみはどうした？」

「どうもしませんよ。どうせ、だれかの母親だってことは、わかっていたんです。子どもを生むと、こういう筋がつくんだなんて、見せてくれましたからね。それが、自分の知っている子だって、好きになったものは、好きになったものだから、ぼくの気持は変らない。それに、高校を出て、浪人ちゅうだっていってありましたからね。学校の名前はつい正直にいっちまって、あのひと、ぎょっとしたような顔をしてましたけど――だから、あえない理由を教えてくれ、といったんです」

「息子が悪い友だちとつきあって、勉強をおろそかにする。そのために、ご亭主が心配して、夜早く帰ってくるようになったし、ゴルフのつきあいを減らした。だから、あう時間がつくれない。そういったんじゃないのかね？」

「よく知ってますね。俊之ってのは、ぼくなんかとつきあっていても、ほんとに仲間になりきれない子で、おまけに悪い友だちってのは、ぼくなんですからね。話は簡単ですよ。俊之君という生徒には記憶がないけど、あの学校の悪いのは、たいがい知っている。手をまわして、俊之君をさそわないようにしてやるって、いったんです。だから、これからもつきあってくれって」

　言葉を切って、勇二は横目で、ちらっと私を見た。

「まさか最初から、あのひと、ぼくを知っていて、誘惑したんじゃないでしょうね。そういうの、色仕掛っていうんでしょう。そんなはずはないな。あのひと、すごく情熱的だったもの。またあえるようになってからは、毎晩のように電話をくれたし、土曜日にはときどき、朝までいっしょにいるようにもなったんです」

「それまでは、ホテルへ行っても、泊ることはなかったんだね」

「ええ、十二時半には、わかれていました。だから、ぼくは友だちとも、あんまりつきあわないようになって、怨まれましたよ」

「そのまま、ずっとうまく行っていたの？」

「うまく行っていたような、そうでないような——まあ、うまく行っていたんでしょうね。向うがやきもちを焼いたり、こっちがやきもちを焼いたり、喧嘩をしたこともあります。あまりしつっこいんで、かなわない、と思ったこともありますよ。だって、朝まで寝かしてくれないんだもの」

　口をとがらして、勇二はいってから、てれくさそうに立ちあがると、デスクの引出しから、タバコとライターを取りだした。ジョーカーを私にもすすめてから、金のカルティエで火をつ

けて、

「このごろ、すこし変でしたね。電話ではとてもやさしくて、甘ったるくて、そんな声を聞くと、ぼくもあいたくなったくらいです。でも、あうと、なんだか憎んでいるみたいなんですよ、ぼくを」

「そういうことを、口に出していったの、倭文子さんは」

「いいえ、なにかいえば、喧嘩になったでしょうけど、そうじゃないんです。ほんとに憎んでいたわけじゃ、ないんでしょうねえ。とっても情熱的だったし――わからないな。大人ってのは、わかりませんよ。もうあうのはよそうっていって、ぼくはもうどうでもよくなってたから、そうしてもいいよっていうと、またすぐ電話をかけて来たりするんですからね」

「ハングオーバー・スクエアってのは、どこにあるんだね?」

「ハングオーバー・スクエア?」

「けさ倭文子さんとわかれぎわに、きみがいっていたじゃないか、ハングオーバー・スクエアであいつが待っているよって」

「あんなことまで、聞いていたんですか。どこにいたんです」

「きみたちのうしろにいたよ」

「ちっとも、知らなかった。でも、ハングオーバー・スクエアなんて、実際にはないんですよ。ぼくたちだけの冗談なんです。ディスコへ行くことを、体育館へ行こうとか、ホテルへ行くことを、病院横丁へ行こうとか」

「体育館はわかるが、病院横丁はわからないな」

「ラヴ・ホテルが並んでいれば、ベッドがたくさん並んでいることになるでしょう」

「だから、病院横丁か」

「泪橋《なみだばし》商店街でウインドウ・ショッピングをするってのは、電話で話をするだけで、あえない晩のことなんです。いちばん最初、あのひとのセックスがすばらしいんで、びっくりサブナードだっていったんです。それをおもしろがったもんだから、いろいろと……」

「すると、ハングオーバー・スクエアってのは？」

「あのひとの家のことです。二日酔いの状態で、俊之と顔をあわせることになるね、といったわけですよ。ハングオーバー・スクエアで、あいつが待ってるよっていうのは、そういうことなんです」

「そうすると、きみとわかれて、ランナゲートのビルへ行ったのは、どうしてだろう？」

「わかりません。あのひと、ほんとうに殺されたんですか。自殺じゃないんですか、もしかすると？」

「靴をはいたままだったからね。自殺をする人間は、ふつう履物をぬいで、揃《そろ》えておくものなんだ。ことに、女はね。ハンドバッグも、屋上に放りだしてあったそうだし……自殺をするような心あたりでもあるのかい？」

「そうじゃないんですが、あのひと、自殺をしても不思議はないような気がするんです。うまく説明できないんですが……」

勇二は胸もとに手をやって、なにかさわろうとした。だが、なにもないことに気づいて、その手を膝《ひざ》におろした。

「きみ、ゆうべはペンダントをしていたね」

私が聞くと、勇二は肩をすくめて、

「あのひとが持っていっちゃいました。ぼくの代りに、人質にとっておくといって」

「倭文子さんは、ペンダントはしていなかったね」

「ええ。ぼくのはハンドバッグにしまっていましたよ」

「特徴を話してくれ」

「前につきあっていた女が、フィジーかどこかへ行ったときに、お土産にくれたんです。ポリネシアの神様かなんかじゃないのかな、あの像は。珍しいもんですよ。裏にUJI. Fと彫ってあります」

「いつもしているの？　つまり、友だちなんかが、気づいていたかどうかということなんだが」

「ええ、自慢して見せてましたから」

「まずいな、それは」

「バッグのなかから見つかったら、警察は気にするでしょうか」

「バッグのなかじゃない、倭文子さんはペンダントを握って、死んでいたんだ。私はまだ見たわけじゃないが、きみのペンダントに違いない」

「でも、どうして――それじゃあ、まるでぼくが犯人みたいじゃないですか」

「そうなるね」

「どうすればいいんです、ぼくは」

「いざとなったら、私が証人になってあげるよ。きみを乗せたタクシーも、見つけてあげる。だが、お母さんかお父さんに打ちあけたほうがいいな、警察がきみを探しあてないうちに」

「おふくろに話したら、きっと発狂しちまいますよ。おやじは明日にならなきゃ、帰って来ないし」

「明日でもいいから、話すんだな。私の名刺をわたしておこう。嘘をついちゃ、いけないよ。お父さんは怒るだろうが、刑事に尋問されるよりは増しだろう」

「嘘はついていませんよ。ぼくはあのひとが好きだった。そりゃあ、長くつきあおうとは思っていなかったけど——お願いします。タクシーを探してくれたら、きっと父がお礼をします」

「金なんぞはいらないよ。私にはちゃんと、依頼人がいるんだ」

「あのひとの死顔を、見るわけには行かないでしょうね。さよならをいいたいような、気もするんですが」

「よしたほうがいい。最後のわかれとかなんとか、センチメンタルな気分にはなれないものだよ。高いところから落ちた死体を見たら」

「顔がめちゃめちゃになっているんですか」

と、勇二は眉をひそめた。私は立ちあがりながら、

「いや、案外きれいなものだ。頭蓋骨がくだけて、皮膚のなかに詰っていたものが小さくなる

わけだから、顔ぜんたいが小さくなったように見える。皮膚ってのは、非常に張力があるもんだから、小さくなった顔が突っぱっていて、なんとも異様に見える。さよならをいいたかったら、きみの頭のなかにある倭文子さんの顔に、いうんだな。いいかい、あしたは普通に学校にいって、帰ってきたら、お父さんに話すんだよ」

私は部屋を出ると、螺旋階段をおりた。さっきはいなかったのに、大きな犬が庭のポールにつながれていて、私に牙をむきだした。知らぬ顔で門のほうへ行くと、犬は拍子ぬけしたみたいに、葉鶏頭があざやかに咲いているそばにうずくまった。

6

柏木英俊は、立てつづけにタバコを吸いながら、私の話を聞きおわると、大きなため息をついた。荻窪の柏木の家の応接間は、クーラーがきいていたが、温度調節の故障した温室のなかみたいに息苦しかった。

「困った。それは、困る。そんなことを、表沙汰にするわけには行きませんよ」

眉のあいだに皺《しわ》をよせて、柏木は立ちあがると、安楽椅子のうしろを、行ったり来たりしはじめた。

「俊之の気持にも影響するし、私の立場にも影響する。警察に知れるってことは、マスコミにも知れるってことでしょう。実をいうと、妻はむかし水商売をしていたんだ。そんなことまで掘りかえされたら……」

「水商売をしていたからって、別に悪いことはないでしょう。明治の元勲の奥方には、芸者だったひとがたくさんいますよ」

「ふざけないでくれ」

「ふざけちゃいません」

「そりゃあ、水商売が悪いってわけじゃない。しかし、いい材料にされるさ。教育ママが自分の息子かわいさに、むかしの手練手管をつかって、悪い友だちを遠ざけようとした。ところが、ミイラ取りがミイラになって、相手に溺れてしまったなんてのは、まったくのお笑い草だ」

「そのお笑い草で、奥さんはそうとう悩んでいたようですよ」

「なんとか方法はないかな、久米さん。藤山さんというひとと、警察へ行く前に、話し合ってみようか」

「藤山博士は、留守なんです。奥さんと話してみても、取りみだすだけでしょう。私が警察へお供しますよ。ありのままに話をして、直接、関係ないことは発表しないでもらうように、頼むしかないでしょう。警察は事件が解決しさえすれば、あなたの息子さんが傷つくようなことはしないはずですよ」

　私がいうと、柏木は半信半疑の顔つきで、

「しかし、藤山勇二が犯人でないとすると、解決には手間どるんじゃないでしょうか。手間どれば、刑事がいろいろ調べあるいて、マスコミにも嗅ぎつけられるにきまっている」

「いや、そうとは限りませんよ。現場の様子をくわしく聞けば、なにかわかるんじゃないか、と思うんです。とにかく、担当の刑事と話しあってみたいんです」

と、私は立ちあがった。柏木はタバコに火をつけてから、すぐまた灰皿に揉《も》みけして、

「それじゃあ、新宿署に電話します。しかし、どんなふうに話をしたらいいのか、私にはわからない。刑事には久米さんが、話をしてくれますね」

「わかりました」

私が答えると、柏木は飾り棚に歩みよって、プッシュフォンの受話器をとりあげた。私は窓ぎわに立って、カーテンの隙間から、外を眺めた。新宿とくらべると、古い住宅街の夜は深い。窓の外の闇の濃さには、秋が感じられた。

一週間後の夕方、柏木倭文子と藤山勇二が待ちあわせた高層ビルのレストランで、私は桑野未散と食事をしていた。仕事を手つだってもらった礼に、私が招待したのだった。日の暮れるのが、また一段と早くなって、窓ぎわのテーブルからは、新宿の灯が夜光虫の海のように見えた。

「倭文子というひとには、きっとこの新宿ぜんたいが、ハングオーバー・スクエアだったんじゃないかしら」

と、未散がしみじみといった。

「ほんとうに、自殺だったんでしょうか」

「十ちゅう八九はね。屋上にあがる階段は、ひどく狭い。おまけに、ごみバケツやらボール箱やら、積んであったりしたそうだ。だから、腕をひっぱったりして、連れてあがられたんだったら、階段はもっと乱雑になっていたはずなんだ」

「ひとりであがっていった、というわけですの？　でも、屋上でだれかが待っていたということも、考えられるんじゃないでしょうか」

「そりゃあ、そうだ。屋上も狭いが、争ったあとがあるかどうか、わかるほど狭くはないんだそうだ。しかし、倭文子さんは暴行されてはいなかった。落ちたときの傷いがい、からだには傷もない。屋上の手すりに押しあげられて、突きおとされたんなら、服が裂けるとかなんとかするはずだが、それもないんだ」

「そうですね。相手のペンダントを引きちぎるくらいの争いがあったんなら、とうぜん手や腕に、傷とかつかまれた痕ぐらい、つきますわね」

「しかも、ペンダントは勇二のものなんだからね」

「やっぱり、そうだったんですか」

「新宿署の連中も、他殺にしては変だが、自殺にしては説明がつかないことが多すぎる、というんでね。倭文子さんの前の晩の行動や、ペンダントの持ちぬしを、洗おうとしていたんだ」

「けっきょく、自殺ということになって、俊之という息子さんには、ほんとうのところは知らされなかったんですの？」

「依頼人の希望だから、私は反対はできなかったよ。知らせないほうがいいか、知らしたほうがいいか、まあ、私にもよくわからないがね」

「医者の息子、ほっとしたでしょうね」

「勇二は学校をやめるんじゃないかな。ハワイに別荘があるそうだから、そこへ行くようなことをいっていた。ショックをうけたことは確かだから、のんびりさせる、ということなんだろうね」

「うらやましい話」

「まったくだね。落着いたら、ホノルルの学校へ入るんだとかいっていたが、ていのいい厄介ばらいだろう。そう考えると、かわいそうな気もするが……」

「でも、それじゃあ、こんどの経験が、ちっとも薬にならないと思います。いちばん哀れなのは、倭文子さんじゃないかしら。考えかたは狂っているけど、医者の息子にのめりこんでしまったんだって、きっと旦那さまが、ちっともかまってあげなかったせいよ」

「ご亭主は、大いに反省していたよ。しかし、きみがちょいといっていたようなことは、なかったらしいな」

「あたし、なにかいいまして？」

「そうか。あれは私がいったんだったな。ほんとにゴルフか、宴会か、わかったものじゃない、といったことさ」

「ちゃんと那須のホテルにいたからですか。それでも、わかりませんよ。このあいだはほんとうでも、今までのがぜんぶ、ほんとうとは限らないでしょう」

「女だねえ。女は怖い、と思ったよ、こんどの仕事では」

と、私は微笑した。未散は首をかしげて、

「怖いのかしら、悲しいのかしら——あたしにも、あの奥さんの気持、わかるようで、わからないんです。なにも死ぬことはなかった、と思うんですよ。それも、年下の恋人に疑いがかかるような細工なんかして」

「私にも、よくはわからないがね。あのままの状態がつづけば、どうなるかわからない。ご亭主にもわかるだろうし、といって、離婚したところで、勇二といっしょになれるはずはない。恐しくなったんじゃないのかな。だから、死ぬ決心をして、自分を狂わせた男には、学校にいられなくなるように、あんな小細工をしたんだろう」

「あたしたちが尾行していなくても、あの子は助かったんじゃないかしら。警察の組織力で調べれば、あのときのタクシーだって、遅かれ早かれ見つかるでしょ」

「見つかるだろうね。それでも、そんな騒ぎになれば、学校にはいられなくなる。騒ぎにならずにすんだって、けっきょく死んだ母親の望みどおりになりそうじゃないか」

「母は強し、されど女は弱し、というところかしら」

「私としちゃあ、あのとき相手の男の身もとを確かめたことは、私立探偵としては間違っていなかったはずだ。だがねえ、倭文子さんをあのまま尾行していれば、死なせずにすんだと思うと、あと味が悪いよ、この事件は」

「運命といってしまったら、安易かも知れませんけど、しかたがなかったんですよ。あの日は助けられたとしても、別のかたちで、やっぱり死んだと思うの、あのひとは」

「運命か」

「運命ですよ。だって、あたしが見た感じじゃあ、あの医者の息子、女を狂わすような魅力があるとは思えないんですもの」

「相手がどうこうっていうもんじゃないんじゃないかな。女と男のことは、第三者にはわからない」

私がいうと、未散は黙りこんで、窓の外を見つめていた。夜光虫の海は、いよいよ明るくかがやいている。

「夜になると、東京にお酒が流れこむ。夜あけとともにそれが退いて、ハングオーバー・スクエアが残る」

と、歌うように、未散がつぶやいた。私は眉をあげて、

「なんだい、それは」

「ちょっと、いいでしょう。セックスって、怖いんですね。あたし、男性恐怖症になるかも知れないわ」

「そんなことをいわないで、ここを出たら、体育館へ行ってみようか」

「体育館?」

「ディスコさ。ランナゲートだよ。このあいだは、せっかく張りきって出てきてくれたのに、踊れなくて残念だったろうから」

「久米さん、踊るつもりなんですか」

「私は見ているよ。ひとりでだって踊っていれば、男の子がよってくるさ」

「久米さん、とちゅうで逃げてしまうんじゃないでしょうね」

「大丈夫だ。ちゃんと、家まで送ってあげるよ。病院横丁へさそったりはしない」

未散はまた、怪訝そうな顔をした。私は説明はしないで、笑っていた。

第五話　濡れた蜘蛛の巣

1

「血に飢えた殺人鬼になれたらいい、と思うんですよ、ああいう連中を見ると」

ひとりごとみたいに、老人はいった。だが、ひとりごとではなく、私に話しかけたのだった。ただ私のほうを、むいていないだけだった。前の植込みを、老人は見つめていた。けれども、その黒ぐろとした植込みのなかに、「ああいう連中」がいるわけではない。植込みの下の歩道ぞいに、赤と黒に塗りわけたオートバイが、何台もとめてある。それに乗ってきた連中は、近所の喫茶店に入っていた。老人は植込みに顔をむけながら、その連中を赤と黒のオートバイに乗せて、見つめているのだった。

「私たち年よりが十人ぐらい、目を血走らせて、手斧《ておの》かなんか持って、連中の前に立ちふさがったら、どうするでしょう。私たちを轢きころしてゆく勇気が、あるでしょうかね」

老人はこんどは、はっきり私に顔をむけた。私は首をかしげてから、

「そこまで、大胆ではないでしょう。まわれ右をして、逃げますよ。しかし、年よりが集団で、血に狂うなんてことも、ありえないでしょうな」

「それはそうでしょうが、私にはどうも、あの連中がわからない。なんだって、大勢あつまって、オートバイなんぞ突っ走らせるんです?」

「さあ——そうしないではいられないような不満が、なにか心の底にあるんでしょうね」

土曜日の深夜で、「あの連中」というのは、いわゆる暴走族だった。私たちが腰をおろしているのは、環状六号道路の東中野の陸橋のわき、小さな公園のなかにあるベンチだった。道路にむかって、左がわは石崖で、下を中央線と総武線の電車が走っている。右がわは、東中野の駅へくだるだらだら坂だ。公園をかこむ金網塀とコンクリート壁の下に、傾斜した歩道があって、オートバイはそれに沿って、駐めてあるのだった。

公園のなかには、すべり台が一台と、カラー・プラスティックの円盤がたのベンチが、大小いくつかあるだけだった。私は大きなベンチに腰をおろして、だらだら坂を挟《はさ》んで建っている三菱銀行のガラス窓を、ぼんやり見あげていた。夜風がすこし冷えはじめて、植込みのなかでは、虫がしきりに鳴いている。線路ぎわへ立っていけば、新宿副都心の高層ビルディングが、見えるはずだった。その灯もあらかた、もう消えていることだろう。

「不満はだれだって、多かれ少かれありますよ。私なんぞの若いころは、不満はたいがい、金で解消できたもんですがね」

話相手が見つかって、老人は元気づいたらしい。円盤がたのベンチのへりで、からだごと私にむきなおって、言葉をつづけた。

「あのオートバイは、一万や二万で買えるものじゃないでしょう。私があの連中の年ごろに、そんな大金があったら、本を山ほど買いこみますね。本をたくさん読めば、たいがいの悩みは解消できる。読みつかれたら、酒でも飲んで、寝るんです」

「酒もきらい、本もきらい、という人がいるでしょう。私も酒は飲むが、本はあまり読みませんな」

「私の知りあいで、あの連中のやっていることは、思想も主義もないデモ行進だ、というのがいますよ。自己主張にすぎないというわけです。しかも、主張するにたるものは、なにもない自己主張だから、危険なんだ、というわけです。その男は、私より年上だもんだから、自己のない人間に自己主張をさせるには、軍隊がいちばんいい、徴兵制度を復活させるべきだなんて、それこそ危険な説になるんですがね」

髪は灰いろで、額には皺《しわ》が深いが、この男、私よりそんなに年上ではないらしい。紺の背広で、ホワイトシャツを着ているが、ネクタイはしめていなかった。ズボンのプレスもきいていて、暗いところでは、裕福な紳士に見える。だが、明るいところで見ると、服はかなり古びていた。年より老けて見えるほど、からだは酷使してきたが、服は大事に手入して、長いあいだ着ているらしい。

「だいぶ暴走族に、関心がおありのようだが、あの連中が喫茶店から出てきたら、どうするつもりです？　まさか走って、追いかけるつもりじゃないでしょうね、織田《おだ》さん」

と、立ちあがって、私はいった。金網塀の下の歩道で、若者たちの声が聞えた。

「ほら、出てきましたよ、織田さん。メンバーがそろって、くり出すところなんじゃありませんか」

と、私がいっても、織田要造《ようぞう》は動かなかった。あっけにとられた顔つきで、私を見あげて、

「どなたです、あなたは？　どうして、私の名前をご存じなんです？　お目にかかったことは、ないように思いますが……」

「おどろかして、すみません。久米五郎といいまして、水道橋のちかくに事務所を持っている私立探偵です」

私は織田の隣りに、もういちど腰をおろして、名刺をわたしながら、

「実をいうと、織田さんがお宅を出られたときから、ずっと尾行していたんです。今夜だけじゃない。ゆうべもですよ」

「私立探偵？」

織田要造は、遠い街灯のあかりに、私の名刺をかざしながら、つぶやくようにいった。

「私を尾行していたって、いったい、だれに雇われたんです。家内じゃないでしょう。家内のはずはない。うちには私立探偵を雇うような、経済的な余裕はないから」

「奥さんに雇われたわけじゃありません。でも、奥さんのために、働いているんです。心配しておいでですよ」

「わかりました。家内の弟が、あなたを雇ったんでしょう。あいかわらず、お節介だな。それも、なんでも金で解決しようとするんだから、かなわない」

と、織田は眉をひそめた。私は肯定も否定もせずに、

「さっき織田さんは、たいがいの悩みは金で解決する、とおっしゃいましたよ。金でやとえる専門家がいたら、雇ったほうがいい場合もあるでしょう」

「若いときの悩みのことをいったんです、さっきは」

「でも、織田さんはいま、なにか悩みをかかえていますね。だれかを探しているような気がするが……」


私がいいかけたとき、下の歩道で、オートバイのスタートする音がひびいた。その音は次つぎに起って、大きな唸《うな》りになった。織田は立ちあがると、大股《おおまた》に公園の出口へ急いだ。私があとを追うと、オートバイが目の前を、次つぎに走りすぎるところだった。街灯をあびて、黒や赤や白や黄のヘルメットが、名人のキューに突かれたビリヤードの球みたいに、光って走りすぎていった。オートバイは十二、三台、そのうちの六、七台は、うしろにヘルメットをかぶった娘たちを、しがみつかしていた。

「家内は私が、浮気でもしている、と心配しているんですか」


オートバイを見送って、ため息をついてから、織田は私をふりかえった。私は首をふって、

「わけがわからないんで、心配しているんじゃないかな。私にも、わかりませんよ。土曜日には、夜かならず外出する。金曜日の夜も、たいがい出かける。ほかの日にも、遅くなることが、多くなった。泊ってくることはないし、あまり酔ってもいない。それだけに、奥さんは心配なのかも知れませんよ。あなたに正面きって、文句もいえないから」


もとの円盤がたのベンチに、私たちは戻っていた。

「ゆうべ、あなたは南長崎のお宅を出て、近所のスナックを三、四軒、のぞいて歩いた。若い女の子をあさるにしちゃあ、お宅の近くすぎる。今夜は山手通りの喫茶店をのぞいてから、こ

こへ来てすわりこんだ。まあ、私の仕事は一週間、あなたの夜の行動を監視して、それを依頼人に報告すれば、おしまいなんですがね。この様子じゃあ、私の報告がなおさら、奥さんを心配させることになりそうだ。それでまあ、お節介かも知れないが、話しかけてみたんです。だれか若いひとを、探していらっしゃるんでしょう?」

「手つだってくれるというんですか。でも、私には専門家に料金は払えませんよ」

自嘲するように、織田はくちびるを歪《ゆが》めた。私は微笑を返して、

「ご心配はいりませんよ。奥さんの心配をとりのぞいてくれ、と私は依頼されている。あなたのお手つだいをするのも、仕事のうちということになります」

「タバコをお持ちじゃないですか。禁煙するつもりでいたんですが、どうもうまく行かなくて」

「私も節煙ちゅうですが、こういうときは、吸ったほうがいい」

私は織田にタバコをすすめて、自分でも一本くわえた。ライターの火に、織田の疲れた目が、きらきら光った。

「娘を探しているんです」

けむりを長く吐きだしてから織田はいった。私はめんくらって、

「お嬢さんのことですか。まさか、隠し子があるわけじゃないでしょう?」

「そんな達者な男じゃありませんよ、私は」

「お宅は奥さんと息子さん、お嬢さんとあなたの四人暮し、と聞きましたが、お嬢さんが家出をなすっているなんてことは——ああ、もうひとり、もうお嫁にいったお嬢さんが、いらっし

ゃるんでしたね。その方が家出でも？」

「いや、違います。十九になる下の娘ですよ、探しているのは――家出をしたわけじゃない。朝はちゃんと家にいて、勤めに出てゆくんです。ろくに寝ていないような晩は、ほんとうに勤めさきへ行っているかどうか、わかりませんがね」

「夜遊びが激しくて、ご心配なんですか」

「そういってしまうと、ことは単純になりますね」

織田は苦笑して、タバコの火を見つめた。

「久米さんのところは、男のお子さんなんですね、きっと」

「子どもはいないんですよ。女房も。結婚しなかったわけじゃないが、死なれましてね。そのころは刑事だったもんですから、ひとりのほうが気が楽だと思って、再婚もしなかったんです」

「そりゃあ、どうも……下の娘というのは、年をとってから、生まれた子どものわけでしょう。それだけに可愛くもあり、心配でもあって――私は結婚するのが、遅かったんです。あのころは、それが普通みたいでしたがね。もうじき六十になるんですよ、私は」

「奥さんはご存じじゃないんですか、お嬢さんの夜遊びのこと」

「知っています。高校時代の友だちにあいにいくとか、友だちとディスコへ行くとか、家内には断ってゆくようですから。上の娘にも、そういう時期があったんで、さほど心配はしていないようですな。しかし、雅子《まさこ》とは違うんですよ、茜《あかね》は」

「雅子さんというのが、お嫁にいったお嬢さんですね」

「ええ、そうです。茜は甘やかして育てたもので、高校を出ると、進学しないで、勤めに出たんです。ひとつには、私が定年退職して、次の仕事につくまで、間があった。その時期に卓郎が——息子が大学へ入り、茜が高校へ入ったものですからね。どちらも私立でしたから、私もくたびれはてた感じだったんです。茜のしたいように、させたわけです」

と織田はため息をついた。

「しかし、それだけじゃないんじゃありませんか、茜さんのことが特に心配なのは」

私が聞くと、織田は短くなったタバコを足もとに棄てて、丹念に踏みけしながら、

「ここまでお話ししたんだから、聞いていただきましょう。家内には、黙っていてください」

「いわないほうがいいことなら、いいませんよ。まあ、そのへんは専門家にまかしてください。奥さんのご存じないことを、見るか聞くか、なすったんでしょう」

「電話がかかって来たんです、私のつとめ先へね。若い男の声でしたよ。茜が難波昇《なんばのぼる》という男に、のぼせあがっている。結婚しようといわれて、その気になっているようだが、用心したほうがいい。難波はもう、結婚している。相手は年上の気の強い女だから、難波が別れたいと思っていても、別れられるものじゃない。ひょっとすると、血の雨がふるようなことになるかも知れないから、くれぐれも気をつけろ、というんです」

「血の雨とは、ひどく古風ですな。しかし、そんな電話があったんじゃあ、心配になるのも無理はない。それで、難波という男や電話のぬしに、心あたりはあったんですか」

「難波という男は、中学校の一年先輩で、うちへも遊びに来たことがある。そのころは、快活

ないい子だったんですがね。両親が離婚してから、ぐれたらしい。高校を中退して、バーテンダーかなにかしている、と聞きました。電話してきたのは、声におぼえがあったし、私のつとめ先の電話番号を知っていることからも、服部兼雄《はっとりかねお》という子だと思います。これは中学の同級生で、去年あたりまでは、ときどき遊びにきていました」

「その電話のこと、茜さんに話したんですか」

「はっきり話して、問いつめたかった。でも、出来ませんでしたよ。女の子は父親になつくものだ、というでしょう。小さいころは、たしかにそんな感じでしたが、私が忙しすぎたせいかも知れない。なにしろ、長女を大学へやって嫁に出す。息子を大学へやる。古い借家に住んでいたのを、大家が売ってもいいといい出したんで、無理して買って改築する。昼間のつとめだけじゃ苦しいんで、夜うちでアルバイトまでしたもんです」

と、ため息をついてから、織田は低い声で笑って、

「こりゃあ、愚痴になってしまいましたな」

「かまいませんよ。どうぞ、話しいいように話してください」

「家内も知らないことなんですが、ごく若いころ、私は作家になる気でいたんです。足がかりのつもりで、小さな出版社につとめて、敗戦直後のことですから、そこはすぐにつぶれてしまいましてね、そのときの同僚で、大きな出版社に移って、偉くなったのがいるんで、社外校正の仕事をさせてもらったんです。だから、昼間はつとめに出て留守、夜は部屋へとじこもっている父親、金をつくる機械、というイメージが定着してしまったんですね。子どもたちとの会

話が、どうもぎこちないんです。といって、叱ることも、うまく出来ない。それでまあ、茜にかまをかけてみたんです」

「難波昇と服部兼雄のことです」

「あのふたり、ちっとも遊びに来ないようだが、どうしている？　と聞いたんです。茜の返事は、あっさりしたものでした。難波ははやばやと結婚して、グループからぬけていったが、服部とはときどき顔をあわしている、近所のスナックへ行くと、よくいるので、というんですよ。安心したような、ますます心配なような妙な状態で、いっこうに落着かない。偶然、近所の娘さんで、茜の同級生だったのに、電車のなかであったので、話しかけてみたんです。そしたら、その子が口をすべらして、難波のオートバイに茜がのせてもらっているのを、ついこのあいだ見た、というんですよ。難波は近ごろ、オートバイに凝っているらしい」

「それで、今夜ここへいらしたんですか」

「ここに集るグループのリーダーだそうです。最年長ですからね。先頭を切っていた赤いヘルメットが、そうだったんでしょう。はっきり見えなかったんですが……」

「お嬢さんはいました？」

「いません。ほっとしました。力を貸してくださるのなら、もうすこしお話ししたいんですが、時間はかまいませんか。どちらまで、お帰りです？　ああ、水道橋とおっしゃいましたね」

「それは事務所です。すまいは台東区の龍泉ですが、かまいませんよ。タクシーで帰ります。織田さん、電車はとうの昔におわって、駅はもう暗くなっていますよ」

「うっかりしていました。私はあなたを、精神分析医と間違えたようですな。愚痴まで聞かして、申しわけありません」

「いくらか似ているところがありますよ、精神分析のお医者さまと——話をうかがってから、することは違いますがね」

と、私は立ちあがった。環状六号道路の車の往来は、あいかわらず激しかったが、金網塀の下に足音はとだえて、この一郭にだけ、夜が深まったようだった。見あげると、夜空が澄んで、急に星のかずが増えていた。

「間もなく、寒くなりますね。近くのスナックにいって、お話の残りをうかがいましょうか。白髪まじりの男がふたり、こんなところで話しこんでいると、泥坊の相談でもしているみたいだ」

2

マンションのドアの名札を入れる枠のなかには、白いプラスティックの板が、さしこんであるだけだった。関係のない人間には、用がないんだ、といっているようだった。ブザーを押しても、返事はなかった。けれども、ノブに手をかけると、ドアはきわめて友好的に、大きくひらいた。スニーカーやサンダルが、土間でひしめきあっているのが、まず目に入った。

私は難波昇を探していた。まず区役所にいって、住民登録をしらべるのが定石だったが、日曜日だから、あしたにするしかない。織田要造は、難波の住所を知らなかった。よく顔をだすというスナックや、土曜日の晩にグループが集る喫茶店しか、知らなかった。昼間では、役に立たない。私はまず、服部兼雄にあってみた。

「椎名町《しいなまち》へんのアパートにいるはずなんですけど、ぼくも知らないんです。用があると、むこうから電話があるし、こっちは喫茶店やスナックに連絡するんでね。副山君《そえやま》なら、知っているはずですよ。難波の同級生で、この近くのマンションにいます。おやじさんが建てたマンションのひと部屋を、勉強部屋ってことにしているんですが、グループのたまり場ですよ。ひょっとしたら、難波先輩もそこにいるかも知れないな、きょうあたりは」

と、服部に教えられて、私は副山という男の部屋の前に、いま立っているのだった。織田や服部の家とおなじ南長崎だったが、もっと練馬よりで、目白通りから、かなり入った四階建の賃貸マンションだった。教えられた部屋は、四階のいちばん端にあった。狭い前庭に、オートバイが三台ばかりとめてあったから、副山が部屋にいることは、間違いないだろう。難波昇も、いるかも知れない。

「ごめんください。副山さん、おいでですか」

レコードの音にさからって、私は声を張った。足の踏み場もない土間から、奥の眺めを、長いのれんがさえぎっている。奥の窓があけてあるのか、タバコの煙が勢いよく、のれんの隙間から押しよせてきた。汗くさいような臭いもした。

「副山さん、おいでですか」

私が声を高めると、こんどは返事がもどってきた。

「いますよ。どなた?」

「難波さんに用があるんですが、こちらに見えていませんか」

「まだ来ていないな。待つ気があるなら、遠慮なく入ってください。ことづてだけなら、その黒板に書いていってください。悪いけど、立っていくのが、めんど臭いんだ」

間のびがして、あまり若さは感じられない声だった。玄関のわきの壁に、なるほど、大きな黒板がさがっている。黄いろや赤のチョークで、へたな字が書きちらしてあった。11・30PM、ムガであおう。わすれずにTELしてね、チコ。マッポン、ムクレ、アヤマレヨ。駅の伝言板みたいで、なんだかよくわからない。私はまっ赤な長のれんに手をかけて、奥をのぞいてみた。

ダイニング・キッチンのむこうに、タバコのけむりが、渦巻いている。こちらに背なかをむけて、男が寝そべっているのが見えた。土間のスニーカーやサンダルをかきわけて、私は靴をぬぐと、ロックのリズムのなかに入っていった。腹の底にひびくところは、あまり歓迎できなかったが、女数人の歌が入っていて、私でも浮かれたくなるような音楽だった。けれど、若者たちは踊っているわけではなかった。

畳の上に絨緞《じゅうたん》を敷きつめた八畳の部屋で、大きなステレオ装置とベッドのほかには、ほとんどなにもなかった。ベッドの上には、若い女がふたり、シャツの裾にパンティをのぞかして、眠っていた。寝顔をぎらつかしている化粧は大人びているが、木綿《もめん》のパンティには、スヌーピーや小さな花が散っている。ひとりは横むきにからだをまるめ、もうひとりは大の字になっている寝相も、子どもっぽかった。せいぜい十七、八か、あるいは十五、六なのかも知れない。ベッドのはしから、刺繡をしたジーンズが二本、垂れさがっていた。

派手な模様のシャツのボタンを、すっかり外して、裸の胸に黄金《きん》ぐさりを光らした若者が、ベッドによりかかっている。片手に茶いろい細長いタバコ、片手に水割のオールドファッションド・グラスを握っていた。その肩にもたれるようにして、女がひとり。ブリーチアウトのジーンズに、枯葉いろのタンクトップを着て、やはりタバコとグラスを持っている。グラスは、ほとんど空だった。タバコは火が消えているらしいが、女は目をとじていて、気がつかない。タンクトップの色よりも濃く日やけした頰は、ひどく大人びていて、年の見当はつかなかった。

あとは男がふたり、いずれも二十《はたち》そこそこだろう。ひとりはジーンズの両膝《りょうひざ》をかかえて、壁によりかかっていた。もうひとりはダイニング・キッチンとの境に、頭をかかえて寝そべっている。まんなかには、大きなトレイの上に、ウイスキーの壜《びん》、ステンレス・スティールの水さし、アイス・バケット、吸殻が山盛りの灰皿がのっていた。バケットのなかは、もう水だけになっている。紙の皿に切ったチーズは、かたくなりかけていた。ほかにには、新聞紙にあけたポテト・チップスの山。

「やあ、待ちますか。どこへでも、好きなところにすわってください。一杯やるなら、グラスはキッチンの戸棚にあります。氷がなくなったけど、冷蔵庫の製氷皿にはありますから」

と、胸にくさりを光らした若者が、顔をあげた。私は寝そべっている男の手前に立ったまま、

「あんたが副山さん?」

「ええ」

「難波さん、ここへ来ることになっているんですか」

「たぶんね」

「どこに住んでるんです?」

「椎名町の駅の近くのアパートだそうだけど、名前も番地も知らないな。電話番号だけ」

「それを教えてくれない?」

私は副山のいう番号を、手帳に控えてから、

「電話を借りてもいいかな」

「どうぞ。電話はそこの――ああ、見えてますね」

キッチンのテーブルの上に、サーモン・ピンクのプッシュフォンが、のっかっていた。それで教えられた番号にかけてみたが、ベルが鳴るだけで、受話器をとりあげるものはなかった。私が受話器を耳にあてて、ロック・ミュージックとベルの音の掛けあいを聞いていると、副山が声をかけてきた。

「留守なら、間もなくここへ来ますよ」

「待たしてもらおう。ついでに聞きたいんだが、難波さんはゆうべ、きみたちといっしょだった?」

「ええ」

「織田茜さんは？」

「ずっといっしょ。今もいっしょ。この子が茜ですよ」

と、副山は肩をゆすった。だが、枯葉いろのタンクトップの娘は、目をひらかなかった。私は睫毛の長い日やけした顔を、上から見おろしながら、

「起してくれないかな。ちょっと聞きたいことがあるんだ」

「起きませんよ、この様子じゃあ」

「レコードをとめてくれ。それから、起してみたまえ」

「おい、レコードをとめろとさ」

副山は、壁によりかかっている男に、声をかけた。男は顔もあげずに、片手をのばして、ステレオのスイッチを切った。部屋のなかが嘘のように静かになって、ベッドの上のスヌーピーのパンティの娘が、小さないびきをかいているのが耳についた。小さな花柄のパンティのほうは、身動きをした。

「茜さんを起してくれ」

「起きろとさ」

副山はタバコを灰皿に突きたててから、隣りの女の頭を小づいた。女が目をひらくと、副山は顎《あご》に手をかけて、私のほうにむかしながら、

「このおじさんが、用があるってよ」

「ちょっと話したいことがあるんだが、外へ出てもらえないかな」

私がいっても、女は返事をしなかった。ぼんやりと、こちらを眺めている。灰皿でいぶっているタバコが、女の顔に薄い煙幕を張った。私はポケットから、タバコを出してくわえると、敷居ぎわに寝そべっている男をまたいで、灰皿に手をかけた。いぶっている吸殻から、火をうつす動作のついでに、灰皿のなかをあらためたが、どれも普通のタバコらしい。マリワナのにおいはしなかった。私はもう一度、くりかえした。

「話したいことがあるんだけどね。外へ出てくれないか」

こんどは、意思表示があった。女は首をふったのだ。副山はにやにやしながら、

「だめだったね。このひと、おれたちのいうことしか、聞かないんだよ。そうだよなあ」

あとのほうは、壁によりかかっている男に、同意をもとめる言葉だった。壁ぎわの男はうなずいてから、

「あんた、立ってみせてやれよ」

と、めんど臭そうにいった。女は、うなずいて、すっと立ちあがった。

「パンツをぬいで、副山にやらしてやれよ」

私の足もとから、声がかかった。見おろすと、寝そべっている男が、にやにや笑っていた。女はうなずいて、無造作にジーンズをぬいだ。下にはなにも、はいていなかった。ビキニの水着に隠されていた下腹と、日にさらされていた太腿《ふともも》が、あざやかな対比をつくっている。副山が片手をのばして、逆三角形のあざやかな茂みをかきわけた。日やけした太腿と、うすく血のいろを浮かして、ひきしまった腹は、見るからに若わかしいが、秘部は、黒ずんで、相当につ

かいこまれていた。副山は立ちあがると、絨緞の上を見まわして、

「そこじゃ、寝られないな。しかたがない。バックでやるか」

女はうなずいて、うしろを向くと、ベッドに両手をついた。副山は私に片目をつぶってみせてから、女のつきだした尻に、むきなおった。私は灰皿にタバコをねじこんでから、その手をのばして、副山の襟《えり》をつかんだ。

「大人をからかうもんじゃない。その子のお尻はかわいいが、お前のけつなんぞは見たくないよ。おれは忙しいんだ。はっきり返事をしてもらおう」

寝そべっていた男が、起きあがろうとした。はね起きざま、私の膝のうらを、突こうとしたのだ。だが、私のほうが早く、そいつの脇腹を踵で踏みにじっていた。男はうめいて、キッチンにころがり出た。壁によりかかっていた男は、あわてて立ちあがった。女はベッドのわきにうずくまって、ジーンズをひきよせた。副山はおとなしく、私に襟をつかまれていた。

「難波はここに、来るか来ないか、わからないんだろう。その子は、茜さんじゃないな。ゆうべ茜さんは、お前たちといっしょだったのか」

「わかった。冗談だよ。離してくれよ。おれたち、大人にはさからわないことにしているんだ。難波は来るか来ないか、わからない。その子は茜じゃない。ゆうべは、一緒じゃなかった。ほんとうだよ」

「難波はどうだったんだ？　赤ヘルで先頭を切っていたのは、難波じゃないのか」

「あれは、おれだよ。ゆうべは、難波は来なかったんだ。離してくれ。ネック・チェーンが切

れちまう」

「よし、離してやる。難波のアパートを、知っているな」

「知っている。目白五丁目の椎名荘というアパートだ。二階の二号室」

「さっきの電話は、でたらめか」

「違うよ。ほんとうに、難波のところの電話なんだ。出ないんだから、留守なんだろ」

「そんなことは、どうでもいい。最初から、すなおに教えりゃあ、こんな手間はかからなかったんだ」

「だけど、聞きにきたのは、あんただ。おれたちが来てくれって、頼んだわけじゃないんだから」

「そう思うから、調子をあわせていてやったんだよ。これ以上、邪魔はしないさ。ありがとう。あとは好きなようにやってくれ」

いいすてて、私はダイニング・キッチンを横ぎると、玄関へ出ていった。流し台の上のステンレス・スティールを張った壁を、大きな油虫が一匹、私の気配におどろいて、走りまわった。マンションを出て、目白通りのほうへ歩きはじめると、雲の厚くなった空から、急に如雨露《じょうろ》をふりまわしたみたいに、雨がふってきた。軒下をもとめて、走ろうかと思ったが、さっきの油虫に似そうなので、そのまま歩きつづけた。遠くの空に薄日がさしているから、大したことはないだろう。時雨《しぐれ》というわすれていた言葉を、私は思い出した。

3

椎名荘というアパートは、古ぼけたモルタル壁に、雨じみがムー大陸の地図をかいた二階家で、椎名町の駅と目白通りのあいだぐらいの、古風な家並みの残った一郭にあった。一階の玄関の屋根庇が、二階の出入口を兼ねていて、わきの階段から、そこへのぼれるようになっている。階段のいちばん上の手すりから、隣家のわきにある桐の木の枝に、大きな蜘蛛の巣が張ってあって、露の玉がいっぱいに宿っていた。

私がそれを見あげたときには、もう時雨は通りすぎて、薄い日がさしていた。雨滴をちりばめた蜘蛛の巣は、手のこんだ宝石細工みたいに、見事に光りかがやいていた。私がなにげなくのぼって行くと、階段は軋《きし》んで、手すりが揺れた。手すりが揺れると、蜘蛛の巣もゆれて、はらはらと露が散った。まんなかにいた蜘蛛が、あわてて糸をたぐりながら、桐の木の枝のほうへ逃げた。大きな網が揺れて、ちぎれないように、私はそっと階段をあがった。

二階の二番目の扉には、難波という名札が貼《は》ってあった。だが、ブザーはついていない。薄暗い廊下に立って、私は扉をノックした。返事はない。間をおいて、またノックしようとしたとき、室内で電話のベルが鳴った。ベルはしつこく、鳴りつづけた。副山がマンションから、かけているのかも知れない。ごま塩あたまの妙なやつが行ったから、油断するなよ、という警告かも知れなかった。電話のベルは鳴りつづけて、ようやくやんだ。ひとの声は聞えない。私は副山のマンションを思い出して、扉のノブをまわした。

扉はあいた。狭い台所のむこうに、薄暗い座敷が見えた。窓にカーテンがしまっているらしい。土間にはスニーカーとサンダルが、一足ずつおいてあった。私は靴をぬいで、台所へあがった。部屋は六畳で、副山のマンションと同じように、若い男がひとり、横になっていた。だが、副山のマンションと違って、男は眠っていなかった。死んでいるのだった。

私は薄暗さに、目が馴れるのを待って、男のそばに片膝をついた。頭を殴られていることは、ひと目でわかった。部屋のすみに、ビール壜がころがっている。だが、男が難波昇かどうかは、私にはわからなかった。木綿のシャツにジーンズをはいて、かなり背は高い。眉が太く、そうとうな男ぶりだが、死んでしまっては、なんの役にも立たない。役に立たなくなってから、ずいぶん時間が経っているようだった。殺されたのは、けさ早くだろう。

部屋のなかには、洋服だんすと本棚、机とテレビが配置されて、乱雑ではあったが、いちおう暮しの場所にはなっていた。けれど、どこにも女が感じられない。織田要造がうけた匿名の電話と、茜の言葉によれば、難波は年上の女と結婚しているはずだった。私は洋服だんすをあけ、次に押入の戸をあけてみた。やはり、女の存在をしめすものはない。洋服だんすのなかには、男物しかさがっていないし、押入には夜具はひと組しかなかった。洋服だんすの外出着は派手で、水商売らしさがあったが、本棚にはあんがい堅い本がつまっていた。

台所は、あまり使ってはいないようだった。フライパンと丼が、流しに重ねてあって、油じみた水をたたえている。茶だんすの食器の数も、必要最低限だった。二十そこそこの男のひとり住居にしては、乱雑ぶりはひどくない。あがり口のわきに、新聞紙が敷いてあって、その上に靴が二足ならんでいた。一足は黒のハイヒール、一足は茶のバックルつきで、どちらもしゃれたものだった。土間にぬいである私の靴より、高価な品だろう。黒のハイヒールの片方が、斜めになって、新聞紙の上から、はみだしている。茶のほうは、きちんと揃《そろ》えてあるので、私は気になって、ひざまずいた。なかに、なにかが詰っているようだった。指をさしこんでみると、ナイロンの感触があった。

ひっぱりだしてみると、くすんだ朱いろのパンティだった。この部屋で、はじめて目にした女性のものだ。フリルがついて、上等なものらしい。しかし、それがなんで、靴のなかに押しこんであるのだろう。黒靴のもう片方をのぞいてみたが、こちらにはなにも、詰めこまれてはいなかった。茶いろのほうにも、なにも入っていない。パンティをひろげて、私が考えていると、また電話が鳴りだした。びくっとして、私はパンティをポケットに押しこむと、自分の靴をはいた。

廊下にひとのいないのを確かめると、ノブの指紋をハンカチで拭きけして、私は外に出た。階段の蜘蛛の巣には、まだ露の玉が、いくらか残っていた。私が急いで階段をおりてゆくと、また蜘蛛が桐の枝のほうへ逃げた。近所の家のあけはなした窓から、テレビの音は聞えるが、露地には子どもの姿もなかった。日曜日の午後だから、近くのグラウンドで野球でもしているか、家じゅうで出かけているのだろう。

死体を見るのは馴れているが、落着いてはいられなかった。けさ九時すぎに、龍泉のアパートで、私は織田要造の電話に起された。茜がゆうべ、帰ってこなかった、というのだ。私が日白通りへ出かけていって、喫茶店から呼びだすと、織田は渋い顔で現れて、茜の写真をさしだした。いくら日曜日だからといって、午《ひる》ちかくまで帰ってこないのは、親をばかにしている、と低い声をふるわした。自分で探しあるきたいような口ぶりなので、

「まあ、まかしてください。あなたは家で待っていて、お嬢さんが帰ってきたら、気のすむまで叱りつければいいでしょう」

と、私はいって、手ぢかから、調べはじめたのだった。死体に出くわすような仕事では、ないはずだった。だから、椎名荘へは行かなかったことにして、私はもう一度、服部兼雄の家をたずねた。大きな酒屋で、さっきたずねたときには、大学生の兼雄は裏手の住居のほうにいたが、いまは店の手つだいをしていた。

「さっきは、ありがとう。もうすこし聞きたいことがあるんだが、ちょっと出られないかな」

声をかけると、兼雄は気軽に出てきて、私を近くの喫茶店へ案内した。

「さっきいった通り、私は私立探偵なんだが、難波昇の素行調査をしているわけじゃない。実をいうと、織田さんに頼まれて、茜さんを探しているんだ」

私がいうと、兼雄は額にかかる長い髪をはらいのけて、眉をひそめながら、

「茜さん、どうかしたんですか」

「うちに帰らないんで、織田さんが心配しているんだ」

「いつから?」

「ゆうべから」

私が声をひそめると、兼雄はしゃくれた顔の大きな口を曲げて、こらえかねたような笑いをもらした。

「そうでしょうねえ。ぼく、ゆうべここであいましたから——笑っちゃ悪いけど、そりゃあ、織田さんが大げさすぎますよ。女の子だから、心配なんでしょうけどね。友だちのとこかなんかに、泊ったんですよ、茜ちゃん。あしたはつとめがあるんだから、夕方までには帰ってきますって」

「いやに自信があるんだね。もし夕方になっても、茜さんが帰って来なかったら、きみが責任をとってくれるのかい?」

「そういわれたんじゃ、困りますけど、探すお手つだいはしますよ」

「いまのは冗談だ。たしかに、ひと晩うちをあけたくらいで、私立探偵に探させるってのは、大げさに聞えるかも知れないな。でも、ほかに気になることがあるんでね。きみにも、手つだってもらいたいんだ。知っていることを、正直に話してくれないか」

「なんだか、尋問されているみたいだな」

と、兼雄はぎこちなく笑った。私は口もとの微笑を消して、相手の目を見つめながら、

「一種の尋問かも知れないな。きみはなぜ、織田さんのつとめ先へ電話をしたんだね」

「なんのことです?」

「目をそらすなよ。茜さんが難波に夢中になっているが、やつはもう結婚しているんだから、気をつけろ、と電話したじゃないか」

「いつですか」

「目をそらすな、といっているんだよ。しらばくれようとしても、きみには無理だ。私は長いこと刑事をつとめていたから、顔を見りゃあわかる。二週間ぐらい前のことだから、日にちはおぼえていないかも知れないな。でも、なにをいったかは、おぼえているはずだ」

兼雄は目をそらして、コーヒー・カップに手をかけた。だが、すぐに指をはなして、腕を組んだのは、手がふるえて、カップが音を立てたからだ。私は黙って、しゃくれた顔を見つめていた。兼雄はちらちら私を見ながら、腕を組んで、落着こうとしていた。私は待ちつづけた。この世のおわりまで、待ちつづける必要はないことは、わかっていた。目いっぱい持っても、五分だろう。兼雄は一分しか持たなかった。手をのばして、グラスの水を飲んでから、

「茜さんに、頼まれたんですよ。軽蔑《けいべつ》されるだろうな。でも、ぼく、こういうの苦手なんですよ。だから、断ったんだけど、ほかに頼むひとがいない、といわれて……そうなるとまた、弱いんですよ、ぼくは」

「茜さんに頼まれて、織田さんに電話をしたのか。つまり、きみが織田さんにいったのは、茜さんがこういってくれといったことなんだね」

「ええ、そうです。ぼくがつけくわえたこともありますがね。血の雨がふるかも知れないなんてこと――でも、どうしてわかったんです？　普段のしゃべりかたと、違えたつもりなんだけ

ど」

「織田さんの耳が、よかったんだろうね。しかし、なんだって茜さんは、お父さんが心配するようなことを、きみにいわせたのかな」

「そりゃあ、難波が押しかけていって、茜さんと結婚させてくれっていったときの用心ですよ。夢中なのは茜さんじゃなくて、難波のほうなんです」

「難波がもう結婚している、というのは、嘘なんだね」

「根も葉もない嘘じゃありません。結婚はしていなくても、難波には女がいるんです。ひとりやふたりじゃない。もう手を切ったといってるけど、あてになりませんよ」

「そんなことなら、お父さんかお母さんに、はっきりいえばいいと思うがな」

「いろいろ事情があるんですよ。茜さんが難波や副山と遊びあるいていたのは、事実ですからね。いいたくないけど、難波と寝たことだって、あるんでしょう。あの連中のところに集る女の子には、寝てみてから、相手が好きか嫌いか、きめるようなのが多いんです」

と、兼雄は声をひそめた。私は苦笑して、

「それも、ひとつの方法かも知れないな。とすると、茜さんは難波たちと縁を切ろうとして、手を打った。ところが、うまく行かないんで、身を隠したのかな。きみはほんとうに茜さんがどこにいるか知らないのか」

「知りません。ほんとうですよ」

「きみのほかに、力になってくれる友だちは？　茜さんには、恋人はいないのか」

「癪だけど、ぼくでないことは確かですね。わかりません。それより、ぼくも心配になってきたな。今夜も帰らないようだったら、むしろ難波に閉じこめられているんじゃないか、と考えなきゃいけないかも知れません。あなたはさっき、副山のマンションに行ったんでしょう？　難波はいませんでしたか」

「いなかった。電話番号を聞いて、かけてみたんだが、留守だったよ」

「ほんとに留守だか、怪しいもんだ。さっきは知らないといったけど、ぼく、あいつのアパートを知ってるんです。様子を見にいってみましょうか」

「どうして？」

「きまってるじゃないですか。難波はものにした女から、記念品をとりあげる趣味があるんです。そう聞いただけだから、記念品ってのがなんだかわかりませんが、えげつないヌード写真かも知れない。そんなのをねたに、茜さんが足どめされているかも知れないでしょう」

　と、兼雄はいまにも、立ちあがりそうだった。私はしばらく考えてから、

「行かないほうがいいな。茜さんが心配で、どうしても手つだいたいなら、ほかの心あたりを探してくれ」

「どうしてです？　難波がどこにいるか、知っているんですか。知らない人間が行くより、友だちのぼくが行ったほうが、いいと思うな」

「やがてわかることだから、いっておいたほうがいいだろう。おどろいて、大きな声を立てるなよ。下をむいて、聞いてくれ。椎名荘へは、もう行ってみた。難波は殺されていたよ。ビー

ル壜で、頭を殴られて」

私が小声でいうと、兼雄はうつむいたまま、両手を握りしめた。しばらくして、顔をあげると、

「眉の太い、いい男だろう、難波ってのは」

「ほんとですか」

「ええ」

「じゃあ、間違いない」

「まさか――まさか」

と、兼雄は絶句した。私はうなずいて、

「その心配があるんで、まだ警察には知らしてないんだ。きみも、聞かなかったことにしてくれ」

「いつ、その――やられたのかわかっているんですか」

「たぶん、けさだ」

「ぼくになにか、手つだえることは？　勝手なことはしません。いわれた通りにしますから、手つだわせてください」

真剣な目のいろだった。私はうなずいて、

「副山のグループには、近づくな。茜さんも難波も、ゆうべは連中といっしょじゃなかったらしいが、用心するに越したことはない。変にさわがれると、困るからな。だから、ほかの友だ

ちを当ってみてくれないか」

「わかりました。手がかりがあったら、どこへ連絡すればいいんでしょう?」

「織田さんに、電話してくれ。ただし、奥さんには、話さないほうがいいだろう。ご主人に直接、話すんだ」

「そうします。遠くへ引越しちゃった友だちなんてのが、きっと可能性はありますね」

「うん、そういう友だちのリストを、つくっておいてもらおうか」

と、私はいって、伝票をつかみながら、立ちあがった。服部兼雄は、まだ浮かない顔で、コーヒー・カップのなかを見つめていた。

4

織田要造の家の庭のすみに、無花果《いちじく》の葉がしげっていた。私は織田といっしょに庭へ出て、家のなかから見えにくい無花果のほうへ、歩いていった。

「まだ茜から、電話もないんですよ。いったい、どういうつもりなんでしょう」

織田はいらいらして、私をふりかえった。私は聞きながしながら、ポケットに手を入れた。難波の靴のなかから、持ってきたパンティを、手に握りしめて、

「織田さん、妙なものをご覧に入れますが、鑑定してください。あとで奥さんにも、なにか口

実をつけて、見ていただいたほうが、いいかも知れない。茜さんのものじゃないでしょうか、これ」

私がパンティをひろげると、織田はあっけにとられたように、それを見つめて、

「私には、よくわかりませんな。物干にほしてあるのを、見るだけですからね、子どもたちの下着なんてものは――でも、こんな大人びたのは、見たおぼえはないですな。これはかなり、高価なものでしょう」

「そうでしょうね。しかし、新品じゃありませんよ。すこし汚れている」

「そうですな。どこにあったんです、これ」

「片がついたら、説明します。いまは聞かないでください」

大の男がふたり、庭のすみでパンティを手に、睨《にら》みあっているというのは、考えてみると、滑稽だった。だが、織田は真剣な顔つきで、

「いまのところ、これが唯一の手がかりですか」

「そうです」

「家内に見せてきましょう」

「お願いします。茜さんのものであっても、なくっても、持ってもどって来てください」

「わかりました」

和服すがたの織田は、パンティを袂に入れると、縁側のほうへ歩いていった。私はタバコに火をつけて、もう実のなくなった無花果の葉を見つめていた。赤とんぼが二匹、追いつ追われ

つしながら、私のそばをすぎていった。その動きを追いながら、空を仰ぐと、さっき時雨をふらした雲が切れて、日ざしが強くなっていた。私の吐きだすタバコの煙も、さわやかな色をして、庭にひろがっていった。小さな庭のたたずまいは、私が生まれた家を思い出させた。戦前のこのあたりは、東京のはずれという気がして、川のほとりの草むらにも、町なかでない趣きがあったものだが、いまはむしろ古風な東京の家並みを感じさせる。私が事件をわすれて、赤とんぼを目で追っていると、落葉を踏む下駄の音がして、織田がもどってきた。まるめたパンティをさしだしながら、

「茜のものではないようですな。見たことがない、と家内もいっている。念のために、家内に茜の下着の入っている引出しを、見させたんですがね。こういう感じのものは、ないそうですよ」

「一枚だけ、贅沢をしてみたということもあるでしょう」

「それは、ありえますね。でも、家内にいわせると、茜は二十五までに、世界一周旅行をする、という念願があって、せっせと貯金をしているそうです。下着を買うお金なんかは、あいかわらず家内にせびっているらしい」

「なるほど。安心しましたよ」

と、私は微笑して、パンティをポケットに押しこんだ。織田はまだ眉をひそめたまま、

「それ、なにか悪いことにかかわりのある品なんですか」

「まあね。長男のかた——卓郎さんは、いまなにをしておいでです?」

「午《ひる》すぎに、出かけました。友だちと約束があるとかで……」

「妹さんのことを、心配していないようですか」

「もう十九なんだから、そろそろなにかあるころだ。帰ってきたら、なにをしていたのか、ぼくが聞いてみてやるよ、といって、笑っていました。家内はそうとう心配して、嫁にいった長女のところへ、電話していたようです。愚痴をこぼしたんでしょう」

「長女のかたの住所を、まだうかがっていませんでしたね。雅子さんでしたか」

「必要でしょうか。きょうは日曜日で、婿がうちにいるはずだから……」

「ご心配なく、雅子さんのところへ行くようなときには、じゅうぶん気をつかいますよ」

教えられた住所を、私は手帳にひかえて、

「ああ、それから、服部兼雄君から電話があるかも知れない。あの大学生は、茜さんのことを、真剣に心配しているらしいんで、いまは近所にいない友だちのところへ、問いあわせてもらうことにしたんです」

「でも、あの子ですよ、たしかに――妙な電話をかけてきたのは」

「わかっています。でも、百パーセント確実じゃないでしょう。もうしばらくは、説明ぬきで、私を自由に働かしてください」

頭をさげて、私はさっき通ってきた隣家との庇《ひ》あわいのほうへ、歩きだした。織田が背後で、なにかいいたそうにしているのが、よくわかった。けれども、難波が殺されたことを話したら、この男はじっとしていないだろう。なんでもかんでも、自分ひとりで引きうけて、働いてきた男だ。織田がじっとしていなくなって、その心配が細君に移れば、私の依頼人の耳にも、とうぜん入るだろう。いまの私は、依頼人の金で、いささか依頼から逸脱した行動をしている。それを承知しているのだが、途中でやめたくはなかった。

ポケットのパンティが、重くなったような気がした。私は目白通りから、横丁へ入って、雲の切れめに西日がきらめいている空の下を、副山のマンションにむかった。こんなに狭い地域を、いったり来たりして、仕事をすることは珍しい。江戸時代の岡っ引になったみたいな気で、私が足を早めると、頭の上を逆方向へ、赤とんぼの群れが飛んでいった。狭い地域にも、たくさんの人が、たくさんの暮しを持っている。ひとつひとつの暮しは、ひとつひとつの世界といっていいだろう。それを次つぎにのぞきこんでいる私は、旅行者というべきなのかも知れない。

副山の部屋には、こんどは錠がおりていた。ブザーを押しても、返事はなかった。だが、マンションの前庭にまだ一台、オートバイがあるのを、私は見てきている。辛抱づよく、ブザーを押しつづけた。

「どなた?」

ようやくドアのむこうで、大きな声が聞えた。私もまけずに声を張って、

「副山さん、さっき来たものだ。また用ができたんで、ちょっとあけてくれないか」

「またにしてくれませんか。ぼく、いま寝ていたところなんですよ。みんなが帰ったもんでね」

「急ぎの用だ。すぐにすむよ。寝ていたにしても、そこまで起きて、歩いてきたんだろう。ちょっとあけてくれ」

私がいうと、ドアが少しばかりあいた。私がノブをひっぱって、ドアにからだを割りこませると、副山は肩をすくめて、一歩さがった。若者は上半身は裸で、ジーンズだけをはいていた。

「急ぎの用ってなんですか」

「友だちは帰ったそうだが、ひとりだけは残っているんじゃないのか」

私はうしろ手にドアをしめながら、足もとを指した。汚れたスニーカーの隣りに、足首を革《かわ》紐《ひも》で結ぶロウヒールのサンダルが、ぬぎちらしてある。

「女の子がひとり、残っていますよ。ぼく、淋しがりやなもんで」

副山はにやりとしたが、その笑いには、さっきほど元気がなかった。

「お尻を見せてくれた女の子じゃないかな」

「あたりました」

「近ごろの若い子は、ジーンズの下に、なんにもはいていないのかね」

「ぴっちりしたジーンズのときには、はかないようですね。パンツの線が出ると、恰好わるいからね。あれ、エロでいやらしいですよ」

「さっきベッドで寝ていたふたりの子は、はいていたね。ぬいであったジーンズは、かなり細身のようだったが……」

「ありゃあ、まだ餓鬼だから――そんなことを、わざわざ聞きにきたんですか。好奇心が旺盛なんですねえ」

「いや、わすれものを届けにきたんだ。きみにじゃないよ」

私は靴をぬぐと、副山を押しのけて、ダイニング・キッチンを通りぬけた。ベッドに起きあがっていた女が、あわてて毛布をひきよせた。日にやけた肩と、ビキニに隠されていた乳房との対比は、見せてもらえなかった。そのあたりをおおった毛布へ、私はまるめたパンティを、ほうり投げた。

「見つけてきてあげたよ」

「どこにあったの」

と、女は口走った。声を聞いたのは、はじめてだった。しゃがれた若さのない声だったが、妙な色気がある。

「やっぱり、あんたのか。難波に持っていかれたんだろう」

私が聞くと、女は困ったように、視線をそらした。副山の顔を、見たのだった。副山は私のわきをすりぬけて、ベッドのはしに腰をおろした。絨緞の上にぬぎすててあるシャツに、手をのばしながら、

「そうなんですよ。難波は記念品だといって、女の子のパンツを持っていく悪い趣味があるんです。ゆうべ、このひとのを持っていってね。ところが、これ、このひとが大事な彼氏から、プレゼントされたものなんです。次のデイトのときには、はいて行かなけりゃならない。だから、ぼくが追いかけて、返してやれっていったんですよ。そしたら、あいつ、とちゅうで棄てちゃったなんていうんで、部屋を探したんですがね。見つからなかった。どこにあったんです?」

「あがり口においてあった靴さ。スニーカーをぬぎながら、その靴のなかに、押しこんだんだ」

「ちぇっ。そりゃあ、気がつかなかったな。ぼくは部屋のなかばかり、探したんですよ」

「きみたちは、オートバイを走らして戻ってきて、ここで難波がこのひとをものにして、記念品を持って帰ったわけだな。それを、きみが追いかけた。オートバイでか」

「難波はここへ、オートバイをおいて行くんです。下にあるのが、そうですよ。ぼくのは、裏の駐車場のすみへ、入れてあります。だから、歩いて帰ったんです、難波は」

「いつごろ?」

「もう明るくなりかけていましたね」

「このひとのパンティが見つからないんで、きみはあきらめて帰ったわけか。そのとき、難波はなにをしていた?」

「酔いがさめたが、ビールがないといって、ぼやいていましたね。腹が立ったけど、考えてみりゃ、このひと、おなじパンツを探して、買やあいいんですからね。高いんだそうですがね。ぼくの部屋で起ったことだから、責任をとって、金は出すつもりでした。だから、あっさり帰ったんですよ、ぼくは」

「さっきと同じことを、くり返すつもりかね」

「なんのことだか、わからないな」

「私は忙しいんだよ。ほんとのことのなかに、嘘をまぜるのは、よしてくれ。きみが頭がいいのは、よくわかった。殺すつもりで、殺したわけでもないだろう。でも、殺しちまった以上、小細工はしないほうがいい。時間が経てば経つほど、きみの立場は悪くなる」

「おれ、嘘なんかいってねえよ」

「その前に、殺したって、おれがだれかを殺したっていうのか、といわなきゃいけないんだよ、嘘をつき通すつもりなら――椎名荘へいって、私は難波の死体を見てきた。まだ警察には、知らしていないがね。きみは早く警察へ知らしたくて、私を行かしたんだろうがね」

副山は黙って、シャツのボタンをかけていた。私はつづけて、

「ゆうべ、赤ヘルで先頭を切っていたのは、難波だったんだ。うしろに乗っていたのは、茜さんだろう、茜さんも、ここへ帰ってきた。難波は茜さんとの仲を、みんなに知らせたかったに違いない。ところが、茜さんは逃げてしまった。それで、ご婦人の数が足りなくなって、きみの女の子をものにしちまったんだろう、難波は」

「このひとは別に、おれの女じゃないよ」

「おまけに、難波は記念品を持っていっちまった。このひとがあわてたんで、きみは追いかけた。椎名荘でどんなやりとりがあったかは、そこまではわからないがね。難波はきみを、嘲笑ったんだろう。きみのように金持の息子で、グループの副将格におさまっている男は、よくそんな扱いをされるもんだ。難波に早く帰れといって、殴られでもしたんじゃないか。顔にあざはないから、腹を一発やられたか。きみは素手じゃあ、かなわない。運よくというか、運わるくというか、そこにビールの空壜があった。きみがそいつで殴ったら、こんどは間違いなく運わるくだな。難波は死んじまったんだろう」

「あんたこそ、つくり話の名人じゃないか。いまの話、よく出来ていたよ、なあ」

と、副山は女をかえりみた。女はおびえた顔つきで、男を見かえした。副山はあわてて、大きく手をふって、

「おれが殺したんなら、こいつに電話を教えたり、アパートを教えたりするはずがないだろう。出ていったあとで、電話をしたのを、おぼえていないかよ。難波がいたら、こいつが行くと、知らそうと思ったんだ。そういったろう？　二度もかけたじゃないか、死んでいるとは知らないから」

女はあいまいに、うなずいた。副山は元気づいて、

「あんたがいるうちに、電話のベルが鳴ったんじゃないのか」

「それが、きみの小細工さ。小細工をして、みんながそれをおぼえているうちに、私に死体を発見させて、警察に知らしたかったんだろう。きみと難波はリーダーとサブ・リーダー、うまく行っていたんだし、女を融通しあうってのも、きみたちの仲間じゃありがちのことなんだろう。パンティ一枚で、ひとを殺すとは、だれも思やしない。だから、小細工をすれば、うまく逃れられる、と考えたんじゃないかな。でも、あきらめて、すぐに自首するべきだった。パンティが、靴のなかにあるうちにね」

「そいつを持ってきたあんたのほうが、疑われるんじゃないのかな」

「私はすべてを、正直にいうよ。茜さんのパンティじゃないか、と思って、持ってきてしまったんだ。きみはここへお父さんに来てもらって、相談したほうがいい。そっちのお嬢さんは、

帰ったほうがいいかも知れないな。やはりお父さんに話して、警察にいくんだね。なにもしたわけじゃないんだから、怖がることはない」

私がいうと、女はうなずいて、毛布のなかで、動きはじめた。パンティをはいているのだろう。副山はあわてて、

「この子を帰しちまったら、警察へなんぞ行かないよ。名前も住所も、よく知らないんだ。あだ名を知っているだけで——電話番号は知ってるけど、それだってこの子の行きつけのスナックだ」

「それじゃあ、いま名前と住所を聞いておくんだな。正直にいうかどうかは、わからないがね」

「いや、この子にはいてもらう。あんたもいてくれ。おれから話したんじゃ、おやじは喚きちらすだけだ」

「甘ったれるんじゃないよ。私は茜さんを、探さなきゃならないんだ。茜さんはここを出て、うちへは難波が追いかけてくるといけないってんで、どこかへ身を隠したに違いないんだ。これもむずかしいことは人まかせにしようという、小細工だがね。でも、私は頼まれている以上、探さなきゃならない」

「おじさん、刑事じゃないの？」

と、ベッドからすべり出ながら、女が聞いた。私は首をふって、

「私立探偵だよ。茜さんが帰ってこないんで、頼まれて探しているんだ。見つければ、いくらか金になるんでね」

「だったら、おやじに金を出させるよ」

と、副山が立ちあがった。

「いくら出したら、黙っていてくれる？」

「同じことを、二度いわせるな。甘ったれちゃいけない。オートバイを飛ばしているときと同じように、度胸をきめて、警察へいくんだよ。全部ありのままに、話すんだよ。なにをいわれても、受けとめるんだ。さもないと、オートバイが泣くぞ。難波が死んだことは、もうそのお嬢さんが知っている。服部君も、知っている。オートバイが泣くぞ。あるいはだれかが、いまごろ死体を発見して、警察へ知らしているかも知れない。怖がるなよ。おやじさんに話すのを怖がるくらいなら、オートバイになんぞ乗らなきゃいい。男だろう、きみは？　オートバイにまたがっていなけりゃあ、男になれないのかね、それとも」

副山は青ざめた顔つきで、黙っていた。私がダイニング・キッチンのほうへ行くと、若者もついてきて、テーブルのプッシュフォンに手をのばした。私は元気づけるようにうなずいて、土間の靴に足を入れた。

マンションを出ると、私は三たび服部酒店にむかった。ごく小さなことがわからないために、小さな町を歩きまわらなければならなかったが、それもこれでおしまいになるはずだった。酒屋の店をのぞくと、兼雄のすがたは、見あたらなかった。裏へまわって、住居のほうをたずねると、兼雄は二階からおりてきて、私に笑いかけた。

「わかりましたよ、茜さんのいるところ。電話で話したら、すぐお父さんのところへ、電話をするようなことを、いっていましたけど」

「ほんとうかね？」

「ほんとうですよ。むかしの同級生で、いまは吉祥寺のほうに引越した女の子のところに、行っていたんです。やっぱり難波が怖くて、逃げていたんだそうですよ」

「そりゃあ、よかった。信じるよ。しかし、またきみがもう一度、電話をしないと、織田さんのところへは、電話をしないんじゃないかな？」

「どうしてです？」

ぎこちなく、兼雄は眉をひそめて見せた。私たちは住居の玄関のわきの露地に立って、話していた。狭い露地の上の空は、もう黄昏《たそがれ》のいろに染っていた。蜘蛛の巣がひとつ、かすかに白く光って、頭上で揺れていた。

「その女の子と相談して、茜さんをかくまったのは、きみだろう？　茜さんは自分が蜘蛛の巣の上で遊んでいるのに気づいて、けさ暗いうちに、きみに助けをもとめたんだ。もう心配することはない。難波を殺したのは、副山だったよ」

「ほんとうですか」

「茜さんは怖がらずに、お父さんに相談すりゃあよかったんだ。きみもさ。もっと茜さんに、くわしく聞くべきだった。記念品ってのは、パンティだったよ。押入のなかに、ボール箱があったから、あのなかにたくさん詰っているのかも知れないが、もうだれのものかわかりゃしない」

「そうだったんですか」

ほっとしたようにいって、兼雄は私の視線に気づいた。

「なにを見ているんです？」

「蜘蛛の巣だよ。近ごろは、あまり蜘蛛の巣を見なくなったね。あの巣の上で、じっとひとりで餌《えさ》を待ってる蜘蛛のことも、考えてやらなきゃいけないんだろうな」

「難波のことですか。両親が離婚して、おやじさんのところから飛びだしてから、彼、いやに強がるようになったんです。それまではぼくなんか、よく宿題の手つだいをしてもらったんですけど」

と、兼雄も蜘蛛の巣を見つめた。私はその肩をたたいて、

「吉祥寺へ電話をかけてくれよ。私は織田さんのところへ、報告に行かなきゃならない」

「ええ、すぐうちへ電話するようにいいますよ」

玄関にもどろうとする兼雄に、私はまた声をかけた。

「きみ、茜さんが好きなら、もっとはっきりいったほうがいいな。相手が返事をしてくれるまで、好きだ、好きだ、といいつづけるんだ。そのうちあきれて、いい返事をしてくれるかも知れない。してくれないかも知れないがね、もちろん」

私は笑って、露地を出ていった。もう一度、織田要造にあいに行くために。娘のことをすべて知ったら、あの男はもっと心配しはじめるかも知れないが、私にはどうしようもない。第一、私がきょう一日で知ったことが、茜のすべてであるかどうかも、わからないのだ。

第六話　落葉の杯

1

昔の知りあいと、突然に出あったときには、若返ったような気がするものだ。けれど、私はいっぺんに、年をとったような気がした。昔の京町《きょうまち》と千束町《せんぞくちょう》のあいだの通りに、ずらりと並んだ露店をひとつひとつ、小さな熊手《かきこみ》を片手に持って、のぞいて歩いていたからだ。私は子どものころの気分に、ひたっていたのだった。そこへいきなり、

「旦那、久米の旦那じゃありませんか」

と、声をかけられたのだ。たぬき煎餅の店の前で、若い的屋《てきや》がおもしろくもなさそうに、焼いてみせている。芭蕉せんべい、ともいうけれど、おしゃもじなんぞで押しひろげながら、小さな木の葉のような煎餅だねを焼くと、狸の八畳敷みたいに大きくなる、あの軽焼せんべいだ。子どものころ、長火鉢の底の引出しから出して、祖母が焼いてくれたことを、私は思い出しながら、ポケットの小銭をさぐっていた。ガスの火では、うまく焼けないだろう、とは思っていたが、なんとなく買う気になっていたのだった。

二の酉《とり》の晩で、鷲《おおとり》神社の裏手、千束の通りだった。声をかけられて、ふりかえると、革ジャンパーを着た中年男が、ぎこちない微笑を浮かべていた。中年といっても、私よりはだいぶ若いだろう。頑丈なからだつきで、飾りのついた中ぐらいの熊手を、プラカードみたいに持っ

ていた。

「久米ですが、どなたでしたっけ」

私が首をかしげると、相手はちょっと声をひそめて、

「わかりませんか。もっとも、こっちだって、旦那にちがいないと思いながら、しばらくあとについて歩いていました。広瀬《ひろせ》ですよ。ほら、むかしお世話になった——」

名前を聞いても、すぐには思い出せなかった。

「おかげさまで、早く出てこられましてね。旦那はもう、本庁にはいらっしゃらないんですか」

「ああ、やめたんですよ、だいぶ前に」

「じつは思いきって、ご相談にあがろうかと思って、電話をかけたことがあるんです。いまは旦那、どちらに?」

話が長びきそうなので、私は露店のあいだをすりぬけて、うしろの歩道にあがった。広瀬と名のった男もついてきて、暗い店屋の軒下に、私とむかいあった。明りがとぼしくなって、相手の顔から、年齢がうすれた。

「広瀬勝二《かつじ》君だったたね。元気そうじゃないか。私はいま、西神田のほうで、私立探偵の事務所をひらいていますよ。事務所といったって、私ひとりしかいないんだが——住んでいるのは、この近くの龍泉でね」

「たしか、お嬢さんがおいででしたね」

この男にも、娘がいたはずだった。

「あの子は、交通事故で死にましたよ、家内といっしょに」

私は淡々といったつもりだが、広瀬勝二は息を飲んで、こちらを見つめた。間が持てなくなって、私がタバコをとりだすと、広瀬は熊手をかかえなおして、

「旦那、私立探偵をなすっているというと、人探しなんかも、引きうけていただけるんですか」

「引きうけないこともないが、なにしろ、ひとりですからね。うまく行かないことが、多いんです。たいがいの場合にお断りしているな」

「旦那にご相談しようと思ったのは、そのことなんです。人探しといっても、そう漠然としたことじゃないんで、話だけでも聞いていただけませんか。どこかで、旦那、ちょっと腰でもおろして……」

「話を聞くのはかまわないが、その旦那ってのは、やめてくれないかな」

と、苦笑しながら、私が歩きだしたのは、仕事になるものならば、という気もあった。甥の法律事務所がまわしてくれる仕事だけに、頼っていたくはなかったからだ。だが、いまの広瀬のことを知りたい、という気も半分以上あった。

広瀬勝二は、女房を殺して、私に逮捕された男だった。もう十二年、いや、十三年になるだろうか。広瀬はたしか二十七、八だった。細君もおなじ年だったが、酒癖の悪い女で、しじゅう喧嘩《けんか》ばかりしていたらしい。酒を飲んだあげく、ヒステリー状態になって、細君が庖丁をふりまわしたのが、事件の原因だった。

だが、それを見ていたひとも、聞いていたひともいなかった。おまけに、死体を残して、広

苦しんでいた。

瀬はアパートから、逃げだした。死体は小学校から帰った娘が、発見したのだった。広瀬は友だちのアパートで、自殺をはかった。私が踏みこんだとき、この男は風呂場で、手首を切って苦しんでいた。

「広瀬さん、いまはなにを?」

喫茶店のすみに向いあうと、私は聞いた。猿之助《えんのすけ》横丁に行きつけの飲み屋があって、私はそこへ行くつもりで、露店のならんだ通りを、歩いていたのだった。だが、二の酉の混雑は、あの店にもおよんでいるかも知れない。だから、私は暗い道をえらんで辿って、あまり客のなさそうな喫茶店へ入ったのだった。

「以前とおなじ仕事をしていますよ、旦――いや、久米さん」

「塗装業だったね」

「ええ、おかげさまで一軒、店を持つことが出来ましてね。職人を三人ばかり使って、まあ、なんとかやっています」

広瀬勝二は、隣りの椅子においた熊手の位置を、べつに倒れかかっているわけでもないのに直してから、低い声でいった。

「娘がいたことを、おぼえてくだすってますか、久米さん」

「ええ、おぼえてます。もう大学生じゃないのかな。かわいい子だった。美人になったでしょう」

私がいうと、広瀬はうれしそうな顔をして、

「そんなことはありませんが——実はさがしてもらいたいのは、その娘なんです」

「娘さん、どうかしたんですか——家出したとか、そういうことかね」

「いいえ、いるところは、わかっているんです。それも、本当にいるかどうかは、わからないんですがね。相手はいるというんですが、わかったもんじゃない。あわせてくれないんです。娘があいたがらないのか、男があわせたがらないのか、はっきりしないいんですが」

「つまり、娘さんはだれか男と同棲して、あんたとは別べつに暮している。あいに行っても、追いかえされる、というわけですか」

私が眉をひそめると、広瀬はうなずいて、

「娘は美津《みつ》といって、二十《はたち》になりました。高校を卒業して、つとめに出まして、男と知りあったんです。私もあったことがありまして、へんな男ではない、と思ったんですが、まだ若すぎる——娘がですよ。結婚したい、といいだしたのは、まだ十九のときでしたから」

「近ごろはまた、早く結婚したがるようですな、わりあいに——反対したら、美津さん、うちを出てしまったんですか」

「私の責任かも知れません。実は再婚したんですよ」

と、広瀬は頭をかいて、

「私が職人をつれて仕事に出ると、店にはだれもいなくなって、いろいろ都合の悪いことが、多いものですからね。もちろん、娘にまず相談しました。娘も知っている相手で、賛成してくれたんです」

「おめでとう。いつです、結婚したのは」

「おととしです。美津が高校三年のときでした。うまく行っているように、見えたんですがねえ」

と、広瀬はため息をついた。

「それが原因だというのは、考えすぎじゃないのかな。そりゃあ、むずかしい年ごろだから、なんともいえないが——娘さんも、奥さんも知らないんだから、なおさらですがね。つまり、あんたの頼みというのは、娘さんがいるのか、いないのか。あいたくないのか、あわせてもらえないのか、それを確かめてくれ、ということなんですね？」

「そうです。そうです。旦那——久米さん、引きうけてくれませんか。私が相手に直接かけあうと、喧嘩になったりして、うまくないんじゃないか、と思いまして——決っている通りの料金は、ちゃんとお払いします」

「報酬は一日一万円、かかった経費は別にもらうことになっています」

「私らでいえば、材料費べつで、一日一万の手間賃というわけですか。案外やすいんですね。まさか割引料金じゃあ……」

「そうじゃあないが、いまは年末割引期間でね。そのかわり、三日分ぐらいは、前払いしてもらうことになっているがね。ほかに娘さんの写真、同棲している場所」

「写真はうちへ帰らないとありませんが、前払いはいまお渡しできますよ」

「いまはあんた、どこに住んでいるの？」

「北区の赤羽台です。赤羽の駅の近くですよ。もしよかったら、うちへ来ていただけませんか。そうすりゃ、写真もお渡しできるし……」

「そうするならば、まず紹介してくれなきゃいけないよ、奥さんを」

私はにやっと笑って、遠くのテーブルに顎《あご》をしゃくった。そこに、三十代前半ぐらいの女がひとり、地味な身なりで腰をおろして、さっきから夕刊をひろげていた。最初から気づいていたわけではないが、いまは間違いない、と確信していた。

「あのひとが、奥さんじゃないのかね？　私たちのあとから、ついて来た。いまもああして、話のすむのを待っている」

「やっぱり、久米さんですね。おっしゃる通りです。安心しました」

「どうして？」

「久米さんにお願いすれば、娘のことは大丈夫、はっきりすると思ったんですよ、いまの眼力で」

「眼力とは古風だね。そんなに買いかぶってもらっちゃ、困るよ。もちろん、出来るだけのことは、やってみるつもりだけれど」

「お願いします。いま女房を呼んできますから」

と、広瀬勝二は立ちあがった。

広瀬の娘が同棲している相手は、辰野重行《たつのしげゆき》といって二十五歳になる男だった。美津と知りあったときには、王子のスーパーマーケットにつとめていたが、いまはなにをしているか、わからない、ということだった。

2

私は翌日、ふたりが住んでいるはずの板橋のアパートへ行ってみた。東上線の中板橋の駅でおりて、番地をたよりに探すと、稲垣荘はすぐに見つかった。商店街を出はずれてから、左へだらだら坂をのぼったところにあって、まだ新しい二階建だった。二階のとっつきの部屋と聞いたが、玄関の郵便受けにも、二階のドアにも、名札は出ていなかった。

一階の廊下の奥で、洗濯機がうなっていたが、二階の廊下はひっそりとしていた。午前十一時ちょっと前、水商売のひとや、独身者が多いのかも知れない。まだ寝ているのだろう。私はドアの前に立って、耳をすましてから、ブザーを押した。返事はなかった。もう一度、ブザーを押して、耳をすましてから、私はノブをまわしてみた。錠はおりていなくて、ドアはあいた。

胸さわぎがした。だれかに聞きたいことがあって、部屋をたずねると、返事がない。ドアに錠がおりてなくて、あけてみると、室内に死体がころがっている。刑事だったころ、そういうことが、何度かあった。私立探偵になってからも、おなじことがあった。私はドアをあけて、ためらいながら、のぞきこんだ。ひと間に台所がついて、小さな風呂場もついているらしい。奥の部屋には灯《あか》りがついて、ガラス障子が半分ばかり、ひらいていた。土間に入って、うしろ手にドアをしめてから、私は声をかけてみた。

「辰野さん、お留守ですか。広瀬さん、広瀬美津さん、いらっしゃいませんか」

返事はなかった。私は靴をぬいで、あがりこんだ。ガラス障子のなかをのぞいて、ほっとした。人のすがたはない。死体はなかった。だが、座蒲団と畳の上に、しみがあった。私は六畳の和室へ入って、畳のしみに顔を近づけた。もう乾いていて、においもしなかったが、血のしみだった。

天井の蛍光灯がついているだけで、血のしみのほかに、あまり気になることはなかった。窓にはクレセント錠がかかって、カーテンが無造作にしまっている。隙間から見ると、窓の下に細い道をへだてて、石神井《しゃくじい》川《がわ》だった。部屋のすみに、デコラ張の座卓が押しやってあって、競馬新聞と汚れた灰皿がのっていた。

窓に近いすみに、テレビがすえてあって、その上にグラスがひとつ、のせてある。水割のウイスキーらしい液体が、三分の一ばかり、残っていた。グラスを手に持って飲みながら、立ってカーテンの隙間から戸外をのぞいて、座蒲団のところに座るときに、ひょいとテレビの上においたという感じだった。ただそのグラスのなかに、黄いろくなった木の葉が一枚、沈んでいるのが、私の目をひいた。

道路からアパートの玄関へ入ったところに、なんの木だったか、葉をあらかた落して、裸になりかけていたのを、私は思い出しながら、もう一度、部屋のなかを見まわした。それから、台所へもどると、流しの台にウイスキーの罎《びん》がおいてあるのに、気がついた。流しのなかには、汚れた茶碗や皿が、プラスティックの洗い桶に入って、なかば水にひたっていた。

ハンカチを手に巻いて、風呂場と便所のドアをあけてみたが、異常はなかった。小さな土間には、男物のサンダルが一足、すみに立てかけてあるだけだ。新聞も牛乳もとっていないらしい。それとも、きょうの分が配達されてから、出ていったのか。

また台所にもどって、冷蔵庫をあけてみた。半分ばかりになった味噌のビニールパックや、マーガリン、チーズなんぞが、入っている。牛乳罎はなかった。野菜や魚肉のたぐいも、見あたらない。部屋ぜんたいには、男だけでもなく、女だけでもなく、男と女が住んでいる、という感じがあった。そうなると、血を流したのは男なのか、女なのか。

私はノブをハンカチでぬぐって、廊下へ出た。あいかわらず、二階の廊下には、だれもいなかった。階段をおりて行くと、一階の廊下には、人影があった。さっき唸《うな》っていた洗濯機のところに、若い女が立って、脱水機の蓋をあけているところだった。私は急いで近づいて、

「お忙しいのに恐れいりますが、奥さん、ちょっと教えていただけないでしょうか」

と、ていねいに頭をさげた。近くで見ると、まだ十七、八かも知れない。健康そうに肥った小柄な女だった。しかし、奥さんには違いないのだろう。そう呼ばれたのが、うれしいらしく、かすかに頰を赤らめて、

「なんでしょうか」

「こちらの二〇一号室に、辰野さんという方が、おすまいですね」

「二階のはじの部屋？　ええ、そうね。たしか、辰野さんです」

「いまおたずねして来たんですが、辰野さんも、奥さんも、いらっしゃらないようなんです。あちらはご夫婦で、おつとめなんでしょうか」

「いいえ、うちと違って、奥さんのほうが、働いているようですよ、辰野さんのところは」

うちと違ってという言葉に、ほこらしげに力をこめて、丸顔の細君はいった。

「なるほど、辰野さんはいつも、部屋にいらっしゃる？」

「いまごろなら、奥さんもいるはずですよ。おつとめに出るのは、夕方からのようですもの。まだ寝ているんじゃないかしら」

「そうじゃないようですね。ずいぶん長いあいだブザーを押して、鳴っているのが、ちゃんと聞えました。いくらぐっすり寝ていても、あれで目がさめないはずはない」

「そういえば、この四、五日、奥さんを見かけないわね」

ひとりごとみたいにいって首をかしげる女の鼻さきへ、私は写真をさしだした。広瀬からあずかってきた写真で、Tシャツにジーンズの美津が、カメラに笑いかけている。

「このひとが、奥さんですね」

「ええ、そう。奥さんのほうに用があるの、おじさんは」

といってしまってから、失礼だと思ったのか、若い女は肩をすくめた。私はとっておきの微笑を浮かべて、

「おじさんで、かまいませんよ。辰野さんにも、奥さんにも、用があって来たんです。奥さんのほうのご両親に、たのまれた用なんですがね」

「やっぱり、あのひとたち、両親の反対を押しきって、同棲していたの？」

「辰野さんの奥さんと、そういうようなことを、お話しになったことがおありなんですか、奥さんは」

「そうじゃないんだけど、気がついたんです。あの奥さんが、郵便屋さんと口をきいているのを、聞いちゃったの。ちょうど奥さんが階段をおりてきて、郵便屋さんが入ってきて、あたしは買いものに行くところで——奥さん、姓がちがうのね。辰野じゃなくて、なんていったか、わすれちゃったけど、うちと違うなって思って、だから、その、同棲なんだろうって……」

「注意力がするどいんだな、奥さんは。私なんかより、よっぽど私立探偵にむきそうだ」

「おじさん、私立探偵なの？」

「さあ、どうですかね。辰野さんを見かけても、私がきたことは内証にしておいてくださいよ。抜きうちにお話ししたほうがいいんです。警戒されているところへ、のこのこ出かけても、意味がありませんからね。わかるでしょう、奥さん」

私に好奇心をあおられて、丸顔の細君は声までひそめた。

「大変なんですね、おじさんの仕事。こっちから声をかけるほど、親しくはしていないから、大丈夫ですわ。でも、辰野さんが留守なんて、おかしいわね。きょうは競馬はないでしょう」

「ないと思いますね。あんまり詳しいほうじゃないから、はっきりは知らないが」

「うちの主人が、スナックで辰野さんにあって、競馬の話ばっかりされた、といってたんです。駅の売店で、競馬新聞を買っているのを、あたしも見たわ。パチンコもやるらしいけど、午前ちゅうから行くことはないようだし……それとも、奥さんが入院でもしているのかしら」

「なにかお気づきのことでもおありですか、奥さん」

「商店街の中華食堂から、辰野さんが出てきたのを見たの。あれはいつだったかな——四、五日まえの夕方よ。あれ、晩ご飯を食べていたんじゃないかしら。そういえば、奥さんを見かけないのは、四、五日どころじゃないわ。もう十日ぐらい。でも、変ね。入院しているんだったら、ご主人が着がえかなんか持っていくところを、一度ぐらい見ているはずね。あたし、うちんなかにじっとしているのが嫌いで、しょっちゅう洗濯したり、廊下のお掃除をしたり、出たり入ったりしているんですもの」

「窓の洗濯ものなんかは、気がつきませんでしたか。買いものの帰りなんぞに、橋をわたってくると、二階の窓が見えるでしょう」

「うちと違って、辰野さんとこは、洗濯ものを乾かさないの。コイン・ランドリーで洗って、乾かして持ってくるのよ。以前、コイン・ランドリーで、奥さんを見かけたわ。そういえば、ついこのあいだ、辰野さんがコイン・ランドリーにいたわ。やっぱり、奥さんが入院したのかしら。気がつかなかったけど、おめでたかも知れないわね」

「思い出してください。最後に辰野さんを見かけたのは、いつごろですか」

「そんなに気にしているわけじゃないから、はっきりはいえないけど、二、三日まえかしら。

中華食堂から出てくるのを見かけたあと、次の日だったかな。駅の近くで、あったのが、最後だと思うわ」

「辰野さんをたずねて来るひとがあったかどうか、そこまではおわかりになりませんね。いくら奥さんが、注意力を発揮していても」

「それは、無理よ。二階へあがっていく人に気づいたとしても、どの部屋へいくかは、わからないもの。でも、ひとりだけ辰野さんをたずねたんだろうと思うひとを、おぼえているわよ」

「どんなひとです?」

「女のひと。奥さんよりは年上だけど、おなじところで、働いているのかも知れない」

「どうして?」

「奥さんと感じが似ているのよ」

「つまり、水商売ふうということですか」

「そうだと思うわ。奥さんのご両親、ふたりを別れさせようとしているの?」

「いや、そうでもないんですがね。どうもご用の手をとめさせてしまって申しわけありません。奥さんにお目にかかれて、ほんとうによかった。ありがとうございました」

「あたしのいったこと、お役に立ったのかしら」

「十分すぎるくらい、役に立ちました。私はまたここへ来ると思いますが、奥さんと顔があっても、知らぬふりをしていただけると、助かるんですが……」

「おじさんとは、あったこともないって顔をしていれば、いいんでしょう? 大丈夫、あたし、そんな口の軽い女じゃありませんから」

だれしも自分のことは、はっきりわかっていないのだろう。若い人妻は、洗濯機に片手をかけて、得意そうに胸を張った。

3

駅前商店街に、中華食堂という呼びかたがふさわしいような店は、一軒しかなかった。私はそこへ入って、久しぶりに時間どおりの昼めしを食った。ついでに店員に写真を見せて、

「この女のひとに、見おぼえはありませんか」

と、聞いてみたが、あっさり首をふられただけだった。夕方にでももう一度、稲垣荘をたずねてみなければ、ならないようだ。それまで、遊んで暇をつぶすわけには行かない。美津と辰野がつとめていたスーパーマーケットへ行って、ふたりのことを聞こう、と思った。

しかし、私はまっすぐは、王子へ行かなかった。タクシーをひろって、まず赤羽台へいった。赤羽台団地の大きな建物を背にして、赤羽駅の後ろへ、くだっていったあたりに、広瀬塗装店はあった。店のそばでタクシーをおりて、私がペンキくさい店へ入っていくと、広瀬の細君は笑顔で迎えて、

「ゆうべはどうも、たいへん失礼いたしました。広瀬はあいにく、仕事に出ておりますが、行

きさきはわかっておりますから、電話をかけてみましょうか」

「それには、およびませんよ。ゆうべ広瀬さんの話では、最後に美津さんとあったのが、半年前だということでしたね。そのとき、奥さんもおあいになったんですか」

私が聞くと、細君は茶を入れかえながら、首をふって、

「そのときは、主人が中板橋へたずねて行ったんです。あたしが美津ちゃんにあったのは、やっぱりそのころなんですけど、実は主人にはいいそびれて——美津ちゃんが、内証にしておいてくれ、というもんですから」

「美津さんがここへ、たずねてきたんですか」

「そうなんですけど、なにか悪いことでもわかったんでしょうか、久米さん。最後にあったのはなんて聞かれると、なんだかまるで、美津ちゃんが……」

「そんなことは、ありませんよ。私の聞きかたが、悪かったんですな。まだ調べはじめたばかりで、なにもわかっちゃいないんです。中板橋のアパートへ行ってきたところなんですが、美津さんも、辰野さんもいなかったんです……」

「辰野さんも、いなかったんですか」

「ええ。美津さんがたずねて来たとき、なにかお気づきになったことは、ありませんか。つまり妊娠しているらしいとか——」

「さあ、そうなふうに見えませんでした。話にも出ませんでしたし……」

「どんな用があって、ここへ来たんです?」

「着るものを、取りにきたんです。美津ちゃん、うちを出るときに、持っているものを全部、運んだりできなかったものですから、ときどき取りにきていたんです。主人が職人さんたちと、仕事に出たるすに」

「そういうとき、奥さんと話をして行かれましたか」

「大急ぎで帰ってしまうときも、ちょっと話をして行くときも、ありました。この前きたときには、しばらく話して行きましたわ。久米さん、美津ちゃんになにがあったんでしょうか。あたし、責任を感じているんです。あたしがこの家に入ったことが、やっぱりいけなかったんじゃないかって」

広瀬が再婚した相手は、清子といって、私にも、しっかりした女のように思われた。広瀬が通っていた赤羽駅の近くのスナックで、働いていたそうで、そこをやめるといわれたときに、求婚したということだった。清子は子どもはなかったが、結婚はしていた。夫はむりな商売をして、借金を残して、自殺してしまったらしい。その借金をかえすために、昼間も働いて、夜はスナックのアルバイトをしていたのだ。

「しかし、奥さん、るすにものを取りにきて、話もして行くようだったら、美津さん、あなたを嫌っているわけでも、なさそうじゃないですか」

「以前は仲がよかったんです。あたしがいたスナックへ、今夜はお目つけ役がついているようなんていって、広瀬が美津ちゃんをつれて来たころには――高校の友だちといっしょに、美津ちゃんが来たときなんかも、あたしのことを、相談役あつかいしてくれて」

「なるほど。しかし、あなたがここへ入ってからは、しっくり行かなくなったわけですか」

「しっくり行かない、というんでもないんです。この前、美津ちゃんの口から、はっきりいわれて、やっとわかったんですけど――わかったような気がした、といったほうがいいのかしら。久米さん、あなたは主人が事件を起したとき、担当した刑事さんだそうですね」

「あなたに結婚を申しこむ前に、広瀬さん、ぜんぶ話したんだそうですね。私ですよ、ご主人を調べたのは」

「あたし、そんなに前の奥さんに似ているんでしょうか」

「さあ?」

私は首をかしげて、口ごもった。正直なところ、広瀬が殺した女の顔は、目に浮かんでは来なかった。

「美津さんが、そういったんですか」

「主人もです。最初にあったとき、むかし好きだった女を思い出させる、といったんです。いまになって考えれば、前の奥さんのことなんですわ」

「美津さんは、どういっているんです?」

「お母さんに似ていたんで、最初はとても親しみが持てた。でも、いつも一緒にいるようになったら、お母さんのあの事件を思い出して、たまらない。だから、あせって家を出ようとしたんだって」

「それはどうも、ほんとに似ているか、似ていないかの問題じゃあ、ないようですね」

「そうかも知れません。それでも、美津ちゃんの気持は、わかるような気がするんです」

「わかるような気がしますね、私にも——しかし、そんな話が出てきたところを見ると、美津さん、同棲を後悔しはじめていたんじゃないかな」

「そうなんです。辰野さん、すっかりなまけ癖がついて、なにもしなくなったらしいんですね。美津ちゃん、水商売に入ったようですわ。それも、あの子を不安にしているんじゃないか、と思うんです」

「水商売をはじめたことがですか」

「毎晩、お酒を飲むようになったことがです。あたし、お母さんみたいになるんじゃないかしら、といったのが、とても気になるんです」

「美津さん、かなり飲んでいたようですか」

「はっきりはわかりませんけど、あたしがスナックで働いていたころ、美津ちゃん、高校生で、友だちとよく飲んでました。いまの高校生、お酒を飲むひとは珍しくないけど、気どって飲んだり、めちゃめちゃに飲んだり、妙ないいかたですが、どうしても、初歩的な感じがするでしょう。それが美津ちゃんは、自然に飲んでました」

「強かったわけですね」

「ええ、まあ、かなり強かったほうでしょう。それが、あんなことをいったところを見ると、酔ってわけがわからなくなるようなことが、あったんじゃないでしょうか、近ごろは」

「死んだお母さんのように、酒乱になるんじゃないか、と心配しはじめてたのか。辰野さんと喧嘩をするように、なったのかも知れませんね」

「ひょっとすると、酔っぱらったあげく、間違いでも起して、辰野さんとうまく行かなくなったのかも知れませんわ」

「ほかに男ができた、ということですか」

「考えすぎかも知れませんけど、あのとき、もっと母親らしく、問いつめてみればよかった、と思うんです。母親になりきっていいのか、距離をおくべきか、あたし、まだわからないんです。美津ちゃんも、もう二十《はたち》ですから」

「辰野さんというひとは、奥さん、おあいになったことがあるんでしょう、美津ちゃんがここへつれてきて」

「結婚したい相手を、親に紹介するというかたちではありませんけど、辰野さんがここへ来たことはあります」

「印象はどうでした？」

「まじめそうでしたけど、正直いって、軽薄な感じがしましたわ。辰野さん、ほんとうに留守だったんでしょうか」

「きょうのことですか。どうしてです？」

「美津ちゃんのことを聞きに来られたと思って、居留守をつかったということも、あるんじゃないでしょうか」

「たしかに、留守でしたよ。実はドアに錠がかかっていなくて、なかをのぞいてみたんです。

あがりこんで、すみからすみまで探したわけじゃないが、だれもいませんでした。しかし、まあ、ご心配なく。美津さんを探す方法は、いくらでもあります。それで、もう一度、美津さんがいた部屋を、見せていただけませんか。高校の名簿だとか、友だちの手紙とか、まだそのままになっているんでしょう？」

「どうぞ、どうぞ」

清子は立ちあがって、住居のほうへ、私をみちびいた。辰野のことも調べなければいけないが、美津についても、もっと情報を得ておく必要がある。二階の美津の机がおいてある部屋を、三十分ばかりかきまわしてから、私は塗装店を出た。

王子のスーパーマーケットに、辰野をよく知っている人間がいたとしても、勤務時間ちゅうに、あまり話は聞きだせない。美津の同級生で、大学へ進んだ連中なら、いまごろ家でつかまえられる可能性もある。駅のむこうの商店街へいって、松村《まつむら》という和菓子屋を、私は探した。そこの息子が、美津の同級生で、清子がつとめていたスナックへも、よく一緒にいった仲だ、と聞いたからだった。

いかにも老舗《しにせ》らしく、ガラスケースに少しずつ、和菓子をならべた松村を見つけて、私が入ってゆくと、店番をしていた青年が、漫画週刊誌から顔をあげた。

「もし違ったら失礼だけど、あなたが松村俊一《しゅんいち》さん？」

私が聞くと、相手は怪訝《けげん》そうに、

「そうですけど、ぼくになにか？」

「広瀬美津さんと、高校時代に仲がよかったそうですね」

「ええ、まあ」

「広瀬さんのことを、すこし伺いたいんですが、時間をさいていただけませんか」

「いいですよ。でも、ここじゃ落着けないから、ぼくの部屋へ行きましょう」

と、松村俊一が立ちあがって、背後の障子をあけた。

「お母さん、友だちのことを聞きに、刑事さんが見えたから、おれ、もう店番できないよ。二階へあがるからね」

大声でいってから、私をうながして、障子のむこうの階段をのぼりはじめた。私も靴をぬいで、あとにつづいた。俊一は右足にだけ靴下をはいて、左の足首に繃帯《ほうたい》を巻いていた。その足をかばいながら、二階へあがると、ドアをあけて、乱雑な洋間につれこんだ。

「どこへでも、好きなところに、腰かけてください。ベッドでもいいし、そっちの椅子でもいいし」

「すみません。しかし、私は刑事じゃありませんよ。お母さんが、心配なすっているんじゃないかな」

「大丈夫です。刑事がきたというほうが、店番中止の口実にはいいでしょう。近所の中学生のスケボーをとりあげて、先輩づらしてハイテクニックを教えようとしたら、足をくじいちゃいましてね。うちに閉じこもらざるをえなくなったら、やたらに店番をさせられるんです。うんざりしていたところですから、なんでも聞いてください」

話がよくわからなかったが、壁のポスターに気づいて、のみこめた。ビキニの水着に、ヘルメットをかぶった金髪娘が、スケートボードにのって、あられもないポーズをとっている。

「広瀬美津さんに、最近あいましたか」

「もう一年ぐらい、あっていないんじゃないかな。これ、結婚のための身上調査かなんかですか。それとも、広瀬君が蒸発でもして、探しているんですか」

「蒸発したとしても、おどろかないような口ぶりですね。実は美津さんのお父さんに頼まれて、調べているんです。蒸発といっていいかどうか、わからないんですがね。このところ、所在が不明なんです」

「同棲している男は、なんていっているんです?」

「辰野重行を、ご存じですか」

「一度、喫茶店で、広瀬君といっしょのところへ行きあわせて、紹介されたことがあるんです。あんまり、感じはよくなかったな。広瀬君が夜、働いているなんて聞いたばかりなんで、よけい反感がつのったのかも知れないけど」

「そのことも、ご存じ?」

「池袋のレッド・ツェッペリンってクラブでしょう。高校は違うけど、中学のとき、広瀬君といっしょだった男が、いましてね。いまおやじさんの商売を手つだっていて、わりに景気がいいらしいんです。そいつが、だれかにつれられて、そこへ行って、広瀬君にあったわけですよ。お前、知ってるかってことで、さっそく電話をかけてきましてね」

「それはいつごろ?」

「夏休み前でしたね。ぼくたち、心配していたんですよ。でも、どこに住んでいるかわからないし、ペンキ屋のお店へいって、事情を聞くのも、よけいなお節介みたいだし……」

松村俊一は机によりかかって、繃帯したほうの足を、ベッドのへりにのせながら、腕を組んだ。眉をしかめて、ちょっと躊躇しているようだったが、私を正視すると、

「広瀬君の家の事情は、知っているんですか——つまり、その広瀬君のほんとのお母さんのことなんか」

「知っています」

「ぼくは中学で、彼女と知りあったわけですよ。暗い女の子だったな。いまの家はそのころ、広瀬君の伯母さんの家で、雑貨屋さんでしたね。そこに、引きとられていたわけです。中学生のとき、広瀬君をうちへつれて来たら、あとでおふくろに注意されたんです、あの子に親切にしてやるのはいいが、あんまり仲好くしちゃいけないって」

「お父さんのことがあるから?」

「ええ。でも、ぼくは仲好くしてましたよ。うちへつれて来られなくなったけど、広瀬君のうちには、遊びに行ってました。そのうち、お父さんが帰ってきて、彼女、明るくなりましたね」

「そうすると、高校を出てからは、彼女のほうから、離れていった感じなんですね」

「そうですね。なにか問題があるんだったら、こっちからもっと接近しておくんだったな。でも、ぼくは彼女にふられた身ですからね。王子のスーパーにつとめているころ、一度か二度、

寄ってみたことがあるんです。あんまり、いい顔されなかった」

と、俊一は頭をかいた。

「ふられたといっても、結婚を申しこんで、断られたというようなことじゃないね？」

微笑しながら、私が聞くと、俊一もにやりと笑って、

「申しこんでも、断られたでしょうね。ぼくら、女の子とつきあうのに、結婚だのなんだのって、口に出すやつはあほだみたいな、なんていうか、ポーズをとっているでしょう、みんな。だから、まあ、ふたりで酔っぱらったときに、ものにしようとしたわけですよ。それで、ものに出来なかったわけ。これ、内証ですよ」

「池袋のクラブで、美津さんにあったというお友だちの名を、教えてもらえないかな」

「いいですよ。でも、辰野をおどして、事情を聞いたほうが、早いんじゃないですか。それとも、辰野も彼女を探していて、お父さんが心配しているわけですか」

心配そうな表情につられて、私があいまいにうなずくと、俊一はすわりなおして、

「そうだとすると、辰野より早く探しださなきゃいけませんね。きっとお父さんが再婚したんで、相談にいけないんだ。でも、こっちのほうが、有利でしょう。同級の女の子のところへ行って、かくまってもらっているのかも知れませんね。力を貸しそうな友だちを、ぼく、あたってみましょう。手がかりがつかめたら、どこへ連絡すればいいですか」

私が名刺をさしだすと、俊一は珍しそうに、なんども読みかえして、

「すごいな。私立探偵ですか」

4

私立探偵は、すごくはない。刑事よりも不自由な状態で、おなじように歩きまわらなければならなかった。レッド・ツェッペリンというクラブで、美津にあったという中学時代の友だちをたずねて、その晩の様子や、店での名前を聞きだしてから、私は王子の商店街のはずれのスーパーマーケットへ行った。しかし、辰野を知っている人間は、見つからなかった。

もちろん、店長は辰野をおぼえていた。話を聞いてみたが、おぼえていたのは辰野の名前と、あまり良好とはいえない勤務成績だけだった。もともと辰野はアルバイトとして、ふた月ばかり働いていたに過ぎなかった。それでも、当時の住所を知ることは出来て、私は滝野川《たきのがわ》のアパートへ行ってみた。

中板橋のアパートは、石神井川にそっていたが、辰野が滝野川で暮していたアパートも、音無川《おとなしがわ》に近かった。しかし、ひどく古ぼけた木造のアパートで、私が手帳にひかえてきた番号の部屋には、鬚《ひげ》づらのえたいの知れない男が住んでいた。すりきれかかったジーンズに、どぶ鼠いろのスウェーターを着て、戸口に出てきたが、

「こちらは以前、辰野重行さんというひとが、住んでいたと思うんですが」

私が聞くと、愉快そうに笑い出して、

「あんたも借金取りですか。まだ逃げのびて、しっぽをつかませないと見えるな、辰野さんは」

「何人も押しかけているんですか、もう？」

「いや、応接にいとまがないというほどじゃないね。だから、まあ、ぼくも退屈しているというわけです。しかし、ぼくはほんとに知りませんよ。辰野さんの引越しさきは」

「最近、おあいになっていないんですか」

「あっていません。だいたい、ぼくは辰野さんの友だちじゃない。友だちの友だちで、友だちの友だちは友だちとは限らない。以前、そんな歌がありましたね。あれは、嘘っぱちです。ぼくはまったく、役に立たない。でも、退屈しているところだから、なんでも聞いてください。喫茶店へでもさそい出してくれれば、なおいいですよ。部屋のなかは、ひどく混乱していますからね。ラーメン屋なら、なおいいな。ぼくのきょうまでの生活を、洗いざらい、お話ししてもいい」

「私はべつに、借金取りじゃないんです。辰野さんが知っているひとのことを、どうしても聞きだしたい。ところが、辰野さんのいどころがわからない。それで、困っているんです。ひとの生き死ににかかわることなんで、早く辰野さんにあいたいんですよ」

「そりゃあ、大変だ。辰野さんが、ひとの命の鍵《かぎ》をにぎっているとは、偉大な存在になったものですな。とすると、トンカツぐらいの価値はありますね」

「トンカツ？」

「音無川をわたって、区役所のほうへ行ったところに、きつね屋というトンカツ屋があるんです。豚をあつかうのに、なぜ狐なんて名をつけたのか、ぼくは知らないけど」

「王子だからでしょう。落語にも『王子の狐』ってのがあるし、装束榎《えのき》の狐火ってのは、有名な話だから」

「知らないな。ショーゾクエの木って、どんなものです？」

「榎ですよ。駅のむこうに、いまでも切株だけ残っているはずだが、装束榎と呼ばれていた榎の大木があってね。そこに江戸時代には、毎年、大晦日の晩に、関東地方の狐がぜんぶ集って、狐火が遠くから見えた、というんです。そんなことより、きつね屋のトンカツが、どうしました？」

「うまいんです。うまいんだが、しばらくご無沙汰している。そこへつれて行ってもらって、落語の『王子の狐』ってのも、おもしろそうだから、その話を聞かしてくれたら、辰野についての情報を提供してもいい。ただし、取引を公正にするために、お断りしておきます。辰野の居場所を、ぼくは知っているわけじゃない。ただ居場所を知っている女を、ぼくは知っている。その女に聞けば、八十パーセント、辰野の居場所はわかるはずなんだ」

「広瀬美津というひと？」

髯の若者は、きょとんとしている。

「じゃあ、マヤさん」

これはレッド・ツェッペリンという店で、美津がつかっていた名前だった。だが、これにも髯づらは、反応をしめさなかった。私は五千円紙幣をとりだして、

「きつね屋へは、ひとりでいってくれないか。『王子の狐』は、落語の本を買えば、出ているだろう。ひとの命がかかっていて、私はあせっているんだ。その女のひとの名前と住所を、教えてくれないか」

「金で情報は売らない、といいたいところだけど、非常の場合だね。ポーズをつくるのは、やめますよ。金井《かない》さんてひとで、板橋区の常盤台《ときわだい》に住んでいる。名前は知らない。番地は、ちょっと待ってください。どこかに書いてあったはずだ」

若者は部屋へひっこんで、文庫本を一冊、持ってきた。その見返しに、金井という苗字と、板橋区常盤台の住所が書いてあった。私はそれを手帳に書きうつして、礼をいった。鬚づらは右手をのばして、

「だれか知らないけど、そのひとの命、助かるといいですね。頑張ってください」

と、握手をもとめた。妙につめたくて、そのくせ、にちゃにちゃした気味の悪い手だった。私はアパートを出ると、大通りへ急いだ。風が出て、冬の空がまるで秋のように、澄んだ青さにかがやいていた。西にまわった日ざしに、通りすがりの塀のなかの木の葉が、黄いろく光って見えた。大通りを走る車の屋根も、まぶしく光っていた。なにもかもが、きらきらしている日だった。

私はタクシーをひろって、常盤台に急いだ。金井という女の住んでいるマンションについたときには、かたわらの小公園の黄ばんだ葉むらが、いぶしたように見えるくらい、夕闇がせまりはじめていた。マンションは賃貸らしかったが、安くはなさそうに、アルミサッシの窓をか

がやかしていた。部屋番号から、見当をつけた窓には、カーテンがひかれていたが、そのなかは早ばやと灯りがともっていた。それとも、中板橋の辰野の部屋とおなじように、ずっとつけっぱなしなのだろうか。

郵便受けにはちゃんと、金井という名札が入っていた。四階のまんなかの部屋だった。階段をあがって行くと、ドアにも名札がついていた。そこは辰野の部屋と違っていたが、ブザーを押して、返事がないのは、同じだった。胸さわぎを感じながら、ドアのノブをまわした。錠はおりていた。ドアの隙間に、耳を押しつけると、妙な声が聞えた。うめき声だった。

私は廊下に片膝《かたひざ》をついて、ポケットから錠前あけのピンを出した。ひとに見とがめられても、かまうことはなかった。先端が少し曲った鋼のピンを二本、鍵穴にさしこんで、私はレバーの列を押しあげはじめた。一本のピンでシリンダーを固定し、もう一本でレバーの配列を動かしていると、手ごたえがあって、錠はひらいた。

だれも廊下に、姿をあらわさなかった。見とがめられなければ、それに越したことはない。私はドアをあけて、室内に入った。こんどは、死体があった。それも、出来立ての死体だった。ブザーの音に、救いをもとめようとして、匍《は》い出してきたのだろう。台所のまんなかに、男は倒れていた。写真も見てはいないが、広瀬が話してくれた人相にあっていて、辰野重行にちがいない。

辰野は右手を、手のひらから肘《ひじ》まで、繃帯で巻いていた。シャツの片袖をまくりあげて、そのシャツも、繃帯も、ズボンも、新しい血で染っていた。その血は胸と脇腹から、おびただしくあふれだして、座敷のほうへ尾をひいていた。首すじにさわってみたが、もう脈はなかった。声をあげながら、ここまで匍ってくる努力が、この男に残っていた生命を、つかいはたすことになったらしい。

私は奥の部屋をのぞいた。四畳半の畳にも、血が軌跡をえがいていた。奥の六畳には、セミダブルのベッドがおいてあって、そこへ匍いあがろうとするような恰好で、女がよりかかっていた。横ずわりした女のかたわらには、大きな血だまりがあって、文化庖丁が投げだしてあった。睡眠薬の壜も、ころがっていた。ベッドの上に、グラスがあぶなっかしく横倒しになっていて、ウイスキーが掛蒲団を濡らしていた。

ベッドのそばのテレビの上にも、もうひとつグラスがのっていて、三分の一ばかり残った水割のなかに、黄ばんだ木の葉が一枚、沈んでいた。私は女の肩をつかんだ。オフタートルの白いスウェーターの胸が、血に汚れている。しかし、女の胸から、流れだした血ではなかった。辰野の血だった。女は三十ぐらいだろう。派手な顔立ちだったが、皮膚には疲れた感じがあった。

「しっかりしろ。あんた、金井さんだね」

女は多量の睡眠薬を、ウイスキーで飲みくだしたらしかった。しかし、垂れさがったベッドの掛蒲団に、嘔吐のあとがあった。私が肩をつかんで、なおも激しくゆすぶると、女はかすかに声をもらした。

「しっかりしろ。いったい、どうしたんだ」

「あいつが――滝野川の鬚が、電話をかけてきたの」

女は苦しげに、声をもらした。私は舌うちした。あの男、私には電話番号を教えずに、密告者ではないことを、証明しようとしたのだろう。

「辰野を探している男がいて、そっちへ行く、といったのか」

「そうらしいわ。あのひと、あわてて逃げだそうとしたの。夜なかに血だらけになって、ころがりこんできやがったくせに」

「右手の傷のことだね。辰野はだれに、腕を切られたんだ?」

「あの女でしょ。一緒に住んでた女。帰ったら、きっと殺されるなんて、いくじのないことをいって、あいつ、困るとあたしのところに来るんだ。もういや。大学の授業料だって、あたしが出してやったんだよ。もう放っておいて――あたし、くたびれた」

女は首をふって、掛蒲団に額を押しつけた。このまま、むりして聞きだそうとしたら、女は助からないだろう。私は部屋を見まわして、四畳半のすみの机に、電話があるのに気づくと、立っていった。広瀬塗装店の番号をまわすと、すぐに清子が出た。

「奥さん、久米です。時間がないから、黙って聞いて、いわれた通りにしてください。辰野を見つけた。もう死んでいる。でも、美津さんが切った傷が原因じゃないから、安心してください。昔からつきあっていた女に、殺されたんです。しかし、私は警察へ知らせなきゃならない。美津さんを、中板橋のアパートへ、帰らせなさい。奥さんは、美津さんのいどころを、ご存じのはずだ。私に忠告されたってことは、美津さんにも、警察にもいわないほうがいい。この電話はなかったことにして、中板橋へ警察が行くのを、待つんです。喧嘩をして、傷つけたというんですよ、警察に聞かれたら。殺そうと思ったなんて、ぜったいにいっちゃいけない。美津さんを救う方法は、それしかないんだ。わかりましたね」

「はい」

押しころしたような返事があった。私は受話器を耳にあてたまま、フックを押して、すぐ警察に電話をし、次に救急車を呼んだ。受話器をおいて、立ちあがると、私はまた女のそばへ行って、肩をゆすった。

「金井さん、すぐに救急車がくる、眠らないほうがいい。だいぶ吐いたらしいが、もっと吐いたほうがいいな。立たしてやる。かまわないから、前かがみになって、思いきり吐くんだ」

「いや。放っといて——あたし、くたびれたの」

細い声が、切れぎれに聞えた。私がひきずり起すと、女はうめいて、口から濁った水を噴きだした。

「そうだ。吐くんだ。くたびれたなんて、だらしのないことをいっちゃいけない。こんないいからだをしていて、男のひとりやふたり、手玉にとれないでどうするんだよ。ここで眠っちまったら、辰野みたいなくだらない男に、負けちまったことになるんだぞ」

「もう負けてるわ、とっくに」

女は首を垂れた。私は重いからだを懸命にかかえて、左右に振りうごかした。

「吐けなかったら、喋《しゃべ》ってくれ。グラスのなかに、落葉が沈めてあるのは、なんのおまじないだ。あれは、辰野が飲んでいたんだろう」

「そう、わかれの杯だって」

「わざわざ紅葉した葉をちぎってきて、グラスに入れるのかい?」

「そう。水で洗ってから——でも、変な味がするわ。そんな恰好つけて、女の気をひこうとするんだ、あいつ。しゃらくさい」

古風な言葉が飛びだしたが、この女が生まれて育った地方では、まだ生きているのだろう。私は腕がしびれてくるのをこらえながら、女のからだをかかえていた。遠くで、救急車のサイレンが聞えた。それと、先をあらそうように、パトロール・カーのサイレンも聞えた。カーテンのしまった窓の外は、もう夜になりきっているらしい。

5

「お酉さまの前の晩だったんです。主人は千葉のほうへ、泊りがけの仕事があって、出かけていました。夜の十一時ごろだったかしら。いきなり、美津ちゃんが帰ってきたの。青い顔をして、ろくに口もきけないんです」

と、清子は声をひそめた。私たちは、板橋署から戻ったところで、広瀬塗装店の奥の座敷に、座卓をかこんでいた。広瀬と細君、私と甥の弁護士、久米暁《さとる》の四人だった。美津は二階で、寝床に入っていた。

中板橋の稲垣荘二〇一号室で、辰野重行を刺したのは、美津だったが、殺意があったわけではない。あくまでも過失で、相手がたの告訴がなければ、罪にはならないはずのものだ。その被害者が行方をくらましたので、探しだして示談にするために、私がやとわれた。そういうことにして、私は甥に応援をたのんだのだった。

美津は甥や父親につきそわれて、板橋署に出頭したが、辰野は死んだし、加害者の金井晴江は正常な状態ではなく、病院に運ばれている。私たちはいちおう事情を説明して、くわしくは後日ということで、帰って来られたのだった。

「うちへ入れて、水を飲まして、聞いてみたら、辰野さんを殺してしまった、というんでしょう、あたしも、青くなりました」

と、清子はつづけて、

「でも、お父さんはいないし、あたしがなんとかしなきゃいけない、と思って、なだめすかすようにして、くわしいことを聞いたんです。そしたら、お店を休んで、お酒を飲んでいるうちに、喧嘩になって、鏡台にあった軽便かみそりで、切りつけてしまった、というんです」

「軽便かみそりで、よかったたな。もっと鋭い刃物だったら、辰野はほんとうに死んでいたかも知れない」

と、広瀬がため息をついた。

「軽便かみそりで、ひとを殺した事件を、私はあつかったことがありますよ。やっぱり、凶器は凶器だから……」

と、私は甥の顔を見た。暁はルーズリーフのノートを膝に、ボールペンを持った片手で、けさ剃ったらしい鬚が青黒く見える顎をなでながら、

「しかし、それほど不利にはならないでしょう。手近な鏡台にあった、軽便かみそりなんだから――ほんとうに殺意があったら、もっと切れるものをつかむ。庖丁でもなんでも、あったはずですからね。叔父さんがあつかった事件というのは、被害者が眠っていたとか、無抵抗な状態だったんでしょう?」

「まあ、そうだ」

と、私も顎をなでた。顎はざらついて、若い甥よりも、よっぽど不精ったらしくなっていそうだった。広瀬はだれにともなくうなずいてから、細君にむかって、

「それで、お前が様子を見にいったのか」

「そうなんです。美津ちゃんには、どこへもいかないようにいいふくめて、中板橋へ行ってみました。ドアには鍵がかかっていなくて、なかに灯りがついていたわ。でも、だれもいないんです。座蒲団が血まみれになっていたし、軽便かみそりも落ちていたから、美津ちゃんがいった通りのことがあったには、違いないけど、辰野さんは死んでいない。そう思ったんで、かみそりを持って、引きあげたんです」

「軽便かみそりを持ちだしただけで、ほかのものには手をふれなかったんですね?」

と、甥が念を押した。清子は大きくうなずいて、

「怖かったし、わけがわからなかったし、なにも出来なかったんです。ただ軽便かみそりを、おいといちゃいけないと思って……あとで灯りを消すことも、ドアに鍵をかけることも、わすれていました。美津ちゃんから、鍵をあずかって行ったんですけど」

「ここへ戻って、どうしました?」

と、甥が聞いた。清子は早口になって、

「主人に電話をしようかと思いましたけど、辰野さんは消えちまったんだし、美津ちゃんが落着いてから、よく考えようと思って、その晩は寝たんです」

「あくる朝、美津さんをお友だちに預けたんですね?」

「親戚で、女手ひとつで、マンション経営をやっているひとなんです。結婚するときにも、相談しましたし、前の主人の借金を精算するときにも、力になってくれたひとなんです。相談したら、相手がなにかいってくるまで、待っていたほうがいいって、美津ちゃんを預ってくれたんです。そんな女を食いものにしているような男は、警察になんぞ行きゃあしないから、大丈夫だっていって」

「いろいろ経験がおありの方のようですね」

「やくざかなんか頼んで、なにかいってくることはあるかも知れないから、美津ちゃんをここへおいておかないほうがいい、というんです。美津ちゃんは来なかったし、どこにいるかも知らないといって、つっぱねておいてから、知らせろって」

といってから、清子は広瀬の顔を見た。

「主人が帰ってきたとき、相談しようかどうしようか、ずいぶん迷いました。でも、美津ちゃんがうちを出たのは、あたしのせいだって気があったものですから、お父さんには心配かけずに、片づけられるものなら片づけようと思って……あなた、すみません」

「きのうの晩、酉の市で私に出あったご主人が、美津さんのことを依頼されたんで、お困りになったんじゃありませんか」

と、私が口をはさんだ。清子は申しわけなさそうに、

「一時混乱して、いいそびれてしまいましたし、落着いてからは、久米さんが辰野さんを探しだしてくれるだろう、そのとき打ちあけて、ご相談すればいい、と思ったんです。ほんとうに、すみません。でも、久米さんはあたしが隠しごとをしているって、ご存じだったようですけど」

「昼間、お邪魔したときに、なにかあるんじゃないか、と思ったんです。中板橋のアパートの一階の奥さんが、美津さんに似ていて、年上らしい女性が、辰野をたずねてきたことがある、といっていたんですよ。その奥さんは、水商売らしい感じが、似ているような気にさせたんだろう、といってましたがね。あなたが美津さんの実のお母さんに似ている、という話が出たときに、気づいたんです。あなたが実のお母さんに似ているとすると、美津さんにも似ていることになるんじゃないかって」

「そうでしょうか。主人にも、そういわれたことはありませんけど」

「見なれていると、気づかないんでしょうね、かえって――Tシャツすがたの美津さんの写真

は、それほど似ていないけど、さっきはじめてご本人とあったとき、やっぱりそうだ、奥さんと感じが似ているな、と思いましたよ。稲垣荘の一階のひとも、そう感じたんでしょう」

「辰野の様子を、奥さんが見にいったとき、目撃されたわけですか、叔父さん」

と、暁が聞いた。私は首をふって、

「そうじゃない。もっと前に、美津さんを心配して、奥さん、辰野にあいにいっているんだよ。美津さんがクラブで働いているのを知って、辰野を説得にいったんだろう」

「そうなんです。あの晩は、だれにも見られなかったと思いますわ」

と、清子はうなずいて、

「辰野さんが働かないで、美津ちゃんを働かしているらしいので、文句をいいにいったんです。でも、よけいなお世話だって、辰野は相手にしませんでした。男はやりたくもない仕事はやらなくてもいい、まして喜んで働いてくれる女がいるんだから、と鼻で笑っているんです」

「おれに話してくれれば、よかった。そんなやつだとわかったら、美津をすぐに連れてかえっていた」

と、広瀬はいって、ふと気づいたように、

「そうか。おれが出ていったら、喧嘩になって、また間違いが起るといけない、と思ったんだな、お前たち。やっぱり、美津がうちを出る前に、おれはもっと反対するべきだったんだな。みんながそれぞれに、気をつかいすぎて、こんなことになってしまったような気がするよ」

「そのとき、美津さんもいたんですか」

私が聞くと、清子は首をふって、

「なにか用があって、出かけていたようです。だから、よけい強気なことをいったのかも知れません。しまいに、あんたが養ってくれてもいいぜ、といって、いやらしいことまでしようとしたんです。年上の女なら、いくらでも働いてくれるやつがいる。うるさいから、若いのといっしょに暮すことにしたんだ、といって――あたし、あきれて逃げて帰りました。だから、あのひとが殺されても、気の毒だとは思えないんです」

「なんてやつだ。じゃあ、美津が軽便かみそりをつかんだときも、よっぽどひどいことを、いやあがったんだろう」

と、広瀬がつぶやいた。清子は困ったように、夫の顔を見てから、ノートをとっている弁護士の顔、私の顔と目を移して、

「お父さんには、聞かせたくないんですけど、弁護士さんに知っておいていただかなきゃなりませんから――美津ちゃん、くよくよすることがあって、ときどき悪酔いをするようになって、アパートへ帰りそびれたりしていたんです。おなじお店で働いているひとのところですけど――自分が怖かったんですね。それを辰野さんにいわれたものだから、かっとなったらしいんですよ」

「なにをいわれたんだ」

広瀬が聞くと、清子は口ごもってから、

「そんなに酒の飲みかたが、へたになっちゃあ困るな。自分がなにをしたか、なにをいったか、

おぼえていないときのほうが多いだろう。あんまり酒ぐせが悪くなると、おふくろみたいに、おれに殺されることになるぞ。そういわれたんだそうです。殺されないうちに、わかれるか。今夜の酒を、わかれの酒にするか、といって、本のしおり代りにしていた落葉を、グラスに入れて飲みはじめたんだそうです。そのときに美津ちゃん、思わず軽便かみそりをつかんで、あんたのせいじゃないかって――」

清子はだんだん声を低くしていって、言葉をとぎらした。心配そうに、夫の顔を見つめている。広瀬は座卓の上に握りしめた両手をのせて、額にあぶら汗を浮かべていた。

「あなた」

清子が呼びかけると、広瀬は首をふって、

「大丈夫だ。大丈夫だよ。ちょっと、思い出しただけだ」

「なにをですの？」

「美津の母親も、あのときそういって、出刃庖丁を振りまわしたんだ、あんたのせいじゃないかって」

みんな、なにもいわなかった。置時計の秒をきざむ音が、大きくなったように聞えた。もう午前二時をまわっていた。私は疲れていたが、眠くはなかった。甥がノートをとじて、ゆっくりといった。

「これだけうかがえば、じゅうぶんです。美津さんのことは、大丈夫ですよ。金井晴江が話ができるようになって、どういう自供をするか、ちょっと心配ですがね。彼女のところに、辰野が逃げこんだということだけで、彼に落度があったのは証明されているわけですから、それほど気にするまでもないでしょう。しかし、ほんとうのところは、なぜ辰野が金井のところへ逃げたか、ぼくには腑に落ちませんが……」

「辰野自身にも、うまく説明はつかないんじゃないかな」

と、私はいった。暁は首をかしげて、

「傷の手当をしてもらいに行ったのは、わかるんです。そのまま、隠れていたような感じでしょう。そこが、わからないんですよ」

「わたしには、わかるような気がします」

と、広瀬がためらいがちにいいだした。

「あのとき、わたしのほうが傷を負わされたとしたら、友だちのところに逃げて、やはり帰って行かなかったでしょうね。あの場合、わたしには自首する勇気がなかった。久米さんが逮捕にきたとき、自殺をはかったのも、考えてみると、本気だったのかどうか、わからなくなるんです。助けてもらえると思って、死ぬふりをしたのかも知れない。辰野もひと皮むけば、気の弱い男なんじゃないでしょうか。お前にいったことも、強がりだったんじゃないかな」

視線をむけられて、清子はうなずいた。

「そうかも知れないけど、女にだけ強がりをいっていたわけでしょう。そういうところは、やっぱり許せない」

「女にだけ強くなって見せる。そのあとで、悔んでやさしくなる。そんな男だったんでしょうよ、辰野は」

と、私は口をはさんで、

「そういう男ってのは、女とくされ縁をつくりやすいんです。たがいに憎みあいながら、わかれられない夫婦があるもんですがね。男のほうはたいがい、女をいじめちゃあ、やさしくしてますよ。それが演技じゃないから、女のほうもわかれられないんです」

「しかし、そんな男にひかれるのは、結婚に失敗したことのある女とか、ひとりぼっちの女なんかが、多いんじゃありませんか。高校へ入ってからの美津は、ずいぶん明るくなっていた」

と、広瀬は首をかしげて、

「どうして、辰野なんかにひかれたのか――ボーイ・フレンドがいなかったわけじゃないんです。なかなか、しっかりした子もいましたよ、頭もよくってね。松村君なんか、そうだった。美津のことを、かなり好きだったようだが……」

「そのひとには、あいましたよ」

と、私はいって、

「心配していました。どのていどまで知らせるかはとにかく、美津さんが無事なことは、知らしてやらなきゃいけないでしょう」

「わたしのほうから、知らせましょうか。美津が自分で電話を……」

広瀬の言葉は、とちゅうで消えた。その目に、悲しみの色が濃かった。しばらくして、苦笑をむりに浮かべながら、

「やっぱり、わたしの責任のようですね。美津も松村君が好きだったのかも知れない。でも、結婚の話になったら、むこうの両親が承知するはずはないから。辰野の場合は、美津が気がねなく、つきあえたんでしょうね、きっと」

泣き声が聞えた。私が階段のほうに目をやると、パジャマの上にカーディガンを羽織って、美津が腰をおろしていた。両手で顔をおおって、その指のあいだから、泣き声がこぼれていた。広瀬は立ちあがりかけたが、我慢をした顔つきで、清子に目くばせした。清子はうなずいて立ちあがると、娘のそばへ行って、かすかにふるえる肩を、両腕でつつんだ。

第七話　まだ日が高すぎる

1

「久米五郎さんですね。もし間違ったら失礼ですが、いぜん本庁の一課におられて、いまは私立探偵をしておられる久米さんじゃありませんか」

「はあ、そうですが」

「やっぱり、あの久米さんでしたか。わたし、浅草署の本居《もとおり》です。おわすれかも知れませんが……」

「本居さん――いや、おぼえていますよ」

「実はですね、久米さん、桑野《くわの》という女性を、ご存じでしょう。未来の未に、太田胃散の散の字を書いて、未散《みちる》と読む。桑野未散という娘さんです」

「ええ、知っていますが……」

「そのひとが、殺されたんです。わたしはいま、吉原公園のそとの公衆電話から、かけているんですが、ちょっとここまで、出てきてもらえませんか」

そういえば、受話器をとりあげたときに、硬貨の落ちる音がした。それは思い出せたけれど、急に日本語が思い出せなくなっていた。私は日本語しか、知らないのに。

「もしもし、久米さん……」

「聞いています。つまり、その桑野未散が吉原公園で、殺されたんですか」

どこか遠いところで、私が喋《しゃべ》っていた。その声は、すこしふるえていた。相手の声は、すぐ耳もとで聞えて、

「そうです。このひと、久米さんの依頼人ですか」

「事務所の事務員です」

「それじゃ、久米さんのお宅へ、行くところだったのかな」

「そうだとしたら、電話があったはずだ。本居さん、どうして、ぼくのことがわかったんです?」

「アドレス・ブックに、名前があったんですよ。龍泉の美登利荘というと、すぐそばでしょう。それに、本庁にいた久米さんじゃないか、と思って、まっさきにかけてみたんです」

「わかりました。すぐ行きます」

本居の返事も聞かずに、私は受話器をおくと、夜具から立ちあがった。枕もとの腕時計を、ひろいあげてみると、午前一時ちかい。部屋のなかは、空気がよどんで、蒸暑かった。パジャマの下で、肌は汗ばんでいる。けれど、タオルでぬぐう暇も惜しく、素肌に半袖のシャツを羽織って、ズボンをはくと、財布や手帳を入れた小さなバッグをつかんで、私はアパートを飛びだした。

商店街に出て、左へ行くと、国際通りの西徳寺前から、日本堤へぬける通りに、合致する。さすがに人通りはないが、右手が吉原のトルコ街だから、タクシーの往来は多い。水銀灯にし

らじらと照された歩道を、シャツのボタンをかけながら、私は急いだ。西徳寺前からの通りとぶつかって、右へ入る道がむかしの吉原揚屋町《あげやまち》、次の角はガソリン・スタンドで、右へ入ると、むかしの江戸町《えどちよう》一丁目だ。揚屋町は通りの左右に、トルコ風呂がならんでいるが、江戸一は右がわだけがトルコ風呂で、左がわに吉原公園がある。その前に、パトロール・カーや、警察の車がとまっていた。ネオンを消したトルコ風呂の軒下に、やじうまが集っている。私が公園に近づくと、顎《あご》のはった大男が、

「久米さんですね。しばらくです」

と、声をかけてきた。電話では、おぼえているようなことをいったが、本居という学者めいた名に、かすかな記憶があっただけで、顔は思い出せなかった。だが、ひと目みたとたんに、記憶がよみがえって、

「本居さん、とにかく仏を見せてください」

「どうぞ」

と、刑事は先に立って、数台の車でふさいだかたちになっている公園の入口へ、私をみちびいた。低い手すりのあいだを入ると、左手が一段高く、テラスのようになっていて、ベンチやコンクリート製の馬や虎――といっても、写実的な像ではなく、子どもの積木みたいなのが、適当に配置してある。その一帯で、鑑識の連中が仕事をしていて、ベンチのひとつのかげに、死体は横たわっていた。馴れているはずの私の胸が、急に苦しくなった。妻と娘の死体を見て、刑事をつづけるのが、いやになったときのような気持だった。鑑識のひとりから、ハンドライ

トを借りて、本居刑事が死体をてらした。その顔は、毎日みている桑野未散のものではなかった。ほっとすると、私は絞殺死体に馴れた刑事にもどっていた。

「桑野君じゃない。ぜんぜん知らない女だ」

「ほんとですか、久米さん」

と、浅草署の刑事は、がっかりしたような声をもらした。私はうなずいて、

「年ごろは、おなじくらいだがね。甥が弁護士で、さっき事務所の事務員だといったが、くわしくいうと、ぼくの事務所のじゃない。同年輩の仲間といっしょに、水道橋の駅の近くのビルの三階で、西神田法律事務所というのをひらいている。桑野君は、そこの事務員なんです」

「なるほど」

「ぼくの事務所は、ひとつ上の四階にある。事務所といっても、ぼくひとりきりで、甥のあつかう事件の調査を、おもにやっているわけです。だから、留守にすることが多くてね。出かけるときには、電話を三階に切りかえて、桑野君に応対をたのんでいる。毎日、顔をあわして、口をきいているんだから、見まちがいはないですよ」

「そうすると、手帳や定期は……」

「見せてください」

私がいうと、かたわらのベンチに、本居は手をのばした。大きなビニール袋が、ベンチにのせてあって、なかに小ぶりのショルダー・バッグが入っている。なんとなく、見おぼえのあるバッグだった。たしかフランスのランセルという会社の製品で、そうとうに高価なものだ。刑

事は手袋をはめた手で、バッグから財布をとりだした。高校の女の子が持つようなビニール製で、漫画のスヌーピーが、ニューヨークの摩天楼の下を歩いている。はっきり見おぼえがあって、

「ばかにかわいらしいのを、持っているじゃないか」

と、私がからかったら、

「スヌーピーの旅シリーズっていって、まだ生れたばかりなんです。兄が買ってきてくれましたの。いまだに、子どもあつかいするんですよ。でも、それを嫌がらずに、持ってあるいているんだから、子どもなのね」

と、肩をすくめたものだった。手袋を持たない私が、手を出さずにいると、本居は財布をひろげた。内がわに定期入がついていて、桑野未散の名の地下鉄の定期券が入っていた。刑事はつぎに、アルミニウムの表紙のついた薄いアドレス・ブックをとりだして、やはりひろげて見せてくれた。祖父が漢学者だそうだから、幼いころから仕込まれたのだろう。万年筆のきれいな文字で、まず甥の暁《さとる》の自宅の住所と電話番号、次に私のアパートの番地と電話番号が書いてあった。

「桑野君のものだ、そのバッグも」

と、私は首をかしげながら、

「間違えられたのか、奪《と》られたのか――被害者《ガイシャ》はほかになにも、持っていなかったんですか」

「ええ、なにも。間違えられたのなら、問題はありませんが、間違えた、という可能性もある

でしょう。争ううちに地面へ落ちて」

と、本居は平べったい顔をしかめた。私は返事をせずに、ハンドライトの光で、もういちど死体をあらためてから、

「桑野君のうちには、電話をかけたんですか」

「まだです。久米さんに確認してもらってから、と思いまして」

「じゃあ、ぼくがかけてみましょう」

私は早足に公園を出て、すぐわきの電話ボックスに入った。ドアをしめると、わすれていた暑さを、思い出した。ボックスのそとの街灯のまわりを、二匹ばかりの羽虫が飛びまわっているのが、かすかに見わけられる。むかしの夏の夜には、街灯に羽虫がむらがって、ときには大きな蛾も重たげに飛びまわっているのを、ちょこんと地べたに猫がすわって、見あげていたりしたものだ。公園には樹木が葉をしげらしているのだから、緑がすくなくなったせいばかりではない、と思うのだが、近ごろは虫がすくなくなった。そんな事件とは無関係なことを考えながら、私は桑野の家に電話をかけた。

「夜おそく、申しわけありません。久米暁のおじの久米五郎ですが、未散さん、いらっしゃいますか」

私がいうと、電話口に出た母親は、ちょっと狼狽《ろうばい》したような口調で、

「それじゃあ、久米さん、なにか未散のことをご存じなんでしょうか」

「とおっしゃいますと？」

「あの、未散はまだ帰っていないんです。心配しておりましたら、電話がありまして、バッグをとられたとかで、帰るお金がないから、迎えにきてくれ、と申しますの。尚志《たかし》がぶつぶついいながら、車で出かけたんですが、さきほど電話をかけてきまして……」

尚志というのは、スヌーピーの財布を買ってくれた兄のことだ。私は母親をさえぎって、

「待ってください。未散さんから電話があったのは、何時ごろです？」

「十一時をちょっとまわったころでしたでしょうか」

「お兄さんからの電話は？」

「十二時半に近かった、と思います。浅草の雷門のところにいる、ということだったのに、見つからないそうでして……」

「すると、尚志君はまだ、探しているわけですね」

「はい。また電話するといっておりました」

「ご心配でしょうが、大丈夫ですよ。私にまかしてください」

「やっぱり、なにかご存じなんですね」

「いや、知りません。未散さんのバッグが、見つかっただけです。未散さんからでも、尚志君からでも、なにか連絡があったら、私のところに電話するように、おっしゃってくれませんか」

と、私の部屋の電話番号をつたえてから、

「いまはちょっと、外に出ておりますが、すぐに部屋へ帰ります。午前三時になろうが、四時になろうが、遠慮なく電話してください。お話ちゅうだったら、間をおいて、かならずかけて

くれるように、おっしゃってくださいよ」

2

いまは千束《せんぞく》四丁目の吉原と、龍泉三丁目とをへだてる道路には、タクシーの数もへっていた。トルコの客は帰って、トルコ嬢たちが帰る時間になったせいだろう。以前は遠くから通ってくるトルコ嬢が多くて、タクシーが集ったし、ひもらしい男がぴかぴかの外車で、迎えにきたりもしていたものだが、不景気とともに、堅実になったらしい。相乗りで近くへ帰ったり、歩いて帰る子までいて、タクシーが集らなくなっている。横断歩道の斜線の書いていないところで、私は龍泉がわへわたって、アパートへ急いだ。美登利荘の玄関は、あかりが消えて、暗かった。私が近づくと、その暗がりから、細長い影が出てきて、

「久米さん」

桑野未散だった。フレンチカットのTシャツに、オイスター・ホワイトのコットン・パンツ、西神田法律事務所で、昼間あったときとおなじ恰好だが、ひどく疲れた顔をしている。まるで熱でもあるように、目だけが大きく、光っていた。

「未散君じゃないか。どうした。雷門で待っているはずじゃなかったの？　お兄さんが、探しているよ」

私がいうと、未散は汚れた壁に片手をつきながら、

「うちから、電話があったんですか」

「まあ、部屋へ入って、話をしよう」

一階のおくのドアをあけると、私は部屋へ入って、敷きっぱなしの寝床を片づけた。それを待ちきれないように、若い娘らしくもなく、未散は部屋へ入ってきて、壁ぎわにうずくまった。疲れているだけでは、ないらしい。かすれた声で、

「お水をください」

大きなコップに水をそそいで、未散の両手につかませてから、

「あわてて飲むと、むせるよ。ゆっくり飲むんだ。そのあいだに、きみのお母さんに電話するから」

といって、私は電話機の前にすわった。

「さきほどの久米五郎です。未散さんは、私のところへ来ましたよ。夜ふけの雷門に、ひとりで立っているのが、怖かったんでしょう。ご心配はいりません。未散さんに、なにかあったわけじゃない。お友だちが、ちょっとした面倒にまきこまれて、それでショックをうけたんでしょう。ええ、大丈夫ですよ、ほんとうに――お宅まで、お送りしてもいいんだが、甥夫婦のうちのほうが近い。今夜は暁のところへ、お泊めします。いえ、とんでもない。ご心配なく、お寝みください。いま未散さんと、ちょっと代りますから」

私が受話器をさしだすと、未散はそれを取らずに、首だけのばして、

「心配かけて、ごめんなさい。なんでもないの。ほんとよ、お母さん。兄さんにも、あやまっておいて……ええ。おやすみなさい。ほんとうに、大丈夫なんだから。久米さんもいるし、先生もいるし」

声は力がなくて、あまり大丈夫そうではなかった。妻といっしょに、交通事故で死んだ娘が、生きていればこのくらいになっている。電話を切ると、私は未散を見つめた。

「友だちのことって、どうして知っていらっしゃるの？」

「化粧は濃いし、肌も疲れているようだが、おなじ年ごろだろう、と思ったんでね」

「由貴江にあったんですか、久米さん」

「苗字はなんていうのかな、あのひと」

「小室《こむろ》です。小室由貴江、高校の同級生で」

「そのひとが、きみのバッグを持っていったんだね？」

「ええ。間違えたのか、わざとしたのか、わからないんですけど――これが、由貴江のバッグなんです」

サマー・ニットのカーディガンで、くるむようにして、わきにおいてあったバッグを、未散は前に押しだした。色とかたちは、ランセルに似ていたが、もっと安い国産のショルダー・バッグだった。

「未散君、いま話してしまったほうが、いいだろう。おどろかないでくれよ。この近くの吉原公園というところで、女の死体が発見された。屋台店の男が水をくみに、公園へ入っていって、見つけたんだが、きみのバッグを持っていた。だから、たぶん小室由貴江さんだろう」

「そんな——」

いいかけて、未散の顔がひきつった。気をうしなうのではないか、と思って、私は手をのばした。けれども、未散は気丈に背すじをのばすと、前においたコップをとりあげて、少しばかり残っていた水を飲みくだした。

「浅草署の刑事に、以前の私を、知っているのがいてね。アドレス・ブックを見て、電話をかけてきた。きみが殺されたといわれたんだから、あわてたよ」

と、私は笑ってみせてから、

「昔とちがって、あんまり勘は働かないが、殺されたのは、十一時から十二時のあいだだろう。平たい紐《ひも》のようなもので、首を絞められたんだ。はじが当ったところに、すり傷ができていたから、革のベルトで絞めたんだと思う。新しいネクタイかも、知れないがね。きみが由貴江さんとわかれたのは、何時ごろ？」

「十時はすぎてました。半にはなっていないと思うけど、はっきりしません」

「どこで、あっていたの？」

「千束通りっていうんですか。もっと向うのにぎやかな通りの喫茶店です。由貴江ったら、あたしのバッグを持って、お店を飛びだしていっちゃって、ほんとに困ったわ。お金を払わずに、追って出るわけには行かないし、しかたがないから、由貴江のバッグをあけてみたんだけど、財布に少しっきゃ、お金が入っていないの。腕時計を、あずけて来ました。だから、よけい時間がわからないの。あの通りには、ところどころアーケードに、時計がさがっているでしょう。それが、十時すぎだったような気がするの」

「うん。それなら、千束通りに間違いないよ」

「由貴江の財布にあった小銭で、うちへ電話して、どこで待っていたらいいか、わからないでしょう。兄貴も、よく知らなかったから、千束なんていっても」

「それで、雷門にしたわけか」

「最初に由貴江とも、雷門で待ちあわせたんです。でも、交番があって、お巡りさんがじろじろこっちを見るし、遠くへ離れれば、酔っぱらいが通りかかって、変なことをいうし……夢中で歩きだしたら、国際劇場の通りへ出たの。それで、久米さんのアパートを、おたずねしたのを思い出して……」

「ここまで来たのか。大変だったね。ぐるっと、ひとまわりしたことになる。由貴江さんとは、しばらくぶりで、あったんだろう。向うから、連絡してきたのかな」

「どうして、そんなことまで、わかるんです？　たしかに、五年ぐらい、あってないの。共通のお友だちに偶然あって、あたしのことを聞いたとかで、夕方、電話をかけてきたんですけど」

「死体を見て、化粧のしかた、肌の様子、現場が吉原公園ってこともあって、トルコ嬢じゃないか、と思ったんだ。そうだとすれば、久しぶりに連絡があった、ということになるはずだよ」

「びっくりしたわ、トルコで働いているって聞いて——彼女、高校を出るとすぐ、大恋愛をして、結婚したはずなんです。それも、駈落みたいにして。だから、東京にはいないんだ、と思っていたの。事実、大宮のほうにいたらしいんだけど、ご主人が怪我をして、働けなくなって、由貴江がスナックにつとめたんですって。そしたら、怪我がなおっても、ご主人、ちっとも働いてくれないで、おまけに借金までつくったのね。たちの悪い相手と、賭金の大きな麻雀を、つづけたらしいんです。それで、トルコで働くようになって、いまはもう、ご主人とはわかれたそうだけど」

「このバッグ、なかを見せてもらうよ」

「だれに殺されたかわからないんですか、由貴江は」

「いまのところはね。きみが疑われるかも知れない。そうはさせないが――」

「だったら、手がかりになるわけね。見てください」

「いくらか、元気になったようだね。眠くない？」

バッグをひらいて、なかのものを取り出しながら、私が聞くと、未散は両手で、自分の頰をおさえて、

「さっきまでは、すぐにでも寝たかったけれど、いまは大丈夫です。由貴江のことを聞いたら、眠気はふっとんじゃいました」

「だったら、お母さんに嘘をついたことになるけど、浅草署へいってもらうかな。死体はまだ、あそこの霊安室にあるはずなんだ。実は私を知っていた刑事を、ちょっとごまかして、ここへ戻ってきたんでね。きみにいちおう確認してもらって、早く身もとを教えてやりたいんだ」

「他殺死体を見るの、怖いな。でも、行きます」

「お腹がすいてや、しないだろうね」

「大丈夫です。喫茶店で、スパゲティを食べました。由貴江は水割を飲んで、だから、腕時計をあずける羽目に、なっちゃったんです」

「どうして、急に出ていったの、由貴江さんは？」

未散への質問をつづけながら、私は由貴江のバッグの中身を、念入りにしらべて行った。

3

「違う。由貴江じゃない。小室さんじゃ、ありません。ぜんぜん、知らないひとです」

夜があければ、監察医務院へ送られる死体の顔を、おそるおそるのぞいて、未散は口走った。あっけにとられて、私はものがいえなかった。

「そんな——しかし、おかしいじゃないですか」

と、口をとがらしたのは、本居刑事だ。台の上に、裸で横たえられて、白い布でおおわれた死体を、太い指でさししめしながら、

「これが、小室由貴江というひとでないとしたら、あんたのバッグは、どうなります？　一時間かそこらのあいだに、小室というひとから、このひとの手に、渡ったことになる」

「そういうことだって、ないとはいえないだろう」

そっけないいいかたしか、私には出来なかった。それが、いっそう刑事を、不機嫌にさせたらしい。

「そりゃあ、絶対にない、とはいえないでしょう。でも、ふたりめが殺されたとなると、ちょっと信じられなくなりますよ」

「だけど、ほんとに知らないひとなんです」

未散が小声でいうと、死体の顔をおおった白布を、本居はもういちど持ちあげて、

「死顔は、感じが変ることがある。ことに小室さんとは、久しぶりにあったんでしょう。怖がらずに、もっとよく見てください」

「怖がってはいません」

きっぱりいって、未散は白布の下に、視線をすえた。

「やっぱり、違います。由貴江はもう少しふとっているし、このひと、あたしたちより、ふたつ三つ年上じゃないかしら」

「間違いありませんか」

「年のことは、間違っているかも知れませんけど」

「そうなると、小室さんのことを、くわしくうかがわなければ、いけませんな。持ってきてくだすったバッグのなかには、手帳もなにも入っていない。住所をご存じですか」

「知らないんです。聞かないうちに、出ていってしまったから」

「以前の住所は、ご存じでしょう」

「うちへ帰って、高校の名簿をしらべれば、ご両親の住所はわかります。でも、家出して結婚したんだから、ご両親も知らないと思いますわ、現住所は」

「とにかく、教えてください。こうなると、一刻も早く、小室由貴江を押える必要がある」

「押えるって、刑事さん、由貴江がこのひとを、殺したと思うんですか」

「そこまで、決めこんでいるわけじゃありませんよ。しかし、小室由貴江に聞けば、被害者の身もとは、わかるでしょう。なぜバッグを渡したかもわかるし、だれに殺されたかもわかるはずだ」

「でも、由貴江じゃないわ。あたし、殺されたと聞いたときには、おどろきました。久しぶりにあったばかりで、すぐにどこかへ行ってしまって、心配していたところだったからです。それでも、意外じゃなかった。ああ、やっぱり、という感じなの。なぜ、と聞きかえされると困るけど、あのひと、殺されそうなひとだったわ。どんなことがあっても、殺すようなひとじゃない」

「そういわれても、なんとも返事はできませんな。返事をするためには、小室由貴江にあわなければ」

「まあ、待ちなさい」

と、私はふたりの会話に割って入った。夏だからいいが、こんな寒ざむとした部屋で、しかも、死体をそばにして、いつまでも話をしていることはない。私たちは上へいって、なおしばらく、本居刑事の質問をうけた。浅草署を出たときは、もう四時ちかくになっていて、浅間神社まえのひろい通りに、夜あけの光が、うっすらと流れはじめていた。歩いている人はなく、牛乳配達と新聞配達の自転車だけが、のびのびと走っていた。私の目の下には、黒ずんだ隈が出ていることだろう。未散の顔も、ふたつ三つ老けて見えた。私たちふたりだけが、まだ夜と死の世界を歩いているようだった。

「もう夜があける。いまから、暁を起すのも、かわいそうだ。といって、私のところに泊るのは、いやだろうから――」

「いいえ、始発が出るまで、あたし、起きています。だから、久米さんのところで、休ませてください。電車賃も、貸していただかなきゃ、ならないけど」

「まあ、聞きなさい。いまから、水道橋の事務所へいこう。あそこの長椅子で、暁が出てくるまで、寝ていればいい。私も送っていって、四階でひとやすみするから」

「でも、鍵《かぎ》がないわ。どうして、あたしのバッグ、返してくれないのかしら」

「さっきの刑事の手もとには、ないからさ。鑑識にいっているんだ。指紋なんぞの調べがすんだら、ちゃんと返してくれるよ。心配しなくても、ビルの入口の鍵は、私が持っている」

「そうでしたわね。久米さんの事務所にいれば、いいんだわ」

「私のところには、長椅子はない。暁には内証だが、あんなおんぼろビルの錠前ぐらい、鍵なんぞなくったって、あくんだよ。刑事の知りあいには、いろんな人間がいてね。足を洗った大泥坊なんてのもいて、便利なことを教えてくれるんだ」

「ほんとですか」

と、未散は目をまるくした。その目に若さがかがやいて、疲れた顔を明るくした。私も笑ってみせながら、

「泥坊のことを知らなければ、泥坊はつかまえられないだろう? 人殺しのことを知らなければ、人殺しはつかまえられない。だから、私はきみの直感を信じるよ。あの地下室で、つめたくなっている女は、小室由貴江が殺したんじゃないと思うね、私も」

十字路に出ると、タクシーがひろえた。水道橋でおりて、西神田法律事務所のビルに入ると、私たちは靴音を立てないようにしながら、階段をのぼった。べつに気がねをすることもないのだが、早朝の静かさには、重さがあって、自然にそうなった。三階の事務所のドアの前で、私はバッグのなかから、二本のピンをとりだした。十五センチメートルほどの黒い細い鉄の棒で、耳かきみたいに先が曲っている。その一本で、シリンダーがまわらないように押えて、もう一本をなかにさしこむ。タンブラーを押しあげて、組みあわせを確かめて行くと、たちまち錠はひらいた。

「すごい」

と、未散は子どもみたいに声をあげた。実をいうと、西神田法律事務所がまだ事務員をやとえなくて、暁のもらったばかりの女房が手つだっていたころ、鍵をわすれたといわれて、二度ばかりあけてやったことがある。それを黙っていたのは、若い女のそばで、私も気が若くなって、虚栄心が生じたのだろう。室内に入って、窓のブラインドをあげると、あかりをつけなくてもいいくらい、もう外は明るくなっていた。

一先生がたが来ても、きみからは、なにもいわないほうがいい。暁には私から話そう。九時になったら、小室由貴江さんから、電話があるかも知れないが……」

「どうしてです?」

「九時になったら、起して説明してあげる。とにかく、そこに横になって、早くやすみなさい」

「眠くないんです。さっきタクシーのなかで、すこし寝たし……」

「黙っていれば、よかったな。気になって、眠れないか。じゃあ、簡単に話しておこう。小室さんのバッグのなかに、手がかりになるようなものは、これしかなかった」

私は手のひらに、鍵をひとつ、のせて見せた。未散は顔を近づけてから、急に気づいたように、身をひいて、

「あたし、汗くさいでしょう。困ったわ。お化粧道具もなにもない」

「近所の店があいたら、買えばいい。お化粧なんかしなくたって、きみはかわいいよ」

「ほんとかしら。でも、その鍵は……」

「コイン・ロッカーの鍵だろう。番号札がついている。ほかには、鍵はなかった。本居刑事は怒るにちがいないが、ちょっと考えがあって、預っておいたんだ。ほかに鍵がないってことは、小室さん、いまは友だちのところに居候をしているか、ビジネス・ホテルに泊っているんだと思う」

説明は省略したが、トルコ嬢のなかには、移動性の種族がいる。若いほど、それが多くて、吉原で三月働いたと思うと、大宮へ行く。また半年後には、千葉へ移るといったぐあいだ。景

気がよくて、料金の高い、つまり高収入の約束される店では、それだけハードなサーヴィスを要求されるから、ときどき気を変えなければ、からだがまいってしまうのだろう。その一方で、過当競争のきみがあるから、以前のように、たとえば横浜に居を定めて、そこでしばらく働いて、吉原に移って、そのまま通ったりしたら、思うように金はたまらない。

といって、権利金や敷金、礼金の高いマンションを転々としたのでは、おなじことだ。しかし、休みの日には一日、寝ころがってテレビも見たいし、他人を気にせずにシャワーもあびたい。電話も、なければ困る。そこで、職場の近くのビジネス・ホテルに滞在する、というケースが出てきているのだ。第一、掃除をしなくてすむ。仕事に出ているあいだに、部屋がきれいになっているのが、実にうれしい、といった女の子がいる。小室由貴江の場合、すまいの鍵はバッグでなく、ポケットに入れていた、とも考えられるだろう。だが、財布はバッグに入っていた。いまは夏で、男よりも薄着ができる女には、ポケットがより少いはずだ。それに、この推量が外れていても、いまは大した問題ではない。

「由貴江さんは、きみのバッグを持った死体が、発見されたことを知らなければ、かならず電話をかけてくる。知っていても、おそらくかけてくるだろう。きみはまだ、知らないはずだ、と考えてね。だから、早い時間にかかってくる、と思うんだ」

「かかってきたら、どうすればいいの？」

「バッグを返してくれ、といってくるはずだから、警察にわたしたとはいわないで、応じるんだ。近くの公衆電話から、かけてくるにきまっているから、あまり事務所をあけられない、というんだな。四階にあき部屋があるから、といって、つれてきてもらうのがいちばんだが、とにかく合図をしてくれれば、私がきみのあとをつける。あとは私にまかしてくれ。じゃあ、おやすみ」

「待ってよ、久米さん。あたし、ひとりになるの、怖い。そっちで、横になるわ」

と、未散は長椅子とむかいあわせの位置に、ストゥールがふたつ、並べてあるのを指さして、

「だから、久米さん、ここで寝たら」

「世話の焼けるお嬢さんだな」

「ごめんなさい。怒らないで……」

「怒っているわけじゃない。私はむかし、甘い父親じゃなかった。甘かったんだが、それを見せてやる時間がなかった、というべきかな。その罪ほろぼしに、そばにいてあげてもいいが、きみはやっぱり、そこに横になりなさい。ストゥールじゃ、おっこちる」

「あたし、そんなに寝相は悪くないわ。久米さんのほうが、落ちたら被害は大きいでしょう」

「私は新聞紙を敷いて、床に寝るよ。若いころ、浮浪者に変装して、張りこみをしたことがあるんだ」

4

小室由貴江が夕方、事務所に電話をかけてきて、もっと遅い時間に雷門であうようにしたということは、未散の自宅の電話をわすれている、と考えていいだろう。だから、私にはかなりの自信があったのだが、電話のベルで飛び起きて、腕時計を見ると、九時三分すぎだった。思いのほかに早すぎたのと、背なかの痛みに、私は顔をしかめた。ロッカーのわきのボール箱に、入れてあった古新聞を、じゅうぶん敷いたつもりだったが、私はもう五十で、若いころとは違うのだった。

「はい。西神田法律事務所でございます」

未散はもう、受話器をあげて、答えていた。声がかれているが、精いっぱい元気そうに喋っている。

「ああ、小室さん——うん、きょうは早めに出てきたの。あなたから、連絡があるんじゃないか、と思って……いいえ、怒ってはいないけど、どうしたの、由貴江、ゆうべは？　持ってきているわよ、あなたのバッグ」

こんな調子でいいのか、というように、未散は私を見た。私がうなずくと、未散はつづけて、

「そりゃあ、かまわないけど……まだ先生がたが見えていないの。近くにいるんなら、ここに

来ない？　大丈夫、四階にいま使っていない部屋があるのよ。そこで、ドアをあけたまま話していれば、三階にひとが来ても、わかるから。ええ、ここは三階。すぐわかるわよ。駅から、五分とかからないところ」

間があって、未散の顔に狼狽が走った。

「いやだ。なかを見たりは、していないわ。コイン・ロッカーの鍵なら、わかるでしょうね、あけてみれば——でも、川に棄ててくれって、水道橋の上から、お茶の水の川に投げこんでくれ、ということ？」

私は急いで、机の上のボールペンをとりあげると、メモ・パッドに、

「むかえに行け」

と、書いて、かざして見せた。未散はうなずいて、

「そんなの、変だわ。あたしのバッグのことは、どうでもいいけど——よくはないけど、きょうでなくても、いいの。それより、どこにいるの？　迎えにいく。大丈夫だったら。ああ、あの電話ボックス。すぐ行くから、動かないでよ。大急ぎで行くから」

電話を切ると、未散は机の引出しをあけて、予備の鍵を出した。私はもう、ドアをあけていた。未散がドアに錠をおろすのを待たずに、私は階段をおりはじめた。往来には日ざしが明るく、すでに暑くなりはじめていた。大通りには、学生らしい若い男女が大勢あるいている。通りのむこうの銀行のガラス張りの壁が、まぶしいくらい光りかがやいて、寝不足の頭が痛んだ。未散もみじめな顔をしていたが、私よりは増しだろう。

駅のほうへ歩いてゆくと、歩道橋の階段のかげ、公衆電話のボックスのそばに、未散の話から想像した通りの女が、立っていた。それほどの美人ではないが、愛嬌《あいきょう》のある顔立ちで、小肥りのからだは、あまり背丈がない。馴れた濃いめの化粧が浮きあがって、顔いろはよくなさそうだった。スーパーマーケットの紙袋を、左手にぶらさげて、落着かない様子で、立っている。二十歩ほど、すれちがってから、ふりかえってみると、あとからきた未散が、小声で話しあっていた。すぐに未散は、小室由貴江の腕に手をかけて、もと来たほうに歩きだした。私がまわれ右をして、あとをつけたことは、いうまでもないだろう。角を曲ると、事務所のビルまでのあいだに、古い喫茶店がある。いかにも入りやすそうな、高くもなさそうな店だ。その前で、由貴江は立ちどまった。たぶん未散が、

「バッグは事務所においてある」

といったのに対して、

「この店で待っているから、持ってきてくれ」

といいだしたに違いない。私は早足にそばに寄って、

「小室由貴江さん、刑事じゃないから、安心して聞いてください。桑野君とおなじ事務所の調査員です。喫茶店じゃ、話はできません。事務所へ行きましょう」

低く声をかけると、由貴江は狼狽した調子で、

「でも、あたし、話なんてないもの」

「こっちにはあるし、聞いたほうが、あなたにも得になる。うかつに騒ぐと、このへんは学校

が多いし、銀行が多い。だから、パトカーがしじゅうまわっている。おどかすわけじゃないが、面倒なことになりますよ」

「別にあたし、怖くないわよ」

といいながらも、由貴江は歩きだした。ビルへ入ると、四階まであがって、事務所のドアをあけながら、私はいった。

「桑野君、きみは下の事務所にいなさい。先生がたが、もう見えているかも知れない」

不安げな由貴江を、私は事務所に押しこんで、おんぼろクーラーのスイッチを入れた。

「きょうも、暑くなりそうですな。おかけなさい。ドアに書いてある通り、ここは私立探偵事務所だけど、下の法律事務所の仕事を、おもに引受けている」

「あたし、私立探偵をやとえるような身分でないし、用もないのよ」

「きょうは例月の無料相談日でね。それは冗談だが、ほんとうに、お金はいらない。桑野君がまきこまれているんだから、身うちの事件だ。あんたはまだ、知らないのかな。あんたが一時のごまかしに、桑野君のバッグをわたした女性は、夜なかに吉原公園で、殺されたよ」

「まさか」

と、由貴江はつぶやいたが、あまり意外ではなさそうだった。未散が由貴江にいだいているような印象を、あの被害者に対して、持っているのかも知れない。私はタバコに火をつけてから、

「嘘じゃない。死体はすぐに発見されて、桑野君のバッグを持っていたからね。定期や住所録

のおかげで、まず桑野君が疑われたわけさ。幸か不幸か、私は近くの龍泉に住んでいる。だから、すぐに事件を知って、桑野君をさがした。話を聞いて、疑いをとくために、きみのバッグは、浅草署に提出したよ。ほかにしようがなかったんだ」

はっきりと、こんどは由貴江も、おどろいたようだった。あわてた、というべきだろうか。私はポケットから、コイン・ロッカーの鍵をとりだして、

「でも、これは抜いておいた。桑野君をスキャンダルから、まもるためには、あんたも助けなきゃいけないだろう、と思ったものでね」

「タバコ一本、いただける?」

「気がつかなかった。どうぞ、お吸いなさい。ところで、これはどこのコイン・ロッカーの鍵だろう」

「いいたくないわね」

「なかになにを入れてきた? 神田川へ、鍵をほうりこんでくれ、というんだから、現金じゃないな。あんたのものでもない。つまり、あんたの所有物ではないし、あんたが利用することも出来ない、あるいは利用したくないもの、ということになるね。麻薬かな? いや、ヤクやシャブを始末するなら、台所で水道の水で流してしまえばいい。もっと、始末しにくいものだ。ハジキだな。拳銃」

由貴江の表情が、大きく動いた。だが、口はひらかない。じっと私は待っていた。時間はいくらでもある。私はタバコを吸いおわると、椅子の背によりかかった。由貴江は短い吸殻を、

灰皿に落すと、机の上の私のタバコに手をのばした。だが、その手はとちゅうで、動かなくなった。マニキュアのはげかかった指が、かすかにふるえている。

「なにもかも、知っているんでしょう」

「いや、知らない。だけど、あんたが隠した拳銃が、ほかの男のものだってことは、知っている。知っている、というより、見当をつけている、といったほうがいいな。大宮のほうで、いっしょに暮していた旦那のものかね?」

「あいつとは、とうに別れたわよ」

「じゃあ、新しい男のものだな」

「そう。でも、新しい男なんて、いやないいかただね。こんどの男ってのより、新品の感じがするから、いくらかいいけどさ。おじさん——おじさんなんてのも、いけないだろうね。名前、なんていったっけ。そうだ。まだ聞いていないんだよね」

「ドアに書いてあったろう。久米五郎というんだ」

「じゃあ、久米さん、あたしたちより、長く生きているみたいだから、聞くんだけどさ。男でも、女でも、いつもおんなじような相手を、好きになるものなのかしら」

「そりゃあ、まあ、人間の好みというのは、一度きまると、なかなか変らないからね」

「そういってしまっちゃあ、深みがないね。それだけのことかも、知れないけどさあ。あたしたちのところへ来るお客さんは、奥さんの若いころに似た子を気に入るってのが、多いみたい。でも、正反対だから気に入った、というひとも、かなりいるね。だから、女のほうが、おんなじような相手を好きになる率は、多いと思うの。あたしみたいに、かすばっかり好きになると、これはもう運命じゃないか、という気がするな。久米さん、運命ってものを、信じる?」

「学者の先生にいわせると、そういう性格ってのは、子どものころの親の生きかたできまるんだそうだ。大人になって、自分で変えようとしても、無理らしい。意志の力で、押えることぐらいしか、出来ないんだろうね」

「それじゃあ、いくらあせっても、あとの祭じゃない。どんな親のところへ生まれてくるか、子どもにわからないんだから」

「そこで、運命ということに、なるのかも知れないな」

「わかった。なにもわかっちゃいないけど、わかったことにするわ。もういい。それで、なにがききたいの」

「吉原公園で、殺された女の名前」

「繁井《しげい》信子《のぶこ》といって、年は二十九だったかしら。あたしたちの先輩、もうやめているけど、お金はたくさん持っているらしいわよ。うちは入谷の、たしか二丁目だったと思うけど、すごいマンション。だれに殺されたのかしらね」

「知っているはずじゃないか。あんたの新しい男だろう。その男は、なにか大仕事をしようとして、拳銃を手に入れた。あんたは、そんなことはさせたくない。だから、拳銃を持ちだして、どこかのコイン・ロッカーに隠した。男は信子をつかって、拳銃をとりもどそうとしたんだろう」

「わかったよ。みんな、話すわ。あたしが心配した以上の、どえらいことをやってしまったんだから、かばうことはないわね。けりがついて、いいようなものだわ。あの拳銃は、信子が持っていたの。借金のかたにとった、とかいっていた。健ちゃん、それを持ちだしたの」

「健ちゃんというのが、新しい男だね」

「滝本健治。あいつ、いつの間にか、信子とも出来ていたのね。あたしが仕事をやめて、健ちゃんと結婚する気になったら、健ちゃんのほうは、せっかく長つづきしそうだったつとめをやめて、信子のところに逃げちゃった。ばかな話よ。もっとばかなのは、こっち。あたしが働くから、戻ってくれ、と頼んだんだから」

「そしたら、ハジキといっしょに、帰ってきたわけか」

「信子にかなりの金を、借りているんだって。それを、あたしに返さしたんじゃあ、食えなくなるから、大仕事をする、といいだしたのよ」

「それで、あんたが拳銃を隠したわけは、わかったよ。滝本健治は、自分で取りもどそうとせずに、信子に頼んだんだね。しかし、あんたはどうして、桑野君をまきこんだんだ？」

「まきこんだりはしないわよ。弁護士の事務所につとめているって、聞いたでしょう。だから、健ちゃんの借金や、もしも軽はずみをしたときに、相談にのってもらおう、と思ってさ」

「それにしちゃあ、ろくに相談もしなかったようじゃないか」

「未散があんまり屈託がなくって、明るいから、少しおどろかしてやろうと思って、あたしの身の上ばなしをしていたら、信子とあう約束の時間になっちゃったのよ。あの女には、あたし、世話にもなっているから、ちょっと頭があがらないの。といって、ハジキを取りもどされるのも、癪だものね。ひょいと見たら、未散のバッグが、あたしのと似ているんで、持っていったの」

「かなりいい加減なんだな、あんたも」

「未散には黙っていてもらいたいんだけど、ほんとはね。ああいうお嬢さんを見ていると、いじわるをしてやりたくなるのよ。でも、いまは悪かったと思っているわ」

由貴江は、てれくさそうに笑って、私のタバコに手をのばした。私はマッチをすってやりながら、

「もうひとつだけ、聞かなきゃならないことがある。滝本健治は、どこにいると思う?」

「亀戸の姉さんのところじゃないかしら」

といってから、由貴江はタバコを深ぶかと吸いこんで、

「健ちゃん、あたしにずいぶん、ひどいことをすると思っていた。だけど、あたしもいま、ひどいことをしたわけね、健ちゃんに」

5

亀戸の駅からだいぶ歩いて、古びたモルタルのアパートの階段をあがると、廊下に腐りかか

った台所ごみの臭いがした。滝本という名札の出ているドアをたたくと、隙間があいて、痩せた女の顔がのぞいた。

「滝本さんのお宅ですね」

「はい」

いかにも警戒したような、短い返事だった。私はなにげない調子で、

「健治さん、おいででしょうか」

「主人は具合がわるく、寝てますけれど」

「失礼ですが、あなたは……」

「家内です」

繁井信子はどうだったのか、もう知ることは出来ないけれど、由貴江はあっさり、健治のうそを信じていたわけだ。

「恐縮ですが、どうしても、ご主人にお目にかかりたいんです。繁井さんのことだ、とおっしゃってください」

「お金の話でしょう。遠いところで仕事をして、帰ってきた翌日くらい、そっとしておいてもらえないのかしら。どうして、そうすぐわかるのか知らないけど」

「繁井さんのことだ、とおっしゃってみてください」

私が声を高めると、ドアがあいて、背の高い男が、女のうしろに立っていた。色のあせた横縞のTシャツに、洗いざらしのジーンズをはいて、薄っぺらだが、野性的にも見える顔をして

いる。女よりは、若く見えた。事実、年下なのかも知れない。

「取次のいるうちじゃないよ。繁井というひとは知っているが、最近はあっていない。あんた、刑事さんかい？」

「いや、こういうものです」

私は名刺をさしだした。だが、滝本が片手につまんで、読みおわったところで、ひょいと取りあげると、胸ポケットにしまいながら、私はあとへさがった。

「外で話したほうが、いいんじゃないかな」

不安げな細君を残して、滝本はサンダルをつっかけると、階段を先に立った。おもてに出ると、すぐにふりかえって、

「いつ信子に頼まれたんだ？」

「繁井さんに、頼まれたわけじゃない。信子さんが殺されたことで、疑われて迷惑しているひとから、頼まれたんです。それ以上、依頼人のことはいえないんだが、小室由貴江さんでもないから、念のため」

「信子が殺されたなんて、初耳だな。おれはなんにも、知らないよ」

アパートの前は、小さな空地になっていて、大きなもちの木が一本、場違いのような感じで、午後の日ざしのなかに、葉をしげらせていた。二階の窓のひとつがあいて、滝本の細君の顔がのぞいている。私は露地口へ足をすすめながら、

「しかし、証拠があるんでね。いっしょに浅草署へ、行ってもらえないかな。自首というかた

ちに、出来ると思うんだ」

「なんのことだか、わからないね」

「世のなか、いろいろ便利になってきているね。近ごろは着ている服からでも、ナイロンのパンティストッキングからでも、指紋がとれる。死体の皮膚からだって、レーザーをつかったりして、指紋がとれるんだよ。犯罪科学の進歩を、聞いたことがないかな」

私だって、聞いたことがない。布地や化学繊維から、指紋がとれるようになって、皮膚から採取できるのも、そう遠くはないだろう、といわれたのは、私が警視庁にいるうちのことだが、その日がきたかどうかは知らない。ただ先日、アメリカのテレビ映画の刑事もので、そういう場面を見たから、いってみただけだった。

「どうして名刺を返してもらったか、わからないのか。きみの指紋が、ほしかったんだ。ゆうべは夜なかまで暑かったから、きみの手は汗ばんで、死体に鮮明な指紋をつけたんだよ。おっと、名刺をとりかえしたって、まだ拳銃がある。あれにも、指紋がついているよ。外がわは拭いたかも知れないが、たいがい挿弾子を拭きわすれるんだ」

私を見おろした滝本の顔は、くちびるがふるえていた。その右手が、握りしめられるのを見て、私は苦笑した。

「腕力をふるうのは、よしたほうがいい。二階から、奥さんが見ている。私はもと刑事でね。経験は豊富だ。こんな中年に投げとばされるところは、奥さんに見せないほうが、いいと思うよ。第一、きみ、拳銃をとりもどすのを、信子さんに頼んだくらいじゃないか。女をおどす自信も、ないんだろう?」

「ありゃあ、はめられたんだ。自分のいうことなら、由貴江はきくというんで、信子にとりに行かせたのさ。おれ、吉原公園で待っていたら、信子のやつ、由貴江とぐるになりやがって、ハジキはあきらめる、大仕事なんて出来るはずがない、と笑ったんだ。だから、なんだって出来ることを——」

喋りすぎたことに気づいて、滝本は口をつぐんだ。私はため息をついて、

「そんなことで、信子さんを絞めたのか。そりゃあ、誤解だよ。信子さんも、由貴江さんに、一杯くわされたんだ。ふたりとも、きみのことを心配してのことさ」

「心配、心配って、そんなものはしてもらいたくないんだよ。どの女も、働きがないといいながら、おれが好きな方法で金をかせごうとすると、邪魔しやがるんだ。あいつらのおかげで、おれはみじめな思いばかりしているよ」

と、滝本は横をむいて、つばを吐いた。露地のそとに、警察の車のサイレンが近づいてきた。小室由貴江を、浅草署まで送ってから、私はここへ来たのだった。由貴江の話を聞きおわって、本居刑事たちが、駈けつけたに違いない。これ以上、私のすることはなかった。私は滝本の腕をたたいて、

「ぼやくな。きみは少くとも、三人の女に、もてたわけじゃないか。私なんぞ、いまだかつて、女にもてたことがない。もっとも、暇もなかったがね。さあ、行こう。お迎えがきたよ。こんどは、現職の刑事さんがただ」

本居刑事は、私の出しゃばりを、責めたそうな顔つきだった。だが、あっさり礼をいって、滝本健治をつれて行った。私はひとり露地を出ると、最初に見つけた公衆電話で、西神田法律事務所の桑野未散に、ことのなりゆきを知らせた。

「由貴江、どうなるんでしょう?」

「罪にはならないだろう。拳銃を隠したんだって、犯罪が起るのを防ぐためだったんだからね。きみがバッグのことで、文句をいえば別だが……」

「あれは、間違って持っていたのよ」

「とにかく、きみの名前は出ない。ひどい目にあったが、この事件じゃあ、みんながひどい目にあったと思っているようだ。滝本までが、文句をいっていたよ。私もただ働きをしたわけだから、文句をいうべきかな」

「ごめんなさい。こんどお給料をもらったら、ご馳走します」

「そりゃあ、ありがたいが、気にしなくてもいいんだよ。きみには電話番をたのんでいて、こっちこそ借がある。じゃあ、あとで」

そうそうに電話を切って、私は外に出た。電話ボックスのなかは、うだるような暑さだったからだ。つめたいビールが恋しかったが、まだ日が高すぎる。

『酔いどれひとり街を行く』あとがき

このオムニバス・ノヴェルは、舞台はニューヨーク、登場人物のほとんどはアメリカ人であるけれども、翻訳ではない。いうまでもないだろうが、これはハードボイルド・ミステリのパロディで、ストーリイはすべて私の創作だ。

ただし、パロディであるからには、とうぜん原典がある。八十七分署シリーズで、日本にもファンの多いエド・マクベインことエヴァン・ハンターが、千九百五十三年から五十四年へかけて、ミステリ雑誌の「マンハント」に連載したハードボイルド・シリーズが、それだ。そのころのハンターは、ペイパーバックで長篇小説を一冊、出版しただけのまだ新人で、「マンハント」には毎号、リチャード・マースティン、カート・キャノン、ハント・コリンズといった別名をつかいわけて、ときには二作、三作、同時掲載するくらい、さかんに書いていた。

エヴァン・ハンターの名で書いていたのは、マット・コーデルという私立探偵くずれのルンペンを主人公にしたシリーズで、ぜんぶで八篇《ぺん》あるのだが、千九百五十八年にそのうちの六篇だけを、ゴールド・メダル・ブックスで一冊にまとめた。けれど、作者名はエヴァン・ハンターではなく、別名のカート・キャノンに変え、主人公の名もマット・コーデルからカート・キャノンに変えてあった。作者の名と、探偵の名がおなじ、という趣向である。もうそのころには、エヴァン・ハンターは普通小説のベストセラー作家で、エド・マクベインの名で八十七分署シリーズも書きはじめていたから、そうした趣向をとったのだろう。

私は久保書店が「マンハント日本語版」を出しはじめて間もなく、このシリーズの翻訳を依頼されて、いくらか手のくわえられているゴールド・メダル・ブックス版を、テキストにつかった。

同書の裏表紙の宣伝文句をアレンジして、「おれか？　おれは、なにもかもうしなった私立探偵くずれの男だ」云云《うんぬん》という前がきをつくりあげて、毎回あたまにつけ、ハンターの美文調とセンチメンタリズムを強調した翻訳で、主人公の名も野暮ったいマット・コーデルでなく、スマートなカート・キャノンをつかって、連載を開始したところ、これが大そう好評だった。本になっている六篇をおわって、雑誌に発表しただけの二篇をおわっても、読者から「カート・キャノンはもうないのか？」という投書があった。

それが千九百五十八年——昭和三十三年から、三十四年にかけてのことで、当時の「マンハント」本国版には、エヴァン・ハンターはマクベイン名義の八十七分署シリーズのコンデンス版を発表するだけで、ほとんど短篇は書かなくなっていた。カート・キャノンの新作が出るのぞみはない。

そこで、日本語版編集長、中田雅久にすすめられて、私が贋作《がんさく》をつくることになって、昭和三十五年の四月号から九月号まで、「マンハント日本語版」に読切連載したのが、この『酔いどれひとり街を行く』なのである。むろん「マンハント」の出版権を代理していたチャールズ・E・タトル商会の諒解《りょうかい》もえて、すぐには本にしない、後日、本にまとめるときには、パロディであることが、より明確にわかるような配慮をする、という話しあいで、連載をはじめたのだ。

原典のゴールド・メダル・ブックス版のほうは、早川書房が翻訳権をとって、千九百六十三年——昭和三十八年の九月に、私の訳文八篇をおさめて『酔いどれ探偵街を行く』という題で、ハヤカワ・ポケット・ミステリの一冊になった。「マンハント日本語版」のときの作者名は、エヴァン・ハンターだったが、ハヤカワ版ではカート・キャノン（エド・マクベイン）になっている。その最後に、ご愛嬌《あいきょう》として、私は贋作の第一話「背中の女」をつけることにした。

しかし、それきり私は、この贋作カート・キャノン・シリーズが単行本一冊分あることを、わすれてしまった。原典のハヤカワ版が、昭和四十七年に再版されたときにも、私は本格推理小説に夢中になっていて、このシリーズを思い出しもしなかったのだが、こんどいろいろな傾向の作品を、『都筑道夫コレクション』としてまとめることになって、読者のかたから、「キャノン・シリーズがまだ本になっていないではないか」といわれた。

コピーをとってみると、ちょうど一冊分あるし、タトル商会との約束どおり、年月もたっている。そこで、カート・キャノンの名をパロディらしく、液体をはかる数量名をつなげたクォート・ギャロンにあらためて、日の目を見せることにした。ギャロンはとにかく、クォートという名は、実際にはないかも知れないが、日本人の考えたパロディなのだから、我慢していただきたい。

日本ではこのジャンルは、内田百閒《ひやつけん》の『贋作吾輩は猫である』、川口松太郎の『新篇丹下左膳《たんげさぜん》』ぐらいしか本になっていないが、海外ではバリイ・ペロウンがラッフルズ・シリーズを書きつづけ、キングズリ・エイミスがジェイムズ・ボンドのあとをつづけ、近くはボワロー、ナルスジャックがアルセーヌ・リュパンの新作を書いているほか、マリオン・マナリングの『殺人混成曲』などがあって、そのときどきの話題になっている。今後も機会があったら、こうしたパロディをやってみたい、と私は思っている。Dec. '74

『酔いどれ探偵』解説

淡路瑛一

昭和五十六年の六月に、私がおとずれたニューヨークのバウアリは、強烈な日ざしの下で、ひっそりしていた。おなじ日のハーレムが、黒い顔を汗で光らした老若男女で、雑沓《ざっとう》していたのにくらべると、嘘のようだった。ニューヨークは猛暑で、エア・コンディションのない家のなかには、とうてい、いられない。だから、ハーレムでは、みんなが外に出ていたのだろう。だが、バウアリでは、金物屋のならんだ一郭で、汗にまみれた肥った男たちが、なにかの機械を小型トラックにつみこんでいるだけで、無意味なひとの往来はない。それだけに、疲れた街のように見えた。横丁をのぞくと、古びた建物の玄関口の日かげに、ボール紙を敷いて、老いた浮浪者たちが、横たわっている。

ひとりだけ、大通りの電柱に片手をあてて、ふらふら立っている老浮浪者を、見かけた。片手をのばして、電柱につかまっている、というよりも、押したおそうとしているみたいだった。歯がないのか、大きな口が半円の線になって、ほうれん草の罐詰《かんづめ》を、買えなくなったポパイのような顔だった。汚れたアンダー・シャツに皺《しわ》だらけのズボン、ゆらゆら上半身をゆすっているのを見て、カート・キャノンを、私は思い出した。私立探偵の免許をとりあげられたカートが、バウアリで酒びたりの日を送っていたのは、かれこれ三十年前のことだ。まだ生きているとすれば、このくたびれたポパイみたいに、なっているかも知れない。カート・キャノンの生活が、日本に紹介されたのは、昭和三十三年、久保書店が出していた翻訳ミステリイ雑誌、「マンハント」日本語版によってだった。

一日二十四時間のうち、二十五時間は飲んだくれている、という私立探偵くずれのルンペンの物語は、ぜんぶで八篇《ぺん》あって、作者は『暴力教室』で売りだしたエヴァン・ハンター、つまり『八十七分署』シリーズのエド・マクベインだ。訳者は私——淡路瑛一、つまり都筑道夫である。八篇が「マンハント」本国版に発表されたのは、千九百五十三年から五十四年にかけてで、そのときには主人公の名が、マット・コーデルになっていた。それが、カート・キャノンに変ったのは、千九百五十八年——昭和三十三年に、ゴールド・メダル・ブックスから I Like 'Em Tough という題で、八篇のうち六篇が一冊になったときだ。作者名も、カート・キャノンになっていた。マット・コーデルよりも、ひびきがよくて、日本の読者にも、おぼえやすい。私は翻訳のテキストに、ゴールド・メダル版をつかうことにした。同書の裏表紙の宣伝文句をアレンジして、「おれか？ おれはなにもかもうしなった私立探偵くずれの男だ」云々《うんぬん》という前がきをつくりあげ、それを毎回あたまにつけて、訳文にはハンターの美文調とセンチメンタリズムを強調、昭和三十三年から三十四年にかけて、「マンハント」日本語版に連載したところ、これが大そう好評だった。八篇を訳しおわっても、読者から「カート・キャノンを、もっと読みたい」という投書がつづいた。けれど、エヴァン・ハンターは、マクベイン名義の『八十七分署』シリーズに熱中していて、本国版に短篇小説を書く様子はない。

そこで、日本語版編集長、中田雅久が考えたのは、私に贋作《がんさく》を書かせることだった。出版権を代理していたチャールズ・E・タトル商会の諒解《りょうかい》をえて、昭和三十五年の四月号から九月号まで、「マンハント」日本語版に連載したのが、いま読者が手にしているこのオムニバス・ノヴェルなのである。作者名は都筑道夫、主人公の名はカート・キャノン。タトル商会との諒解は、主人公の名をそのままつかうのは雑誌連載ちゅうのみ、他日、単行本にするときは贋作であることを明確にする、というものだった。いっぽう、本家のゴールド・メダル・ブックス版のほうは、早川書房が翻訳権をとって、昭和三十八年の九月に、『酔いどれ探偵街を行く』という題で、「ハヤカワ・ポケット・ミステリ」の一冊になった。作者名は、カート・キャノン（エド・マクベイン）、となっている。訳者名も淡路瑛一ではなく、都筑道夫。原書は六篇だが、訳書には八篇ぜんぶをのせ、さらに巻末にご愛嬌《あいきょう》に、贋作の第一章『背中の女』をつけくわえた。現在、この『酔いどれ探偵街を行く』は、ハヤカワ・ミステリ文庫におさまっているが、それには贋作は入っていない。

私は計算にうといので、この贋作がたっぷり一冊分あることに、長いあいだ気づかなかった。けれども、昭和四十九年から五十年にかけて、桃源社から『都筑道夫コレクション』という選集を出したとき、読者のかたから、「カート・キャノン・シリーズがまだ本になっていないではないか」といわれた。しらべてみると、なるほど一冊分あるし、タトル商会との約束どおり、年月もたっている。そこで、主人公の名を、液体をはかる数量名をつなげたクォート・ギャロンとして、日の目を見せることにした。ギャロンはとにかく、クォートという名は、実際にはないかも知れないが、日本人の考えたもじりなのだから、目くじらを立てないでいただきたい。昭和五十年一月、このオムニバス・ノヴェルは十五年ぶりに、『都筑道夫コレクション』第五巻として、桃源社から一冊の本になった。題名は『酔いどれひとり街を行く』、いうまでもなく本家に義理立てして、つけた題名だ。さらに昭和五十四年の二月、この『酔いどれひとり街を行く』は、『西洋骨牌《カルタ》探偵術』という短篇集と合本にして、『気まぐれダブル・エース』という題名で、おなじ桃源社から再刊されている。そして、このたび新潮文庫におさまった、というのが、この作品の歴史である。正直なところ、『酔いどれ探偵街を行く』というのは、早川書房がわから出たものか、私がつけたにしても、時間に追われての苦しまぎれで、あまり気に入った題名ではない。もう義理立てするにもおよぶまいから、今回、題名を変えさせていただいた。

桃源社版の「あとがき」では、わかりやすく、このオムニバス・ノヴェルを、パロディ、と書いたけれども、笑いをねらったものではない。Pasticheというべきか。パロディとパスティーシュの多さでは、シャーロック・ホームズが帝王だろう。ホームズがホームズのまま、登場する長篇小説だけを数えても、エラリイ・クイーン、ニコラス・メイヤー、ローレン・D・エストルマン、フランク・トマス。短篇集ではジョン・ディクスン・カーとエイドリアン・コナン・ドイルの合作。パロディときたら、数えきれない。同時代のヒーローでは、アマチュア金庫やぶりのラッフルズを、バリイ・ペロウンが、もう五十年間も書きつづけているし、グレアム・グリーンも千九百七十五年に、The Return of A. J. Raffles という戯曲を書いている。ピエル・ボワローとトーマ・ナルスジャックのコンビが、アルセーヌ・ルパンの筆名で書いた新しいルパンの冒険譚《ぼうけんたん》は、この新潮文庫で、訳出されているから、お読みになったかたが多いだろう。ジャングルの王者ターザンの新しい冒険も、SF作家のフリッツ・ライバーが書いている。現代のヒーローでは、スーパー・スパイのジェイムズ・ボンドを、キングズリー・エイミスが千九百六十八年に、ロバート・マーカムの別名で一冊だけ書き、八十年代に入ってジョン・ガードナーが、すでに三冊、書いていて、翻訳も出はじめた。

日本ではあまり多くないが、小栗風葉《おぐりふうよう》が『金色夜叉《こんじきやしゃ》』の続篇を書き、内田百閒《ひやつけん》が『贋作吾輩は猫である』を書いている。エンタテインメントでは、戦前に川口松太郎の『新篇丹下左膳《たんげさぜん》』があって、隻眼隻手の怪剣士になる経緯を語った。丹下左膳は、山岡荘八も戦後に書いていて、たしか『新本丹下左膳』という題だったが、これは単行本になってはいないらしい。アルセーヌ・ルパンが登場する江戸川乱歩の『黄金仮面』や、西村京太郎の『名探偵なんか怖くない』、河野典生の『アガサ・クリスティー殺人事件』は、パロディ、パスティーシュ、どちらに分類すべきだろうか。私はこのジャンルが好きで、長篇推理小説第一作の『やぶにらみの時計』以来、永井荷風や泉鏡花の摸写《もしや》を、なにくわぬ顔で、作品ちゅうにすべりこませてきた。近年には『名探偵もどき』でポワロやメグレ、『捕物帳もどき』で銭形平次や人形佐七、『チャンバラもどき』で鞍馬天狗《くらまてんぐ》や眠狂四郎、パロディ三部作を書いているし、正統的なパスティーシュとしては、目下『顎十郎捕物帳』を、久生十蘭ご遺族の許可をえて、書きつづけている。そうした志向のきっかけになったのは、このカート・キャノン・パスティーシュなのだから、当時の私をそそのかしてくれた「マンハント」日本語版の読者のみなさん、編集長だった中田雅久に、あらためてお礼を申しあげよう。

（昭和五十八年九月、翻訳家）

『ハングオーバーTOKYO』あとがき

この連作は、昭和五十三年から五十四年にかけて、角川書店の雑誌「野性時代」に発表した。「巌窟王《がんくつおう》と馬の脚」だけは例外で、これは実業之日本社の「週刊小説」に書いた。主人公の久米五郎は、五十歳になろうとしている。作者と同年配で、かつては警視庁捜査一課の刑事であった。妻と娘を交通事故でうしなって、酒におぼれて退職、いまは甥の弁護士から仕事をもらって、水道橋にささやかな私立探偵事務所をひらいている。

つまり、これはいわゆるハードボイルド・ミステリイで、久米五郎は近年にわたくしの創作したふたり目の私立探偵なのである。もうひとりは、西連寺剛といって三十代、もと拳闘選手で、四谷の駅に近いマンションの自宅を事務所にして、同時に西新宿の私立探偵社から、客員として仕事をまわしてもらっている。こちらは昭和五十二年の秋から、双葉社の雑誌「小説推理」に書きはじめ、ときに新潮社の「別冊小説新潮」にも書いて、すでに一ダースになっている。最初の六篇《へん》は「くわえ煙草で死にたい」という題で、五十三年の八月に、双葉社から本になった。あとの六篇は「脅迫者によろしく」という題で、近く新潮社から、出版されることになっている。しかし、おなじハードボイルドといっても、西連寺剛と久米五郎とでは、あつかう事件も、あつかう姿勢も、違っている。

もともとハードボイルド・ミステリイは、型のきまったジャンルではない。まして非情、暴力といった言葉で、手軽にいいあらわされるものではなく、作者の姿勢だけが、問題になるのだろう。ダシル・ハメットのハードボイルドと、レイモンド・チャンドラーのハードボイルドでは違いがあるし、チャンドラーとロス・マクドナルドのハードボイルドにも、違いがある。それは主に、それぞれの作者が生きて、素材にした時代に関係があって、千九百三十年代、四十年代のハードボイルドと、七十年代のハードボイルドは、違うのである。素材となるのが、時代の影響のもとに、生きている人間だからだ。

ジョルジュ・シムノンのメグレ警視シリーズも、すぐれたハードボイルド・ミステリイだと、私は思っている。私立探偵ではなくても、ひとりで行動したがるメグレは、はやり言葉にもなったフィリップ・マーロウの有名なせりふ、「タフでなければ生きられない。やさしくなければ生きる資格がない」を、具現した主人公である。最後に本書の題名について、いっておこう。二日酔いを意味する俗語、Hangoverは、まだ日本語としては通用しないかも知れないが、現在の東京はいつも二日酔いの状態でいるようで、それもハングオーバーとカタカナで書かなければいけないような、おかしな町になっているように、私には思われる。初老の私立探偵が、そうした違和感のあるＴＯＫＹＯを、なんとか理解しようとする記録、という意味で、こんな題をつけてみた。Apr. '79

『二日酔い広場』解説

久米五郎

この本の著者の都筑道夫さんと、私が知りあったのは、浅草千束《せんぞく》の飲み屋で、『鳴らない風鈴』のなかに、出てくる店です。千束通りと国際通りとをむすぶ横丁——千束の角に、明治時代、歌舞伎役者の先先代、市川猿之助《えんのすけ》が住んでいたので、猿之助横丁と呼ばれた横丁です。いまの澤瀉屋《おもだかや》のおじいさん、先代の猿之助も、この千束町の角のうちで、生れたのだそうです。飲み屋はもう国際通りに近いところにあって、「かいば屋」。

あるじは、熊谷さんというのですが、私たちは「熊さん」と呼んでいる。早稲田大学落語研究会の中興の祖のひとり、というんで、この呼び名も似あうし、親しみもこもるからでしょう。小沢昭一さんなぞがつくった落語研究会が、消滅しかけていたのを、復活させたメンバーのひとりなんだそうで、皇居のお手入れを、おおせつかったこともある宮大工の息子さん。早稲田を出てから、屋台のラーメン屋をやったり、野坂昭如邸の居候をやったりして、飲み屋のあるじに落着いた。なかなか風格のある人物で、都筑さんの『妄想名探偵』という作品のなかにも、実名で登場いたします。その「かいば屋」で、私を都筑さんに、紹介してくれたのは、どなた

だったか……あるいは熊さんが、

「このひと、探偵ですよ。私立探偵」

といったのかも、知れません。私立探偵はほんとうですが、久米五郎というのは、ほんとうの名前ではない。てれくさい話ですが、私をモデルに、都筑さんがシリーズを書きはじめたとき、主人公につけた名です。

「こんど、あれが文庫になるから、解説を書いてくれませんか」

という電話が、都筑さんからあって、なにしろ、刑事だった時分から、報告書や調書を書くのも、苦手だった私です。お断りしたのですが、ねばられまして、

「それでは、本名でなくても、いいでしょう。小説のなかの『久米五郎』という名でよければ、書かしていただきます」

と、返事をしてしまったわけなんです。実は、それでは困る、といわれると、思っていたんですが、案に相違して、

「そりゃあ、おもしろいな。小説の主人公が、解説を書くってのは、いいですね。ぜひ、お願いします」

覚悟をきめるより、しかたがなくなりました。都筑さんが事務所にみえたり、私が東中野のお宅にうかがったり、「かいば屋」でお目にかかったりして、いろいろお話ししたのが、昭和五十二年だった、と思います。それをヒントにして、都筑さんが小説を、角川書店の雑誌「野性時代」に連載したのが、昭和五十三年から五十四年にかけてでした。そのあいだ、私はてれ

くさくてしょうがなかった。単行本になったのが、昭和五十四年の六月、「野性時代」にのせた五篇《へん》に、実業之日本社の「週刊小説」に出した『巌窟王《がんくつおう》と馬の脚』をくわえて、立風書房から出たのです。本の題は、『ハングオーバーTOKYO』という、風変りなものでした。ハングオーバーというのは、二日酔いのことだそうですが、このときも、私はてれくさくて、お酒を飲んで、ほんとうに二日酔いになりました。私がモデルだということを知っているのは、「かいば屋」の熊さんのほか、常連のお客さんが二、三人だけなんだから、知らん顔をしていれば、いいわけなんですが……

「どうも、『ハングオーバーTOKYO』という題は、わかりにくかったらしくてね。評判が悪いんで、文庫はタイトルを変えることにしました」

と、都筑さんは電話でいった。

「第四話の『二日酔広場』を、『ハングオーバー・スクエア』という題にかえて、本のタイトルを『二日酔い広場』にしたんです。ですから、そのつもりで、解説、お願いします。ああ、わすれるところだった。その後、『週刊小説』にもう一本、『まだ日が高すぎる』というのを、書いたんです。文庫判の読者へのサーヴィスに、それも入れて、全七話になりましたから」

そのほうがいいだろう、と私も思いました。小説のなかでは、経験ゆたかな、ものに動じない人物になっていても、私は優秀な刑事ではなかったし、優秀な私立探偵でもない。いつも後悔して、酒を飲んで、二日酔いになっている。私にとっては、東京ぜんぶが、二日酔い広場といっていいでしょう。『二日酔い広場』という本の解説を書くには、ふさわしい人間かも知れません。

　私の甥が弁護士で、その事務所の上の部屋を、私が私立探偵事務所にしていることは、小説に書いてある通りですが、場所はちがいます。西神田、水道橋ではありません。住んでいるところも、浅草は浅草ですが、龍泉ではない。刑事だったころは、文京区に住んでいました。都筑さんも、生まれ育ちが文京区、よく知っておられるので、口をきくようになった始め、そんなところから、話があったのです。

　浅草はひとり暮しには、いい町ですから、離れる気はありません。といっても、下町情緒なんてものに、ひかれているわけじゃない。だいたい戦争まえ、六区に映画や軽演劇を見にきた子どものころから、浅草は下町だなんて、思ったことがないんです。日本橋や銀座は下町だけれど、浅草は下町じゃない。東京のなかの田舎です。地方と都会が、ごちゃまぜになって、やけに活気があったから、浅草は盛り場として、おもしろかったんです。いまは活気がなくなったけれど、あいかわらず、金持と貧乏人がならんで歩いていて、違和感がない。ちゃんと、調和がとれる町なんです、浅草というところは。

　都筑さんは、私のこの意見に、賛成してくれました。おないどしだから、同じころに、あきれた・ぼういずのアトラクションを見、関時男一座、森川信一座の喜劇を見て、ときには一日、浅草ですごしたんでしょう。ただし、都筑さんが浅草で最初に見たのが、『幽霊西へ行く』という洋画。私が最初に見たのが、阪東妻三郎の剣戟映画だった、という違いはある。大昔のことを聞くような顔を、しないでください。あきれた・ぼういずにいた益田喜頓さんが、まだミユージカルで、活躍しているじゃありませんか。

とにかく、私は浅草が好きなんです。仕事はおもに、甥にたのまれる調査です。小説みたいに、はでな格闘をやることは、ありません。刑事だったころは、ちっとは立ちまわりを、やったこともありますが、若かったから、出来たんでしょう。調査の仕事は、地味なものです。関係者をたずねてまわって、いろいろ聞いてあるく。行ったさきに、死体がころがっていたなんてことは、ありません。それでも、たくさんの人にあえば、いろいろなことがあって、男のこころ、女のこころ、はっとするような動きを、見ることがある。そんなことを、思いつくままに、お話ししたのが、都筑さんのお役に立ったのかも、知れません。

ハイテクニックの時代とかで、近ごろは私立探偵も、事務所にはコンピューター、電話つきの車でターゲットを尾行して、指向性集音マイクに赤外線カメラ、電話盗聴機に盗聴機発見機、メカニズムを駆使しての浮気の調査で、もうけている人たちもいる。でも、私はそういうのが苦手でして、ひとりでこつこつ、歩きまわる仕事を、これからもつづけるでしょう。職業別電話帳をみると、実にたくさん、私立探偵事務所が出ています。目立ちませんが、そのなかには、私の名前もあるのです。ご用がございましたら――ああ、本名を名のらずに、電話帳でさがせ、というのは、無理ですね。失礼しました。

「都筑先生」のこと

香納諒一《かのうりよういち》

私は編集者を十四年勤めたのち、専業作家になりました。

作家香納諒一として出会った作家の方たちは、たとえ相手が大先輩であっても「先生」づけで呼ぶことはありません。「北方謙三《きたかたけんぞう》さん」「宮部《みやべ》みゆきさん」といった具合に「さん」づけで呼びますが、編集者として担当した作家の方たちは、当時も今も、自然に「先生」づけで呼んでしまいます。「小川国夫《おがわくにお》先生」「平岩弓枝《ひらいわゆみえ》先生」「森村誠一《もりむらせいいち》先生」……そして、「都筑道夫《つづきみちお》先生」。

そもそも、編集者を経て作家になるといった道筋を思い描くようになったきっかけは、日本に数多くの海外ミステリーを紹介した名編集長から作家へと転身した都筑先生の存在でした。大学を卒業したとき、私は出版社以外の入社試験を受けませんでした。「いきなり作家になるのは無理だろうけれど、編集者を経て作家になる道ならばいけそうだ」という、今から思えばおよそ人生設計とも言えない設計を思い描いていたのです。

しかし、幼少時から大量の本を読んでいたのが幸いしたのか、私の一見穏やかに見える性格が幸いしたのか、無事に編集者になることが叶いました。もっとも、一次試験で筆記があった出版社は軒並み落ち、最終試験まで残ったのは面接を重視していた会社だけでしたが……。結局、文藝春秋が採用してくれて、そこで十四年にわたって編集者を勤めました。

初めて都筑先生のお人柄に触れることができたのは、入社の年でした。当時、サントリーと朝日放送と文藝春秋の三社が共同で「サントリーミステリー大賞」を主催しておりました。この賞の大きな特色は最終選考を公開で行うことで、赤坂のサントリーホールなどの会場に満員近いお客さんが入り、壇上に選考委員が並びました。そして、この選考委員たちが論議して選ぶ「大賞」に加え、ホールに来場したお客さんの投票によって「読者賞」が決まります。

私は編集部門に配属された新人のひとりとして、八六年、八七年は会場整理を担当しました。ちなみに、八六年の大賞受賞が黒川博行《くろかわひろゆき》さんの『キャッツアイころがった』、読者賞が長尾誠《ながおせい》夫《お》さんの『源氏物語人殺し絵巻』、八七年が大賞、読者賞ともに典厩五郎《てんきゆうごろう》さん『土壇場でハリー・ライム』でした。

都筑先生は、このサントリーミステリー大賞の選考委員を、初回から十五回まで務められました。これは、選考委員中最長でした。ちなみに、この賞は二十回で休止となりましたので、全体の四分の三に関わっていただいたことになります。作品の構成に触れ、著者の狙いを読み解くといった分析的な講評を、いつも静かな口調でされていました。

当時は開高健《かいこうたけし》さんが一緒に選考委員を務められ、壇上で赤ワインを何杯もおかわりしながら、「もうちょっと酔うと、頭の閃きがよくなる」といった台詞を繰り返しておられました。編集者になりたての私からすると、「お酒の勢いで受賞作が決まってしまったりして、大丈夫なのだろうか……」とハラハラすることしきりでしたが、その後、都筑先生の分析的な意見を聞いてホッとするという感じでした。

都筑先生の読み手としての目利きの確かさは、『都筑道夫の読ホリデイ』や『都筑道夫ポケミス全解説』（ともにフリースタイル刊）といった名著で知ることができます。

都筑先生の作品は、もちろんほぼすべてを手元に持っています。そして、その多くは、実は古本屋で購入したものです。高校時代や大学時代に好きになった作家の本は古本屋で購入するというのが、私たちぐらいの世代までは普通でした。まだ街のあちこちに、ブックオフではない個人経営の古本屋がたくさん存在した時代です。「なめくじ長屋捕物さわぎ」のシリーズは、タイトルを手帳に控えておいて、買ったものにチェックを入れるというふうにして買い集めました。『血みどろ砂絵』『くらやみ砂絵』等、どれもタイトルが六文字で統一され、既に持っているかどうかを店頭で咄嗟に思い出せないことを危惧したのです。

私が特に好きなのは、都筑先生の怪談話です。これは編集者になってからの話ですが、八〇年代の終わりから九〇年代にかけて、特に光文社文庫と徳間文庫を中心にして、都筑先生の怪談アンソロジーが数多く文庫で発売されました。今、すぐに手元に出て来る本を並べてみますと、『デスマスク展示会』『絵の消えた額』『グロテスクな夜景』『世紀末鬼談』『秘密箱からくり箱』（以上すべて光文社文庫）『深夜倶楽部』『袋小路』『骸骨』（以上すべて徳間文庫）などなど、次はいつ出るかいつ出るかと思いながら、毎月の文庫のラインアップを楽しみにしていたものでした。

いわゆる怪談話には、スティーヴン・キングのような「モダン・ホラー」と呼ばれる作品も含め、おしなべてどこか懐かしさがあるように思います。「怖い」という感覚は、何か幼少時の体験と結びついているからかもしれません。都筑先生の怪談話は、特にそういった傾向が強い気がします。いわゆる「不思議な怖さ」というものです。

例えば、昔懐かしい縁日に紛れ込んだ主人公が、そのまま過去の縁日へと迷い込んで行ってしまう傑作「春で朧ろでご縁日」は、折に触れては読み返す作品です。この作品は正に、縁日の描写そのもの——もっと言ってしまえば、縁日を描写する文体そのものが、過去へとつながる不思議な空間へと読者をいざなっているように思います。

都筑先生御自身が、御自分のこうした怪談系の短篇を「ふしぎ小説」と名づけておられます。前記の『絵の消えた額』と『デスマスク展示会』の文庫カバーには、「傑作ふしぎ小説」と謳ってありますし、また、『骸骨』のあとがきでは、御自身のこうした分野の短篇について、以下のように書いておられます。「常識を無視した着想を、どんなふうに展開させるか、そのおもしろさを狙ったもので、私はこれを、ふしぎ小説、と呼んでいる。これまでに、私が書いた短篇小説のほとんどは、ふしぎ小説といっていい。」

また、同じあとがき中に、こうもあります。「私のふしぎ小説は、岡本綺堂《おかもときどう》と内田百閒《うちだひやっけん》を、手本にしている。」

内田百閒は私もずっと以前から好きで、主に旺文社文庫の旧字旧かなで数多く読んでいました。ちなみに大学の卒業論文は、内田百閒と中里介山《なかざとかいざん》の語りの違いから、「小説空間」とはどのように成立するかを考察するものでした。ですが、岡本綺堂を読むようになったのは、明らかに都筑先生の影響です。『半七捕物帳』はもちろんですが、『鎧櫃《よろいびつ》の血』『影を踏まれた女』『白髪鬼』といった怪談集、それに、岡本綺堂訳による『世界怪談名作集』などに出会って愛読しました。

岡本綺堂の怪談は、あの文体で書かれているから怖い、といったことを、都筑先生は何度か話されておりました。それは、都筑先生自身の文体にも当てはまることだと思います。

私は一時期、ハードボイルドと呼ばれる分野の自作に、敢えてひらがなを多用したことがありますが、これは明らかに都筑先生の影響でした。都筑先生の文章の特徴は、非常にざっくりと表現すると、ひらがなを多用し、句読点で綺麗にリズムを整えて行くことだと思います。例えば先程引用した「私のふしぎ小説は、岡本綺堂と内田百閒を、手本にしている。」という文章が良い例で、「手本にしている」の前に読点を入れないのが普通でしょうが、都筑先生は敢えて入れます。そうすることで、「岡本綺堂と内田百閒を」という文章と「手本にしている」という文章の双方が、強調されます。

が、一方、読点を多用すると、どうしても文章の勢いが削がれることになります。都筑先生の読点の打ち方は、文章の流れるような勢いを維持しつつ、そのひとつひとつにじっくり目が留まるようにもする名人芸なのです。この名人芸の文体は、ディテールを疎《おろそ》かにせず描くという都筑先生の流儀によって生み出されたにちがいない、と私は考えています。例えば、『二日酉い広場』第六話「落葉の杯」中のこんな条り。「私は廊下に片膝《かたひざ》をついて、ポケットから錠前あけのピンを出した。ひとに見とがめられても、かまうことはなかった。先端が少し曲った鋼のピンを二本、鍵穴にさしこんで、私はレバーの列を押しあげはじめた。一本のピンでシリンダーを固定し、もう一本でレバーの配列を動かしていると、手ごたえがあって、錠はひらいた。」

主人公がドアをピッキングする様子が、目に見えるようにわかります。ただ一行「ピンを使ってドアを開けた」と書いてしまっても済むところをきちんと描き込み、しかも、それを読むという行為を読者に苦にさせないための工夫が、この文体にはあると思うのです。

都筑先生とお話ししていると、会話をすっととめて「そういえば、それは何と呼ぶんだろうね？」と仰ることが何度かありました。物の名前やその表現の仕方に、日ごろから気を配っておいでだったのだと思います。

スティーヴン・キングの小説について、都筑先生は『絵の消えた額』のあとがきの中で、とても興味深い指摘をされています。「キングの長篇小説は、古風な幽霊や妖怪がでてきても、その異常世界に入る手つづきとして、アメリカ現代社会における個人生活が、詳細にえがかれる。ごく大ざっぱにいえば、先端社会に適応しかねる個人の心情が――ストレスが、といってもいいけれど、それが異常世界との接触を、読者に納得させるのだ。だから、キングの小説は、長いが上にも長くなっていく。その長篇が映画化されると、日常生活の描写がはぶかれて、安っぽくなる。」

これはスティーヴン・キングという作家の本質を鋭く突いた作品評だと思いますし、ディテールと作品全体のバランスに常に気を配っておられた都筑先生ならではの観点だともいえると思います。

作品の構成的なことについてひとつ触れると、都筑先生のハードボイルドやミステリー系の作品には、「一番美味しいところから語り出す」という工夫のこらされたものが多いように思います。特に本書のような探偵を主人公にした小説の場合、一般的には、A「依頼人が来る」B「捜査を始める」C「意外な事件に遭遇する」D「難局を乗り越え、事件を解決する」という流れが、どうしてもマンネリに陥りがちなところがあります。ところが、都筑先生はCの「意外な事件に遭遇する」というところから作品を語り出し、その後にA→Bと持ってきたり、Bを前に持って来てB→A→Cとしたり、時にはB→Cとまで語ってしまってからさり気なくAを混ぜ込むとか、構成の運びが巧みです。本書に収められた『酔いどれ探偵』と『二日酔い広場』の二作では、ぜひその辺りも楽しんでいただけたらと思います。「ほお、次はこの手で来たか」と思わずうなることでしょう。

さて、最後に編集者として触れた都筑先生の思い出で締めくくりたいと思います。

私の最初の配属先は「オール讀物」でした。当時、都筑先生はこの雑誌に『女泣川ものがたり』を連載されていましたが、担当はヴェテラン編集者が務め、新人の出る幕などありません。しかし、〆切の度に都筑先生の噂を耳にしたものでした。他でもなくそれは、いわゆる担当者泣かせの「遅筆」のためでした。

ワープロの出始めで、まだパソコンはない時代です。ファックスのほうも出始めで、「ゲラのやりとりにはファックスを使っても、原稿は直接頂戴しに上がらなければ失礼に当たる」と言われていたりしました。「遅筆」の作家の自宅には担当者が張りつき、いよいよぎりぎりになると、執筆している作家のすぐ後ろに胡坐《あぐら》をかいて陣取り、無言のプレッシャーを与えつつひたすらに原稿の完成を待つといった、今にしてみると古き良き時代の牧歌的な風景もありました。

都筑先生の担当者が、毎回、これをしていました。当時の都筑先生は、ワープロで原稿を執筆されていましたが、その担当者の弁。「二、三行打つと、じっと考え、また二、三行打つと、手元にある雑誌や書籍をぺらぺらめくり、おもむろにそれを置いてまた二、三行打つ。ずうっとそれの繰り返しなんだ。もう、嫌になっちゃうよ」しかし、そうは言うものの、当人は少しも「嫌になっちゃう」顔をしておりません。むしろ好きな作家の原稿を、ギリギリでも落とさずに取って来たことへの晴れがましさに満ちていて、私はそれを羨ましく感じたものでした。

ここからは、心残りのエピソードになります。というのは、私が都筑先生を直接担当できたのは、編集者になって十三年目、内心ではもう筆一本で生きていく決意を固め、翌年には会社を辞めるつもりであることをそれとなく上司に報告していた時期でした。ちょうどその頃、都筑先生を担当していた女性が結婚を機に退社したのです。あと一年で編集者を辞める自分があとを引き継ぐのは、いかがなものかとの躊躇《ためら》いもありましたが、それよりも都筑先生を担当したいとの気持のほうが大きく、迷った末に上司に願い出ました。私は純文学担当の編集者でしたので、その意味でも横紙破りな願いでした。

　都筑先生はいつも決まって、東中野駅のすぐそばにある喫茶店で編集者と会うことにされていました。『西郷札《さいごうさつ》』絡みの長篇をやりたい」との構想をお聞きしたのも、その店です。「西郷札」とは、明治十年、西南戦争の軍費調達のために発行された、布と紙で作られた紙幣ですが、西郷軍の敗戦によって、僅か一年で姿を消します。この紙幣に絡めて、明治前半の風俗を描き込んだ長篇をやりたい、というお話でした。

　都筑道夫ファンである私が、この話に飛びつかないわけがありません。この企画だけは、なんとかある程度形にしてから次の担当者に引き継ぎたいと思い、雑誌の担当者に根回しをする一方、月に一度ほどずつこの喫茶店に通い、当時まだ開館してそれほど経っていなかった墨田区の「江戸東京博物館」にお供をしたりもしました。

　初めて都筑先生を飲み屋にお誘いできたのは、この時でした。どの店にお連れするのがいいかとあれこれ熟考した末、「江戸東京博物館」からの流れでそのまま江戸の風情に浸っていただきたいと思い、『鬼平犯科帳』の「五鉄」のモデルとなった両国の「かど家」にしました。二階の座敷で、八丁味噌仕立ての軍鶏《しゃも》鍋をつつきながら都筑先生と御一緒できたあの夜のことは、編集者時代の貴重な思い出のひとつです。

　記録のつもりでもうひとつ書き残しておくと、ある日、東中野の店でお目にかかるとすぐに「ちょっと出ましょう」と仰って、仕事場に連れて行ってくださったことがありました。都筑先生はマンション住まいで、御自宅のすぐ隣のもう一部屋を仕事部屋として使っておいでてした。正確な広さは思い出せないのですが、本の多さに圧倒され、記憶の中では非常に広い部屋として脳裏に焼きついています。その部屋の入り口で、「あの一本道を通らないと、机に行けないんだよ」と都筑先生が指差します。大人の腰の高さぐらいまで積み上げられた本で床が埋め尽くされ、窓際の机へは本の間の細いルートを通らなければたどり着けない状態でした。

私は三十八歳で編集者を辞めましたが、時々、あと四、五年つづけていたら、みずからの手でどんな本を出版できただろうと想像することがあります。そのとき真っ先に思い浮かぶのは、「『西郷札』絡みの長篇」のことです。結局、次の担当者には引き継いだものの、残念ながらこの長篇が形になることはありませんでした。

私が会社を辞めた翌年の二〇〇一年、都筑先生は『推理作家の出来るまで』で第五十四回日本推理作家協会賞（評論その他の部門）を、そして、〇二年には、第六回日本ミステリー文学大賞を受賞されました。〇二年のパーティーでのこと、挨拶に訪れる人の波が途切れた頃を狙ってお話をしたいと遠目に様子を窺ううちに一時間ほどが経ち、先生は疲れて御家族とともに丸テーブルに坐っておいでです。私は、のっぽです。そこに近づき、思いきり腰を屈めて先生に顔を寄せて、お祝いの言葉を述べました。先生が亡くなられたのは、その翌年のことです。パーティー会場でこうしてお話ししたのが、最後の思い出になりました。

解説

日下三蔵《くさかさんぞう》

都筑道夫《つづきみちお》の代表作としては、《キリオン・スレイ》《退職刑事》《なめくじ長屋捕物さわぎ》などのシリーズ連作、あるいは『七十五羽の烏』以下の物部太郎三部作や評論『黄色い部屋はいかに改装されたか？』などが挙げられることが多いため、「本格ミステリの作家」というイメージを持っている人がいるかもしれないが、それは誤解である。

いや、本格ミステリの作家ではない、という意味ではない。本格ミステリだけでなく、アクション小説、時代小説、怪奇小説、ＳＦ、ショートショート、少年もの、シナリオと、エンターテインメントのあらゆるジャンルを手がけた作家なのだ。むろん、ハードボイルドも、都筑道夫の古くからのレパートリーのひとつである。

古くからも何も、都筑道夫はミステリ作家として本格的に活動を開始するより前に、ハードボイルドの本質をついた評論を発表し、多くの重要な海外のハードボイルド作家を日本に紹介し、エド・マクベインが別名義で発表した連作ハードボイルドを絶妙な文体で翻訳し、さらにはその連作のオリジナルの続篇を一冊分書いているのだ。

一九四五（昭和二十）年、十六歳で終戦を迎えた都筑道夫は、四八年ごろから多くのペンネームを使い分けて、読物雑誌に推理小説、時代小説、コント、講談速記本のリライトなどを発表した。大坪砂男《おおつぼすなお》に師事して五二年には探偵作家クラブ（現・日本推理作家協会）にも入会している。この時期、やはり十代でデビューしていた山村正夫《やまむらまさお》とともに最年少の会員であった。五三年ごろに主な収入源だった読物雑誌が次々とつぶれたため、独学で英語を学んで翻訳家に転身した。五六年六月に創刊された日本版「エラリイ・クイーンズ・ミステリ・マガジン」（現在の「ミステリマガジン」の前身）の編集長として招聘《しょうへい》され、早川書房に入社。同時にハヤカワ・ポケット・ミステリ（ポケミス）の作品セレクトも担当し、多くの作家を日本に紹介することになる。

早川書房に入社する少し前、岩谷書店の探偵小説誌「宝石」五六年一月号にハードボイルド論「彼らは殴りあうだけではない――非情派探偵小説について――」を発表している。冒頭に「世界探偵小説全集（本誌の別冊）が**ハードボイルド三人集**を発刊するときき――」とある。「別冊宝石51号　世界探偵小説全集15　ハードボイルド三人篇」は、J・M・ケイン「恋はからくり」、R・チャンドラー「ネヴァダ・ガス」「スペインの血」、フランク・グルーバー「笑う狐」を収録したもの。

この前後の、主なハードボイルド作家の本邦初紹介作品をまとめると、このようになる。

50年7月　ダシール・ハメット『影なき男』雄鶏社
50年10月　レイモンド・チャンドラー「別冊宝石11号　R・チャンドラア篇」
53年5月　ジェームズ・M・ケイン『郵便配達はいつもベルを二度鳴らす』荒地出版社
53年9月　ミッキー・スピレイン『大いなる殺人』ハヤカワ・ポケット・ミステリ
54年10月　ロス・マクドナルド『人の死に行く道』ハヤカワ・ポケット・ミステリ
57年7月　ハドリー・チェイス『殺人狂想曲』ハヤカワ・ポケット・ミステリ

ハメット『影なき男』は戦前に『影のない男』として雑誌に訳出されているが、単行本化は戦後の《おんどり・みすてりい》版が初である。「別冊宝石11号」は『聖林《ハリウッド》殺人事件』(『かわいい女』)、『ハイ・ウィンドォ』(『高い窓』)、『湖中の女』の三長篇を一挙に収録。スピレイン『大いなる殺人』はポケミスの一冊目。同年十月からは日本出版協同の《ミッキー・スピレーン選集》の刊行がスタートしており、日本の読者の関心が高かったことがうかがえる。

タイトルで「彼らは殴りあうだけではない」と反論するからには「ハードボイルドの探偵は殴りあうだけだ」と見なされる風潮があった訳だ。これに対して都筑道夫は、ハードボイルドの本質は冷酷非情や暴力といった行動性にあるのではなく、個性を抑圧する文明社会に反抗する精神性にあると説く。

ハードボイルド文学の根底に、表看板の冷酷非情を裏切って、しみじみとしたセンチメントが漂っていることは、少し小説を読み馴れたひとなら、誰しも気づくところでしょう。ただそのセンチメントは、いつも非情の沙漠に吸いこまれてしまうのです。大坪砂男氏の表現を借用すれば、「荒涼たるセンチメンタリズム」なのです。私はハードボイルド文学を、歪められたロマン文学だと思っています。

文学史的に見ても、自然主義の反動として、ロマン文学が出てくる時期だったのに近代社会が、それをこうした不幸なかたちで送りだしたのです。

「彼らは殴りあうだけではない」は、二〇〇二年に第六回日本ミステリー文学大賞を受賞したのを記念して光文社文庫からテーマ別に刊行された《都筑道夫コレクション》（全10巻）の『《ハードボイルド篇》探偵は眠らない』（03年10月）に収録されている他、ポケミスで出たJ・R・マクドナルド（ロス・マクドナルド）『犠牲者は誰だ』（56年11月）の巻末解説「ハードボイルドとはなにか」に全文引用されているため、フリースタイルの『都筑道夫ポケミス全解説』（09年2月）でも読むことが出来る。

そこで本書では一部の引用に留めておくが、「ハードボイルドとはなにか」で補足された個所からも、ご紹介しておこう。

ハードボイルドは絶望の文学である。しかし、頽廢《ママ》の文学では決してない。それが過去の絶望の文学とは、大きく違うところなのだ。この点もしばしば誤解されているところだろう。巨大な機械文明に対して、個人のする反抗は最初から空しいものに決っている。反抗する当人にとっては、むしろ自己破壊といったほうがいいかも知れない。自己破壊とわかっていても、やむにやまれず反抗する人間のすがたは、どうセンチメントを拒絶しても、悲愴になる。ハードボイルド探偵小説に、しばしばヒロイズムの匂いがつきまとうのは、そのためなのだ。またセンチメントをもってして、そんな反抗が出来るわけもない。ハードボイルド文学は、感傷を拒絶したところから初《ママ》まる。ただその結実したものに、読者は荒涼たるセンチメントを感じるのだ。

国内でハードボイルドをメインに手がける作家が、まだ五五年デビューの高城高《こうじょうこう》くらいしかいない段階で、この本質論である。大藪春彦《おおやぶはるひこ》が五八年デビュー、河野典生《こうのてんせい》が五九年デビューなのだ。

大坪砂男は昭和二十年代にハードボイルドを意識した犯罪小説をいくつか発表しており、これは国産ハードボイルド最初期の作品に当たるが、そのひとつ「私刑《リンチ》」で五〇年の第三回探偵作家クラブ賞を受賞している。

『犯罪見本市』（68年11月／三一書房／都筑道夫異色シリーズ6『いじわるな花束・犯罪見本市』→81年5月／集英社文庫）、『危険冒険大犯罪』（74年10月／桃源社→84年7月／角川文庫）、『絶対惨酷博覧会』（75年6月／桃源社→21年6月／河出文庫）などの作品集に収められた都筑道夫の初期の犯罪小説を読むと、大坪砂男のハードボイルドへのアプローチを、忠実に継承・発展させていることが、よく分かる。

都筑道夫は六一年に書下し長篇『やぶにらみの時計』を刊行して本格的にミステリ作家として活動を開始するが、その前後の作品は犯罪小説、活劇小説が多い。『紙の罠』『悪意銀行』の近藤&土方コンビや『吸血鬼飼育法』(『一匹狼』)の片岡直次郎と、初期のシリーズ・キャラクターが活躍するのも、主にアクション小説であった。

その後、キリオン・スレイ、なめくじ長屋、鍬形修二(『西洋骨牌《かるた》探偵術』)、物部太郎、退職刑事、為永春水(「春色なぞ暦」)と、生み出されるシリーズ・キャラクターは本格ミステリの探偵ばかりになり、『にぎやかな悪霊たち』の出雲耕平、『雪崩連太郎幻視行』の雪崩連太郎、『未来警察殺人課』の星野刑事、『妄想名探偵』のアル忠さん、『全戸冷暖房バス死体つき』の滝沢紅子と、オカルト・ミステリ、SFミステリの探偵が増えても、まだハードボイルドの探偵は登場しなかった。

元ボクサーの私立探偵・西連寺剛の初登場は、双葉社「小説推理」七七年九月号に発表された連作「振りむけば黄昏の街」の第一話「逃げた風船」である。ストレートなハードボイルドを書くまで、六一年の再デビューから十六年もかかったのは遅すぎる気がするが、西連寺ものの最初の短篇集『くわえ煙草で死にたい』(78年8月/双葉社)のあとがきに、その理由が書かれていた。

私立探偵を主人公にした連作を書きたい、と思ったのは、最近のことではない。けれど、私が現実に出あったいくたりかの私立探偵は、その考えを延期させた。小説の主人公に似た人物が、なにも現実にいる必要はない。ファンタスティックな主人公が登場するファンタスティックな小説を書くのも、私は好きだ。しかし、この場合は、現実に足がかりが欲しかった。それは文字どおり足がかりで、ほんの些細なことでいい。

ある日、私は調べたいことがあって、職業別の電話帳をひらいた。調べおわって、閉じようとしたときに、アケチ探偵事務所、という大きな広告が、目についた。その前後、数ページには、私立探偵社の電話番号が、びっしりと並んでいた。東京にこれだけ、おびただしい数の私立調査機関があるとは、私は思ってもいなかった。これならひとりぐらい、アメリカのハードボイルド・ミステリーに出てくるような、自己の信條を持った私立探偵を創作しても、あながちファンタスティックとはいえないだろう。

足がかりが出来て、私はこの連作を書きはじめた。

いかにも都筑道夫らしいこだわりだが、こうして生まれた西連寺剛シリーズが、質量ともに都筑ハードボイルドを代表する連作であることは、衆目の一致するところだろう。五冊の作品集に二十五篇が収められている。

したがって、都筑道夫のハードボイルド傑作選を編むなら、このシリーズからまず何篇かチョイスするのが王道だとは思うのだが、出来れば五冊を三冊か四冊に再編集して全作を復刊したいと考えているので、中途半端に数篇を採るのは避けた。同じ理由で都筑ハードボイルド後期の傑作《ホテル・ディック》シリーズも対象外としてある。

前述の光文社文庫『都筑道夫コレクション《ハードボイルド篇》探偵は眠らない』は表題の長篇がホテル・ディックもので、西連寺剛ものは第三短篇集の表題作「ダウンタウンの通り雨」を収録。シリーズ・キャラクターの登場する短篇を一本ずつ収めた変則的な短篇集『都筑道夫名探偵全集Ⅱ　ハードボイルド篇』（97年5月／出版芸術社）には、西連寺剛ものは第二短篇集の表題作「脅迫者によろしく」、ホテル・ディックものは「エンコ行進曲」が収録されている。

本書にはふたつの連作『酔いどれ探偵』と『二日酔い広場』を合本にして収めた。五九年に早川書房を退社して六一年に『やぶにらみの時計』を刊行するまでの再デビュー直前期に発表された海外ミステリのパスティッシュと、西連寺剛に続いて生み出された私立探偵・久米五郎を主人公にしたシリーズである。

久保書店の翻訳ミステリ誌「マンハント」五八年八月から翌年三月まで、淡路《あわじ》瑛一《えいいち》名義でエヴァン・ハンター（エド・マクベイン）の酔いどれ探偵カート・キャノンシリーズを訳載。「おれか？　おれは何もかもうしなった私立探偵くずれの男だ。うしなうことのできるものは、もう命しか、残っていない」で始まるモノローグが毎回冒頭に付くなど、都筑道夫の演出が隅々まで行き届いたこの連載は大きな反響を呼び、原書の六篇と単行本未収録の二篇をすべて訳出しても、読者からの要望が途切れなかったという。
同誌編集長だった中田《なかた》雅久《まさひさ》の発案で、エージェントに正式に許可を取り、六〇年に都筑道夫オリジナルの「続〝カート・キャノン〟シリーズ《酔いどれひとり街を行く》」が発表されることになる。初出時に添えられた原題と掲載号は、以下の通り。

背中の女	WAKE UP WITH A NAKED DOLL	60年4月号
おれの葬式	IT'S MY FUNERAL	60年5月号
気のきかないキューピッド	THE STUPID CUPID	60年6月号
黒い扇の踊り子	CHINESE PUZZLE	60年7月号
女神に抱かれて死ね	NOOSE BY NOOSE WEST	60年8月号
ニューヨークの日本人	A JAPANESE IN NEW YORK	60年9月号

第一話「背中の女」の冒頭には、こんな前口上が付されていた。

どんな事情によるのか知らないが、エヴァン・ハンタア氏が、バウアリのおんぼろ探偵カート・キャノンの面倒を見なくなってからすでに年余をけみした。われら東方の熱血金欠族にとって、彼キャノンの、その後の無頼ぶりに接し得ぬ焦燥は、今や深夜の路上で「おれか？おれは何もかも失った男だ……」とロレツのまわらぬドロンケンがゴロゴロしているあ

『酔いどれひとり街を行く』
桃源社（1975 年 1 月）

『酔いどれ探偵街を行く』
ハヤカワ・ポケット・ミステリ
（1963 年 9 月）

『酔いどれ探偵』
新潮文庫（1984 年 1 月）

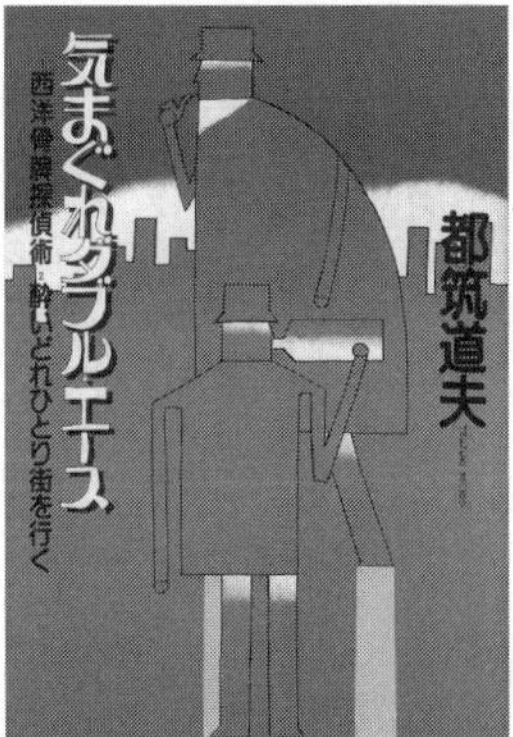

『気まぐれダブル・エース』
桃源社（1979 年 2 月）

りさま。こないだの晩なぞ、ドブの傍で半分がた凍結していた男を、翻訳家の稲葉由紀氏が親切にもカランカランと引きずって交番へほおりこんでいったくらいだ。〈マンハント〉誌にも責任の一半はあろうと思うので、本家がやらなきゃコッチでと、ハンタア氏とは腹ちがいの弟で大鵬のイトコだと自称する都筑道夫氏に創作を依頼したのが、この続篇である。本物ソックリに芸のこまかいところ、実は大きな声ではいえないが、ハンタア氏の作品の半分くらいは都筑氏が代作してアメリカへ送っていたんだというウワサもあるくらい——。

第二話が載った号の「SNAKE FOOT」(=蛇足)コーナーは、この調子。

都筑道夫様。

きのう交通事故で死んだ男が、こちらへやってきた。どうして自転車なんかにはねとばされたんだ。と訊いたら、これを読みながら、歩いてたもんで、とさしだしたのが《マンハント》の『背中の女』という小説だった。それによって、きみが贋作キャノンを書いていることを知った。きみはひどいやつだ。ぼくが苦心してつくりあげたキャノン調のスタイルを、そっくりそのままいただいて、商売をするなんて、しかも、肝心のうれいが、あまりきいてないじゃないか。

思えばぼくも、キャノンとつきあって8カ月、その後もハンタアと取り組んで、いわばこちらへ移籍したのも、ハンタア疲れの結果なんだ。贋作をやるなら、ひとこと断りあってしかるべしだろう。原稿料は酒にかえて貯蔵しておくべし。お盆にきみのところへ現れて、ごちそうになるから。

故　淡路　瑛一

訳者の淡路瑛一が死んだことになっているのが笑える。この時点では早川書房を退社しているので、同業他誌で書いても匿名を使う必要がなくなったのだろう。

本家の連作は六三年九月にカート・キャノン（エド・マクベイン）著、都筑道夫訳『酔いどれ探偵街を行く』としてポケミスから刊行され、その際に贋作一話の「背中の女」がオマケとして収録された。七六年七月にカート・キャノン著、都筑道夫訳としてハヤカワ・ミステリ文庫に収められた際には贋作は省かれている。ハヤカワ・ミステリ文庫版は二〇〇五年十一月に新装版が出ているが、現在は残念ながら品切れである。

贋作シリーズは長らく単行本未収録のまま埋もれていたが、一九七四年から翌年にかけて桃源社から未刊行作品をまとめた《都筑道夫〈新作〉コレクション》（全5巻）が出た際に、第四巻『酔いどれひとり街を行く』（75年1月）として、初めて刊行された。この時、「マンハント」の翻訳エージェントだったチャールズ・E・タトル商会との、「本にする時は贋作であることが明確に分るように配慮する」という契約に従って、カート・キャノンの名前はクォート・ギャロンと改められている。

七九年二月に、やはり桃源社から、本格ミステリの短篇集『西洋骨牌探偵術』と合本で、

『気まぐれダブル・エース』のタイトルで刊行され、八四年一月、新潮文庫に収められた際に、シンプルに『酔いどれ探偵』と改題された。

本書には桃源社版あとがきと、新潮文庫版に淡路瑛一名義で著者自身が書いた解説を、併せて収めた。桃源社版あとがきの冒頭、「このオムニバス・ノヴェルは」の部分は、『気まぐれダブル・エース』では「この本の後半に収めたオムニバス・ノヴェル『酔いどれひとり街を行く』は」と修正されている。なお、新潮文庫版解説では桃源社版を「『都筑道夫コレクション』第五巻」としているが、これは著者の勘違いである。

また、『酔いどれひとり街を行く』は本家の『酔いどれ探偵街を行く』に義理立てして付けたタイトル、とされているが、これも話が逆で、ポケミスのタイトルの方が「マンハント」の贋作シリーズを踏まえて付けられているのだ。

桃源社版あとがきが書かれた時点では、分かりやすく「パロディ」と書くしかなかったようだが、パロディというのは小林信彦《こばやしのぶひこ》『神野推理氏の華麗な冒険』とか横田順彌《よこたじゅんや》『銀河パトロール報告』所収の《金大事包助の事件簿》シリーズ、あるいは都筑道夫自身の《もどき》シリーズ三部作のように原典をユーモラスに料理したものを指すのだから、『酔いどれ探偵』のようなストレートな贋作は「パスティッシュ」と呼ぶべきだろう。

都筑道夫は八〇年から久生十蘭《ひさおじゅうらん》の遺族の許諾を得て《新　顎十郎捕物帳》シリーズを発表しているが、新潮文庫版解説にもあるように、こうした志向の原点が『酔いどれ探偵』にあることは間違いない。

『二日酔い広場』
集英社文庫（1984 年 12 月）

『ハングオーバーTOKYO』
立風書房（1979 年 6 月）

『都筑道夫コレクション《ハードボイルド篇》探偵は眠らない』
光文社文庫（2003 年 10 月）

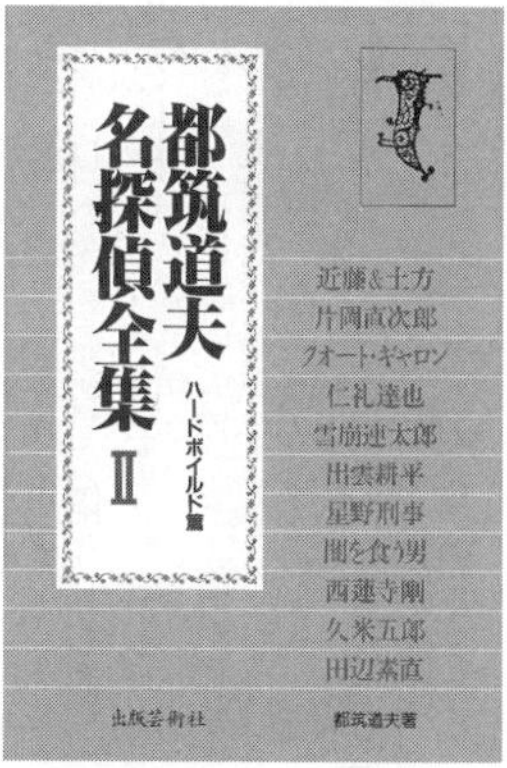

『都筑道夫名探偵全集 II
ハードボイルド篇』
出版芸術社（1997 年 5 月）

後半に収めた連作『二日酔い広場』の各篇初出は、以下の通り。

風に揺れるぶらんこ　「野性時代」78年5月号
鳴らない風鈴　「野性時代」78年7月号
巌窟王《がんくつおう》と馬の脚　「週刊小説」78年8月4日号
二日酔広場　「野性時代」78年9月号　↓「ハングオーバー・スクエア」
濡れた蜘蛛の巣　「野性時代」78年11月号
落葉の杯　「野性時代」79年1月号
まだ日が高すぎる　「週刊小説」81年8月28日号　※集英社文庫版に初収録

「野性時代」は角川書店の月刊小説誌。「週刊小説」は実業之日本社の隔週刊小説誌である。七九年六月に「風に揺れるぶらんこ」から「落葉の杯」までの六篇が立風書房から『ハングオーバーTOKYO』として刊行され、八四年十二月に『二日酔い広場』と改題して集英社文庫に収められた。その際に「二日酔広場」を「ハングオーバー・スクエア」と改題して、元のタイトルを作品集全体の表題に回し、元版刊行後の短篇「まだ日が高すぎる」が追加された。

本書には立風書房版あとがきと、集英社文庫版に久米五郎名義で著者自身が書いた解説を、併せて収めた。立風書房版あとがきに「おなじハードボイルドといっても、西連寺剛と久米五良とでは、あつかう事件も、あつかう姿勢も、違っている」とあるように、ふたつのシリーズは狙いが微妙に違っている。というか、狙いが違うからこそ、別の探偵役を起用しているのだ。

思い切り簡略化していうなら、西連寺剛は人を見つめる探偵で、久米五郎は街を見つめる探偵ということになるだろう。七〇年代前半スタートの連作『東京夢幻図絵』あたりから、都筑道夫は作品の中に、それぞれの時代の東京の姿を焼き付けておこうとしているように、街の姿を丹念に描き始める。ハードボイルドでは『二日酔い広場』、本格ミステリでは《トルコ嬢(泡姫)シルビア》シリーズ、時代小説では『女泣川ものがたり』などがその成果であり、この路線の到達点が《ホテル・ディック》シリーズなのである。

片やニューヨークの裏街、片や七〇年代後半の東京、ふたつの街を舞台に酔っぱらいの探偵が活躍するふたつの連作を、たっぷりと楽しんでいただきたい。なお、光文社文庫『都筑道夫コレクション《ハードボイルド篇》探偵は眠らない』には前者から「おれの葬式」、後者から「まだ日が高すぎる」が、出版芸術社『都筑道夫名探偵全集II ハードボイルド篇』には前者から「ニューヨークの日本人」、後者から「風に揺れるぶらんこ」が、それぞれ採られていることを付け加えておく。

初出・底本一覧

酔いどれ探偵　底本：新潮文庫（一九八四年一月）
背中の女　初出：〈マンハント〉一九六〇年四月号
おれの葬式　初出：〈マンハント〉一九六〇年五月号
気のきかないキューピッド　初出：〈マンハント〉一九六〇年六月号
黒い扇の踊り子　初出：〈マンハント〉一九六〇年七月号
女神に抱かれて死ね　初出：〈マンハント〉一九六〇年八月号
ニューヨークの日本人　初出：〈マンハント〉一九六〇年九月号
二日酔い広場　底本：集英社文庫（一九八四年十二月）
風に揺れるぶらんこ　初出：〈野性時代〉一九七八年五月号
鳴らない風鈴　初出：〈野性時代〉一九七八年七月号
巌窟王と馬の脚　初出：〈週刊小説〉一九七八年八月四日号
ハングオーバー・スクエア　初出：〈野性時代〉一九七八年九月号（初出題：「二日酔広場」）
濡れた蜘蛛の巣　初出：〈野性時代〉一九七八年十一月号
落葉の杯　初出：〈野性時代〉一九七九年一月号
まだ日が高すぎる　初出：〈週刊小説〉一九八一年八月二十八日号

本文中における用字・表記の不統一は明らかな誤りについてのみ訂正し、原則としては底本のままとしました。また、難読と思われる漢字についてはルビを付しました。現在からすれば穏当を欠く表現がありますが、作品内容の時代背景を鑑みて、原文のまま収録しました。

（編集部）

編者紹介

北上次郎（きたがみ・じろう）一九四六年東京都生まれ。明治大学卒。評論家。二〇〇〇年まで「本の雑誌」の発行人を務める。主な著書に『冒険小説論』『感情の法則』『書評稼業四十年』などがある。

日下三蔵（くさか・さんぞう）**【本巻責任編集】**一九六八年神奈川県生まれ。専修大学卒。書評家、フリー編集者。主な著書に『日本ＳＦ全集・総解説』『ミステリ交差点』、主な編著に『天城一の密室犯罪学教程』〈中村雅楽探偵全集〉〈大坪砂男全集〉などがある。

杉江松恋（すぎえ・まつこい）一九六八年東京都生まれ。慶應義塾大学卒。書評家、ライター。主な著書に『路地裏の迷宮踏査』『読み出したら止まらない！海外ミステリーマストリード100』などがある。

著者紹介　1929年東京市生まれ。作家・翻訳家・評論家・編集者として、ミステリをはじめ多様な小説ジャンルの発展に尽力。2001年に『推理作家の出来るまで』で第54回日本推理作家協会賞、02年に第6回日本ミステリー文学大賞を受賞。03年没。

検印
廃止

日本ハードボイルド全集6

酔いどれ探偵／
二日酔い広場

2021年7月21日　初版

著者　都《つ》筑《づき》道《みち》夫《お》

編者　北《きた》上《がみ》次《じ》郎《ろう》・日《くさ》下《か》三《さん》蔵《ぞう》・杉《すぎ》江《え》松《まつ》恋《こい》

発行所　(株)東京創元社
代表者　渋谷健太郎

162-0814/東京都新宿区新小川町1-5
電話　03・3268・8231-営業部
03・3268・8204-編集部
URL　http://www.tsogen.co.jp
暁印刷・本間製本

ISBN978-4-488-40026-2　C0193